行钓天下系列
XINGDIAO TIANXIA XILIE

我在南美钓鱼

李震宇 著

宁波出版社
NINGBO PUBLISHING HOUSE

图书在版编目（CIP）数据

我在南美钓鱼 / 李震宇著 . — 宁波 : 宁波出版社，2017.1

ISBN 978-7-5526-2756-5

Ⅰ.①我… Ⅱ.①李… Ⅲ.①游记—作品集—中国—当代 Ⅳ.① I267.4

中国版本图书馆 CIP 数据核字（2016）第 309799 号

我在南美钓鱼
WO ZAI MANMEI DIAOYU

作　　者	李震宇
责任编辑	苗梁婕　徐　飞
责任校对	张爱妮
装帧设计	金字斋
出　　版	宁波出版社
地　　址	宁波市甬江大道 1 号宁波书城 8 号楼 6 楼
邮　　编	315040
印　　刷	浙江新华数码印务有限公司
开　　本	710 毫米 × 1000 毫米　1/16
印　　张	21.5
字　　数	310 千
版　　次	2017 年 1 月第 1 版
印　　次	2017 年 1 月第 1 次印刷
标准书号	ISBN 978-7-5526-2756-5
定　　价	98.00 元

本书若有倒装缺页，影响阅读，请与出版社联系调换，电话：0574-87248279

序：以梦为马

《垂钓》主编　宋存颖

希腊人不写讣告，人死，他们只问一句：他生前有没有热情？

这是一本国内少有的关于钓鱼的书，但我相信它属于所有人——只要你有梦，或者曾经有过。

一直想为李兄写点什么，因为他对生命的热情、对钓鱼的执着、对生活的信仰、对梦想的坚持，这一切对于当下疲惫生活着的人们来说尤其具有重要意义。适逢他新书出版，嘱我为他写序，甚幸。我想，如何理解生命并拥有真正的生活，是当今社会最值得深思的话题，这本书或许会告诉你答案。

我与李兄初识于2006年。彼时他客居海外，是个狂热的钓鱼发烧友，常年混迹于国内一家钓鱼论坛，在网络上已颇有名气，拥有一干坚定不移的忠实粉丝，振臂一呼便应者云集。

李兄当时已过天命之年，文笔老辣弥笃，嬉笑怒骂已入化境，让人读来屡屡拍案叫绝，欲罢不能。然而最让人着迷的是，他的文字里总是透着一股子少年人的倔强，当他仰望星空之时，依然试图去触摸梦想，去描绘生命和自然的种种壮丽图景，并为之一意孤行，义无反顾。

我与李兄因文结缘，引为知己，互相欣赏，成了忘年交。而李兄亦成了我的专栏作者，在我们杂志上发表了以《一意孤行亚马孙》为代表的一系列颇具影响力的文章，就此播下一颗不灭的火种，唤醒了很多国人沉睡多年的热情，给予他们勇气和力量，激励着他们的梦想传承。

在此之前，大多数国人对钓鱼的印象恐怕还停留在唐人张志和所描绘的优美意境之中——"西塞山前白鹭飞，桃花流水鳜鱼肥。青箬笠，绿蓑衣，斜风细雨不须归"——以为钓鱼只是一种怡养身心的休闲活动。的确，在中国传统的钓鱼文化中，一度充满了这种闲云野鹤般的散淡情怀——一泓碧水，一支竹竿，钓取风月无边。然而在西方，钓鱼却是勇敢者的游戏，是一场关于自由与征服、光荣与梦想的战斗，是纵横四海、永远不向命运低头的英雄冒险。而李兄则是把这种西式的英雄主义精神淋漓尽致地呈现给中国读者的第一人。

从"上帝与魔鬼同在"的亚马孙，到"最后的天堂"潘塔纳，李兄一次又一次地只身闯入那些原始荒蛮的神秘水域，以其独有的方式探索那危机四伏、凶险重重的水下世界，与无数神秘未知的凶猛鱼类展开前途未卜的较量——仿佛一场波澜壮阔的奇幻冒险，一次妙趣横生的探索发现，一个活色生香的百味人生——李兄的钓竿犹如骑士的宝剑，为我们斩出了一个梦幻瑰丽的世界。在这里，他不只是一个怀抱梦想的钓鱼英雄，更是勇敢直面艰难命运的生活斗士，即使鱼竿折断，依然勇往直前！李兄以他史诗般的笔触，把一个钓鱼大世界演绎得酣畅淋漓、荡气回肠，并让我们从中领略到钓鱼这项活动所蕴含的巨大生命力——那是一种不死的欲望，是疲惫生活中的英雄梦想！它让人心灵震撼，让人泪流满面，让人热血沸腾，一往无前。

——这就是钓鱼的真正魅力。从这本书中你会深刻了解到，对于热爱钓鱼的人来说，每一次出行都是一次圆梦之旅，都承载着他们的不老青春和英雄梦想。而在钓鱼过程中，那种对自我和他人的不断挑战、那种与大物较量的满足和快感、那些为了打败对手所经历的艰辛与磨难、那些每次交手后的凝视与观照，都让人刻骨铭心。假如没有对生命的热情与渴望，你可能永远也无法获得这样的生命体验，也无法理解生命的真谛。

相信许多人年轻时都曾有过海子的浪漫情怀："我要做远方的忠诚的儿子/和物质的短暂情人/和所有以梦为马的诗人一样……"可若干年后，他们的现实却写满北岛那老男人式的伤感："那时我们有梦，关于文学，关于爱情，关于穿越世界的旅行。如今我们深夜饮酒，杯子碰到一起，都是梦破碎的声音。"也许日常的琐碎消磨了你的斗志，生活的压力磨平了你的棱角，但李兄用他的经历告诉我们：还有这样一种方式可以继续保持生命的激情与渴望，让我们在平庸而无奈的现实中寻找自己、战胜自己、成就自己，做自己的英雄！

感谢在这样一个喧嚣时代，李兄给予我们的勇气与信念。我想，Bob Dylan 的那首歌曲大约是对李兄最好的诠释：

How many roads must a man walk down
一个男人要历经多少坎坷

Before you call him a man
才能被称为男人

How many seas must a white dove sail
一只白鸽要飞跃几许汪洋

Before she sleeps in the sand
才能在沙滩上栖息

How many times must the cannon balls fly
加农炮要发射多少次

Before they're forever banned
才能永远停止叫嚣
……
How many times must a man look up
一个男人要仰望多少次

Before he can see the sky
才能看见蓝天
……
The answer, my friend, is blowing in the wind
朋友啊，答案就飘荡于风中

The answer is blowing in the wind
答案就飘荡于风中

但愿这本书可以燃烧你内心深处那隐秘而巨大的热情。

但愿我们的人生可以如美国作家凯鲁亚克所说的：

"他们活过，爱过，有过疑问，也祝福过，冒险过……他们不虚此行。"

目 录

序：以梦为马（宋存颖）—— 001

一意孤行亚马孙

四十年的向往 —— 003
墨西哥城到玛瑙斯 —— 008
玛瑙斯城印象 —— 011
进入内格罗河 —— 020
亚马孙的鱼并不好钓 —— 025
大悲大喜的一天 —— 034
雨林中的印第安人 —— 046
渐入佳境 —— 052
轮到手竿钓鱼了 —— 057
还不错的一天 —— 063
最惨的一天 —— 066
在营地的最后一天 —— 071
实用信息和旅游攻略 —— 076

最后天堂的钓客

到潘塔纳去！ —— 083

还是孤身上路 —— 087

千万里，我找寻着你 —— 089

天不作美 —— 092

哈伊梅先生 —— 099

科隆巴和玻利维亚 —— 110

牛人阿尔西迪斯 —— 118

苏鲁宾！苏鲁宾！！ —— 130

路亚狂欢节 —— 141

阿尔西迪斯的失手 —— 151

失败的夜钓 —— 163

绿河里的阿尔芒 —— 169

最后的安慰 —— 174

实用信息和旅游攻略 —— 182

重返巴拉圭河

重回旧地 —— 188

巴古斯 —— 191

恶狗鱼 —— 201

天边的辛古河

惜别哈伊梅先生 —— 217

大豆高速公路 —— 220

初识古鲁艾尼河 —— 227

河不可貌相 —— 238

雨天的钓趣 —— 251

我亲爱的苏鲁宾 —— 258

巴洛梅塔盛宴 —— 271

钓获寥寥 —— 282

Recanto Xingu 钓鱼农庄 —— 291

大鱼梦碎 —— 294

印第安保留区 —— 304

最后的辉煌 —— 德拉伊龙和巴亚拉 —— 313

实用信息和旅游攻略 —— 330

一意孤行亚马孙

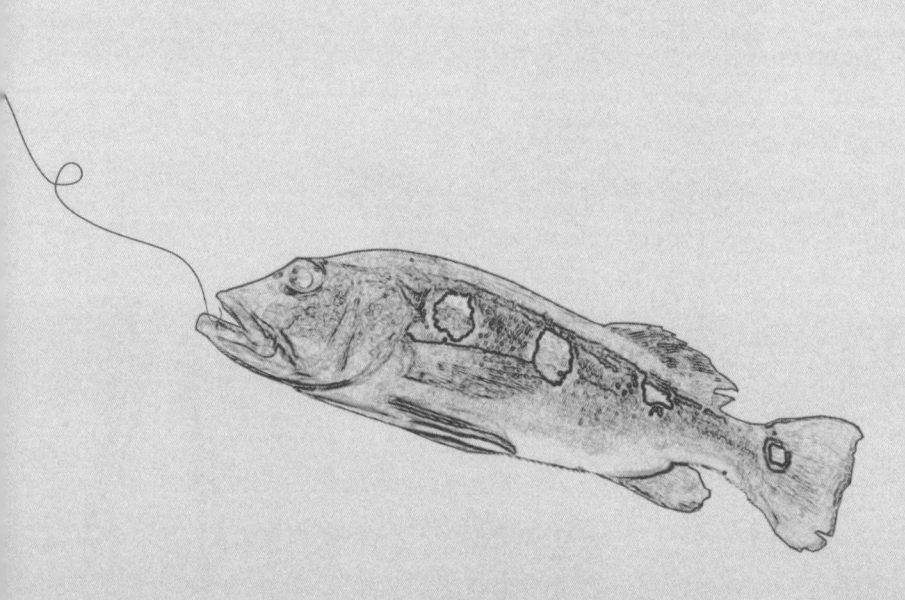

四十年的向往

我很清楚地记得那一天。

那是 1964 年酷暑的一个晚上,晚饭后我们兄弟姐妹在街边的路灯下乘凉,每人手里都捧着一本书在看。我在我父亲收藏的《知识就是力量》杂志里随手抽了一本,那是中华人民共和国成立后的第一本科普杂志,全部翻译自前苏联的同名杂志,1962 年后才由中国自己出版的《科学画报》取代。

信手一翻,就翻到前苏联科学家阿捷耶夫斯基写的那篇《神秘的王国亚马孙》。

那是一个多么神奇的未知世界,我第一次知道这世界上还有一个叫巴西的国家,第一次知道有一个叫作亚马孙的巨大的热带雨林,凯门鳄,食人鱼,用翅膀走路的荷爱卿鸟,叶片上能坐一个人的大王莲,长达六米的森蚺,像幽灵一样的南美黑豹……这一切使我的心激动得狂跳不已,以至竟捧着这本杂志在昏暗的路灯下坐到半夜两点。

我对自己说,长大后一定要去亚马孙,亲眼看看书中所写的这一切。

当然,那只是一个少年人幼稚的梦想,我自然不会知道我的向往只是痴人说梦。两年后,"文化大革命"爆发,红卫兵抄家的时候,那本杂志和其他的书籍被焚烧,在声嘶力竭的毛泽东语录声中,我的亚马孙梦想灰飞烟灭。

我以为我将永远忘记亚马孙了。

1985年,中国已经改革开放,面对世界的大门,已经打开了一条缝。我在香港的大姑妈在时隔三十七年后第一次回内地探亲,临走的时候整理行装,从箱子里拿出一本杂志,她问我能不能看懂繁体字,如果能看懂的话,这本杂志值得我看一看。

那是一本香港出版的中文版《读者》文摘,我接过来信手一翻,似乎是命中注定,就翻到那篇使我的心再次狂跳的文章——《烟波浩渺的亚马孙河》,那是一篇文摘,介绍了法国探险家雅克·古斯托在1983年所著的《古斯托亚马孙之旅》,这是古斯托在对亚马孙热带丛林进行了十八个月的考察后所写的惊心动魄的游记。

古斯托这个人,我并不陌生,甚至可以说相当熟悉,用现在的话来说,我是他忠实的粉丝。如果说在这个世界上还有什么人值得我崇拜的话,古斯托就是一个,他是我理所当然的偶像。

这个法国人是个天才的作家、无畏的探险家、智力出众的科学家。现代的轻型潜水装置,就是由他发明的,这个发明使人类从此摆脱了笨重得像盔甲一样的重型潜水衣,可以像鱼一样轻盈地在蓝色的世界里翱翔。发明轻型潜水装置后,他带领一群科学家对红海进行了大规模的考察,所有考察的过程,被拍成了长纪录片《静静的世界》。由于并不涉及政治，这部影片于20世纪60年代中期被中国政府允许在大陆放映，其引起的轰动，远在现在的《哈利·波特》之上，相信许多现在五十五岁以上的人，对这个电影仍记忆犹新，并且能毫无困难地背出那句经典的台词："我也要吃龙虾！"

可以想见这篇文章对我的震撼，到今天，我还能轻而易举地背诵出里面的一些章节：

　　在远方的大洋里，水蒸气冉冉上升，进入风里，化成云雾飞越雨林，雨雾

> 不断地滴撒着整个流域，灌溉了亚马孙成亿成兆葱翠闪耀的植物。在褐色滚滚大河里，有片片摇落的碎屑，昆虫的空壳，安第斯山的石屑，树叶和鸟骨的残余微粒，还有片片鱼鳞。这些碎屑已全混合好，以便孕育新的生命。它们全都奔流入海，进入这世界的血液系统……它也是一个似幻疑真的世外桃源。亚马孙流域是地球上最后的几块原始土地，那里的部落大致上仍未受到现代文明的改变，他们仍然追猎禽鸟和猿猴，用弓箭捕鱼，栽种木薯，他们的生活方式已因为世界收紧对亚马孙河的包围而正在逐渐消失……

我背诵着这些震撼心灵的章节，眼睛里饱含着泪水。在当时的政治环境下，中国仍然是个比较封闭的社会，我深深地明白亚马孙梦想对于我来说仍然是痴人说梦，它离我是那么的遥远，远得令人心碎。

然而，谁都没有想到的是，五年以后，一切都变了……

1989年，我前往美国，并且在那里工作和生活了五年。当口袋里有了几个钱后，亚马孙计划在我心里又死灰复燃。我曾不止一次地和我表哥苏厚民谈起过我的亚马孙计划，搞得他和我们一帮钓鱼朋友热血沸腾，都嚷嚷着说去啊去啊大家一起去，不就是去巴西吗？可是嚷嚷了半天，都没去成。最近一次是2004年，我们一帮钓鱼疯子聚首在墨西哥下加州的圣·卢卡斯角钓鱼，有天晚上船钓回来，喝了一大堆啤酒，脑子一发热，又谈起去亚马孙的事情。大家都说这回真的要去了，表兄大哥你列个计划，到时候大家走人！当时借酒盖脸我就发了狠话，我说以前不是说得好好的，结果怎么样，还不是一个个都搞了飞机？这次我可跟你们说明白了，哪怕你们都不去，我一个人也要上路。大家都说这回要玩真的了，2005年去怎么样？好，就定在2005年了！

结果2005年又黄了。

2006年5月份，我去墨西哥城办事，事情办完后一个人在城西区闲逛，逛着逛着就看见了巴西驻墨西哥大使馆，我的疯劲就上来了，想也没想就走了进去，填了签证表，交了签证费，三言两语就把签证的事情搞定了。

你们都不去,好啊,那我就先走人了!

想不到四十年的等待,就这样在一刹那间便要美梦成真了!这就有了这篇文章的题目,千真万确是:一意孤行亚马孙。

到了制订行动计划的时候,才感到真是有点难度。巴西的国土面积和中国一样辽阔,从地图上看,光一个亚马孙州就有中国的几个省加起来那么大,我的头有点大了起来。

就好像是有个人说要到中国的长江去钓鱼,可是从青藏高原到上海的崇明岛,几千公里都叫作长江,该到什么地方去钓呢?哪里才是最佳钓点呢?

仔细查看了巴西地图,又在网上搜索了好一阵子。中文网站上基本没有什么内容,说旅游的倒是不少,说钓鱼的一个没有。英文网站上倒是搜到很多,但越搜越糊涂,推荐的地方确实不少,就是不明白这些地方到底在哪儿,也不知道哪一条路线从时间上最适合我。

于是我就自己决定,什么都不管了,先到亚马孙州的州府玛瑙斯(Manaus)去。按照过去的经验,在玛瑙斯这样的地方,一定可以找到许多的旅行社,一个个地和他们去谈,一定可以得到许多我想知道的信息,到时候综合那些信息,答案也就有了。

可是接下来问题又来了,墨西哥城没有直飞玛瑙斯的班机,必须要先飞到里约热内卢或者圣保罗,再倒过头来飞玛瑙斯,多花钱不说,一个单程就要多飞八个小时。苦恼了半天,突然想到我在当地旅行社的一个朋友,赶忙打电话过去。他说你不要着急,我再替你查查看,或许还有其他办法可想。下午回电来了,他说查到了,有另一条路可走,你可以乘坐巴拿马航空公司的航班,从墨西哥城飞巴拿马城,再由巴拿马城转机直飞玛瑙斯,价钱只有飞圣保罗的一半,只不过转机时间只有二十分钟,有点紧张。我说没有问题,你替我订机票吧。

就这么定了,9月18日动身。

墨西哥城到玛瑙斯

一大清早,我就赶到墨西哥城国际机场,因为班机 6 点 40 分就要起飞了。整个候机大厅里空荡荡的,给我盖出境章的移民局官员一面看我的出境表格一面打哈欠。反倒是做安全检查的人员精神抖擞,竟然通过 X 光机找出我行李里面一板绑好的 8 号大钩,拿出来端详了半天,说是这个不能带上飞机。我问为什么,他们说这个不安全。我又好气又好笑,问他们,你们有见过用鱼钩劫机的吗?说了半天,人家死活不让步,我只好拿出一板来,其实我手提箱里有三板。我看拿了一板后他们没什么反应,关上箱子就走,倒什么事也没有。

到了登机口,麻烦又来了,检票的工作人员说我的钓竿包长度太长,不能带上飞机,只能做随机行李。我再三向他们解释,因为我只有二十分钟的转机时间,在巴拿马机场,只要地面行李车动作稍微迟钝一点,我的行李就赶不上趟了。好说歹说他们就是不肯通融,我也不肯让步,双方就这么僵持着。正好这时候有个空姐走出来,我灵机一动叫住她,我说我有点麻烦,能不能和机长谈谈?一会儿机长出来了,问怎么回事,我又把理由重复了一遍。他问我这里面是什么东西,是高尔夫球杆吗?我说是鱼竿。他说打开让他瞧瞧,一瞧就挥挥手说,没关系拿上去吧,一会儿交给空姐替你保管。碰到这种讲道理的老兄,也算是我运气好。

换登机卡的时候,我让巴拿马航空公司的职员替我安排了一个靠窗的位子,以便到巴拿马城的时候能看看举世闻名的巴拿马运河。从墨西哥城飞巴拿马城要三个半小时,感到飞机慢慢降低高度的时候,巴拿马城也就到了。天气情况很不好,从窗口望出去,地面上一片灰蒙蒙的,好不容易看到运河了,刚拿出数码相机想拍张照片,飞机一个转向,运河就偏到地平线的那边去了,只能回程时补拍了。

飞机停靠好,刚打开机门,我就背着钓鱼包拖着行李箱,一马当先冲了出去。紧赶慢赶找到下一班班机的登机口,人家冲我直嚷嚷:"快点快点,就等你一个人啦!"找到位子,才喘口气的工夫,飞机就开始滑跑了。

从巴拿马城直飞巴西的玛瑙斯,差不多三个小时,其实起飞一个多小时后,就已经进入亚马孙地区,只可惜天气不争气,飞机下一直是厚厚的云层,无缘欣赏到"望到天边都是绿"的亚马孙雨林,等到能看见地面的时候,玛瑙斯差不多都要到了。视线仍然不太好,空气里好像充满了水分,看下去模模糊糊,但是亚马孙河已经可以看得明白了。手拿着照相机拍了几张,都不理想,忽然看见下面有段河面很特殊,就把它拍了下来。后来才知道这地方是玛瑙斯附近的一处景点,因为亚马孙河在这一段突然变浅,露出许多沙洲和小岛,因此这一段的葡萄牙语名字的意思就有点类似中文所谓的"千岛湖",无意中拍到了它,也是一种幸运吧。

办完进关手续,进到机场大厅里,果然不出我所料,有好多人举着各种旅行社的牌子在招揽生意。看了看表,时间早得很,不着急,慢慢来,抽根烟先,一路上将近八个小时,可把我这个老烟鬼憋坏了。

休息完了,一家一家地和他们聊。这家说,他们的住宿是五星级标准,并且能安排一周的观光项目,一听就没了兴趣。五星级,你当我是有钱大佬啊?再说了,我是来钓鱼的,不是来观光的,不谈不谈。那家说,他们有钓鱼项目,保准能钓到鱼,一看他们的地图,旅馆原来就在玛瑙斯城边上,有个半天然半人工的湖,大概是里面养了鱼,这算什么事嘛,没啥好谈的。也有专门钓鱼的豪华团,吃住都在船上,五六天里沿着亚马孙河一路钓下去,听上去好像蛮不错的,可一看价目表吓了一大跳,一天差不多收费七百美金,太过分了吧!

转悠了一圈,感觉都不理想,正有点惶惶无计,有人拍了一下我的肩膀,用英语问我:"你是来钓鱼的吧?""你怎么知道的?"那人一指我的钓鱼包:"而且我猜你不是中国人,就是韩国人,再不就是日本人,只有你们亚洲人才用这种钓鱼袋的。"哟!碰到内行了!

那人自我介绍说他叫爱德瓦尔多,是一家名叫绿色之旅的旅行社的副经理,每天的基本工作就是到机场上招徕客人并送他们去亚马孙旅游，见得人多了，经验老到，一眼就能把人看出个七七八八来，他说："我们找个地方坐下来聊聊怎么样？"

我们在机场的咖啡吧坐了下来，爱德瓦尔多叫了两杯咖啡："是第一次来亚马孙吧？""是啊。""那请你告诉我，你有什么打算和要求，或许我可以帮你。"我说："我想找这么一个地方，要远离城市，在亚马孙雨林里，能钓鱼，而且要能钓到尽可能多的鱼种，当然还包括不要太贵的吃住，最好还能有个对钓鱼内行的导游。啊对了，最好还能够看到当地的印第安原住民，就这些。"爱德瓦尔多笑了，说你碰到我算是对了，你的要求我们全都可以满足。

他说，绿色之旅在离玛瑙斯七个小时船程的亚马孙河雨林里有一处水上营地，虽然不豪华但足够舒适，为了体现原汁原味的自然，没有任何现代的东西，没有电，晚上点蜡烛，当然也没有电视机，没有组合音响，没有夜生活，是一种完全绿色的生活方式。旅游的内容包括：在亚马孙河上看日出，观赏亚马孙淡水海豚，雨林探险，雨林露营，夜间探访亚马孙凯门鳄鱼，手划艇漫游亚马孙河，观赏热带禽鸟，探访印第安土著，当然也包括钓鱼。如果你是为钓鱼而来，你可以在上述内容中凭你的兴趣任意取舍，其他时间我们可以全部为你安排钓鱼活动。伙食比较简单，但一定会使你满意。收费标准一天一百五十巴西雷亚尔（在当时相当于七十美金），你觉得怎么样？

我觉得相当不错，但还想再考虑一下。这老兄真是个有经验的生意人，他继续向我施加诱惑：我们可以一天二十四小时向你提供钓鱼用的带引擎快艇！我觉得我马上要投降了，他还在继续向我施加诱惑：我们可以一天二十四小时为你提供有经验的钓鱼导游！我说行了，就是你了！他伸手过来和我握手，说："谢谢你，相信我是不会错的！"

和爱德瓦尔多约好第二天上午去绿色之旅旅行社和他们签约并付款，他替我在电话里预约了一家旅馆。

叫了一辆计程车，因为没有巴西的钱，一脸忠厚相的司机大佬收了我四十美金。后来才知道，从机场到市中心才三十五个巴西雷亚尔（在当时相当于十五美金),这老兄一刀砍得我够狠。旅馆的情况倒还不错,从阳台望下去,正好是市中心的商业大道,冲完凉点支烟,居高临下地东张西望,感觉只有一个字:乱。车辆乱停乱放,行人乱穿马路,小商贩乱摆摊子,马路牙子边上站着些形迹可疑的人。这些乱象令我这个外乡人平添了许多不安全感。

在旅馆的餐厅里吃了晚饭,找旅馆客服台的值班经理大致了解了城市的情况,我早早回房休息了,第二天还有许多事情要办。

9月19日 玛瑙斯城印象

第二天一大早,我就起来了,提了相机直奔码头的鱼市场而去。昨天就在旅馆的客服部问明白了鱼市场的位置,其实很近,离旅馆步行也不过一刻钟的事儿。昨天,爱德瓦尔多告诉我亚马孙河里有超过两千种淡水鱼类,而且其中绝大部分都是世界上独一无二的物种,在别的地方是找不到的。我既然准备要钓它们,当然得先认识它们一下,我对它们实在是充满了好奇心。

才早上6点钟,鱼市场的鱼摊儿就都摆出来了,一个一个摊看过去,真是大开眼界。

淡水鲇鱼卡帕拉利,据资料记载可以长到一米以上,体重可达25公斤,在亚马孙河的五百种鲇鱼中,只能算是中等身材。据说很好吃,在鱼市场里卖得比较贵,鱼肉是淡橘色的,和一种淡水三文鱼很相像。你们看它们肉滚滚地躺在桌案上,多

卡帕拉利

清道夫

巴古鱼

孔雀鲈

吸引人。不过再看看卖鱼的老板，它们都会觉得自己很惭愧。

还有在国内被称为清道夫的鱼，因为它们总是在水体的最下层生活，吃别的鱼种不屑吃的残渣碎屑。在亚马孙河里有六十多种清道夫，这种是体形比较大的，每条差不多有七八两重。肉味如何不得而知，但卖得很便宜，想来好不到哪里去。但是这种鱼的生命力实在旺盛，卖的时候被砍了尾巴、鱼鳍和棘刺，居然条条活蹦乱跳，是我在鱼市场里看到唯一的一种活鱼。

巴古鱼，体形比鳊鱼还要扁平，简直有些夸张，头和身体的比例严重失调，看上去非常滑稽。这是亚马孙河里产量很大，价格和食用范围都很大众化的鱼，但奇怪的是我自始至终都没有钓到过一条。

孔雀鲈，这是亚马孙河里最有名的鱼，每个去巴西钓鱼的人的梦中情人，英文名字叫 Peacock Bass，翻译成中文就是孔雀鲈，因它们身上的斑斓色彩而得名，葡萄牙语念杜古那奈。在亚马孙河里有五个品种，色彩和花纹各异，最大的品种可以长到近 20 公斤。

达慕大，是亚马孙河的小型鱼类，猛一看以为是某一种清道夫，其实它是鲇鱼的一种，不注意看倒还真忽视了它嘴上的胡子。最奇怪的是它身上的鳞片，我敢打赌你一定难以想象鱼鳞会长成这个样子。

马德里香，和巴古鱼同样产量大而且大众化，最大可以长到 1.5 公斤，是一种上层鱼类，经常在水面活动，一来就是一大群，食性颇杂，什么都吃，其性质和国内的白条鱼相似。钓到的大多在 25 厘米长左右，鱼刺很多，巴西人不爱吃，时常被用来做鱼饵。

国内水族箱里的大明星龙鱼，身价动不动就是上万元人民币，从品种上区分，有金龙、红龙、银龙、青龙等，除了巴西，多数来自于南洋和巴布亚新几内亚。在港台地区，人们普遍认为养这种鱼可以替主人挡煞气，大陆跟风，这一跟风就把它的身价给抬上去了。可人家巴西人把它放在鱼市场上卖，价钱也不过尔尔，叫那些"爱鱼一族"看到，简直要当场吐血。我曾问过巴西人，这鱼好不好吃，人家说刺太多，不好吃。它的英文名字不太雅，叫 Water Monkey，译成中文就是水猴子，这种鱼经常在水面缓缓游动，看到昆虫飞过或者停在水边的树枝上，会飞身跃起，在半空中把猎物咬到嘴里，真是神乎其技，令人拍案叫绝。龙鱼的葡萄牙语名字听上去还比较柔顺，叫阿露娃尼亚，在亚马孙河里，最大的可以长到长 1 米、重 5 公斤以上，只可惜在我钓鱼的那个地区数量很少，我费尽心机都没有钓到一条。

达慕大

马德里香

龙鱼

坦帕基

大型鲇鱼费洛丹的肉

坦帕基,在亚马孙河的名声并不亚于孔雀鲈,以前孤陋寡闻,竟然不知道它,到了巴西买了当地的钓鱼杂志看,才知道人家可是名声不亚于孔雀鲈的亚马孙大明星,是亚马孙河里难得的基本吃素的"善男信女"。

坦帕基虽然是吃素的,但是吃野果水草竟然可以长成如此巨大的体形,三五公斤的算是鱼秧子,二三十公斤以上的才算是成鱼,能登上钓鱼杂志的动不动就是三四十公斤,纪录是1.4米长、88公斤,看到会把人吓得一身冷汗。这种鱼的名声另一半来自于它那恐怖的拉力,据说一条60厘米长的坦帕基就可轻轻松松地把钓鱼人拖到水里去。

鱼市场上有一种鱼肉,看样子非常像生猪肉或牛肉,是一种叫作费洛丹的鲇鱼怪物的肉,它轻轻松松就能长到2.5米、200公斤,是亚马孙河里最大型的鲇鱼。看着这半条鱼,我苦着脸想了半天,假如我钓到这么一条鱼,那该怎么办?看来除了赶紧撒手把鱼竿给扔了,别无他法。

鱼市场里的鱼数量确实不少,但是种类上并不如我想象中的那么多,我想卖鱼的摊贩可以解释这个问题,就和他们搭讪起来。我曾在非洲莫桑比克待过近两年,多少还会一点葡萄牙语,但想不到巴西的葡萄牙语和非洲的葡萄牙语差别竟有那么大,听得我真是累死了,但还算可以勉强沟通。原来亚马孙河中的很多鱼都是有季节性的,季节到时市场上到处都是,过了季节一条都找不到了。

鱼市场隔壁就是肉市场,顺便也过去看了一下,这一看就看出问题来了。照理说亚马孙地区有得是鱼,但为什么鱼的价格要比肉还贵呢?抱着这个问题,又去请

市场里的小店铺，卖的都是从亚马孙搜集来的千奇百怪的工艺品。

教鱼老板，想不到引来鱼老板们的一肚子牢骚。他们说以前亚马孙河里有得是鱼，渔夫们早上离开玛瑙斯，就在附近作业，到中午就可以满载而归。但现在不行了，鱼越抓越少，地方越来越远，甚至今天出航，要到明天才能返航。巴西的燃油又贵得出奇（差不多是墨西哥的三倍），渔民的作业成本越来越高，他们不得不抬高鱼的售价。而政府怕引起人民不满，又不许渔民抬价。渔民一愤怒就发飙了，两个月前组织了一次大罢工，要求政府发放燃油补贴，几百条渔船包围了商港，不许船只进出，闹到州渔业部长出来斡旋，老百姓好几天没有鱼吃。事情看上去似乎是燃油问题，事实上反映出来的却是亚马孙河渔业资源开始出现枯竭的迹象。我不是巴西人，却也很为亚马孙河担忧。

从鱼市场出来，对马路就是亚马孙河，河边是有名的码头区。玛瑙斯地处亚马孙河的中心，四面八方都是河流，通往外界的公路很少，人们的出行大多靠水路，那个熙熙攘攘的码头就等于是玛瑙斯的长途汽车站了。

从高高的河堤上沿着阶梯走下来，太阳刚刚升起，码头上已经热闹非凡，夜航

玛瑙斯的客轮码头,是整个玛瑙斯出镜率最高的地方。

浮在水面上闹闹哄哄的候船站。

这些客轮都将开往亚马孙河的腹地。

的船刚靠岸,一脸倦容的乘客提着行李急急忙忙往家里赶,那一边,准备开航的轮船已经在解着缆绳,乘客和送客相互招手,高声道别。我沿着码头慢慢地走着,看着一艘艘名字各异的轮船和上面标示的目的地和途经站,充满了遐想。它们都将开往亚马孙的腹地,每一个地名对我来说都是那么神秘和充满诱惑,真希望有一天我能跳上其中一艘,消失在茫茫的亚马孙河上,永不回来。

玛瑙斯处于亚马孙河上游和中游的交汇点。亚马孙河的上游由两条大河组成,一条叫索里摩艾河,人称白河,河水的颜色和世界上其他河流的没什么两样,发源于秘鲁高地,万吨海轮可以溯流而上3700公里,从大西洋直抵秘鲁的伊基托斯港,几乎横贯大陆到达安第斯山脉的东麓,这在世界上是独一无二的。另一条巨河叫内格罗河,又叫黑河,发源于哥伦比亚高地,一路上汇合了从热带雨林枯枝落叶下渗透出来的雨水,就像泡过的茶水一样,颜色非常怪异,浅的地方像红茶,深的地方像可口可乐。我即将要去的水上营地,就在黑河的一条支流上。这两条大河在玛瑙斯附近交汇,因此出现了河水一半白一半黑的奇观,泾渭分明的黑白两色河水对峙十几公里才逐渐融和,当地人很浪漫地将它称作大河婚礼。

从码头回到旅馆,吃完早餐后在旅馆附近找了一辆计程车,和司机谈妥了价钱,让他全天跟着我,去办事情和观光。先去银行换钱,人是英雄钱是胆,几千巴西雷亚尔往钱包里一放,这才觉得真正是到巴西了。

接下来去绿色之旅办事处,爱德瓦尔多已经在等我了,签了合同交了钱,又和他们聊了一会钓鱼的事情。他们问我,最想在亚马孙钓什么鱼呢?这倒是问倒我了。其实我在杂志和电视里看到的,印象最深的就是三种鱼:海象鱼比拉露库(Pirarucu)、孔雀鲈杜古拉奈(Tucunare)和食人鱼比拉尼亚(Piranha),其他还有什么鱼,真是广东话说的"蒙查查"。他们就笑了起来,爱德瓦尔多说,海象鱼嘛,

运载客人的水上摩的,开起来横冲直撞肆无忌惮。

海象鱼，最古老的物种之一，历史可以追溯到恐龙时代。

蝴蝶翅膀上闪现着金属光泽，飞起来的时候一定是难以想象的炫酷。

博物馆里展出的昆虫标本，那些甲虫有拳头那么大。

根本就很难找了，几乎绝迹了，十年前就列为亚马孙的保护鱼类，别说钓不到，钓到了也得放，不然就是犯法，要坐牢的。孔雀鲈嘛，有倒是有，但数量可是大不如前了，钓不钓得到要凭运气和本事。至于食人鱼，会钓到你怕。他介绍说在玛瑙斯有一家由巴西籍日本人开的自然博物馆，里面有养在水族馆里的海象鱼，有时间的话倒值得去看一下。他抄给我那家博物馆的名字和地址。他说明天早上 8 点钟，他会来旅馆接我，动身去亚马孙雨林。

出了办事处，我问司机，当地有没有比较大一些的钓具店，他说有一家叫 Solopesca 的店，我说咱们就上那家店去吧。

和我想象的不一样，玛瑙斯其实并没有什么像样的钓具店，这家号称最大的钓具店，其实也没有什么大不了的。本来还想和老板聊聊钓鱼的事，请他给我些建议，想不到那老板是个非常内向的人，加上我的葡萄牙语也实在蹩脚，问三句，讷讷地答一句，聊不下去了，讪讪地买了一个抄网走人。

下午去了那家自然博物馆，看了水族馆里养的两条差不多有 100 多

亚马孙州的州立大剧院,亚马孙州风光年代的作品。

政府大楼前面的五洲广场,面向我们的这个角度就是亚洲。

斤重的海象鱼，以前只在电视上看到过，现在看到活生生的海象鱼，一下子看得呆了。博物馆里还有许多雨林生物的标本，我拍了一些照片。那些蝴蝶真漂亮啊，据说有些珍稀的品种在国际黑市上能卖到 4 万美金一只。我的天！怎么这种好事总是轮不到我呀。

下午剩余的时间在市区看了看，建筑物大多很陈旧，只有市政府大楼看上去很光鲜，市政府大楼门前的五洲纪念碑，还保持了对玛瑙斯历史的骄傲的缅怀。

晚上在当地最有名的河鲜餐馆吃饭，菜单上居然有海象鱼，我问那会讲点英语的经理：海象鱼不是保护鱼类吗，你们怎么可以卖呢？经理一脸莫测高深，说这是农场里养殖的，可以卖。真是这样吗？谁知道。点了一份，很好吃，有点像国内产的螺蛳青鱼，肉细嫩而有弹性。

收拾完东西，早早上了床，想到明天就要去亚马孙雨林，我就像是个明天一早要去钓鱼的菜鸟，兴奋得在床上折腾到半夜都睡不着觉。

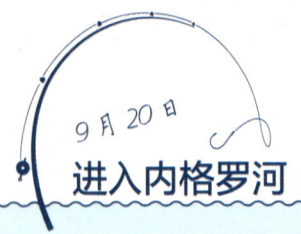

进入内格罗河

9月20日

七点钟就起床，梳洗吃早餐，半个多小时搞定，七点三刻，已经全副武装下到旅馆的大厅里。没等多久，来接我的车子就到了，好像在时间观念上，巴西人要比墨西哥人好很多。同车还有一个从葡萄牙里斯本来的小伙子裘里奥，爱德瓦尔多笑着说今天上营地的就你们两个人，简直就是专门为你们两个人放一艘船，我们公司要赔本了。又对我说，你的情况我已经通过甚高频电话和营地的经理通过气了，他会给你做出安排，你就放心去吧。

送我们去营地的船叫洛伦索二号，吨位在 200 吨左右。除非天气极恶劣，洛伦索二号每天都要前往营地一趟，把新来的客人送过去，并把度完假的客人接回

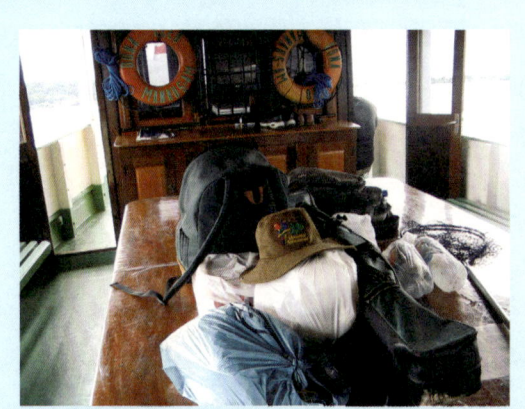
船上的一大堆行李。

水上的船民。

为过往船只加注燃油的水上加油站。

来，还要为营地输送给养和饮用水以及大量的冰块。船长是个大胖子，我听船员都叫他布什，我就称他布什先生，大家听了哈哈大笑，原来布什是他的外号，他的名字叫乔治。布什先生能说一口流利的西班牙语，以前在秘鲁当过船长，我问他为什么又回来了，他说秘鲁的女人丑死了，巴西的女人才漂亮。这是个性格外向、极其豪爽的人，上船才半个小时，我就跟他混得烂熟，彼此用 hermano（西班牙语：兄弟）相称。

我担心吃不惯营地的伙食，荒郊野外的又没地方买东西，上船前特意买了许多饼干、快餐面和罐头肉等，想了想，又买了两箱啤酒和两箱可口可乐，再想想，又买了许多电池和卫生纸，还是不放心，又买了几大瓶矿泉水，这使我原先很精简的行李一下子变得臃肿起来。不过后来证明，这些东西都买对了。

和爱德瓦尔多挥手告别，我们起航了。

慢慢地从船堆里挤出来，缓缓地前行，其实也根本开不快，河面上到处都是载客的小快艇，横冲直撞地，就像我们上海街头拉客的摩的，那都是些不要命的家伙。

半小时后，船速开始加快，我们已经进入内格罗河宽阔浩荡的主流了。我站在船头，迎着扑面而来的湿润的风，禁不住浮想联翩。几百年来，有多少人像我一样沿着亚马孙河溯流而上，怀着各自的发财梦想。他们在热带雨林里忍饥挨饿，挥汗如雨，那里到处都是传播疾病的热带昆虫，遍地是成群结队凶残剧毒的生物，还有在暗地里窥视着他们，随时可能出手杀人的未经开化的印第安人。他们冒着生命危险在河流里淘金，在酷热的矿井里掏挖宝石，在雨林里追逐猎取珍稀动物。几个世纪过去了，确实有人发了大财，但更多的人却永远没有再走出雨林，就此消失在亚马孙的雨雾里，他们的骸骨散落在幽暗的河底，上面覆盖着几百年的淤泥。称他们为冒险家也好，叫他们亡命之徒也罢，事实是，正是他们用生命和鲜血建起了玛瑙斯城，也正是这些连名字都没有人知道的先驱，书写了传奇的巴西近代开发史。

四个小时后，洛伦索二号拐进了一条内格罗河的支流，此时基本上已很难再看到其他船只，偶尔有一只小船出现在视野里，也只是小心翼翼地贴着河岸蠕动。空荡荡的河面上，只有洛伦索二号孤独而倔强地前行着。

又拐了几个弯,河道变窄了,已经可以清楚地看到两岸青翠的树丛,再往前行,甚至可以看到在树梢上跳跃的猴子。就在前面看来似乎是无路可走的时候,洛伦索二号一个右转,布什船长拉响了汽笛,营地的全体人员都出来迎接我们,除了经理和厨娘外,清一色都是印第安小伙子,而且这帮小伙子个个都能说一口流利的英语。询问之下,原来他们都是在家乡读的传教士办的学校,学会了英语后,由传教士介绍到全国各个旅行社工作的。倒是经理和厨娘只会说葡萄牙语和一点点英语。

经理帮我把东西搬进我的房间,里面非常简单,除了一个盥洗室,只有一张床和一张桌子再加一把椅子。打开窗户就是平静的河面,对面则是翠绿的雨林,倚窗凝望,真令人心旷神怡。经理说,他已经知道有个中国人要来钓鱼,这个营地已经办了好多年了,接待过的游客成千上万,中国人却很少,你是第四个,但来钓鱼的中

在人家的国家里,总得对人家表示一点敬意。

国人你倒是第一个。他说你来的季节太好了,亚马孙地区钓鱼最好的时节是 9 月、10 月和 11 月,因为这段时间正好是亚马孙河的枯水期,11 月下旬开始进入雨季,到 1 月份河面要比现在高 11 米。他指给我看说,到了 1 月份,对面那些树林都将淹到水底下,从营地上只能看到一点树梢。我心想自己运气真好,他讲的这些我都不知道,如果是挑 1 月份来,那就只能站在岸边跳脚啦。

我问经理,我床上怎么没有蚊帐,那晚上怎么睡觉?经理说来这里的人差不多都要问这个问题,说来你不相信,黑河流域没有蚊子,因为黑河的水是从热带雨林的枯枝败叶里浸泡出来的,里面含有单宁酸,水里有这个东西孑孓就活不了,所以我们这里没有蚊子。我想今天是什么日子啊,怎么老听到好消息!

我迫不及待地问到了导游的事,经理说已经为我安排了一个小伙子,是这里最擅长抓鱼的,现在他和另一个导游带客人出去了,晚上就能看到他了。不过有个麻烦,他不会讲英语,只会讲西班牙语。我说那倒没有问题,我是从墨西哥过来的,西班牙语还能说几句。

和经理说着话,天慢慢地就黑了,一看表,才 6 点出头,厨娘来叫说可以吃晚饭

> 水上营地到了,看了看表,正好七个小时。

了。来到餐厅一看,幽幽的,点了蜡烛,饭菜虽然简单,但在烛光下,显得很温馨浪漫。客人一共才八位,除了我和裘里奥,还有一对来自以色列的夫妇,一对来自法国的情侣和一对意大利老夫妇。我和胡子拉碴的裘里奥相对而坐,和浪漫的气氛显得有点不搭调,抬头看裘里奥,他冲我诡秘地一笑,看样子我们想到一块儿去了。

晚餐的主菜是一人一条油煎的孔雀鲈,尝了一下,味道不错,只可惜这鱼不是我钓的。我一直以为既然叫孔雀鲈,想必那就是鲈科的鱼,其实大错特错,孔雀鲈是属于慈鲷科的,和有名的七彩神仙鱼是一个家族的。这个家族虽然都是体形不大的鱼种,却出了很多著名的观赏鱼类,唯独孔雀鲈长了这么大的个子,实在是慈鲷科里的异类。

从童年起就令我无限向往的亚马孙雨林,终于真实地呈现在我眼前,凝视着窗外黑幽幽的雨林,耳朵里听着几百种昆虫此起彼伏的吟唱,我恍如梦中。回忆起一路上的所见所闻所想,古人所说的读万卷书、行万里路大概就是这个意境吧。点了一支烟,走到室外的水榭坐下,头顶是亚马孙的夜空,黝黑的天穹上星河灿烂,一颗流星迅疾地在天幕划过,熄灭在遥不可及的亚马孙雨林深处。脚下,河水悄无声息地缓慢流淌,忽然间哗啦一声,一条鱼在水面上打出一个水花,波动的涟漪被月色镶上无数道悸动的银边……

我知道今夜又要睡不着了。

9月21日

亚马孙的鱼并不好钓

昨天晚上临睡前我就想过了,我从来没有在亚马孙河钓过鱼,也不知道用什么饵料和钓具来钓,所以先试试看用手竿,灵不灵当场试验,慢慢再做改进吧。

清晨五点半,闹钟把我叫醒了,轻手轻脚地起身,牙也不刷脸也不洗,先去厨房。胖厨娘已经起来了,正在准备早餐,我跟她说能不能给我一片牛肉,她有点莫名其妙,以为我早餐想吃牛肉,说了半天终于明白了,其实我想用牛肉来做鱼饵,她打开冷藏箱割了一片牛肉给我,仍然一脸茫然不解的样子。后来我才知道,从来没有人用牛肉做饵在亚马孙河钓鱼的。

走到临水的露台,翻过护栏,站到一根巨大的浮木上,那根浮木是用来做水上营地的支架的,有钢丝绳捆扎,非常牢固。前面是几百平方米的光水面,没有水草,而且水面平静,用来钓手竿真是非常理想。我亮出我的 5 米手竿,装上拉力 8 磅的传统钓组,试了一下水深,2.5 米左右,调整好浮子,往鱼钩上装了一小粒牛肉,抛出了我在亚马孙河的第一竿。

前面提到黑河的水是红茶色的,早上看上去则完全是黑色的,朱红色的浮子在水面上显得那么的清晰。大清早,无风无浪,又是多云的天气,在国内是绝对的钓鱼黄金时段。

刚掏出烟来,还没来得及打火,就看见浮子动了起来,于是拿烟的左手悬在半空,持竿的右手前伸,我整个人做出一个一触即发的定格。只见浮子动了几下,忽然就黑漂了。我的反应还算快,手腕一抖,竿梢就弯下去了,有东西,好像还有点分量!刚兴奋起来,突然手上一轻,钓线就弹回来了,收过来一看,铅垂还在,钩没了。我心想你只要咬钩就好办,快速装了钩再抛。这次来得更快,浮子还没沉下水,唰地一下就被拖了下去,起竿沉甸甸的,竿梢还不停抖动。我吹了声口哨,心想这次总有了吧,就在鱼要出水的一刹那,只见水面下银光一闪,手里一轻,又是白高兴一场,拿过来一看,邪门,钩又没了。

再换钩,再断,再换,又断……一会儿工夫,五个钩就没了。我不由得焦躁起来,停下手来细想了一下,决定改换策略,只要浮子一有动作,立刻起竿,看看效果如何。凝神细看,咬第六口时浮子刚有动作,立刻抬竿,好,有效!这次给我钓着了,一看在地上蹦蹦跳跳的鱼,我就知道,我钓到食人鱼了,以前见过照片,就是它!我就有点小心翼翼起来,先用脚踩住,再用毛巾包好捏稳了,这才敢拿起来细看。这是一条白比拉尼亚(Piranha Branca),三四两左右,银色的身躯上有细细的黑点。

在南美州,食人鱼是一个很大的鱼类家族,有不下二十个种类,比拉尼亚(Piranha)是对它们的总称,国内称它们为食人鱼。

白食人鱼是食人鱼家族中相对比较文雅的一种。

我捏住它的腮部使它张开嘴,取钩的时候它那满口尖利的牙齿咬得取钩钳咔嚓响,并且发出咕咕咕的叫声,我想它是在用我们不懂的语言骂人吧。

装上鱼饵,如法炮制,很快又钓到一条,然后第六个钩又没了。等我钓到第三条白比拉尼亚的时候,差不多已经丢失了十个鱼钩。恼火归恼火,想到那些坏东西嘴上钩着鱼钩,又惊恐又难受地在水下乱窜,我心里隐隐有些恶毒的快意。

这时候一抬头,我看到有个小伙子往我这边走来,翻过护栏下到我边上,和我握手,脸上的笑容很灿烂:"您是李先生吧?我是法比奥,是您的导游。昨天晚上我来看过您,可是您已经睡了……"他说一口流利的西班牙语,用 usted 来称呼我,那是对年长者的尊称,用以表示谦恭。我心想小家伙蛮懂礼貌的嘛,一下子对他有了好感。

他好奇地看着我手里的 5 米长竿,又看看还在地上蹦跳的三条食人鱼,说不要在这里钓,这里差不多都是这种东西,没有什么玩头。我问他,这里怎么会只有这种鱼呢?他接过我递给他的烟,先为我点火,然后说,营地上的人每天都要在河里洗菜,倾倒剩菜剩饭,这就引来许多小鱼争食,小鱼又引来了比拉尼亚,久而久之,这下面全都是比拉尼亚,没办法钓鱼了。嗯,有点道理。他看看我的钓组,说:"您的鱼钩真不错,但是线不行,在亚马孙河钓鱼,是一定要用防咬线的。这样吧,早餐以后我会来接您,您跟我去钓鱼。"

我觉得法比奥说得有道理，看来普通的尼龙线是禁不住比拉尼亚的牙齿轻轻一咬的，但是用防咬线就有点夸张了，我在海里钓鱼也不是回回都用防咬线的呢。但是为了保险起见，我回到房里用蜘蛛线绑了近20个钩子，我想蜘蛛线对付比拉尼亚应当是绰绰有余了。

早餐后，法比奥来到我房间，看我急着要走的样子，他说不急，我们先去钓用作鱼饵用的鱼。我们来到厨房边上，法比奥拿了一根两米长的细藤条，上面有一米半的线和很小的鱼钩，他先往水里撒了两把剩饭，立刻引来无数的小鱼，把水搅得像开锅一样。他又在鱼钩上穿上一粒米饭，往水里一丢，顷刻间就钓上小鱼来了，很快就钓了二三十条。这种小鱼，他们称作沙丁尼亚，就是沙丁鱼，不过和海里的沙丁鱼是两码事。

法比奥已经早早地将小艇停到水榭边上等我了。按照西班牙语的传统习惯，我称他为伊霍（西班牙语中"儿子"的意思），这样彼此之间就觉得亲切一些。看来

我的导游法比奥。

这个称呼他蛮受用的，我这么叫他，他开开心心地回应，也许他对我这个老家伙的感觉也不错。

法比奥告诉我说，在亚马孙河钓鱼，鱼饵永远只用一种：鱼肉。通常的做法是，先钓两三条沙丁鱼，切开来做饵，等钓到其他鱼后，再从中挑出小点的当饵用，这样一天之内就有用不完的鱼饵。蚯蚓在亚马孙地区是很难找到的，你想想，这里的土地一年之中有四个月要淹在水下，蚯蚓怎么活？我问他，那么用素饵钓鱼成不成呢？法比奥说也可以，譬如用玉米面和几种野果，但极少有人这么做，除非是为了钓几种特殊的鱼。我盯着他问，是什么特殊鱼种呢？他一口气报了一串鱼名，可惜我除了坦帕基，其他一无所知。现在知道的就是亚马孙的鱼大爷们都不是吃素的。

做鱼饵的沙丁鱼。

法比奥征询我的意见，我说你是我的导游，又是地头蛇，大主意你来拿，该上哪儿上哪儿去，不过我这么大老远赶来，也不是光为了钓食人鱼的。他沉吟了一下，说比拉尼亚这个东西，荤素都吃，只要有水的地方都有它，要避开它们倒还真是不容易，不过我倒是知道几个地方，比拉尼亚会比较少一些，要不我们上那边去试试吧。我对用手竿挑战亚马孙的念头仍是贼心不死，今天铁了心用手竿了。法比奥发动了引擎，小艇在水面上画了一个潇洒的圆弧，我们便离开了水上营地。

我坐在船头上，一路欣赏着热带雨林的美景。都说江南水乡河成网，但是如果江南水乡的船老大来到这里，我担保他立马就要晕菜。这里大河套小河，小河连小湖，小湖又和沼泽地打成一片，用密如蛛网来形容也毫不过分。有些河道两边的树，在河中间交织成一片，绿荫遮天蔽日，猴子在上面跳跃，成千上百的鸟雀的鸣叫声响成一片，船在下面驶过，就像穿行在一条幽暗而古老的小弄堂里，经常是眼看前面山穷水尽无路可走，可是一个拐弯，眼前豁然开朗，又穿行在坦坦荡荡的大河上。船行之处，惊起无数的白鹭，它们成群结队无声无息地从头顶上飘然掠过，就像是一群白色的幽灵。

大约行驶了半个多小时,法比奥关闭了发动机,小艇缓缓地停了下来,钓点到了。

真是一个优美的地方,在这种地方不要说钓鱼,就是光坐着看看风景,也够令人心旷神怡了,而给我更多的感觉,是宁静,宁静得使人有离开尘世的飘忽感。

河水黝黑平静,不仔细看,还真看不出水在慢慢地流,这使我想起几天前爱德瓦尔多对我形容的白河和黑河。他说白河水深流急,鱼种少而产量大,只适于网具作业,不适合钓鱼;但黑河水势平静,鱼的种类要远远超过白河,是钓鱼人的天堂,现在看来还真是这样。

手早就痒痒得不行,废话少说,开钓吧!

法比奥对我的 5 米手竿充满了好奇,他说在亚马孙河上,还是第一次看到有人用这种奇怪的长竿钓鱼。我拿出蜘蛛线来给他看,又让他用剪刀剪,一连剪了几次才剪断,惊得他直咂嘴,连声说这种线钓比拉尼亚没有问题。他拿了几条沙丁鱼,切成小段给我做鱼饵。

水平如镜,只用小小一粒铅垂,浮子就站得很直,法比奥拿出他的手线,蹲在船尾也准备钓鱼。我过去一看,他用的是粗线大钩,铅垂大如指盖,还用一段钢丝做防咬线,总的来说,他的钓具很粗糙。他被我看得有点不好意思,赶紧解释说他钓鱼只能算是马马虎虎,用渔叉叉鱼才是他的强项,还说有机会要表演一下让我瞧瞧。我和法比奥说着话,眼角却一直瞄着我的浮子,才一支烟的工夫,浮子突然有了动静,而且居然是送浮,一起竿,手里就觉出了分量,鱼线在水里来回划了几圈,一用劲,一条鱼就被我从水里弹进船舱。哎呀这是什么鱼呀,长得实在漂亮,就是养在水族箱里当观赏鱼都不过分。法比奥过来一看,说这种鱼叫卡拉(Cara),这种鱼的数量不多,很少能钓到的,您的运气真好。我也赶忙掏出纸笔,当场把鱼的名字写下来,不然转过头去就要忘记了。

既然运气好,那我还得试试,不一会儿工夫浮子又动了,动着动着,就往水底下钻去,一抬竿,中鱼了,劲儿好像比刚才那条更大,领着那鱼往水面上走,眼看就要

这条漂亮的卡拉,在国内作为观赏鱼,被称为朱巴利。

出水了，忽然感到手里一轻，水面下有个银亮的鱼体一翻，脱钩了。拿过钓线一看，我也晕了，怎么钩又咬掉了？法比奥过来一看，也呆了，这么结实的钓线也能咬断，那鱼的牙口也忒厉害了吧！法比奥两手一摊，做了个无可奈何的姿势："我不是跟您说过了吗，在我们亚马孙河钓鱼，一定要用防咬线的。"防咬线我倒是有两条，但都在我的箱子里放着呢。

没办法了，只能硬着头皮钓下去，气人的是咬口还特别勤，不断地断钩，不断地换钩，不断地钓上比拉尼亚，钓得我心情极差，一个上午就这么混过去了。看看船舱里，我们两个人钓上的比拉尼亚竟有一小堆，法比奥倒来安慰我，说我们钓的地方水太浅了一些，越是水浅的地方，比拉尼亚越多，下午我们换个水深的地方钓。咦，这小子，怎么不早点说，白白浪费了我一个上午。看那一小堆鱼，我问他这鱼怎么处理，是不是带回去给胖厨娘？法比奥说那个婆娘才懒得洗这种小鱼呢，丢了吧。小鱼？条条都有三四两重呢！我恨恨地捧起鱼来往河里丢，其中半数以上眼见得活不成了，我只好自己安慰自己说，老子今天是为鱼除害！这就想起了爱德瓦尔多跟我说的话：比拉尼亚会钓到你怕。

调转船头，带着一条卡拉鱼，我们回营地了。

吃过午饭，心想早点出发吧，却被那几个老外拖住，问长问短东拉西扯，一下倒不好意思走人了，一聊就聊到两点钟。等到他们有旅游项目都走了，我才如逢大赦，一迭声地催法比奥快开快开，亚马孙天黑得早，满打满算我们只有3个多小时可钓了。法比奥被我催得也来了劲，一下把油门推到底，小艇的头高高翘起，速度快得像疯了一样。

下午的钓点离上午的不远，法比奥把船泊在河中间，还下了一锚，根据锚绳的入水长度，我推测水深大概在7米至9米之间。我带了两根接插抛竿，绕线器上的尼龙线拉力20磅，防咬线上穿通心铅垂，六号袖型钩，还是用沙丁鱼切段做饵。

法比奥讲得果然不错，一钓深水，情况大为改观，虽然还是有比拉尼亚，但是大多数是正儿八经的鱼，而且无一例外都是我从来没有钓过的鱼种，钓得我连呼过瘾。

一意孤行亚马孙　033

阿古利昂（Agulhao），瞧它那一嘴利牙，一看就不是善类。

这是一条连法比奥也叫不出名字的鱼。

卡罴俄（Cachorro），据说也叫角鲨，给它拍照的时候以为它已经死了，谁知我的手一碰它，它跳起来一口就咬在我的手掌上，顿时血流如注。

波道（Bodo），清道夫的一种，离开水还能活很久。

阿拉古（Aracu），身上有斑马条纹，国内观赏鱼市场上被称为"美国野兔"。

发现一个很有趣的现象，好多鱼的尾鳍都是残缺不全的，意思就是这条鱼曾经被食人鱼追咬并且是死里逃生，尤其是那条咬我的角鲨，尾巴几乎全被咬光了，可见它们生存的水下世界有多残酷。

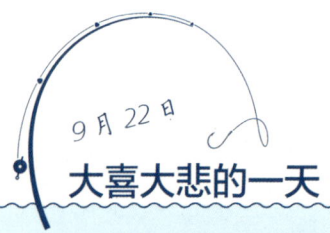

9月22日
大喜大悲的一天

　　昨天晚上和法比奥说定，今天我们就出去钓一整天，午饭不回来吃了，反正我带了那么多干粮和饮料，不管怎么样也要把它们消耗掉一点。因为法比奥说今天我们钓的对象鱼主要是孔雀鲈，所以昨天晚上我在头灯下检查了我的"军火库"，共有拟饵八枚，小心点用可以混个几天，运气不好的话一天就玩完了，我真后悔当初没有多带一点。

　　早餐以后，我们抓紧时间出发了，因为钓孔雀鲈要经常变换地点，所以法比奥今天特意多带了几桶燃油。

　　离开营地不久，我们就到了第一个钓场。那是一个很特殊的河道，沿着两岸长满了成片的树，这种树一半浸在水里一半露出水面，在水下的枝杈间，是各种小型鱼类最喜欢待的地方，一来安全，二来有东西可吃。孔雀鲈也喜欢待在这种地方，因为各种小鱼为它们提供了捕食的机会。法比奥说他几年前刚来这个地方工作的时候，孔雀鲈还很多，一个早上出去，用渔叉叉个十几二十条不成问题，整个水上基地就靠他一个人抓鱼也够。但是最近两年来孔雀鲈的数量日益减少，现在出去一个上午，经常也只能搞到一两条，而且个头也比以前小多了。以前可以叉到十几公斤以上的大鱼，现在能叉到五公斤以上的就算是撞了大运，他说他实在不明白是什么道理。

　　我用了一根轻型的接插竿，莎士比亚牌的中型手轮，因为水的颜色太深，我觉得不宜选用深色的拟饵，就选用了一个 10 厘米半的白色内光米诺（flash mimnow）。

因为从来没有钓过孔雀鲈，只能沿用以前钓大口鲈和狼鲈的经验，我想既然都叫鲈鱼，那不管生活在世界上哪个角落，生活习性应当是差不多的，它们捕食的对象都是小鱼，所以只要找到小鱼栖身和聚集的地方，也就能找到它们的踪迹。从这一点出发，我觉得法比奥选择的钓点是很合适的。

说起用拟饵钓鱼，学问很深，临战经验也非常重要，并不仅仅是抛出去卷回来那么简单。同样一个拟饵，在会用的人手里，可以用回卷的速度来控制压水板，以达到控制拟饵作水面、中水，或是贴底搜索的目的，不同尺寸和不同形状的拟饵，用以控制泳速和泳层的手法各有不同，其中有些微妙的手法，不到现场是难以描述得清楚的。一个熟练的拟饵钓手，可以通过对手腕和上臂力量的运用，使拟饵在水底下做出各种模拟小鱼的动作，或弹跳，或飞窜，或做出受伤的痛苦状，以求引起对象鱼的注意，以挑逗它们产生对拟饵追咬的欲望，所以那种只会简单抛出去收进来的菜鸟钓手，在美国有个外号叫作"抛缆手"。

在船钓上使用拟饵，操控小艇的人扮演着非常重要的角色，其重要程度，有时候要超过钓手本身。在这方面，法比奥表现出了极优良的专业素质和令人欣赏的敬业精神，每当我发现一个自以为有潜力的钓点时，法比奥总是先我一步做出判断，我只要一个眼神一个手势，他就能心领神会。每次关闭引擎，靠惯性悄悄地滑进钓点时，最后的位置总是停得恰到好处，使我钓起来非常顺手。当我一不小心投偏了，以致拟饵挂到树枝上，或者拟饵钩到水下的树枝或暗桩上，他一定会全力以赴地爬上树解救，或者干脆脱了衣服跳下水，潜到水底去捞摸，有几次甚至在水底下连拟饵带钩上的鱼一起找回来。我越来越喜欢这个小导游，每次钓到得手处，我就高喊一声："干得好，伊霍！"他淡淡一笑，向我竖起大拇指，然后做出一个 OK 的手势。

我们早上 8 点出门，甩了无数次竿，居然一个咬口都没有，我有点着急了，无数的假设在我脑子里盘旋，拟饵不对路？天气和时间不合适？钓法和手法对孔雀鲈无效?或者钓点的选择根本就是错误的?钓鱼就是这样,在开竿鱼没有来报到之前,脑子里总会有这样那样乱糟糟的想法。

10点以后,梦想中的孔雀鲈说来就来了。

那是几棵倒在水里的巨大枯树,枯枝丫丫像怪手一样露出水面。按照钓大口鲈和狼鲈的经验,这是非常理想的钓点,我毫不犹豫地向枯枝的间隙投出一竿,落点很准,拟饵落水,"噗"的一声清晰可闻,我慢慢地往回卷绕线器,才转了三圈,竿梢上猛然传来"噔"的一下,手感非常清楚,不是挂桩,绝对有鱼咬钩了,再收绕线器却一点分量也没有,我判断:咬饵的鱼体形太小,尝试了一下就放弃了。收回假饵观察,全新的拟饵,一点没有被咬过的齿痕,说明判断基本正确。接着来,对准旁边另一个空白水面再投,拟饵入水让它稍沉下去,一边收线一边抖动手腕让拟饵在水下做跳跃状,刚收了两三圈,突然间晴空霹雳,传来奇猛无比的"噔"一下,然后就是熟悉且盼望已久的下坠感,紧接着"噔噔噔",一次猛过一次,那鱼一边挣扎一边向水下的枯枝间猛窜。我的钓竿已经弯得不能再弯了,所有的分量全部落在钓线上,而我则落入两难境地,放线吧,那鱼一定会钻入树枝最密处,其结果就是拟饵挂桩;不放线吧,我怕钓线拉断。就这么相持一秒半,突然拖拽感消失,而竿梢仍然弯曲,根据经验,拟饵挂桩而鱼跑了。法比奥惋惜得直拍大腿,脱了衣服就要下水去摸钩,

孔雀鲈(Peacock Bass),因躯体上有各种鲜艳绚丽的色彩而得名,是世界上淡水观赏鱼中名气很大的品种。其特点是身体上有三条纵向黑条纹,国内观赏鱼市场上称为"帝皇三间"。

孔雀鲈名称的另一种解释是,其尾巴上那个巨大的斑纹像极了孔雀尾羽上的图案。

手里捧着生平钓到的第一尾孔雀鲈。

被我阻止了,我怕惊动了鱼群,这下面肯定不止这两条,而且我推测,这条鱼至少有3公斤。

法比奥轻轻地用桨将船移动了四五米,换个角度再试,我再次抛出拟饵,令人难以置信的事情发生了,就在拟饵落水的一刹那,哗啦一声水响,打出一个圆桌大小的水花,顷刻之间钓线绷得笔直,感觉比前面那条还要重。就像是一个老师教出来的,那条鱼也是一个翻身,拉着钓线向水下的树枝间狂奔,逼得我无奈之下,心一横,放出了两把线,就在我警告自己"不能再放了"的时候,线突然松了下来,那天杀的家伙挣断了12公斤拉力的钓线,带着我的拟饵消失了!

五分钟内接连受到两次沉重的打击,跑了两条鱼,丢失了两枚拟饵,运气真衰!但狂怒反倒激起了我的斗志,老子今天非得跟你们搞个明白!检查了一下钓线,再装上一枚14厘米的内光米诺。法比奥轻轻地划动小艇,我们寻找着适于下钩的地方,正扫视着水面,突然一棵枯树旁的水面猛烈波动,有几条小鱼惊惶地蹦出水面,很显然,下面有大鱼在追杀它们,法比奥手一指,我心领神会,一抬手,拟饵抢在了水波的前面,待拟饵稍沉下去,我立刻抖动手腕,将那拟饵在水面下跳得又狠又急。

拟饵在水下走了不到3米,又是一声"噔",就在这一刹那,我双手搂竿,人往后倾,中鱼了!那鱼一发劲,斜刺里一径奔走出去。一看奔走的方向,我心中大喜,原来它不是往树丛里钻,而是一头往明水面直奔过去,大概是急糊涂了。法比奥见状急忙下桨,只两三下就将船头划得离开了枯树,我站在船头控鱼,间或放几手线,现在我是有恃无恐了。正在你来我往之间,那条鱼猛然跃出水面,一面蹦跳一面甩头,原来孔雀鲈也会玩洗鳃这套把戏,法比奥一见时机成熟,抄网在手,就在我控鱼的时候,迎头奋力一抄,大功告成!

我手里捧着平生钓到的第一尾孔雀鲈,在阳光下看着它那色彩鲜艳的鱼体,笑得傻掉了。

怪就怪在自从钓起这条后,再也没了咬口,一连换了几个地方,始终没有建树,太阳晒得皮肤发烫,我也钓得累了,找个有树荫的地方稍事休息。

停船点的前面,有一棵孤独的死树站在水里,我一面喝水抽烟,一面打量着它,突然心中涌起一个灵感:这下面有鱼!将信将疑地提竿过去,奋力一投,就在拟饵收到接近枯树之时,竿梢一下子坠下去了,哈!真有鱼耶!

这鱼跟孔雀鲈不一样,中钩后并不"噔噔噔"地发力,只是一个劲地向外拼命拖,力气也不小。法比奥嘴里含着半块饼干,已经拿着抄网在一边伺候,就在鱼头出水的一瞬间,手到擒来:"哦,比拉尼亚!"

黑食人鱼,是食人鱼家族中体型最大也最凶猛的一种,也是巴西最有食用价值的食人鱼。

余党也被钓上来了。

这可不是昨天钓到的那种不成器的白比拉尼亚,这是亚马孙河里体形最大的黑比拉尼亚,身材壮硕,凶悍异常,可以长到 6 公斤重。和白比拉尼亚不同,它们只集成小群,三五条地在水下巡游,一发现猎物,带头的就冲上去死死咬住,其余的蜂拥而上,立刻将猎物五马分尸,其凶狠程度远在白比拉尼亚之上。在同一地点反复拖拽拟饵,又钓到三条它的余党,然后再也没了音讯,估计是一网打尽了。

又钓了一小时,毫无进账,倒是在收拟饵的时候,意外地挂上一条鱼来,挂在鱼肚子上,属于强迫中奖,此鱼就像是个傲慢的人,眼睛长在头顶上,越看越滑稽。法比奥说我们回去吧,早点休息,吃了晚饭我带你去夜钓。我一听精神顿时大振,这个法比奥真是善解人意。

匆匆忙忙把晚餐塞进肚子,天已完全黑了下来,戴上头灯,拿了钓具,赶到水榭边,法比奥已经把小艇停在边上等我了,黑暗中只看见他的烟头一明一暗。打开头

眼睛长在头顶的"傲慢"的鱼。

灯检查钓饵,看到他已经钓了三四十条沙丁鱼搁在桶里。我挑了十几条大的,在头灯下用小刀把两边的鱼肉片下来,就手又将钓竿和钓组装配好。对于夜钓,我向来是两个原则:一是装备尽量简单,拖泥带水的东西一律省略;二是尽量将准备工作做在前面,免得到了钓场手忙脚乱。

法比奥已经预先告诉过我,在亚马孙河夜钓,基本上都是以鲇鱼类为主,而且钓上巨型鲇鱼的机率很大,有鳞的鱼类很少,所以我特意装了一支接插型船钓竿,这根钓竿的竿调极硬,能把它的竿梢拉弯的,起码得是3公斤级以上的鱼。配上一只penn牌的鼓形手轮,30公斤拉力的钓线,8号的加马嘎楚大钩。这套装备,是我平时在海里钓红鲷用的,今天用在淡水钓上,好像有点夸张,但是法比奥竟然说还不够,假如钓到像比拉拉达这种鱼,数到一二三就断了。听到这句话,我觉得浑身的血都涌到了头上,要知道,30公斤拉力的线如果和绕线器的泄力装置及倒档配合默契,加上钓手的临场发挥,钓40公斤级的鱼也并不是

晚饭时我们让胖厨娘将四条黑比拉尼亚煎了,现在食人鱼变成人食鱼了。

不可能，40公斤我也不奢望了，能搞几条25公斤级的我就已心满意足。不是开玩笑，25公斤，就是半担米的重量，加上鱼挣扎的力量，把我这种体重的人拉下水去，还不是小菜一碟的事？

法比奥说的那个比拉拉达（Pirarara），是亚马孙河里最大型的一种鲶鱼，据说可以长到4米长，重达600公斤，这种鱼的尾鳍和臀鳍是红色的，腹部是非常鲜艳的杏黄色，有个巨大的脑袋，头顶上的皮肤长得跟盔甲一样硬。它的名字按照葡萄牙语应当念成比拉拉拉，但是当地的巴西人都把它念作比拉拉达，我也觉得念成比拉拉达比较好听一些。这种巨无霸的淡水鲶鱼在亚马孙河里摄食凶狠，全无对手，甚至有吃人的传说。法比奥问我知不知道玛瑙斯的那个客运码头，我说当然知道，我就是从那里上船的。他说那码头下面的水很深，有好几个比拉拉达的老窝。他言之凿凿，说两年前有个码头工人喝醉了，不小心栽到河里去，就在他一面骂一面往码头上爬的时候，众目睽睽之下，巨大的黄色腹部在水面一翻，那人就被拖到水底下去了。我说胡说八道，哪里会有这种事情，法比奥就认真了，说龟儿子才胡说，报纸上都登了！我很怀疑这种民间传说，其实那种鱼我在玛瑙斯的日本人开的博物馆看过剥制标本，满口细碎的牙齿，没有用于撕扯切割的尖牙，可想而知它是用吞的方式吃东西的，可是要生吞一个活人，哪有那么容易？我估计这家伙仗着有张天下第一大嘴，看到什么都想要咬一口，它咬了那个人纯属是想和他玩玩，想不到那人不经玩，给玩死了，便宜了河里的比拉尼亚。

法比奥发动了小艇，驶入了漆黑的暗夜之中。我是近视，一到晚上视力更差，除了影影绰绰看到河边的树影，只能看到几只打着灯笼在河面上闲逛的萤火虫，可法比奥天生长着一双印第安人的夜猫眼，他驾着小艇在河面上穿行，竟自如得像白天一样，我只有"蒙查查"地跟他走的份，东南西北都搞不明白。

开了半个多小时，法比奥说到了，打开头灯，才看到我们的小艇已经泊在河边半淹在水里的树丛旁，法比奥把船头船尾都用绳子系到树上后，说可以钓了。我用头灯扫视了一下，那条河宽得看不到边，观察了一下水流，流得很缓慢，心里有底了。装了一颗一盎司重的铅垂，鱼钩上装上沙丁鱼片，又用木棉线捆扎紧，一扬手，线带着嘶嘶的轻响飞了出去,把希望带到那看不见的黑暗水底,接下来的事情就是等待了。

木棉线是用某种纤维编织成的细线,就和橡皮筋一样,弹性非常好,捆扎在鱼钩上,可以保证鱼饵不轻易让鱼给咬掉。我从来没有见过亚洲人钓鱼用这个东西,但是在美国和南非很流行,我用的木棉线就是七年以前在南非买的。当然我用它并不是因为它流行,而是我觉得在夜钓时,换饵不便,使用了木棉线可以不用频繁地换饵,非常实用。

我的船钓竿竿梢很硬,我怕一些微小的鱼讯会遗漏,所以就在收紧钓线后又在食指上绕了一圈鱼线,用来感知那些轻微的鱼讯,要知道有时侯大鱼咬钩的前期鱼讯也是很轻微的。

很快就有信号了,但抖抖索索,没有后劲,可想而知有一群小鱼在围着鱼饵你争我抢。过了一会儿,信号消失,估计是钩上的鱼饵被咬完了,收上来一看,果然如此,换了钓饵再下,情况依旧。只有在几次稍微咬得重点的时候起竿,钓上来几条身上有着豹纹斑点的小鲇鱼,法比奥说这种小鲇鱼也就这么大。

这种情况一直持续了差不多两个小时,法比奥也有些不耐烦,收了他的手线,建议换个地方。我说这种大河里,换来换去情况都是差不多的,耐心等吧。其实我担心的是这河底沉淀了几百年的枯枝烂叶,没准我们扔下的钓饵陷在什么垃圾堆里,鱼看不见。可再一想,夜间鱼的摄食并不靠视觉,主要是靠它们那锐利的嗅觉和敏感的侧线,而鲇鱼的嗅觉和侧线比其他鱼都要敏感,没有大鱼咬钩只能说是时辰未到。这样一想,我决定今天就在这个地方耗着,哪怕钓不到鱼,我也认了。

又过了十几二十分钟,我的信心也有点往下掉,我就跟法比奥说我们再坚持半个小时,不咬钩我们就立马换地方。但是钓鱼的乐趣就在于什么都不由你说了算,该来的时候鱼就来了。

老保持一个姿势很累人,烟抽了一支又一支,人就有点犯困起来,自从来到巴西,还没有一天觉睡得踏实的,真有点累。就在恍惚之间,猛然间食指上传来"嗵"的一下,又突然又猛烈,整个人顿时就清醒过来了,鬼子进村啦?条件反射地将竿往前倾,放松线的紧张度,还没等我放开食指上的线,猛然又是一下,紧接着竿梢就毫无商量地弯了下去。跳起身来双手刹竿,感觉就像钩到了底一样,一点松动的感觉都没有,我大惊,不得了,钓到大鱼了!

拽力很重,但挣扎的力度并不大,只是一点一点地向下坠,很快绕线器就受不了这种压力,泄力器开始吱吱地出线了。出一段,停一下,再出一段,再停一下,感觉那条鱼并不受惊,只是从容不迫地在水下游动。越是这样,我越是觉得可怕,这一定是一条大得不像话的鱼。

刚开始的一刻钟之内,除了让它走线,拿它什么办法都没有,好在整个河面都是光水面,什么障碍物都没有,让它走,我就不相信它没有疲劳的时候。一刻钟以后,觉

古龙古龙(Cuiu-Cuiu),长相如此怪异的鱼类竟也能成为观赏鱼,在国内观赏鱼市场上被称为"铁甲武士"。

贝斯卡达(Pescada),属石首鱼科,是海中大黄花鱼的淡水近亲,所以巴西的华人直接称它为"淡水大黄花鱼"。

得可以间或收回一点线了,我干脆关了泄力器,打开倒车,老子今天和你拼了!

这时候这条鱼好像有点醒过来了,突然开始发力,第一次冲刺就拉出去近二十米的线,等它的走势稍减,我就抓紧时间收线,收着收着,它又发力了,我用掌心虚按着摇手柄,控制着出线的力度,慢慢地耗它的体力。一来一去,不知道跟它打了多少个回合。

以前我看有些钓鱼杂志上说,有高手钓到大鱼时先看一次表,最后搞定的时候再看一次表,然后就可以得出多少分钟可结束战事的结论。这种说法一直让我有心存不敬的怀疑,大鱼上钩的时候,钓手竟然可以冷静到这般地步!实话说,我是望尘莫及的,当钓线那头传来惊天动地的暴力,我的神经已经紧张到了极点,这种时候哪怕是我的裤子突然绷破,屁股都溜出来凉快,只怕我都不会察觉,哪里还有时间看表!这个时候除了我和钓线对面的鱼,这个世界上已经什么都不存在了。

等我从这种忘乎所以的状态中清醒过来,手里的感觉是那条鱼已经进入中水,可以说,已经赢了一半,这才想起来对法比奥急叫:"伊霍啊,快准备抄网啊!"事后才想起,这么个小抄网怎么能抄这么大一条鱼,简直是开玩笑。

终于把那大家伙拉到了水的上层,是什么鱼,马上就要见分晓了,我再三警告自己,这种时候万万不能心急火燎想看鱼,功亏一篑往往就是在这种时候,再溜它再溜它……忽然,水面像开了锅一样,一个巨大的鱼体哗的一声露出水面,闪着亮光的鱼脊背,怎么说都有一米半长,恐怕还不止,法比奥大叫一声:"苏鲁宾!"他这个夜猫眼已经看清楚了。

这时候鱼已经被拉到船帮附近,鱼头马上就要出水,法比奥已经兴奋得失去了理智,拿起抄网对准鱼头猛抄下去,我要阻止都来不及了,抄倒是抄得很准,可是网太小了,鱼头进了网,鱼身一大半还在网外面,鱼受了惊,猛地一窜,从网里脱出来,一个猛子钻进船底,贴着船帮向船尾游去。

我们乘的这种小艇发动机下面有一个近两米长的传动轴,传动轴下面连着螺旋桨,当水下有障碍物的时候,可以一按发动机,把传动轴和螺旋桨一起从水里抬起来,现在鱼往船尾游去,我突然醒悟,钓线可能会绕到螺旋桨,我声嘶力竭狂叫一声,声音要多难听有多难听:"伊霍!快把引擎收起来!"法比奥丢了抄网,没命地往船尾狂奔,就在他的手马上要碰到机器时,钓线已经缠上了,紧接着嘭一下,整个船体都摇了一下,线断了。

受不了这种打击,我一屁股坐倒在船帮上,半天抬不起头来,法比奥收起引擎,从螺旋桨上解下钓线,这才发现,不是线断了,而是防咬线下端的活扣被拉开了。老天爷,还有没有天理了,这可是拉力25公斤的ADK名牌防咬线啊!

法比奥很难过,我说算了算了,钓得到是我运气好,钓不到是鱼命大,你比我好,至少你都看到鱼了,我是什么都没看到啊!我们换地方吧,看到这地方我都想哭了。

换了地方看了看表,已经10点半了,我说不管钓不钓得到,12点回家。好像跑掉了大鱼,亚马孙河有点不好意思,终于送了点小礼物给我。

这可真是大喜大悲的一天,钓到了孔雀鲈,跑掉了苏鲁宾。

第三天我们钓鱼路过这里,法比奥指给我看,这就是我们夜钓跑掉大鱼的地方,停船怅然。

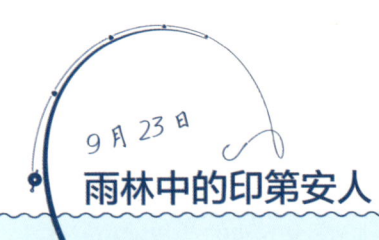

雨林中的印第安人

本来准备仍然去钓孔雀鲈,昨天刚尝到点甜头,很有点食髓知味的贪婪。但昨天晚上法国人约瑟夫和狄娜在餐桌上说,他们后天就要离开营地回去了,明天准备去热带雨林探险,再去探访印第安原住民,希望我和他们一起去。葡萄牙人裘里奥后天也要走了,说要去就大家一起去。恭敬不如从命,我就和法比奥说明天你就休息一天,后天我们接着玩。

约瑟夫和狄娜其实并不是法国人,他们都是捷克人,苏联解体以后,他们就移居法国,后来入了法国籍。这两个年轻人热情开朗,和他们相处心情很愉快。在餐桌上我们谈起了各自的国家,我问他们你们知不知道布拉格之春运动?知不知道谁是杜布切克?他们一脸的茫然,说似乎以前听父母提到过,但实在是不太清楚。是啊,年轻一代似乎总是远离民族的苦难,就和我女儿不明白"文化大革命"一样,跟她说起以前的种种苦难,她总是一脸惊异:真有这种事情?

裘里奥也是个有趣的宝贝,他说他以前到过夏威夷,波利尼西亚人跳的火舞让他叹服得五体投地,还特意花了钱跑去跟人家学了两个星期。正巧我以前也去过夏威夷,也看过那种所谓的火舞,其实只不过是一根绳索两头绑了燃烧的火把,前后左右盘旋舞动,跟舞蹈几乎不沾边,最多算是一种杂耍而已,不知道为什么裘里奥会对它如此倾心。他打开数码相机,让我看了一段大约五分钟的录像,那是他跳的火舞,也不过就是那一套东西。我其实是不好意思说,在墨西哥街头玩这套把戏讨钱的小混混,这一套都玩得出神入化了,至少人家在盘旋飞舞后,还有将东西抛上天后人在地上打个滚爬起来再接住的绝活。

今天带我们去雨林的是另一个印第安小伙子阿莱拉,他看上去不像是纯印第安后代,做导游这行已有七年多,是营地里资格最老的导游。不过可能导游当久了,有点职业疲劳,解说和带队都有点心不在焉,马马虎虎,大家背地里都很不满意,私下里说不要给他小费。

小艇开出去一个多小时,越过了黑河的一条大支流,停在一个小水湾里,导游带领大家弃舟步行,沿着前人踩出来的小路渐渐地进入了热带雨林中。雨林中的空气潮湿闷热,大多数地方都是绿荫遮天,枯叶盖地。导游一边走一边指给我们看哪一种树叫什么名字,树叶和树皮能治什么病,听多了也就没了兴趣,但有几样东西倒是印象深刻。一是金鸡纳树,它的树液提炼物奎宁可以治疗疟疾,俗称金鸡纳

我和约瑟夫、狄娜以及裘里奥。

雨林中一景。

黑河的一条支流。

霜。二是野橡胶树,是现代橡胶树的远祖,割开树皮,就流下乳白色的树液,熬煮后就是橡胶生坯。

昆虫和蚂蚁似乎是雨林中最常见的住客,种类繁多,导游说我给大家看一种印第安人的天然驱虫剂,他把手放在一个长在树上的蚁巢上,轻轻一敲树干,顿时成千上万的蚂蚁倾巢出动,爬满了他的手,他把手快速抽回来,来回对搓,一下子把那些蚂蚁都搓死在手上,然后伸手过来让我们闻,那蚂蚁的体液有一种奇特的香气,昆虫闻到后纷纷避而远之。我忍住害怕,也照着做了一次,但手搓得太慢,有几只蚂蚁逃到我的衣袖里去了,在里面又爬又咬,搞得我一个上午没有太平过。导游指着地上的一个洞穴让我们看,他说里面有世界上最大的蜘蛛塔兰泰拉,他摘了一根草茎,在自己的脸上沾了一点汗,伸进洞里慢慢抖动,抖着抖着就爬出来一只螃蟹一样大的蜘蛛,吓得大家直往后退。这是世界上最大的蜘蛛塔兰泰拉,有剧毒,人被咬后半小时致命。他上去轻轻一按,从背后捏起来给大家看,这小子真是贼大胆。我大着胆子上去摸了摸它那长满金色茸毛的腿,那真是一种充满了恐惧感和刺激感的体验。其实这小子还是忽悠了我们一把,后来查找资料,才知道这种巨型的蜘蛛叫食鸟蛛,有毒,但没有他讲得那么毒,而且这种蜘蛛还是雨林印第安人的一种

塔兰泰拉蜘蛛。

护卵的林间大蜥蜴,人一靠近它就用尾巴来抽打驱逐。

很平常的食物。他们把它抓来,串在树枝上放火上烤熟了吃,味道如何我想象不出来,但营养价值很高那是肯定的,因为有科学家指出,在所有的生物中,昆虫所含的蛋白质是最高的,人类不去开发昆虫作为高营养的食物实在是可惜。

在雨林里跋涉,又累又辛苦,脸上沾满了不知哪里挂到的蛛网。就在大家走得上气不接下气、口干舌燥之时,突然听到了犬吠和人声,印第安村落到了。

村子很小,只有三四户人家,男女老少都出来欢迎我们。这是个离文明世界最近的印第安村落,村民们靠渔猎为生,空闲的时候,他们也做旅游这一行,让人们来参观拍照,以便赚些钱财。从这个意义上来说,他们已经不是真正意义上的印第安人,他们和文明世界早有来往。但是人们普遍认为,在雨林深处人迹罕至的地方还有许多尚不为人知的印第安种族,他们是真正的雨林之子,一辈子从未走出过雨

盛装的印第安男子。

林,也从未见过文明世界的任何东西。当然这些神秘的原住民,不要说我们游客,就连巴西当地人都无缘得见。

他们友善地请我们喝他们用热带雨林野果做的饮料,为我们表演他们的歌舞。其实是很简单的,无非全家人手挽手,嘴里哼哼唱唱,往前走三步,再往后退三步,如此而已。可是在他们的民族节日里,他们竟可以这样前三步后三步乐此不疲地跳上一天一夜。

我们最感兴趣的是他们的一种狩猎工具,叫作吹箭。那是一根中通的树枝或是竹子,长达两米以上,放入用树刺加鸟羽绒或野棉花制成的箭,肺活量大和使用得法的人可将箭吹出三四十米,用以射杀鸟类和猴子之类绰绰有余。如果对付大型的动物,他们就在箭头抹上毒药。这毒药有三大来源,分别是雨林树蛙、有毒昆虫和各种有毒的树藤。各个种族各有自己的秘方,最毒的是一种三类毒药混合的鸡尾酒,大型的动物被射中后只要十秒钟即毙命。他们拿出毒药来给我们看,示意我们可以用手触摸,甚至吃进嘴里,只要不进入血液,什么事都没有。但我们没有一个人敢以身试毒,大家都觉得最好的态度还是君子动眼不动手比较靠得住。我们拿起他们的吹箭筒乱吹一气,但没有一个人可以吹出十米之外。我们让他们表演,他们举起吹箭筒,站平,立稳,深吸一口气,啪一声将箭吹出,十几米开外的小小野果,一箭对穿而过,真是神乎其技。但是这种致命的武器有个遗憾,它擅长的是向上攻击,目标是停在树冠上的猴子和鸟类,如果用于平射,在这种到处是树枝和藤条的雨林里显得笨拙和难以驾驭。向上瞄准是个技术活,吹箭筒既无准星又有弯曲度,往往吹上几十次才能击中一次。但目标一旦被击中,毒性即刻发作,蜷成一团像石头一样往下坠落,想想都觉得可怕。

我在一些旅游杂志里一直看到有专家告诫,参观落后的地方千万不要给孩子们钱,以免过早地弄脏了他们纯洁的心灵,但是离开的时候我还是忍不住在小女孩的手里塞了一些钱,因为她实在太可爱了!

今天回到营地累得半死,吃了晚饭倒头就睡,明天还要继续钓鱼呐!

渐入佳境

已经和法比奥达成了默契,每天早上离开营地,我总是自己携带干粮和饮料,法比奥去库房拿些水果,我们就在外面吃野餐,省掉了回来吃午餐的来回奔波。想到这些好处,我就庆幸当时上船前的心血来潮。

小艇刚开出营地,兜头就是一场雨,掉转船头又返回营地,泊在水榭的遮阳棚下,一人一罐啤酒,边聊天边等天放晴,在聊天中我知道了法比奥的身世。

法比奥的母亲是居住在巴西靠秘鲁边界的一个村寨的印第安人,十六岁时跟别人一起到累西腓去找生活,在那里认识了法比奥的父亲。接下来的故事就太平常太巴西化了:肚子被搞大,情郎哥哥玩了人间蒸发。法比奥的母亲后来又跟别的男人生了两个孩子,又遭抛弃,在法比奥八岁的时候就把他丢弃在街头。幸亏法比奥有个好外祖父,这个印第安老人听说了这件事情,马上赶到累西腓,在街头找到了这个被抛弃的外孙,把他带回了雨林中的村寨,并且在抚养的过程中教会了他在雨林中生存需要的一切技能,在他十七岁时,托人在旅行社给他找了份导游的工作。

全世界被父母遗弃的儿童,数量以巴西为第一,南美和拉美其他国家居第二(包括墨西哥在内),这些被称为问题儿童的弃儿在街头挣扎长大,等他们长到十五六岁的时候,都已经成了技术娴熟的小偷、骗子、流氓或妓女。这批人的存在,为黑社会提供了用之不竭的人力资源,幸好法比奥最后并没有沦落到那一步,多亏了那位可敬的印第安老人。

他的故事讲完了,雨也停了,我们再次出发。一路上我仍然陷在法比奥的故事里拔不出来,这个世界上我们不知道的事情实在太多了。可是看看法比奥,却快快乐乐、无忧无虑,他告诉我说因为他不会讲英语,所以他的工资和地位一直落在别人后面,总是轮不到他接待待遇好的团。他讲这些事的时候全无气恼和怨天尤人,好像是在说别人的事一样,怪不得巴西是世界上幸福感第三的国家。我觉得他们要么就是没心没肺,要么就是全无上进心,当然也许我是错的,我们中国人为了实现自己心目中的目标,也实在活得太累。

今天仍然使用拟饵,下过雨后,鱼的咬口格外好,我们在第二个钓点的拟饵遭到了前所未有的频繁攻击,而且鱼都很大,但每次都因被拖进树丛里而跑鱼,半个小时就损失了两个拟饵。我有点担心起来,照这样下去,我剩下的四枚拟饵可能都撑不到明天,我所用的路亚竿也有问题,竿梢太软,在宽敞无障碍的水域使用没有问题,但是在到处是水中树丛的亚马孙河,却是处处受制。法比奥说我们不能再这样钓了,我们不能再在这种有树丛的地方钓了。我问他有什么高见,他说孔雀鲈除了喜欢这种有树丛的地方外,还喜欢待在有乱石块的地方,他说他知道许多这种乱石区,而且在乱石区用拟饵不容易挂底,只不过地方要远一些,问我愿不愿意去,我说立刻就走,还等什么!

掉转船头,由小河汊里开出来,进入大河,就是前面提到的黑河的那条大支流,两公里宽,看上去非常平静,但一进入主流,却是波涛汹涌,小船一会儿抛上一会儿摔下,螺旋桨时常露出波峰空转。我真有点担心,但看法比奥,却一副从容不迫、气定神闲的样子,也就装出一副毫不在乎的神情,但其实心里害怕得很。越过急流区,河水平静下来,刚喘过一口气,忽然法比奥手一指,叫声"快看!"顺着他手指的方向一看,只见河面上有一群海豚,此起彼伏,欢快地在河面上相互追逐嬉戏,这是亚马孙河里特有的淡水海豚,皮肤是浅玫瑰红的,因为数量不多,所以不是经常能看到,法比奥说我的运气不错,今天被我遇上了。

越过大河,我们进入了另一条支流,这里的河两边看起来有点荒凉,许多河岸光秃秃的,堆满了大小石块,我猜想法比奥所说的就是这种地方。回过头去看他,果然见他一面手指一面点头,看来就是这里了。法比奥把引擎转速关小,以极慢的速度沿着河岸走,我站起来,挥竿向前甩出了拟饵。

第一竿打出去立刻就有了鱼讯,奇怪的是钩上的鱼虽然很重,但挣扎却不怎么厉害,拉到船边上看,又钓到新鱼种了。这种鱼的长相和花纹都和我们国内的黑鱼很类似,嘴里也是一口尖利牙齿,法比奥说这种鱼叫作德拉依拉,是亚马孙河里食用价值很高的一种鱼。

今天钓得很顺手,几乎每一竿打出去都有收获,而且差不多都是 0.5 公斤到 1 公斤的德拉依拉,孔雀鲈倒并不多,到近中午时只钓到了两条,但其中一条是新品种,叫红腹孔雀鲈,沿着下巴到臀鳍一溜鲜艳的红色,看上去就像沾满了鲜血。虽然没有像钓到第一条孔雀鲈时那么狂喜,但兴奋的心情仍然溢于言表。法比奥很惊诧,说这地方以前钓的都是孔雀鲈,怎么今天改成德拉依拉了?

德拉依拉(Traira),在钓鱼界被称作"牙鱼"。小型的猎食性鱼类,最擅长的作战方式是一动不动地贴在河底,以花纹斑驳的体色作掩护,有小鱼游过时突然袭击。

红腹孔雀鲈,沿着下巴到臀鳍一溜鲜艳的红色。

其实没有什么好奇怪的,这叫作"太阳瓦面过,皇帝轮流做"。河是死的,鱼是活的,爱上哪上哪,这样才有趣嘛。

今天特别热,灌装饮料喝起来就像开水。中午时分,鱼的咬口中断,我们就找了一棵大树,在树荫下泊了船,休息吃午饭。法比奥看我喝饮料时皱着眉头的样子,说声"你等着",就提了砍刀上岸去了,二十分钟后回来,提了两根砍下的茶杯那么粗的藤条,叫我张开嘴,他把藤条竖起来,立刻就有水从藤条里流了出来,那水又清又凉,还有一股青滋滋的甜味,喝得人精神一振,暑气全消,只可惜当时忘了记下这藤科植物的名字。

我使用的拟饵。

吃完饭,法比奥倒头就睡,一会儿就鼾声大作,我也想睡但怎么也睡不着,就拿了块饼干捏碎了丢在水里逗小鱼玩,忽然我看到水下面有一群小鱼,大约七八条的样子,翩翩而来,看上去很熟悉,啊呀,那不是我们养在水族箱里的神仙鱼吗?就拿了抄网想逮一条上来看看,谁知道那些鬼精灵机警得很,抄了半天一无所获。

下午又钓了一大堆德拉依拉,再也没有了孔雀鲈。法比奥说,你知道吗,其实

孔雀鲈接二连三地上钩。

我试着来操控小艇,过一把雨林人的瘾。

在亚马孙河里有三种比拉尼亚,两种你已经钓过了,最后一种是最凶狠的红腹比拉尼亚,但这里没有,要往北面去才有。外界都夸大了比拉尼亚的情况,叫它食人鱼,其实哪有这回事,倒是天天被人吃。一年中的大部分时间里,即使你在比拉尼亚堆里游泳都是安全的,但到了10月至12月,河水急剧下降,原先浩浩荡荡的河成了一个个大水塘,大量的比拉尼亚集中到一起,这时候就真的危险了,他们逮到什么吃什么,这种时候你要敢踏进水里去,他们可以在一秒钟内在你腿上咬下几块肉来。到最后水塘里活的东西都被吃完了,只剩下比拉尼亚和德拉依拉这两种凶狠的鱼在对峙,谁也吃不动谁,但再往下去唯一的赢家就是德拉依拉,因为这种鱼可以耐高水温和高缺氧的环境,但比拉尼亚就不行。雨季来时,能撑过最艰难时刻的

红腹食人鱼,亚马孙流域最危险和最具攻击性的物种,常结成几百条一起的团伙,攻击速度疾如闪电,有时候连划动的船桨都会冲上来咬。

观赏水族箱中最常见的种类,因泳姿翩翩、颇有仙风道骨而得名,其实是个坏脾气的坏小子,时常追咬水族箱中的弱小鱼类。

胜利者一定是德拉依拉,尽管这时候比拉尼亚已经把它们的尾巴几乎都咬光了。

今天 5 点不到就回到营地,吃晚餐的时候我想起神仙鱼的事情,就拿来问营地经理,还在餐巾纸上画了神仙鱼的样子给他看,他看了半天直摇头,说我们这里没这种鱼。法比奥过来,一看说有,两个人就用葡萄牙语争执起来。大概营地经理说你知道个屁啊,到底是你懂还是我懂? 法比奥就气呼呼地走了。

半夜,有人轻轻敲门,开门一看是法比奥,问他有什么事,他也不声张,只是勾着食指示意我跟他走。走到水边露台上,他打开手电筒,我一看,嘿! 有条神仙鱼躺在地上,原来是他打着手电在河边找了半天,然后用树枝抽死了拿回来让我看的。

这时候我才明白,法比奥什么都知道。

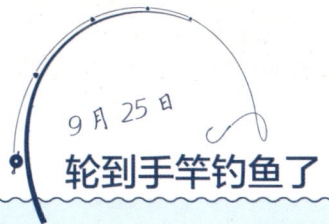

轮到手竿钓鱼了

9月25日

早上出发的时候,觉得法比奥有点奇怪,说话吞吞吐吐的,有点欲言又止的样子,我就说你小子是不是想要对我说什么,你就爽快地说嘛。原来法比奥在离这里差不多 7 公里的一个农场里有个女朋友,三个多月没有见面了,他想要假公济私一下,又怕我不高兴,所以弄得有点鬼头鬼脑的。哦,我以为是什么大事情,原来只是如此。我问法比奥那个农场里有没有河,能不能钓鱼。他说当然可以的,那农场就在亚马孙河边上。我说那不就结了,还等什么,走吧! 法比奥还有点不放心,说:"您可千万不要对经理说,让他知道了我会有麻烦的。我要求也不高,只要给我一个小时就够了。"

小艇拐上一条我们从未走过的水路,其间要穿越一块很大的沼泽地,水浅的时候必须时时把引擎收起来,只用船桨划着前进。法比奥见女朋友心切,恨不得把小

用树枝当钓竿钓鱼的孩子,在亚马孙,钓鱼是孩子们最喜欢的游戏。

艇划得飞起来。穿过了沼泽地,又开了半个多小时,终于在河岸上看到一些农田,看样子到了。

法比奥将小艇靠在一个小河汊里,河汊的尽头是一个人工河坝,河水越过堤坝泄进河里,就像是个人工瀑布一样。有几个小孩子站在岸边,用很简陋的树枝当鱼竿在钓鱼。我拿出几罐啤酒饮料和两包夹心饼干递给法比奥,说这个带给你女朋友,给你们当午饭吃吧,你说一小时够了,现在我给你三个小时如何?三个小时后我们还是在这里见面。法比奥大喜过望,拿了饼干饮料,欢天喜地地走了,看着他走得急急忙忙的背影,我心里直感叹:嗨,年轻真好啊!

成人之美何尝不是一种快乐,其实我也有自己的小算盘,来的时候,在离这里半里路的地方,我发现有一个大河湾,河湾上有很大一堆浮草,在亚马孙河上,这种情况是很少见的。钓鱼人的直觉告诉我,那里应当是个很不错的钓点。自从来到巴西以后,我的手竿始终没有什么建树,我一直觉得这是个遗憾,所以每天出钓的时候,我都把手竿带在身边,贼心不死地还想找机会试试。

先上岸去看看那些小朋友钓鱼。那些小孩都用根树枝拴一根尼龙线,不用铅垂,小钩子上挂点熟玉米面,扔到水里任水带走,看到线拉直了或者竿梢抖动就起竿,钓上来的都是四两到半斤的马德里香,就是前面提到的类似白条的那种鱼,咬钩还挺频繁的,一会儿就钓上来好几条。我对这种鱼兴趣不大,而且觉得这里的水流速过快,用手竿钓很不舒服,就在下游一点水势平静下来的一个回水湾里试钓一下。

我用的是5米手竿,7星散漂,沙丁鱼肉切粒做饵,下钩后很快就有鱼讯,浮漂抖着抖着就慢慢地黑下去,一抖腕,还蛮有分量的,竟然可以把钓竿拉弯了,钓上来的不是马德里香,却是另一种鱼,乍一看像前两天钓到的斑马鱼,但其实是斑马鱼家族的另一种,叫做佛拉明戈(Flamengo),区别在于佛拉明戈的下巴和腹部是鲜艳的红色,黑色的体纹更清晰一点。这种鱼的拉力不俗,钓起来蛮过瘾的。一会儿工夫就钓了好多条,大的八九两,小的也有三四两左右。可惜这里就这么一种鱼,满足不了我的好奇心,钓了一会儿我就决定收竿到那个大水湾子去。

我发动了引擎,慢慢地掉转船头向那大水湾驶去,我的驾驶技术和法比奥差远了,我怕莽莽撞撞把船给开翻了。

佛拉明戈,是前面提到的"美国野兔"的近亲,但比"美国野兔"颜色鲜艳,更有观赏价值。

堆满浮草的大河湾。

到了那里,先慢慢把船停在浮草的外围,装上拟饵,围着浮草前后左右地搜索了一遍,一个咬口也没有,收了甩竿,换上5米手竿,正好可以把钓组送到浮草的边缘上。一试水深,有点麻烦,才半米多点,不过来都来了,既来之则安之吧。

在国内钓鱼的时候,半米水深也可以钓上鲫鱼来,不过这里是亚马孙河,以前的经验未必有用,慢慢等吧。其实担心的还是比拉尼亚,第一天用手竿钓鱼可把我钓怕了。

想不到钓得还不错,鱼咬得还蛮勤快的,虽然没有什么大鱼,但是半斤八两的鱼很给面子,时不时就甩上来一条。说实在的,可惜是在陌生的环境钓陌生的鱼,掌握不好看浮和起竿的时机,十次咬钩只能碰运气钓上来两三条,否则还可以钓得更多些。不过我也很满足了,今天居然没有太多的比拉尼亚来搅局,只丢失了三四只鱼钩。

钓鱼时间过得真快,好像才刚下钩不久,一看表,已经三个多小时过去了。看看船舱里横七竖八躺着的鱼,心里挺开心的,除了一条比拉尼亚和两条马德里香、一条佛拉明戈,其他都是从来没有钓到过的鱼,这正是我所希望的。但比起亚马孙河里2000多种鱼类,这只能算是九牛一毛了,亚马孙河的伟大,真是一言难尽。

回到农场,法比奥已经等我多时了。他和他女朋友一起来到我们约定的地点,

一意孤行亚马孙　061

巴拉碧库多（Bara Bicudo）

巴拉布莱多（Bara Prito）

霞空达（Jacunda）

加拉巴鲁（Cara Baru），法比奥说这是亚马孙河里最美味的鱼。

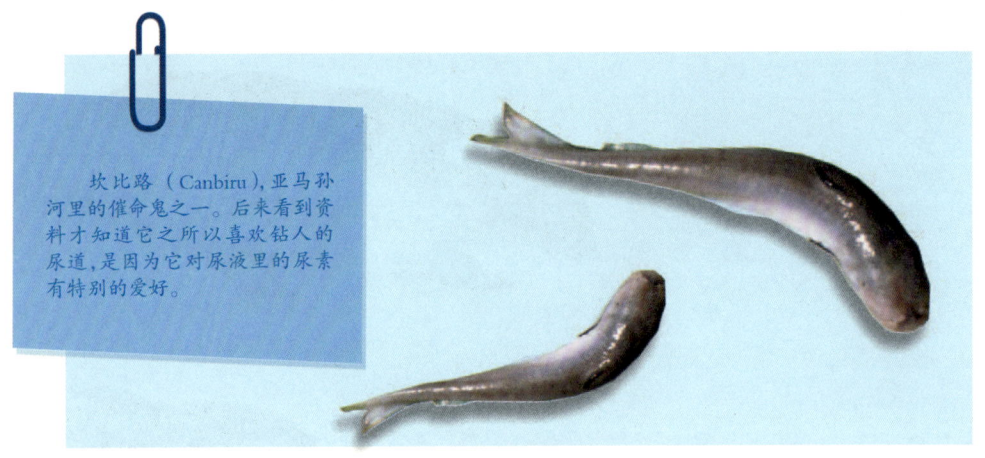

坎比路（Canbiru），亚马孙河里的催命鬼之一。后来看到资料才知道它之所以喜欢钻人的尿道，是因为它对尿液里的尿素有特别的爱好。

一看我连人带船都不见了，顿时慌了手脚，现在看到我安全归来，总算松了一口气。法比奥赶紧招呼他女朋友上来和我见面和道谢。普普通通的一个小女孩，不算漂亮，但看上去很健康，和法比奥蛮般配的。我心里想，时代不同了，拜托你们不要再制造问题儿童啦。

回到船上，把钓到的鱼拿出来给法比奥看，一边拿出笔纸来记录。

看到最后这条鱼，法比奥"噫"了一声，说这种鱼你都钓到啦，你知道这是什么鱼吗？

法比奥说在亚马孙河里有四种对人有危险的鱼类，食人鱼比拉尼亚是大家都知道的，但其他三种知道的人就不多了。

第二种是亚马孙淡水鳐鱼，锅盖那么大小，长得花纹斑斓，不大爱游动，总是懒洋洋地趴在水底。它尾巴上有根毒刺，受到惊吓时会竖起来，人如果踩到这根毒刺，就再也没了活路，二十分钟便呜呼哀哉。所以有经验的渔夫在河底走动都拖着脚走，生怕踩到这个灾星。

第三种是电鳗，幸好只出产在亚马孙河上游的山区，尾巴上发出的电虽然不会电死人，但是足以将一个成年人电得晕过去，结果就是溺水而亡。

第四种就是这种名叫坎比路的小鲇鱼，长足了也就这么大。这种坎比路的凶狠之处是它们可以从大鱼的肛门中钻进鱼的体内，吃鱼的内脏，把鱼肚子吃穿了再游出来。人类如果光着身子在河里洗澡,它们也会从人的肛门和阴道里钻进去,被人的体温一激,会炸起身上的两根小刺,反而把自己卡死在人的身体里,结果是和人同归于尽。被他这么一说,我倒想起来了,我在玛瑙斯的日本人开的博物馆里看到过泡在酒精瓶里的这种鱼,只是看不懂葡萄牙语的说明,想不到竟是这么一种令人发指的东西。

晚上法比奥特地关照胖厨娘,把那条最好吃的加拉巴鲁做出来给我吃。一尝,果然出类拔萃,鱼肉又细又嫩又鲜美,刚吃了几口,突然想到要给它拍张照片,也算是为它竖碑立传,让它死得其所。

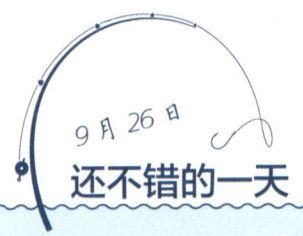

9月26日
还不错的一天

"铁打的营盘流水的兵",用这句话来形容水上营地倒是很合适。来了那么几天,每天都有新的游客补充进来,又有旧的游客要离开。大家刚混得有点熟了,一下子又要分手,这倒是和我们的人生有点相似,大家都是匆匆过客,想起来真的有点心情黯然。

算下来我是住得最长的客人,但再过两天,我也要走了,所以每一天出钓,我都有一种去朝圣的虔诚心情。我觉得法比奥很理解我的心情,他不是那种会说好听话的人,但他为我做的却很多。前天因为我们在乱石区有所收获,所以今天他决定仍然带我去乱石区钓。

自从到了巴西以后,今天我的武装是最简单的,一支接插型 ugly stick 的手抛竿,四枚 flash mimnow 拟饵,这是我"军火库"里最后四枚拟饵,能不能撑到我离开,那还得看上帝的意思了。有乱石的地方大多离营地很远,最远的离营地要开差不多一个多小时船,我跟法比奥商量后决定直接开到最远的钓点,然后一面钓一面朝营地撤回。连着钓了好几天鱼,真是有点累了,准备今天早一点撤回,好好休息一下。

最远的那个乱石区在黑河那条大支流上,连绵几乎有一里路长,岸边和水下都是大大小小的石块,岸上寸草不生。在亚马孙郁郁葱葱的环境里,这个乱石区显得突兀而生硬。因为水底是石块,在浅水的地方黑河的红茶水色就看得很清楚了。

我们沿着河岸慢慢地移动,不断地向前后左右抛竿试探,一刻钟后拟饵受到第一次攻击,钓到一条孔雀鲈,这是另一种品种的孔雀鲈,身上的花纹就像卡通画一样,鲜艳而夸张,如果不是亲眼所见,简直难以想象。

奇怪的是将近一里路长的乱石区竟然只有两次咬口,除了这条孔雀鲈外,只钓到一条黑比拉尼亚,法比奥建议我从头再扫一遍,我说算了,换地方吧。换了好几个地方,看上去都不错,但不知道是天气的关系还是确实没有鱼,两个多小时里竟然一无所获。眼看时近中午——一天中钓鱼最差劲的时候,却是一反常态,在一处规模并不大而且毫不显眼的乱石区里,来了一场大咬,仅用了二十分钟的时间,就钓到四条鱼,三条孔雀鲈,一条尺寸不小的霞空达,然后就音讯全无了。

孔雀鲈,有各种不同的鲜艳体色和亮眼的花纹。后来我在南美洲各地钓到的孔雀鲈,有不下十种体色。

中午天气暴热，照例找了个有大树遮荫的地方休息，吃完简单的午餐，法比奥倒头就睡。这几天来他确实够累的，白天要带我四处钓鱼，晚上还要带团到河上去看鳄鱼，尽管年轻力壮，但也有点撑不住了。我虽然也很累，却毫无睡意，壮着胆子一个人上岸到丛林里去东张西望，也不敢走远了，怕迷路找不回来，就在附近抬着头看鸟。巴西雨林里的鸟类又多又漂亮，可惜我的数码相机没有长焦镜头，没办法拍照。幸运的是我看到了一只杜坎，这是一种稀有的犀鸟，嘴巴上的颜色就像调色板一样，墨西哥也有出产，和巴西一样，是受法律保护的禁猎鸟类。

下午3点以后，我们一边钓一边往营地撤退，一路上也有点收获，等到了营地时把鱼拿出来放到一起看，收获还挺不错的。

累极了，好像还有点热度，真是年纪不饶人，回到房里倒头便睡，连晚饭都没吃。

这种孔雀鲈的花纹，不是亲眼所见，简直难以想象。

最惨的一天

昨天晚上睡到半夜里,突然醒来,觉得体温升高,耳朵后面出现一个肿块,痒得很难受。我估计是昨天下午钻到雨林里去乱跑,被什么有毒的虫子咬到了。从箱子里翻出抗生素,吃了两片,也不知道对不对症,迷迷糊糊又睡过去了。

早上起来,觉得还是有点热度,早餐也没有胃口吃。法比奥看我有点不对劲,问我:"今天还去钓鱼吗?"我一咬牙说:"照钓不误!"他看了我半天说:"这样吧,我看我们今天就不要跑远了,就在附近玩玩吧,万一有什么事情,回来也方便些。"我说:"也可以,但你准备带我去钓什么鱼呢?"他又想了一下,说:"我们去试试运气,钓坦帕基吧。"我一听就来劲了,说:"好啊好啊,我到现在还没有钓过坦帕基,你怎么也不早点说呢。"法比奥说:"不是啦,现在还不到钓坦帕基的季节,所以我说是去碰碰运气,你先等我一下。"说完他开了房门出去了。

半个小时后,他回来了,带回来两把颜色青青的野果,他说这种野果叫阿梅梅亚,差不多要再过两个月才成熟,熟了以后就变成紫红的颜色,这种野果是坦帕基最喜欢吃的东西。

离开营地,只不过开了二十来分钟,法比奥说到了。这条河并不宽,两边都长满了密密的小树,这种小树半截长在水里,半截露出水面。这些小树拥拥挤挤地长在水里,把水面挤得只剩下中间不到五米可以行船的空间。树上开着小小的白花,有些还结了小小的青果子。法比奥说这种树是另一种阿梅梅亚,现在是枯水期,阿梅梅亚都在抓紧时间开花,两个月后第一批果实成熟时,亚马孙河开始涨水,坦帕基就集中到这种有阿梅梅亚树的水域,吃树上掉下来的果子,最繁盛的时段,每一棵阿梅梅亚树下都有坦帕基在等着吃自助餐。法比奥说,你要是在11月来就好了,我保证你可以钓到坦帕基,运气好的时候,钓到二三十公斤重的也算是很平常的事情呢。

看我听得出神,法比奥点了一根烟,接着往下说,11月以后,雨季的第一场雨开始下了,然后越下越频繁,河水每天都在上涨,阿梅梅亚的果实也结得烂熟,只要来一阵小风,果子就像下雨一样往水里掉。坦帕基每天都吃得饱饱的,有了足够的营养,便开始产卵,作为回报,坦帕基把不能消化的阿梅梅亚的种子经由粪便带到各处,帮助了阿梅梅亚的繁殖传播。在亚马孙雨林里,这是动植物间最典型的互助形式,大自然在创造这个世界的时候,把每一个细节都考虑得尽善尽美。狂妄的人类竟然说要改造自然,他们似乎忘记了自己从树上爬下来才几天工夫。到了12月,亚马孙的水位涨到最高点,我们现在能看到的树林就会全部被淹没在水下,坦帕基都游散了,换成其他的鱼类进驻水下树林。淹没在水下的树林,进入了4个月的休眠期,它们在水下静静地等待,等待它们出头露面的那一天。亚马孙的世界就这样周而复始,神奇得令人深深信服。

我问法比奥,那钓坦帕基的方法是不是在钩子上穿上阿梅梅亚,让它重重地落到水面上,然后让它自由地下沉,沉一小会儿,没有动静就提起来,换个地方再

长在水中的阿梅梅亚树。

来过,直到钓到鱼为止?法比奥大吃一惊,说你怎么知道的?你以前有钓过坦帕基吗?我笑笑,心里想钓鱼不就是按鱼类的习性因性施钓吗?这么简单的问题不必用脑子想,用大腿都能想得出来嘛!

我觉得这种钓法有点类似于夏天在池塘的浮萍洞里点钓鲫鱼,于是又祭起我那5米手竿,因为听法比奥说坦帕基会大到二三十公斤,想了想,就从卷线器上剪了一段拉力20公斤的尼龙线装上,绑了一枚6号袖型钩,卡了一颗4号咬铅,钩上一粒阿梅梅亚,按照我自己的思路,自说自话着钓了起来,想不到就此铸下了大错。

法比奥坐在船尾,用船桨慢慢轻轻地划船前进,我已经无师自通地深得钓坦帕基的精髓,他就觉得已经全无必要对我进行技术指导了。我立在船头上,往任意看得上眼的树枝间隙的水面将钓组重重地放下去,待钓饵入水后,让它慢慢下沉一段时间,再慢慢地提起来,等一等,再重复这一过程,一个地方重复两三次,没有咬口,换地方再来。

就这样反反复复钓了一个多小时,一个鱼讯都没有,有好几次提钩时突然觉得有分量,以为是有鱼咬钩了,还没来得及高兴,才知道是钩到水面下的树枝了。我的5米手竿是韩国上等货,分量很轻,长时间端在手里也没有坠手的感觉,钓了一个多小时虽然不觉得怎么累,但一个咬口也没有,实在是够无聊的,也叫人很泄气,钓到后来就有点心猿意马起来。

提钩的时候,又感觉到吃了分量,以为是挂到了水下的树枝,随手将钓竿抖了一下,想把鱼钩从树枝上抖下来。谁知猛地一下,竿梢就被重重地拖弯了下去,力量之大,钓竿几乎要脱手而去。大惊之下,我双手握竿上扬,哪里提得起来,整根鱼竿已经弯成一个不能再弯的圆弧,可是那巨大的力量还在毫不留情地往下猛拖。情急之下,我已经完全没了主意,手竿上没有绕线器,无法泄力和放线,全凭20公斤拉力的钓线在硬撑着,周围的水面上全是树枝,什么八字遛鱼法、九字遛鱼法,一个法都派不上用场,现在只有攥紧鱼竿,咬紧牙关,指望手里的这根鱼竿来跟鱼拼个鱼死网破。

第一、第二次冲击都挺住了,水下的怪物发怒了,第三次冲击的力量排山倒海,猛听"啪"的一声，第二节竿折断了，折断的地方还连在竿上，形成一个耷拉着的锐角，水下的鱼再冲一次，这下就完全断了下来，鱼线拖着断下来的两节鱼竿，嗖地一下就往水里钻去，快得简直无法指望伸手去扑救，紧接着3米远的地方一棵树猛烈地来回摇晃，估计是被断下来的竿梢和鱼线缠住了，我们两个人除了目瞪口呆地看着这个怪异的场面，一点办法都没有。

那棵树突然间静止下来，不用说，鱼跑了。

我真后悔，不应该财迷心窍，用20公斤拉力的钓线来当主线，即使用了，也应当再接一根细一点的子线，现在鱼跑了是小事，问题是我唯一的一根手竿折了，想要再接着钓都没门啦！

我问法比奥这大概是条什么鱼，他说真的说不明白，按道理现在钓坦帕基的季节还没有到，这么大的坦帕基这么早还不会到小河道里来，现在能来的都是三五公斤的小鱼。我问那能够在小树林里吃野果的，除了坦帕基还有什么鱼呢？他说还有几种，其中还包括两种荤素都吃的大型鲇鱼。说实话，使我非常难受的倒不是跑了鱼折了竿，而是留下了最大的悬念：咬我钩的到底是何方神圣？譬如那天夜钓，虽然跑了鱼但是毕竟知道了那是苏鲁宾，那么现在把我的竿拉断的究竟是什么鱼呢？这个问题恐怕要折磨得我进了棺材都睡不安生了。

细细一想，自从来到亚马孙河，已经跑掉好几条鱼了，但是我要告诉你的是，事情远远还没有结束。

手竿折了，现在只能回过头来再钓拟饵了，我手里现在还剩四枚拟饵，其中两枚还是22厘米的大型拟饵，是海钓用的沉水型拟饵，当时不知道出于什么想法也把它们收进行李中来了，现在能用的就是两枚12厘米的中型拟饵，今天能指望的，也就是这两枚了。

法比奥调转船头，从小河道里退了出来，沿着一条大河边行驶边寻找钓点。亚马孙的河道密如蛛网，而且长相都差不多，这条河道以前有没有来过，还真的说不上来。

突然我们两人都看到了一个水湾，足有一个足球场那么大，吸引我们眼球的是那水湾里到处都是大大小小的死树，看上去非常荒凉而怪异，但却是孔雀鲈喜欢的地方。我们停了船观察，果然，水面上时不时泛起一个大水花，鱼尾巴搅得水哗啦哗啦直响。地方确实是好地方，但前几天在这种地方吃过的苦头，记忆犹新。

我对法比奥说，我们不要进到中间去，就在边上玩玩吧。法比奥关了引擎，改用船桨围着死树林的外围缓缓划动，我站在船头，不时地挥竿甩出拟饵。

情况是出奇的好，每打出三五竿，就有一个追咬，但钓上来的孔雀鲈偏小，只有三四百克重，最大的也不过500克，钓一条放一条，看看过去了近两个小时，放掉差不多有二十条小孔雀鲈，看得上眼有资格留下来的，却一条都没有。可是枯树林却引人入胜，不时传来哗哗的水声，小鱼被孔雀鲈追得慌不择路，一个劲地蹦出水面。

我实在忍无可忍，挥手对法比奥说，我们进去！法比奥小心翼翼地划动船桨，我在船头拨开树枝，慢慢地挨了进去。找到一块稍微开阔一点的水面，我抛出了拟饵。第一竿打出去没有动静，接着打第二竿，拟饵在水下扭动着前进，才收了几把，"噔"地一下，竿梢立刻跟了下去。这条鱼不小，手竿非常沉重，才收了一把，老问题又来了，那条鱼猛烈地往树桩密处一窜，钓竿的梢太软，控制不住它，两下一拖，就绕到水下的暗桩上去了。试了几下，越拉钩得越紧，无奈之下只好忍痛拉断了钓线。

大凡钓鱼的人，都会有个毛病，那就是死不买账。这个毛病在我身上好像更严重一些，明明知道这地方情况太复杂，钓到的鱼多数会拿不到，但总相信下一次就是例外。急急忙忙装上最后一枚拟饵，再往前打出去，打倒是打得很准，但收着收着，还没等鱼来追咬，自己就挂底了。

我心疼这最后一枚拟饵，就叫法比奥将船划到挂底的地方，我一手扶着一根粗大的树枝，一手伸到水底下去掏摸。想不到这树枝看似结实，却已被虫蛀雨淋，早就腐朽不堪，被我的体重一压，咔嚓一声脆响，就断了下来。我猝不及防，顿时失去了重心，大头朝下，扎撒着双手，以一个非常狼狈的姿势，一头栽进亚马孙河里。

在法比奥的帮助下，一身水淋淋地爬上船来，正在庆幸数码相机没放在身上，无非是损失了一包烟,但还是觉得少了什么东西。仔细一想,哎呀,眼镜掉河里去了!法比奥脱了裤子,纵身下水,只见水底下直冒气泡,污水直往上翻,一会儿他冒出头来,手里举着我的眼镜,啊哈,找到了。我就得寸进尺,说伊霍啊,我把线收紧,你顺着线把拟饵给我找回来。可一收线轻飘飘的,怪了,线竟然断了,怎么会断的,想破头也想不出来。法比奥接连潜下水两次,还是找不到,还想再潜第三次,我看了于心不忍,说算了算了,找不到就算了,你上来吧。

折了一根手竿,丢失了两个拟饵,还到亚马孙河里洗了个澡,却连一条像样的鱼都没有钓到,真是最惨的一天。

在营地的最后一天

9月28日

这是我在亚马孙营地的最后一天。中国人有古谚说:千里搭长棚,没有个不散的筵席,按我的心思,最好是能够在亚马孙待他一两个月,把能钓的鱼都钓个遍,岂不快哉!可是我们活在这个世界上,不如意事常八九,哪有什么事都能顺自己心意的?心里再觉得恋恋不舍,也明白亚马孙之行只是一场绮丽的梦,美梦做完了,还得回到自己的现实生活中去。

回玛瑙斯的船将在下午3点左右离开营地,还有整整一个上午可以钓鱼,但是一个星期钓下来,损失惨重,已经没有什么可以调动的兵力了。手竿折了,也就死了用手竿钓鱼这条心,带来的八枚拟饵只剩下两枚,两根防咬线早就报销了,想来想去今天上午唯有钓沉底抛竿一途了。但是法比奥并不赞同我的想法,他说你不是还有两枚拟饵吗,何不用它们再钓?我说这两枚拟饵太大了,可能在亚马孙不适用。法比奥说不会呀,以前还见过有人用比这更大的,他说你钓抛竿沉底,白天是钓不到什么大鱼的,前两天你钓过,你是知道的,倒不如就用这两枚大型拟饵去搏一下，要么就没有，要有就是大的。我说你讲得的确不错，但是去哪里钓呢？法比奥说他已经为我想好了一个地方，那是在黑河大支流上的一个完全石质的小岛，他没有带人去钓过，但是以前有别的导游带人去钓过，有钓到过20公斤的孔雀鲈，他认识那个地方，只是太远了一点，不知道我怎么想。我觉得法比奥这个建议好，要么不玩，要玩就玩大的，痛快！

昨天下午因为损兵折将，灰头土脸地回来得很早，到营地经理那里办了离营的手续。其实也没什么大手续，只是在营地的签到本上应他们的要求，用自己国家的文字中文，把我的名字、国籍、来营和离营日期写明白就成了。我在经理那儿打听了一下法比奥的月薪，决定给他一个月的薪水做小费，像法比奥这样的服务水准，给他一个惊喜毫不过分。营地经理和胖厨娘也各给了一点小费，弄个皆大欢喜的结局。回到房里，把东西整理一下，没有用完的干粮、饮料、电池和各种杂物，理成一堆，都留给法比奥，前几天我看他对我用的开口咬铅和球形浮标很有兴趣，也各给他留了一些。抄网今天还要用，用完后也归他了。

今天早上吃完早餐，我们就抓紧出发了。从营地到小石岛，整整开了一个半小时，真是够远的。那小岛在黑河大支流的西面，面积大概只有一千平方米，完全是石质的，一根草都不长，大大小小的石块从岸上一直延伸到水里，浩浩荡荡的河面上只有我们一艘小得像鸡蛋壳一样的小船，天地间只有轻浪拍在石岸上啪啪轻响的声音。

因为用的是沉水型的拟饵，需要较深的搜索区，我就叫法比奥将船停在离岸较远的地方，先用绳子加重物测了一下水深，停船的地方接近五米，估计往外侧打出拟饵的可能深度应当是在十米左右，这样的深度，用沉水型拟饵是非常合适的。

所谓沉水型拟饵，就是拟饵本身的重量大于水，一入水就快速地下沉到水底，使用的时候收紧钓线，用一个突然的动作抬竿，使拟饵在水底下跳起来，再沉下去，不断地重复这个动作，使拟饵在水底不断地跳动，引起鱼类的注意，在跳动的过程中，引起它们追咬的冲动。以前我都是用在海钓上，用于钓淡水，还是第一次。因为拟饵本身的重量，轻轻一甩，就落到十五米开外，等它沉到底后，轻轻收紧钓线，就可以开始拟钓了。

第一竿打出去,做一个试探性的搜索,第二竿打出去的时候,力求拟饵的落点离开第一竿的落点两到三米,这样一来可以将搜索区以一个扇面展开,以增加有效的搜索范围。以此类推,等第一个扇面全部搜索完毕,将船移动一个搜索扇面的距离,这样不断地移动,就可以将心目中理想的区域全部搜索到位,能将这一个规范动作做得尽量完美,就已经成功了一半,另一半就要看老天爷给不给面子了。

打出第四竿,突然拟饵在水底下传来像被石块绊了一下的感觉,我马上就警觉起来,因为有时候鱼咬饵的感觉和拟饵绊在石块上的感觉相去无几。只是不敢相信鱼讯会来得这样快,就在我抬起手来让拟饵再次跳动的时候,一股奇大无比的拉力突然从水底下传来,猛地将钓竿从指着天上一下子拉成指着水底。泄力器尖叫一声,声音尖利而短促,还没等我将竿梢抬起,线一下子就软了下来。这一切发生在不到一秒钟的时间里,就像一个重拳猛然击打在后脑上,还没有弄清发生了什么事情,一切就已经结束。卷起线来一看,拟饵没了,线的断口干净利落,切得整整齐齐。想想看,一条鱼可以将整个22厘米的拟饵吞进嘴里,并且在拟饵的前端咬断钓线,这条鱼会是什么尺寸?法比奥过来一看也惊呆了,他疑惑地说这条鱼不像是孔雀鲈,第一孔雀鲈不是这样走线的,第二孔雀鲈也不会待在这么深的水层,究竟是什么怪物,猜去吧!

怀着深深惋惜的心情,绑上最后一枚拟饵,再次投出钓组,接下来发生的事情更令人难以置信。拟饵沉底,我刚做了两次跳跃,又来了!这次来得更猛更烈,毫无预兆,也毫无精神准备,一个趔趄,我被拉得失去平衡,一下子跪了下去,好在手还死死地攥紧着钓竿,只听见泄力器吱吱吱响个不停,毫无停顿的意思。法比奥说得不错,绝对不是孔雀鲈,也没有噔噔噔的拉坠感,只有一往无前的走线,九头牛也拉不回来的倔强。我终于站直了,调整好姿势,双手握紧了鱼竿,咬着牙让它走线,突然走线停止了,我心中大喜,现在轮到我来收拾你了,可一摇卷线器,心里凉了半截,轻飘飘的一点阻力也没有,妈的,又跑了!

和上次一样,又是咬断了钓线,把拟饵也带走了。这一切发生在短短的20分钟里，现在我是真的弹尽粮绝，老天爷不给机会啊！如果这两条鱼都可以钓上来，啊不，哪怕只钓上来一条，我的亚马孙之行就可以画上一个完美的句号，现在看来我只能带着深深的遗憾回去了。但是我明白老天爷的意思，老天爷是给了我一个深深的念想，他要我一有机会就想着要再回亚马孙啊！

终于到了要走的时候，和法比奥拥抱，拍肩膀，一个多星期的相处，相互的尊重和好感，这只能用一个词来形容：缘分！船要转弯之前，我看到他最后一次向我招手，心中掠过一丝悲凉，伊霍啊，我们还会有再见面的一天吗？

布什船长看到我倒是非常高兴，我们是自来熟，而且差不多他每天都能从我这儿拿鱼带回他在玛瑙斯的家里，最多的一次我给了他差不多有25公斤的德拉依拉，所以他认定了和我是老友，开船的时候特意在他边上放了把软靠椅给我坐，一边开船一边跟我聊天。

船进入黑河主流后，后面船舱里的喧闹声越来越大，那是和我一起上船的两个瑞典小伙子在打牌赌钱。船上的水手先是在一边看，看着看着就加入进去了，一伙人赌得兴高采烈，吆五喝六声响作一团。布什就坐不住了，一会儿回过头去望望，一会儿大声询问牌局情况，就像是热锅上的蚂蚁。突然他没头没脑地问我：你不是说过你以前当过船员吗？我说是啊，他接着问道，那你会不会开船啊？我一下子没有弄懂他的意思，就顺着他的话臭盖说，当然会，其实我以前在船上是当大厨的。想不到他立刻从头上摘下大盖帽，不由分说往我头上一扣，说现在你是船长了，你来替我开一会儿船，我去跟他们打一下牌！我看这种小吨位的船其实操作起来很容易，一个舵轮一个油门而已，和开汽车没什么两样，倒也跃跃欲试，接过舵轮试了一下舵效，心里就有底了。我说你慢走，先替我拍张照片，就这样，我留下了在亚马孙河上的最后一张照片。

放眼望去，偌大的河面上，只有我们一艘船，于是放心大胆地玩开了，一会儿向左转，一会儿往右转，一会儿加速，一会儿减速，兴味盎然地开了一个半小时，直到天有点暗下来，才把布什船长叫来替换。

船靠上玛瑙斯码头时，已是夜里9点多，背着行囊，转过头去，最后一次看一眼

我心中暗笑,这种事情也只有他们拉丁民族做得出来。

亚马孙河。夜间的亚马孙河显得更加温柔和神秘,月光映在水面上,泛着细细碎碎的银光。一艘夜航客船起航了,转眼间,就隐没在河上的黑暗中,远远的只看见夜航灯在闪烁。明天,当太阳升起来的时候,这艘船将到达亚马孙的腹地。亚马孙,这是我将永远想念的地方!

实用信息和旅游攻略

去亚马孙河的时间

因为地处南半球,巴西和中国的季节正好相反。9月至12月为春季,12月至3月为夏季,3月至6月为秋季,6月至9月为冬季。对巴西人来说,亚马孙流域的季节只分旱季和雨季两个季节,从10月中下旬开始进入雨季,要到来年3月雨季才收尾,慢慢向旱季过度。雨季时,几乎天天下雨,在亚马孙流域,连着下一个星期的雨是常有的事情。连续几个月的雨季,亚马孙河及其支流流域的水位暴涨,旱季和雨季的水位差可以高达11米。在水位最高的时候,河水湍急而浑浊,并携带大量浮木和杂物,许多热带雨林被淹在水下。在乡间,许多地方级的土路会被雨水冲刷损坏,造成局部交通中断,这给钓鱼带来极大的烦恼和困扰,想要前往亚马孙河钓鱼的钓友最好避开这半年的雨季。

进入旱季后,雨势渐渐收敛,河水水位也日渐回落,亚马孙河及其支流的水慢慢开始澄清,是前往亚马孙流域观光和钓鱼的最佳时机。单就钓鱼而言,最合理的前往时间为5月中旬开始,根据不同的地域延续到9月底或10月初。

怎么去

目前从中国大陆前往巴西,无论是中国的民航公司还是巴西的民航公司,都没有开通直飞航班和航线,唯一的办法是通过第三国转机前往。进入亚马孙流域中心的门户是亚马孙州的州府玛瑙斯,所以全程必须包括国际航班和巴西的国内航班。常用的路线如下：

　　A　从国内有国际航班的城市，如上海、北京、广州出发，搭乘不同的航班飞赴欧洲，再从欧洲转机飞巴西的里约热内卢或者圣保罗，这两个城市都有飞玛瑙斯的巴西国内航班。转机欧洲，因为各航空公司的机票价格差异很大，建议制订计划前联系各大航空公司的票务代理，以寻求最合理的时间和更便宜的票价。

　　B　从国内有国际航班的城市，如上海、北京、广州出发，前往阿拉伯联合酋长国的迪拜，在迪拜转机前往巴西的里约热内卢或圣保罗，进入巴西后在上述两个城市转飞玛瑙斯。这是目前国内钓友选择最多的一条路线，票价和时间安排上比从欧洲转飞更合理。

　　C　如果已经持有美国旅游签证（现在美国政府会给中国公民发放十年有效多次往返签证），可在进入美国后转机前往佛罗里达州的迈阿密，迈阿密有直飞巴西玛瑙斯的航班。

如何联系去亚马孙河的旅游公司

　　到达玛瑙斯后，建议预留两到三天时间，用作观光和联系旅游公司。作为一个地处亚马孙雨林中心的现代化城市，玛瑙斯是一个值得逗留的地方。

　　玛瑙斯城市并不算太大，要找到游客服务咨询中心（Tourist Information）不会很困难。在游客服务咨询中心你可以获得玛瑙斯各个旅游公司的名字和地址，而且这些旅游公司多数是在市中心。你可以花半天时间来和旅游公司洽谈，以找到适合你个人时间安排和财力计划的对象。一般而言，多数旅游公司都有自己在亚马孙雨林中的营地。假如你的旅游重点只在于钓鱼，他们也会很乐意帮你重定或者修改你的钓鱼计划，不要太担心，在游客服务咨询中心和旅游公司，你都可以轻易找到能说英语的工作人员。

在玛瑙斯逗留时的一些建议

玛瑙斯有从价格很高的大酒店（比如 TajMahai Hotel）到很便宜的几个人合住一间的青年旅社，你可根据你的财力和爱好进行选择。但是最重要的是，不管哪一个消费水平的旅馆，必须要有机场接送服务和保险箱，以便去亚马孙雨林钓鱼或者去市内观光的时候可以将你的护照、机票甚至现金锁起来。有些旅馆的房间里并不一定有私人保险箱，但是他们会提供店方保险箱业务。这样做并非多余之举，一般而言，南美洲的一些城市治安有问题，未雨绸缪总不会错。

不要相信林林总总的旅游资讯，除了价格昂贵的巴西烤肉外，大多数巴西食物并不对口味刁钻的中国人的胃口。虽然谈不上什么美味，但用来果腹倒没有什么问题，这点你最好有点心理准备。如果去玛瑙斯的河鲜餐馆品尝亚马孙河鱼，最好问一下有没有海象鱼（Pirarucu）做的菜肴，有时候出于某些考虑，他们不放在菜单上。能吃到海象鱼的机会难得，再说这种鱼的味道真的不错。

在玛瑙斯推荐必去的地方是阿道夫里斯本市场（Mercado Adolpho Lisboa），在那里的鱼市场你可以预先和你想要钓的鱼打个照面。当地土著开的亚马孙手工艺品店很值得一看，你一定会找到令你惊喜的东西。卖亚马孙印第安人草药的摊子也可以去看一下，印第安人的草药涵盖了雨林里的动植物，千奇百怪，看不懂听不懂没关系，看个热闹总行吧。

除了你一定会看到的亚马孙剧场（Amazon Theatre），力荐的两个地方是印第安博物馆和国家亚马孙研究所（简称 INPA）。在前者你可以看到亚马孙雨林中的印第安人的历史资料、生活用品、宗教仪式所用的法器和各种奇怪的乐器、使人意想不到的照片资料等，令人大开眼界。后者并不如你所想是个很学究气的科研单位，它有一个很巨大的花园，里面豢养了众多亚马孙雨林的哺乳类、鸟类和昆虫以及爬行类动物，除了门票有点贵，别无缺点。

顺便说一下，玛瑙斯是巴西进口商品的免税区，有至少三家以上的免税商店，有兴趣的话可以去那里血拼。至于那里的商品是不是便宜，比国内同类商品便宜多少，大家凭经验去看吧！

说到买东西，就要牵涉钱的问题。一般总是携带美金或者欧元，在巴西换取他们的货币雷亚尔。建议不要在机场的外币兑换处调换，可以去市区的外币专门兑换处（Casa Cambio）兑换，兑换率肯定会比机场高出一截。如果换的外币比较多，那多出来的部分会相当可观，Casa Cambio 的地址，可以在机场旅客问讯处、市中心的游客服务咨询中心，甚至是所住旅馆的前台查询。

要带些什么东西

衣物类　5月到10月，虽然是巴西的冬季和春季，但气温并不低，一件长袖或者短袖的汗衫就足以应付，但为了提防偶尔来袭的低气温，可准备一件夹克或者带帽子的薄绒运动衣。

药品类　去异国旅行很容易水土不服，引起皮肤瘙痒和不明皮疹以及非细菌性的腹泻和便秘，建议携带一点抗过敏的药物。天气热，有些雨林营地的卫生条件也不会太好，作为预防，带些治疗腹泻的药物总不会错。雨林里有蚊子、小咬蚂蚁和各种防不胜防的昆虫，防蚊水和防蚊喷剂是首选。为了防止被紫外线灼伤，防晒霜是必不可少的。不要忘记各种规格的创可贴，在热带雨林里钓鱼受点皮肤创伤几乎是不可避免的。

电器类　巴西的电源插座和国内形状不同，中国带去的各种电器无法适配。一般而言，旅馆里都会为旅客准备几种转换适配插座，但有时候你会碰到旅馆没有为你准备的尴尬局面。为保险计，最好从国内带一个万用转换插座去，万一你连这个也忘了，不要担心，在市场上的电器店和百货店都能够买到和中国电源插头相配的适配器。

要携带哪些钓具

路亚竿　1.根据个人使用习惯，长度在5.1—6.6英尺之间，调性为MH或更高，钓力值10—20磅，适配路亚重量1盎司以下的路亚竿1—2支，根据个人使用习惯选择直柄或枪柄。2.长度在5.1—6.6英尺之间，调性为YH，钓力值12—30磅，适配路亚重量2盎司以下的路亚竿，根据个人使用习惯选择直柄或枪柄。主钓鱼种：孔雀鲈、龙鱼、牙鱼、恶狗鱼和黑食人鱼。

抛　竿　长度在8英尺左右，调性适合个人使用习惯，钓力值25—40磅的钓竿。主钓鱼种：以苏鲁宾为主的大型鲇鱼。

卷线器　1.配合上述路亚竿的水滴形或纺车形卷线器，以及配用上述钓力值的尼龙钓线或者spider强力钓线。2.配用上述抛竿钓力值的尼龙钓线或者spider强力钓线。

路亚拟饵　以各种尺寸的米诺为主，配合波扒、VIB和亮片，可以应对亚马孙河里的几乎所有掠食性鱼类。

防咬线　亚马孙河里的掠食性鱼类都有尖利的牙齿，各种钓力值的防咬线是必备的，这点尤为重要。

最后天堂的钓客

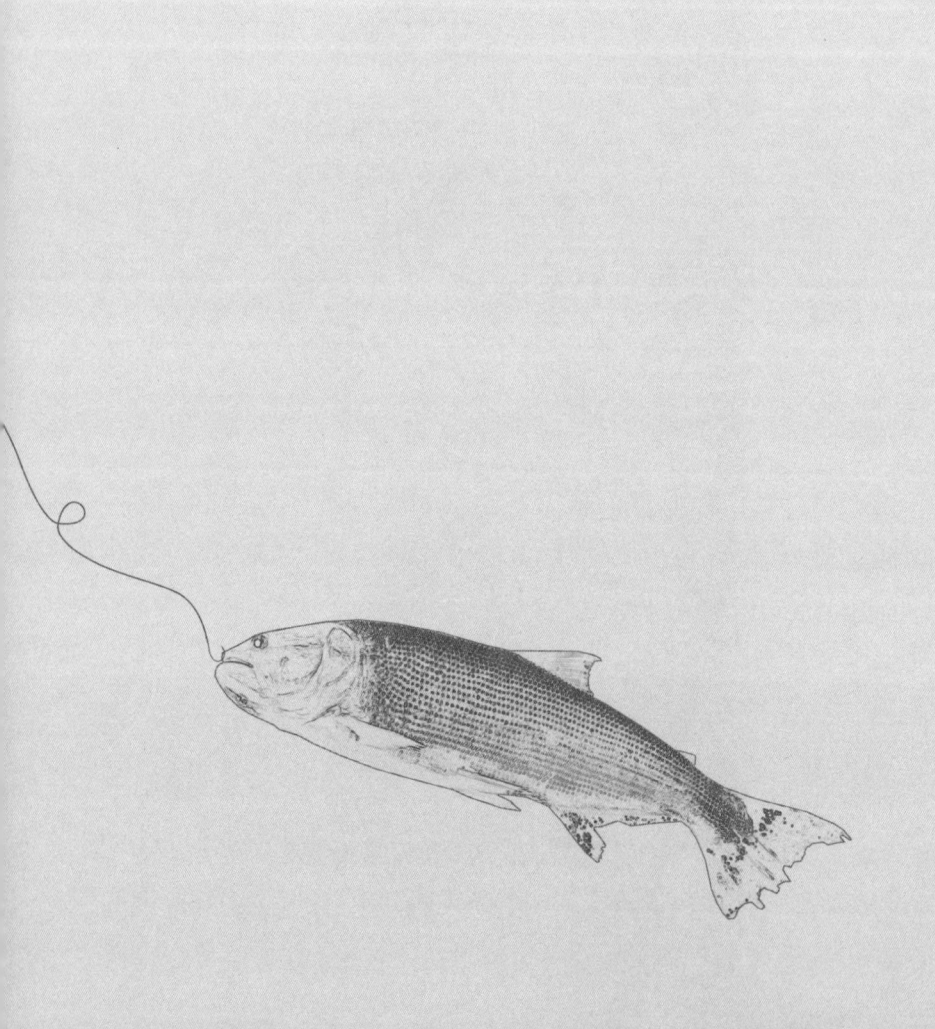

到潘塔纳去！

我一直认为自己骨子里就是个喜新厌旧的家伙。在那么多的地方钓过鱼，但从来没有过强烈的愿望想要再回到某个地方去旧地重钓一次。我总是在寻找下一个值得我去的地方，也总是为了对下一个地方的憧憬而激动不已。但有一个地方不一样，只要在那里钓过一次，就会终生牵挂，这个地方勾起我无穷瑰异的遐想和无尽隽永的回忆，一想到她我就会激动莫名，我觉得她的光芒盖过了去过的任何地方。"回眸一笑百媚生，六宫粉黛无颜色"，这两句诗并不一定只用来形容美女，用来形容这个地方，也简直是说到心里去了。

这个地方就是巴西。

2006年我第一次去了巴西，如愿以偿地泛舟垂钓于魂牵梦萦的亚马孙河上。那是笔墨所无法形容的新奇和快乐。以至于当我离开她的时候，心中充满了留恋和怨恨，甚至还没有离开巴西，我就已经决定,明年我还要回来！

结果2007年的秋天,被我的表哥苏厚民拖到罗马尼亚的多瑙河三角洲去了。

一踏进2008年，我就在挂历的9月份上，用油彩笔写上"巴西亚马孙"几个字，这是我自己的宣言。9月份的其中一天是我的生日，所以我总是在9月份出远门去钓鱼，这是我送给自己的生日礼物。

等到制订具体计划的时候，又面临一个困惑了我很久的问题：还是去两年前去过的地方吗？总有些不甘心，那么大的亚马孙，照说钓鱼的好地方多了去了，可我又一个都不知道，该上哪儿去钓鱼呢？这真是个问题。成天七想八想，突然想起两件事情来了。第一件事情是两年前在玛瑙斯乘坐洛伦索二号去水上营地时，在驾驶室和胖子布什船长闲聊，他问我："这么说，你来亚马孙就是为了钓鱼？"我说："是啊，主要就是为了钓鱼，观光的事情只是顺便带过。"他斜着脑袋看着我，有点奇怪地问道："那你为什么不去潘塔纳？"我以为他说的这个潘塔纳一定是在亚马孙的某个地方，当时也没有多留意，这事情就这么过去了。第二件事情是两年前在亚马孙河上钓鱼，休息的时候我斜靠在船帮上，和我的小导游法比奥抽着烟闲聊。我说："伊霍啊，你当导游也有些年头了，在巴西什么地方钓鱼是最好的？不会就是这里吧？"法比奥说："哪里啊，这儿算什么嘛，和潘塔纳就没得比！"我还是以为他说的那个潘塔纳是在亚马孙丛林深处的某个地方，心想有机会我倒要在地图上查一下。想起这两件事情，我心里头突然一亮。哎，既然这两个巴西人异口同声地提到这个潘塔纳，想必这一定是个了不得的钓鱼好地方，我这次何不就直奔这个潘塔纳而去？

顿时来劲了。

打开两年前从巴西带回来的亚马孙州地图，仔仔细细从左看到右，从上看到下，查找了足有半个多小时，大大小小几百个市镇村寨，居然就没有一个叫潘塔纳的地方。这下心里真是后悔死了，当时怎么这么迟钝，为什么就没有再详细地追问下去？难道潘塔纳是他们当地人的称呼？或者那根本就是个小得连地图上都标示不出来的地方？

心有戚戚，干活吃饭，什么时候想起这件事情，就觉得简直是块心病。直到有一天，我正开车走在半道上，又想起这事儿来了，突然间福至心灵，心里头灵光一闪，潘塔纳？潘塔纳？！哎，我好像在一本什么杂志上看到过这个名字！什么杂志？再狠狠地想，想起来了！是美国的《国家地理》杂志，我每期都有买的。回到家里把所有的《国家地理》杂志都翻出来，一本本地找过去，终于被我找到了！在2005年8月刊上，文章的名字是"狂野的湿地潘塔纳"。这才知道自己犯了一个大错误，只怪我满脑子都是亚马孙，造就了天大的误解：第一，这个潘塔纳并不是地方名，而是一片地域的名字；第二，这个潘塔纳和亚马孙毫无关系，离亚马孙至少有一千多公里。

潘塔纳，是从葡萄牙语pantanal音译过来的，意思是指大型的沼泽地，英语称为wetland，中文翻译成湿地。我觉得都有点词不达意，世界上的沼泽地何止千万，但有资格被称作潘塔纳的地方只有两个：一个是美国佛罗里达州佛罗里达大沼泽，占去一半的州域面积，算得上是非常惊人，但是和另一个——巴西的潘塔纳一比就没有了光彩。巴西的潘塔纳跨越了三国（巴西、巴拉圭和玻利维亚）两省（巴西的马托格罗索省和南马托格罗索省），面积几乎有25万平方公里，台湾和香港地区把潘塔纳翻译为大沼泽，虽然名副其实，可惜还是没能表达出它那令人震撼的辽阔意境。

在南美洲的中部，地势从山地转向安第斯山脉的高地，但是大自然却在这块山地中，造就了一块巨大的低洼平原，这块平原就是潘塔纳。南美洲的第三大河巴拉圭河从这块平原的左侧蜿蜒而过，这条大河发源于巴西中部的高地，一路流经巴西、巴拉圭和玻利维亚共和国，最后在阿根廷的布宜诺斯艾利斯附近奔流入海，投入了大西洋的怀抱。

巴拉圭河将六百多条支流像血管一样分布在整个潘塔纳，一到雨季，六百多条支流一起泛滥，把整个潘塔纳泡成了个水乡泽国。在漫长的将近五个月的雨季里，整个潘塔纳的雨林中的所有动物——食草的，杂食的，食肉的，也包括了鸟类和昆虫——全部转移到树上去生活，鱼类和水生动物接管了这个地区。几万年来，陆生动物、水生动物和热带植物在这个巨大的沼泽地里轮流执政，繁衍生长，大自然一派欣欣向荣。而人类却被潘塔纳的周期性水淹所阻，除了在其中几个地势高的地区建立了农场，几乎无法深入沼泽的腹地去开发，潘塔纳幸运地逃离了人类的毒手，成了野生动物的最后一个伊甸园。

我在网上搜索潘塔纳的信息，看到了巴西国家公园管理局总监所说的一段话，大意为："在巴西以外的人们只知道有亚马孙，而不知道潘塔纳，那是因为亚马孙的名声实在太大，这实在是一种羞耻。事实上潘塔纳自然环境的美丽，生物的多样性，生态的系统性完整性，都远在亚马孙之上……"这位先生使用了"羞耻"（shame）这个单词，有点骇人听闻，但潘塔纳养在深闺人未识倒也确实，难怪那位先生要如此愤愤不平。事实上，我也是直到现在才知道潘塔纳这个名字，我也是应当感到羞耻的井底之蛙。

吃惊之余，我赶忙翻出两年前在巴西买的几本钓鱼杂志，仔细再看一遍，顿时面红耳赤，羞愧难当。两年前我从亚马孙回来，写下了《一意孤行亚马孙》。发表以后，意犹未尽，又从巴西的钓鱼杂志里整理翻拍了一组令钓鱼人震撼的照片，想当然地取名"亚马孙的钓鱼图片"发表，其实整个错了，事实上在这些照片里，除了亚马孙巨鲇比拉拉达和海象鱼之外，介绍的全是潘塔纳巴拉圭河水系的渔获，我因无知，无意中大大误导了中国的钓友，这是一个不可原谅的错误。

在网上搜索的结果显示，巴拉圭河虽然只有四百多种鱼类，和亚马孙河的两千多种淡水鱼相比，好像没有什么可以骄傲的，但是巴拉圭水系中有近四十种有垂钓价值的鱼类，是巴西钓鱼界极力向全世界的钓友推介的。这近四十种鱼都是巴拉圭河所独有的垂钓尤物，特别令全世界的钓友为之疯狂。比如被称为黄金河虎的多拉多（Dourado），被称为阿拉圭亚鱼雷的碧库达（Bicuda），深水巨鲇夏乌（Jau），食蟹鱼比阿乌苏（Piaucu），巨型恶狗鱼卡秋拉（Cachorra）等，都是我以前见所未见，甚至是闻所未闻的。

回想起布什船长和法比奥说的话，真的没错，潘塔纳才是比亚马孙河更好的钓鱼天堂，我知道得真是太晚了。

那么多从未见过、从未钓过的鱼，被活生生地从巴拉圭河里钓出来，刹那间凝固成那么活灵活现的照片呈现在眼前，这是何等致命的诱惑，更可恶的是这些鱼都不是我钓到的，我只有在杂志上看看的份，真是是可忍孰不可忍！我再也无法抑制心中的激动，拍案而起，好，什么也别说了，今年的出钓，就定在潘塔纳的巴拉圭河了！

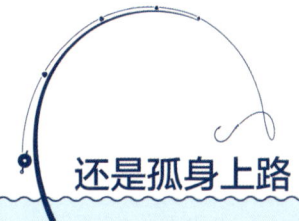
还是孤身上路

又是同样一个老问题,潘塔纳那么大,究竟要到什么地方去钓鱼呢?这个问题还算比较好解决,我手里正好有几本从亚马孙玛瑙斯带回来的巴西钓鱼杂志,上面有好多潘塔纳的钓鱼旅馆广告,仔细研究了一下,找了广告最多的那一家,打了个国际长途过去询问。接电话的那位不会英语,西班牙语比我还糟,近20分钟的时间里都是在:"啊?……什么?……没听懂……再讲一遍……"扯直了喉咙,说得满头是汗,对方终于搞明白了,有个中国人要上他们那儿去钓鱼;我这儿也总算弄清楚了他们那个地方的具体位置,为了去这个要命的地方,我得坐三趟飞机!

主意一定,我立刻就到我朋友开的旅行社去订机票,每年出去钓鱼,都要麻烦他给我找最便宜和最合理的航班。那墨西哥人觉得很好笑,说现在才5月份,离9月份还早着呢,你为什么这么早就要急急忙忙地订机票?其实他不明白,我把机票一定,就不可能再改变主意了,就算是这四个月里发生任何事情,雷打不动我都要走人的。

机票订在9月15日。办妥了机票的事情,先给在洛杉矶的表哥苏厚民打电话,一年前在多瑙河三角洲钓鱼的时候,就已经约定今年一起奔巴西去。那老兄一听,说真要去啦?好好好,要得要得!下星期我就去订票,我们就在圣保罗会面,不见不散!

兴奋之余,我又做了一件事情:两年前我从亚马孙回来,将我的亚马孙钓鱼经历写成《一意孤行亚马孙》发表在网上,引起了国内钓友的高度关注。尤其是我在文章的最后,提到了我的下一次亚马孙之旅,我希望下一次不再是一意孤行,意在征招志同道合者。在不同的钓鱼网站上,我看到了许多钓友的回应。有的说,李哥,算我一个！有的说，李叔，到时候通知我！更有人在四处打听我的 email 地址，说要跟我联系。我在那么多的回帖中谨慎地挑选了四个人，这四个伙计看上去决心都挺大，口气都很坚决，而且都有一定的经济基础。我分别给他们发了电子邮件，邀请他们和我一起去赴一次梦幻之旅。邮件发出后，石沉大海，两个多月了，竟然连一个回复都没有。看我百思不得其解的样子，我太太就说话了："我看人家都很正常，就你一个人有神经病。人家在你文章后面跟帖，只不过是给你面子，为你捧场。一时激动，拍一下胸脯，说几句狠话，那是可以理解的，就你这个呆子当真了，你以为人家都是苏厚民啊？你这样冒冒失失地找上门去，知不知道会把人家搞得很尴尬？"真是一语点醒梦中人，我这才觉得自己的热度确实太高了一点。

好了，不管别人怎么样，反正我是一定要去的。7月份开始，一到休息天我就翻箱倒柜，倒腾我那些宝贝钓具，把要带去巴西的钓具慢慢地整理起来。我觉得钓鱼这事儿有三个乐趣，一是打点行装准备出发的那种急切激动和想入非非，二是到了水边和鱼斗智斗勇的那种淋漓酣畅，三是钓完了回来懊恼和快乐混杂在一起的无穷回味。我现在就开始享受起第一个乐趣来了。

七支钓竿，把我的竿包塞得鼓鼓的。五个绕线轮，三十几枚不同规格的拟饵，各种规格的钓线，大大小小的鱼钩铅垂，长长短短的防咬线，夜钓用的杂七杂八的东西，简直就像个小型的渔具店。有些东西看上去可带可不带，但心想万一要用上呢？妥协的结果是，我那只手提箱险些关不上了。好，现在一切都准备妥当，只等出发了。

想不到先等来的却是苏厚民的电话，那家伙在电话里拉着哭腔："震宇啊，我走不了啦，你一个人去爽吧。"我说："怎么回事啊你？"他说："嗨，想不到啊，我真的升官了！"去年我们在多瑙河三角洲钓鱼的时候，闲谈时说起，公司里有传言说，他苏厚民要升职了，差不多一年了没消息，都把它忘了，可想不到突然间7月底委任状就下来，苏老哥升为部门经理了。刚一升职就要去度假，这口怎么也开不出来，没奈何，苏老哥只好一把眼泪一把鼻涕地去退机票，还被人家扣掉了一百多块手续费。我说你别哭了，升官发财是好事情啊，那我就先去探探路，下次再陪你去行吧？

看来我又要孤身上路了。

真是好事多磨。等啊等,眼看离出发的日子还剩最后3天了,突然在电视新闻里看到美国休斯顿遭遇飓风,而我却要在休斯顿转机飞巴西圣保罗,一急之下,赶忙打电话联系航空公司,人家说这次飓风非同小可,不要说航空港,整个休斯顿都要关闭啦!什么时候重开?不知道,你自己每天打电话过来问吧,你也不要着急,反正哪一天重开了,第一个就让你走行了吧?

急死人了,每天早上一上班,先提起电话打给航空公司,一直打到17号,好消息来了,说休斯顿机场已经重开,给我安排了9月18号一早的航班。哦,深深松了一口气,明天我终于可以出发了!

千万里,我找寻着你

早上6点20分,飞机在晨曦中直上蓝天。

这将是一个漫长的旅程,我要从墨西哥飞往美国休斯顿,再从休斯顿转机飞往巴西圣保罗,到圣保罗之后转乘巴西航空公司的国内航班,飞往南马托格罗索省的省会大坎普。到大坎普以后再怎么走,就只能凭想象了,估计会有长途汽车的吧。

休斯顿果然是一片劫后余生的惨状,大树被连根拔起,许多房子被飓风刮走了屋顶,马路上到处可见七歪八倒的电线杆,但好像并未严重到全城关闭的地步。我在休斯顿停留了一个白天,去唐人街购买了一些食品和日用品。原先还准备抽空去参观一下美国宇航中心的博物馆,但经电话查询,说是飓风过后一直关闭,只好扫兴作罢。

傍晚在休斯顿机场等候登机,候机的大部分是巴西人,我很快就和人家聊了起来。他们听说我去巴西只是为了钓鱼,都觉得不可思议,本来还想向他们打听一下

从圣保罗飞往南马托格罗索州首府大坎普的巴西航空公司的班机。

我要去的地方的情况,结果很失望地发现,和我交谈的巴西人中没有一个是会钓鱼的,而且我要去的地方连他们巴西人都没有听说过。其中有一个叫科莱亚的年轻人非常热心,他叫我不必担心,说到了圣保罗后,他会在机场打电话和我要去的那家旅馆联系。

去圣保罗的是夜航班机,吃完难吃透顶的航空餐,蒙头大睡,一夜无话。19日上午9点,准时到达圣保罗,排队办完进关手续,去拿行李,科莱亚果真在那里等我了。他说已经和那家旅馆联系上了,那家旅馆就在巴拉圭河边上。他叫我到了大坎普后,可乘坐前往边境城市科隆巴的长途汽车,在终点不到70公里的一个叫莫里尼奥门的地方下车,买了车票后打电话给旅馆告知发车时间,他们会在莫里尼奥门车站等候我。听他这么一说,心里顿时无比轻松,自然是千恩万谢,真是这个世界上到哪里都有好人啊!

在圣保罗机场兑换钱币,吃饭,傻坐。

到达大坎普,已是19日下午3点,叫了辆出租车直奔长途汽车站,车票买得很顺利，下午 5 点半发车，半夜 11 点半到达。拿出二十个巴西雷亚尔，请售票员替我往旅馆打了电话，那边回说知道了，会来接车，并说来接我的是一辆黑色的皮卡车，看来一切都很顺利。

终于踏上了旅途的最后一程，一开车我就一直在纳闷，我曾仔细研究过巴西地图，从大坎普到边境城市科隆巴，从地图上推算只不过三百公里的样子，一般情况下长途汽车跑个 3 小时也就够了，怎么会要六个小时？难道是路况很差，车跑不快？不对呀，地图上标示出来从大坎普到科隆巴走的是巴西 BR262 国道呢，真想不明白。可没过多久，我就明白了，路况其实极佳，时速一百公里，车开得非常平稳，但中间每到一站，司机都开门下车，抽烟、喝水、撒尿，和熟人聊天，也不管车上那么多人在等他，反正不聊个心满意足是不会发车的。经过其中一个站时，司机说要去吃晚饭了，这一去就是一个多小时，全车人一起呆坐傻等，居然没有一个人口出怨言。

半夜里，司机推醒我，说是莫里尼奥门到了。我提着行李下车，呆呆地看着巴士在夜色中绝尘而去，半夜三更，独自一人，站在异国陌生的车站中。天南地北地走，也算个老兵油子，但这种经历对我来说，还真是头一回。

这个叫莫里尼奥门的地方，其实是 BR262 国道上的一个收费站，除了收费站，四顾无人，我孤独地站在路灯下，四周是兴奋狂舞的蚊子，头顶上是盘旋飞掠吱吱怪叫的蝙蝠，哪里有什么黑色的皮卡车？向公路两端惶然张望，偶尔远远看到车灯，以为是接我的人来了，结果是一个又一个的失望。我不知道发生了什么事情，除了抽烟傻等，真是毫无办法。都这种时候了，我竟然还有心情幽自己一默，嘿嘿，幸好没有带什么人来，不然，现在他们肯定是猫着腰，四下里找寻板砖，骂骂咧咧地用来拍我的脑袋。

一个多钟头过去了，我已经开始绝望，心里想看来今天要在这里待到天亮了，就在我心里开始问候人家老妈的时候，收费站的小亭子门一开，灯光亮处，救星来了！走过来的是一个年轻人，他说我看你在这里站了好半天，你等谁啊？看我又是西班牙语又是葡萄牙语的说得语无伦次，笑了，他说他能讲西班牙语。听我把事情说明白了，他说你不要着急，那家旅馆我知道，不远，离这里四公里，待会儿可以送你过去，不过我要到一点钟才下班，你再等我一下。他自己介绍说他的名字叫曼迪。

坐上曼迪那辆破旧的大众牌货车，从公路上拐进乡间土路，颠颠簸簸一路行去，很快就看到了月光下的巴拉圭河，曼迪指着河岸边稀稀拉拉的灯光，说那就是我要去的地方。我注意到曼迪在驾驶台上放着一块泡沫塑料，上面钩着好几个连着防咬线的鱼钩，那防咬线是用钢丝自己绕制的，很粗糙，原来曼迪也是个钓鱼人，他说我们这里只要是个人，都会钓鱼。

到了我住的那家旅馆，黑灯瞎火，几只狗围着我们狂叫。随手拍开一间房，问老板住在什么地方，房客睡眼蒙眬地朝一扇门一指，我没好气地上去猛拍，老板被我稀里糊涂地拍出来了，面对我一连串的责问，也不知是听不懂还是吓糊涂了，呆呆地望着我一言不发，末了回房拿出一把钥匙，指指走廊尽头第一扇门，意思是那就是我住的房间。回头一看，那个曼迪不知道什么时候已经悄悄走了。

打开房门，暗淡的灯光下，只有四张床和一个柜子，板壁破旧，一条蚂蚁连成的黑线，从天花板下蜿蜒而出，一直延伸到地板上的一个窟窿里去。广告打得牛逼哄哄的钓鱼旅馆，竟是如此破败不堪。进卫生间一看，大喜，竟然有个热水器，赶紧去冲个澡。刚洗得有点意思，电灯一闪而灭，停电了。摸着黑，按着记忆在手提箱里摸出头灯点亮，找了一张看上去还算干净的床，实在太累，几乎一倒下就睡着了，迷迷糊糊中还在想，他娘的，明天找这老板算账！

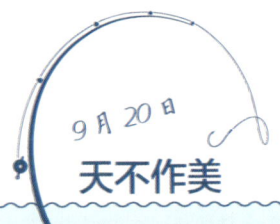

9月20日 天不作美

早上5点钟，天还是灰蒙蒙的，闹哄哄的声音就把我吵醒了，开门一看，走廊里所有的房门都打开了，很多人在忙进忙出。拉住一个人一问，原来都是从圣保罗过来钓鱼的，今天是他们钓鱼的最后一天，明天一早就要返回圣保罗了。他们是一个钓鱼团体，租了一辆大巴从圣保罗过来，路上要开 28 个小时，真是够辛苦的，怪不得人家说钓鱼的人都有神经病。

吃完早餐，这帮钓鱼人急急忙忙登船出发了，老板这才把我招呼到他的办公室。先跟我再三解释说他并不知道我要来，昨天也没有接到什么电话，也许是他手下人接的，但并没有人跟他提起这回事，所以昨天看我对他大发雷霆，觉得莫名其妙。我问他，那么四个月前我打电话过来是不是你接的？他说他对圣母起誓，没有接过，也没有人对他提过。老天爷，竟有这种事情！幸好昨天碰上了那个热心的曼迪，不然这事情真的还不知道要怎么收场。

哭笑不得。

言归正传，说钓鱼的事。原来这里和亚马孙的规矩截然不同。亚马孙是一天的旅馆费伙食、住宿、钓鱼船和鱼饵、燃油和钓鱼导游什么都包了，在这里燃油和鱼饵却是要另算的。怎么个算法呢？老板拿出表格给我看，他说噢，这样的表格一天一张，写的是你的名字，表格里会登记你一天用了多少升燃油和多少打鱼饵（这里的鱼饵都是论打来算的），在餐厅里你喝了多少饮料和啤酒，然后在你要走的时候，把所有的表格拿出来和你来个大清算。老板又拿出旅馆的价目表给我看，食宿费用还过得去，但燃油是加油站一倍的价钱，鱼饵小活鱼最便宜的十二个雷亚尔一打，中等价格的十八到二十四雷亚尔不等，螃蟹十四雷亚尔一打。蚯蚓最离谱，竟要四十雷亚尔一打，近两雷亚尔兑换一块美金，你算算，一条蚯蚓要合人民币多少？在国内大概买一条活鱼都够了。

入乡随俗，再贵也得买，没什么好多讲的。我说那么我的导游呢？老板打开房门，哇啦一声，叫进来一个黑小子，他说这是你的比罗多（葡萄牙语，导游之意），他的名字叫达尼艾洛。我说："好啦，就这样吧，哎老板，我房间里面有蚂蚁哦，待会儿你拿罐杀虫剂给我去灭一下。"老板连说是是，没问题。

这个达尼艾洛，我一见到他，就打心里不喜欢。倒不是什么种族歧视，你瞧这个人，看人的时候眼睛直勾勾的，眼神像匪徒，说话冲头冲脑，毫无礼貌，问我叫什么名字，口气像审问一样。但我想人不可貌相，第一印象往往靠不住。所以当我们上船的时候,他连替我拿钓具这种导游起码的职业习惯都没有时,我并没有在意,乖乖地自己搬上船去。达尼艾洛只会讲葡萄牙语,但可以听懂西班牙语,和他马马虎虎也算可以沟通。

我在来巴拉圭河之前,对这里有许多错误的想法,下面我会一一提到。错误之一:既然和玻利维亚靠得那么近,想来当地人都会讲西班牙语。其实错了,像店老板这样能讲一些结结巴巴的西班牙语,已经算是很不错了,这里的大部分人只会讲葡萄牙语,却都能够听懂西班牙语。其实也没什么好奇怪的,葡萄牙语和西班牙语本来就是兄弟语种,语法完全一样,只是很多的单词发音不同,大概就是山东话和山西话这么一点差别,不过我们这种外国人听起来,真要累死了。

好啦,什么都别管了,钓鱼要紧!我问达尼艾洛,今天我们要带什么饵?他说随便。我就觉得有点奇怪,哪有导游这样既不做解释,又不提建议的?我想大概是语言障碍吧,也不多怪他,心里盘算着今天是第一天,什么情况都不清楚,还是先用拟饵竿探路吧。回房里拿了五个拟饵,两包拉力12公斤的防咬线,两根ugly stick拟饵竿,简简单单地就出发了。

我们出发时,已是早上7点多钟,第一眼看到了传说中的巴拉圭河,河面上浮着一层淡淡的雾气,并不如我想象中那么宽阔,在旅馆的前面这一段,也就大概400米宽。水色微黄,和亚马孙河的红茶水色完全不同。昨天我在大坎普的书店里看到一张巴拉圭河的水系图,标示出河对岸是玻利维亚,在边境城市科隆巴的靠巴西一侧,大大小小的支流多得像毛细血管一样。现在放眼望去,河流两岸都是热带雨林,并不高大,但茂盛得就像绿色的围墙一样,除了我住的旅馆这一带还有些房子外,目光所及之处,几乎渺无人烟。

天色很阴沉,我鼻子里很敏感地感觉到了空气中浓厚的水分。小艇开出去不过十来分钟,就停了下来,远远地还看得见我住的那家旅馆。达尼艾洛朝我一摆头,意思是就是这里了,钓吧。

我现在所处的位置,是在河道的中间,河道的深度,据达尼艾洛说可能在30米。所有的情况都很陌生,钓什么鱼,怎么个钓法,现在看来都得我自己来摸索,当

下决定先试试用拟饵来钓活动于水上层的鱼类。一般而言,在水的上层活动的,多数是猎食性的凶猛鱼类,我以前钓过的非洲虎鱼、美国的大梭子鱼、墨西哥的狼鲈,包括国内的翘嘴鲌丝,都属于这一类水面恶霸。我在防咬线上安了一枚 spinner,就是在国内被称作亮片的那种拟饵,用这种拟饵来钓上层猎食性鱼类,一向有不俗的表现。

我挥动钓竿,向四面试探性地不断打出,用拟饵钓鱼,以我个人的体会,有一点非常重要,那就是必须要心平气和,掌握节奏,做到细水长流,抛竿的姿势要力求准确,尽量节省自己的体力,最大限度地利用手腕和竿梢的弹力,将拟饵送到你希望的落点。很多初学者一上来就使足了全力,加上甩竿的姿势又不准确,十几竿一投就搞得自己气喘吁吁,就算是有那个耐心甩上三四个小时,到晚上睡觉时也必定是肩带酸痛,手臂僵硬。许多想要尝试拟饵钓的朋友很可能仅仅试了这么一次,就萌生了退出的念头,这实在是非常可惜的。

打了二十几竿,没有一次追咬,取下了 spinner,换成一个大型的 jig,在国内有钓友将 jig 称作软虫,确实很形象。用软虫又试探了十几竿,仍然没有咬口,再换成一个 14 厘米的亮灰色蓝背鲱鱼(Blue back herring),耐着性子再试。在试用各种拟饵的时候,是非常痛苦的,尤其是在一个陌生的环境里,你不知道你要钓的是

头尖尖的白色食人鱼和吻部钝钝的黄色食人鱼,是巴拉圭河里特有的食人鱼种类。

什么鱼,也不知道你要钓的鱼对哪一种拟饵有兴趣,哪一种颜色的拟饵更能够挑逗起它们追咬的欲望。你唯一能做的,就是不断地更换各种拟饵,只有当第一口追咬发生时,你才可以确定今天你使用哪一类型的拟饵会比较成功。

就在我安装蓝背鲱鱼的时候,天开始飘起细雨,等到我打出第六竿的时候,第一口追咬终于发生了。那是在我收线停顿的一个很小的间隙里,竿梢猛然间噔地一下,有一条鱼将竿梢重重地拉了下去。打了几十竿都空空如也,所以毫无思想准备,反应迟了半拍,等我奋力扬竿的时候,手头一轻,拟饵从水面上跳了起来,只见水面上一道尖形的水纹飞快地走了一个S形,银亮的鱼体在水面下一闪,受了惊的鱼一下子潜入深水。

虽然没有钓到鱼,但这第一口是最激动人心的。紧接着又连打了几竿,正在兴头上,那黑小子却叫住了我,他说下雨了,该回去了!这才觉得雨比刚才大了好多,帽檐上已经有水在往下滴了。我自己淋雨没关系,可人家不能陪着我受罪,我说行啊,那就回去吧。

回到房间里,抬头一看,蚂蚁们仍然在墙面上兴高采烈地游行,想开热水器洗个澡,一拧开关,又是停电,这破旅馆,真是叫人恼火。我就安慰自己,我是来钓鱼的,只要能钓到鱼,住得差点算不了什么。以前在非洲钓鱼,还住过那种跳蚤可以把人抬走的茅棚,忍忍吧。把带回来的钓具收拾一下,却发现少了一包防咬线,是不是落在船里了?

下午雨还是一阵子大一阵子小,实在忍不住了,趁雨稍微小一点的时候,向老板娘买了一打蚯蚓、一件塑料雨衣,冒着雨就在旅馆前面

在雨中钓到的巴拉圭河鲇鱼。

弹琴唱歌的巴西钓友,右边穿白汗衫的是我的导游。

的河边钓了一个小时。那件雨衣在我抛第一竿的时候,就从腋下到屁股后面裂开了一个大口子,雨水从裂口里直灌进来,令我狼狈不堪。回去后脱下那件雨衣一看:中国制造,我无话可说。

一个小时收获十几条鱼,一半是不知道名字的三种鲇鱼,一半是食人鱼比拉尼亚。感觉巴拉圭河的食人鱼比亚马孙河中的还多,大多数情况下,钩一到底,竿梢立刻乱抖,提起来一看,蚯蚓被比拉尼亚啃得精光,好厉害的家伙,甚至把防咬线咬得七弯八折。值得一提的是,巴西用来钓鱼的蚯蚓,小的像圆珠笔,大的有小手指那么粗,40厘米到80厘米长,第一次看到真叫人吓一大跳。这种蚯蚓的活动能力惊人,一伸一缩之间,就爬出了半米远。我第一次用它们,不知道厉害,随手放在一个塑料袋里,只一小会儿工夫,就逃得只剩下四条了。

傍晚雨停了,浓厚的云层里,竟然钻出些许阳光,河面上的景色令人心动——希望明天是晴天!

圣保罗来的钓友明天一早就要走了,所以今天晚上的伙食很棒——厨娘做的巴西烧烤。这帮巴西人又是喝酒又是唱歌,从下午六点闹腾到半夜。拉丁民族对生活的放纵享受,真是名不虚传,叫我们这拘谨的亚洲人看了既吃惊又羡慕。

哈伊梅先生

9月21日

一大清早,就被门外的声音吵醒,原来那帮巴西钓友今天要回圣保罗去,一大早就起来打点回程的事情,我这才有机会看到他们五天来的成绩。从冰箱里取出来冻得硬邦邦的鱼,大大小小摊了一地,大鱼没几条,最大的估计也就是5公斤左右,能分辨出来的,最多的就是食人鱼。巴西的钓友和我不一样,他们的渔获都是要带回家去的。在巴西,食人鱼比拉尼亚并不算质量太差的鱼,在大坎普我看到南马托格罗索州的旅行指南上特意提到该省的一道名菜,就是比拉尼亚洋葱汤。一提到钓鱼,那帮巴西钓友个个唉声叹气,都说钓况太差了,这么远赶来,连路费都赚不回来啦。听他们这么一说,搞得我心里也凉凉的,私下里想,你们算什么远嘛,知道我是从哪里赶过来的吗?

到老板办公室里随便瞅瞅,那帮圣保罗的钓友全都结账走人了,桌上只剩了我一个人的结账单,顺手拿起来一看,上面记录着我昨天用了19公升柴油,我大吃一惊,有没有搞错?昨天来回只用了二十几分钟,怎么会用去19公升?我立刻明白了,这家旅馆有猫腻!不动声色地将账单放回去,得找机会跟这鬼老板理论!

7点钟上船出发,非常阴沉的天,好冷,气温和昨天相比至少下降了15摄氏度。旅馆里现在只剩下我一个客人了,怎么还有那么多人登船出发?其中有七八个人看上去好像是中国人,也没时间多问,大家相互点点头招招手算是打过招呼了。回过身来问达尼艾洛,才知道原来这附近一共有6家钓鱼旅馆,相互离得并不远,早上都是在我们旅馆前登船出发的,因为这是离河边最近的一家。

天气仍然阴沉,船一开动,冷风扑面而来,冻得我抱紧了救生衣,缩成一团,心里直后悔没有带点厚实的衣服来,9月份的巴西竟会冷成这个样子,真叫人没有料到。

仍然到我们昨天钓鱼的老地方,昨天因为有过一次咬钩,我决定再去守株待兔,所以我今天带了两支拟饵竿,再加一支三米六的抛竿,又向老板娘拿了一打蚯蚓,如果用拟饵竿钓得不好,试试看用蚯蚓打沉底钓。

一口气连打十几二十竿,身上觉得有点暖过来了。昨天因为使用了蓝背鲱鱼,遭到攻击,因此今天仍然用它,但是看来情况有些不对,打了那么多竿,竟然连一个追咬都没有,想了一下,把这个拟饵也换下,装上一个 14 厘米的红头白身的米诺,一甩手打出去,落在 15 米开外的水面上,收紧钓线,让拟饵开始下潜,想不到幸福来得这么快,猛然间拟饵的落点上打出一个大水花,我心里一个激灵,下意识地手腕一抖,急拖一下拟饵,刹那间从竿梢上传来凶狠的对拖,猛力扬竿,竿梢立刻就跟了下去,好,中了!相持一瞬间,感觉鱼并不是很大,估计应当在一公斤左右,于是大胆收线,只收了三把,只见一条鱼猛地跃出水面,细长的身躯,银亮的颜色,很像是国内的翘嘴鲌丝,加速收到船边上,才看清楚是一条巴拉圭河恶狗鱼(Cachorra)。达尼艾洛俯身下去,一手抓住鱼,一手解开拟饵,手一松,却把那条鱼给放回水里去了。这一下把我搞得气不打一处来,问他怎么把我的鱼给放走了?

他说这鱼太小,没到尺寸,不能拿的。我说你有病没有?那你也得先征求一下我的意见对吧,至少让我拍张照片再放不行吗?他傻笑,看来这人不光模样不讨人喜欢,脑子还缺根筋。

懒得理他,我拿出抄网安装起来,向他表示,不劳您大驾,再钓到鱼,爷自个儿动手了!黑小子倒不在意,顺手从我搁在船板上的烟盒里抽了一支烟,打火点上,咦,他倒真不把自己当外人呢。

按我以往的经验,这种气象突变的天气,是很难钓鱼的。果然,接下来的一个小时,再也没了动静,我也甩累了,停了手坐下来休息。这期间小船随着流水越漂越远,加上河道弯曲,已经看不到我住的旅馆了。我看了一下环境,船正好漂到小河与大河的相交处,心想这种地方值得一试,站起来提竿奋力一投,拟饵刚潜入水中,就看到有条波纹快速地跟了上来,抖动手腕,让拟饵夸张地跳动,就这么一秒钟,猛地一下,竿梢就坠下去了,这条鱼比上一条要凶猛得多,左右一窜,哗地一下就跃出水面,拼命地甩头想把拟饵甩掉,又是一条恶狗鱼,60厘米长,估计在1.5公斤左右,右手持竿,左手持网兜头抄个正着。抄上船来先拍照,拍完问黑小子,你会用照相机吗?能不能替我和鱼拍几张照?一看他按快门时眼一闭,牙一咬,手往

细雨中的巴拉圭河大桥。

下一沉的样子,就知道他是个外行。再看照片,半个脑袋都没了,叹口气,一连让他再拍十几张,看了一下,能用的就那么两三张,再叹口气,算了,就这样吧。把鱼小心地放回水里,挥竿再钓。

黑小子抽完了我的第三支烟,不知怎么突然也来了兴趣,自说自话地拿起我的另一支拟饵竿,也钓了起来。虽然很不乐意,一时我倒也没好意思阻止他,只好随他去了,想不到就这么五六分钟,只听他哎呀一声,以为他钓到鱼了,扭头一看,坏了!那家伙不知怎么搞的,把钓竿的第一个出线环给搞下来了。他看了我一眼,连一声对不起都没有,竟又拿起我的三米六抛竿,往上装拟饵,看样子还要再接再厉。气不打一处来,我一把夺过钓竿,怒喝一声:"你给我放下,是你钓鱼还是我钓鱼?"多好的一支竿,跟了我5年了,想不到被这么一个不懂规矩的黑小子三下五除二地就给搞坏了。

黑小子被我暴喝一声,也有点蔫了,后面的两个小时,不跟我说话。被他这么

第一条恶狗鱼,从这个角度看很像国内的翘嘴。

一搅和,心情弄得很坏,越钓越没劲,再加上又没有鱼再咬钩,只好没好气地对他再喝一声:"小子,回去吧!"

一面往回开,心里余怒未消,怎么会碰到这么个令人讨厌的家伙?不由得想起以前和我相处过的那些导游,在赞比西河上带我钓非洲虎鱼的黑人导游恩盖吉,在亚马孙河上与我日夜相处的小导游法比奥,多瑙河三角洲上那个像自己人一样的鲁季,他们有的像是我的朋友,有的像是我的兄弟,有的像是我的儿子。再看看这个黑小子,越看越来气。忽然动了一个念头:这么不诚实的店老板,这么糟糕的旅店,再加上这么个叫人别扭的导游,这鱼是没法钓了。好不容易一年里凑了这么几天假期,又是这么万里迢迢赶到这里,难不成就这么坏在这些人手里?好在这附近还有好多家钓鱼旅馆,何不去看一下?如果有合适的,干脆换个地方,对,炒,连老板带伙计一起炒掉!这么一想,心里就有点高兴起来。

午饭后,我走出旅馆,往四面一留意,原来附近一带就有好几家同样的钓鱼旅馆。一家家地过去走访,觉得大致上比起我住的那家,好不到哪里去,更叫人头大的是,这几家的老板都只能说葡萄牙语,沟通太成问题了。抱着失望的心情离开,却发现远远的地方有一个大庄园。走过去一看,原来也是一家旅馆,静悄悄的,而且很漂亮,于是决定过去看看。

推开大厅的门,空荡荡的只有一个人背对着我坐在吧台上,手里端着一杯啤酒在看电视。用英语上去打个招呼,那人回过身来,原来是个老人。他用手指指脑门,左右晃动,意思是不懂英语。再换成西班牙语问他,请问老板在什么地方,他笑眯眯地用西班牙语回答说:"我就是,我的名字是哈伊梅,有什么可以为你效劳的?"

听说我是中国人,老人露出惊讶的神情,说他的旅馆已经在这里开了十一年了,我是第一个来钓鱼的中国人。他说他以前去过中国澳门,老人转身去吧台上给我开了一瓶啤酒:"坐下来聊,坐下来聊。"

人与人之间的交往是一件很奇怪的事,有人让你初次见面就毫无理由心生厌恶,不想跟他多说,恨不得拔腿就走;有人和你初次见面,就有一见如故的亲切,好像早八辈子就认识了一样,这大概就是所谓的缘分吧。这个老人银白的头发,蓝色的眼睛,从容的仪态,说话间偶尔流露出像顽皮小男孩一样的神态,处处使我觉得似曾相识。

他问我住在哪一家旅馆,来几天了,鱼钓得好不好。我说:"嗨,别提了!"然后满腹牢骚地把我这两天来的事儿都向老人说了。哈伊梅先生想了一下说:"我跟那家的老板是同行,有些事情也不便多说,不过那家旅馆的名声,确实不怎么样,你也不是第一个抱怨的人,我听得多了。十一年前我来这里开旅馆时,这里连我的也就两家旅馆,我们两家都是规规矩矩做生意的,来我们这里钓鱼的客人,哪一个不是开开心心来,快快乐乐去的?后来这里名声做大了,接二连三地又开了好几家旅馆,都是盖些马马虎虎的房子,买几条船,雇几个导游就开张的,又不舍得花钱雇专业的导游,尽雇些便宜的毛头小伙子,连鱼在哪里都还没搞清楚就做起导游来了。倒是舍得花钱打广告,把客人招来了又不好好接待,尽干些不着不落的事情。你算好的,以前还有过导游在船上和客人打起来的事情,真是笑话!你说的那个达尼艾洛我知道,他来这里才半年时间,以前是在旅馆里打杂的,什么时候也当起导游来了?喊!"

我说:"就是啊,所以我想,转到您的旅馆来住,不知道行不行?"老人笑眯眯地拉着我的手,右手轻轻地拍着我的手背:"欢迎啊,欢迎啊中国人,只是现在所有的房间都住满了,住着从里约热内卢来的一批钓鱼客人,不过他们后天一早就要走了,所以后天早上你就可以搬过来住。不过有件事我很难开口,当然了,我可以叫我的手下开车过去接你,但是这样可能会激怒你那家旅馆的老板,以为我是在抢他的客人……"我说:"我明白了,那没问题,也就是那么三四百米的路,我的行李也不算多,我自己走过来就行了。"

哈伊梅先生说:"来,我带你去看看我们的旅馆。"跟着他一圈走下来,果然感觉很正规。房间是两人一间的标准客房,有家具,有空调,推开门就是绿草地,草地对面是游泳池和台球房,还有一个专门辟出来的烧烤区。各处遍植热带花草,令人看了心情愉快。我说:"哈伊梅先生,您的旅馆真是漂亮,我住的那家和这里真没得比。"老人一脸不屑:"他们是什么? pousada(家庭旅馆)而已。我们是什么?我

哈伊梅先生露出顽皮小男孩的表情。

旅馆的客房。

旅馆的游泳池和室外酒吧。

们是 hotel（大旅馆），不是一个层次的。李啊，你就放心吧，我会给你最好的导游，你这么大老远地跑来，我决不会让你空手回去的。"

　　我们回到大厅，哈伊梅先生指给我看墙上挂着的许多照片，那都是他的客人，大多数都是手里擎着钓到的鱼，笑得嘴巴咧到耳朵下边。还有许多照片是客人拿着一条大蟒蛇，有的还把它绕到脖子上。哈伊梅先生说："这条蟒蛇不知道是从哪里爬来的，在这里的花园里一住就是五年，差不多成了我们旅馆的宠物，脾气又好，随你怎么摆弄也不生气，人人都喜欢它。但是有一天，大概是被人看得不耐烦了，悄悄地又走了，再也没有回来，真是可惜了。"突然想到什么，他说："李啊，来来，我给你看个好东西。"他到厨房里去拿了一副鸡杂碎，绕到旅馆后面的一个长满水浮莲的池塘边，把东西丢到池塘里，嘴里咿咿呀呀地喊着什么，他说七年前发过一场大水，有两条凯门鳄鱼随水游到这里，就定居下来，现在长到差不多有一米八了，给你看个稀奇。可是喊了半天却没有动静，哈伊梅先生有点尴尬，说："它们大概看

下午钓鱼的小湖，虽无收获，但秀色可餐。

到你是陌生人,不肯过来啦,哈哈。"

我说哈伊梅先生时间差不多了,我该走了,下午还要去钓鱼的。老人说那么晚上你就过来吃晚饭,我们这儿的伙食相当棒,你来尝尝看,我请客。我说行啊,我们晚上见。

下午天气开始好转,阳光晒在身上居然有了点热辣辣的感觉。我在老板那里买了一打叫作图维拉的小鱼饵,养在水桶里,上午的蚯蚓还没动过,一起带着。心想今天下午总该有点戏了吧。黑小子好像已经忘掉了早上的事情,表现得特别卖力,叫人有点看不懂。

这次去的地方是巴拉圭河的一条支流,说是支流有点不合适,其实是个大水湾。沿河口开进去时水道很窄,进到里面却豁然开朗,竟然是个小湖,湖中风平浪静,沿湖岸长满了凤眼莲,看上去确实是个不错的钓鱼地方。黑小子说这个湖里有大鱼,说着还做了个很夸张的手势,听得我心里痒痒的,我们就把船停在水草边上开钓了。

奇怪的是这么好的地方,竟然很少有鱼咬钩,除了偶尔钓上来一条食人鱼,基本上就像是把鱼钩丢在水缸里一样,用蚯蚓做饵还算有几个咬口,改用小鱼饵图维拉,鱼连碰都不碰。我一肚子的疑问,很想问问达尼艾洛,在这种地方有什么鱼可钓?用什么鱼饵比较好?钓水面还是打沉底?可是黑小子的兴趣显然不在这上面,絮絮叨叨地只是一个劲地臭盖,说是什么什么时候带客人钓到多大多大的鱼啦,又是客人一高兴,给他多少多少小费啦之类的话,我听明白了,这是在对我做着某些暗示。我心里好笑,就问他当导游多少年了,他说七年了。我又问他今年多大了,他说二十岁。哦,敢情这小子十三岁就做导游了。我心里想你就吹吧,没出息,这么大个人了连个谎都说不圆,其实你的那点事儿我都知道了。要小费?没问题,凭本事来拿,光耍嘴皮子有什么用?

看来这黑小子也是个急性子,一个地方待上不到二十分钟,他就说要换地方了,可是换来换去,越换越糟,到后来连食人鱼都不咬钩了,整个下午就是在这个湖里转来转去,把时间都倒腾光了。眼看着太阳慢慢地往西边直落下去,一看表,已

我叫黑小子把超级大蚯蚓举起来给大家看看,瞧他那个不情不愿的样子。

经是五点三刻了。按当地的规矩,钓鱼船到傍晚六点就要返回,我收了钓具,说算啦,回去吧。来了两天,除了一条恶狗鱼,什么都没有钓到,心里暗暗有点着急,这就是名闻天下的钓鱼胜地巴拉圭河吗?

晚上7点钟,依约来到哈伊梅先生的旅馆。晚上的大厅里好热闹,三条长桌都坐满了客人,今天早上看到的那几个像是中国人的钓客,也在那里。问下来原来他们是日本人。这几个日本人是土生土长的巴西日本人,都有三代以上的移民历史,除了葡萄牙语和英语,有几个连日语都不会讲。他们说中国人你坐过来呀,于是我就拿了盘子去自助餐台上拿了点吃的东西,和他们坐在一起边吃边聊,当然聊的都是钓鱼的话题。其中有一个非常热心,不厌其烦地向我介绍在巴拉圭河上的钓鱼秘诀,什么鱼怎么钓,什么饵怎么用,看来他们不是第一次来巴拉圭河钓鱼了。看我听得如痴如醉,旁边的人就打趣说某某人啊,你说得倒是头头是道,怎么你自己好像什么也没钓到嘛。这个洋相出大了,大家一起哈哈大笑。

正谈笑间,哈伊梅先生过来了。先问饭菜怎么样,少不了奉承几句,不过说实话,厨师做得也真的不错,尤其是一个用蒜蓉做的牛排,特别可口,不是盖的。老人很高兴,又问我今天下午钓得如何,我说那个达尼艾洛,算是什么导游,折腾了一个下午,就那么几条食人鱼。哈伊梅先生说:"这你就错怪他了,在我们这里,像这种暴冷转暖的天气,鱼是不会开口的,不信你问问那些日本人,有谁钓到鱼了?"大家七嘴八舌,都说是啊是啊,我们也没有钓到什么,哈伊梅先生说得没错。

哈伊梅先生说,照他的经验,如果明天也是晴天,那么明天也不会有什么像样的钓况,可能会比今天还要糟。听他这么一说,真叫我非常失望,脸上当时就挂不住了。老人安慰我说:"不要急,只要天气不再突变,后天开始情况就会好转,嘿,到那时候有你玩的,相信我!"想了一下,又说:"我看明天你也不必去浪费时间了,我倒有个建议,明天我要到科隆巴去买东西,要不你跟我一起去科隆巴玩玩?要是你有兴趣,我还可以带你到玻利维亚去看看。"我一听就高兴起来,这个边境城市科隆巴,我在好几本巴西的钓鱼杂志里都看到过,要进入潘塔纳,传统上的路线都是从科隆巴出发的,原本我就有计划要去那里看看,但是没想到还可以去玻利维亚一游,简直是太理想了。我说,那么过境签证的事情怎么办理?科隆巴有没有玻利维亚的领事馆?哈伊梅先生说哪有那么复杂的,什么都不用,直接开车过去就是了,明天早上7点钟你过来,我们从这里出发。老人又叫出他的儿媳妇来和我见面,那个叫西尔维亚的少妇是旅馆里唯一会说英语的人,原来她以前是在纽约念的大学。她和老人的儿子住在圣保罗,因为公公年纪大了,所以时常过来帮忙管理。

和老人聊天聊到半夜11点,告别了老人回自己的旅馆去。在土路上走着,突然发现天上挂着一轮明月,又大又圆,猛然想起中秋节应当是在九月份,只是不知道究竟是在哪一天,估计就是最近几天吧。找个干净的地方坐下来,点一支烟,抬着头看月亮,想到在国内过中秋节的情景,心里感触万千。忽然想起《徐霞客游记》,1639年农历八月十五日,徐霞客老人家在日记里写到从云南凤庆县去鲁史镇的那一段:"……是夜为中秋,余先从顺宁买胡饼一圆,怀之为看月具,而月为云掩,竟卧……"在不同的时空里,在不同的环境中,我现在的心情和徐老前辈当年的心情是一样的,真是我的荣幸。

临睡前整理今天用的钓具,突然发现又少了一包鱼钩,这下总算明白了,昨天那包防咬线不是无缘无故丢失的。在世界上那么多地方钓过鱼,还是第一次发生这种事情,真是开眼了!

科隆巴和玻利维亚

从莫里尼奥门到科隆巴开车用不了一个小时,沿着262号国道一直开到底就到了。

我的错误之二:一直以为巴西和玻利维亚是以巴拉圭河为界的,而且世界地图上也是这么标示的。其实我们一离开莫里尼奥门,要不了五分钟,就越过了巴拉圭河大桥,再往前六十多公里,才是边境城市科隆巴。原来科隆巴已经在巴拉圭河对岸了。

科隆巴是一个很小的城市,但却非常有名。在巴西的西部边境上,你不会再找到一个比它更大的城市了。据巴西的旅游手册介绍,每年从科隆巴出发,进入潘塔纳观光的游客多达三十万,只是不知道这三十万人里面有多少像我一样是专程跑来钓鱼的。

科隆巴地处平原,城外却有一座小山,哈伊梅先生将车停在半山腰上,我们步行爬到山顶。山顶上,依照里约热内卢的耶稣山的样式,也建造了一座伸开双手、俯视人间的耶稣塑像,塑像下面,是遥望科隆巴和潘塔纳的最好位置。我看到的潘塔纳只不过是一大片望不到头的大大小小的水塘和空旷的荒原,和我以前在杂志和照片上看到的潘塔纳完全不同。哈伊梅先生告诉我说,这里只不过是进入潘塔纳的起点,真正适宜观光的潘塔纳,离此地至少还有两百多公里。巴拉圭河不知怎么七弯八绕的，又绕到科隆巴来了，建造在巴拉圭河边上的科隆巴码头，据说是整条巴拉圭河上最大的一个码头。

科隆巴是一座很有风格的城市，市容整洁而有条理，虽然不算繁华都市，但这里现代化的设施一样不缺。市中心最高的建筑是四星级的观光旅馆，旅馆的墙面上，画着潘塔纳最吸引人的东西——金刚鹦鹉和多拉多鱼。前者是观光客的最爱，有人远涉千里，就是为了一睹在野生状况下的金刚鹦鹉。后者却是巴拉圭河钓鱼客的梦中情人，这种被称作金色火车头的漂亮鱼类，只产在巴拉圭河，每一个来此地的钓客——包括我在内，都以能实现这个金色的梦想为终生幸事。

我们来得不是时候，科隆巴最著名的印第安文化中心不知道什么原因没有开门。信步在城中闲逛，要不了一个小时，就把全城给走遍了。怕把老人给累坏了，我就在巴拉圭河边上找了一家最漂亮的餐馆，坐下来安安静静地品尝一下很纯正的巴西本地咖啡。哈伊梅先生说品尝这种咖啡的时候，一定要点上一支雪茄烟，这样才能领略咖啡的真正风韵。可惜我没有抽雪茄烟的习惯，不过一面喝着咖啡一面欣赏河上的风光，已经够令我心旷神怡了。

喝着香浓的咖啡，听哈伊梅先生说着关于潘塔纳的各种事情。他是一个很健谈的人，年轻的时候帮父母管理农场，结婚以后开始做农业机械的生意，几十年来在南美洲的许多国家都住过或经商过，是那种走南闯北阅历很深的男子汉。因为热衷于钓鱼，到老年后决定开一家钓鱼旅馆，在巴拉圭河上和钓友一起度过晚年。他说哎呀可惜现在钓不动鱼了，不然他会亲自开船带我到巴拉圭河上去。

我的错误之三，亚马孙最好的钓鱼季节是在8月到11月，以为巴拉圭河也是如此。哈伊梅先生说那你就错了，巴拉圭河上最好的钓鱼季节是4月到6月，那时候雨季已经结束，但河水仍然保持在最高水位，这时候大河里的鱼都游到各条支流里去，在很小的河里都可以钓到意想不到的大鱼。像现在这种季节，支流里已经过了钓鱼的黄金季节，鱼都回到巴拉圭河里去了。当然大河里也可以钓到鱼，但是就比较难，那要看你的技术和运气了。

哈伊梅先生看我喝完了最后一口咖啡，说我们现在就去玻利维亚吧。他说一

从耶稣山上看到的科隆巴和巴拉圭河。

从耶稣山上远眺潘塔纳。

过了科隆巴的边境，就是玻利维亚的一个叫作苏亚雷斯的小镇。老人说你可不要小看这个小镇，这可是玻利维亚，啊，或许是整个南美最大的走私货市场。他加重了语气说，不管你信不信，反正在这个小镇上，你可以买得到你想要的一切东西！

老人说得一点不错，到了苏亚雷斯的边境上，竟然连一个边防人员都看不到，除了那块用西班牙语写的"欢迎来到玻利维亚"的广告牌，简直不敢相信对面已经是另外一个国家了。我们就大摇大摆地开进了玻利维亚，但车越往里开，两个国家的不同就越发明显。玻利维亚这边的道路坑洼失修，房子破旧，整个一副城镇灰头土脸的样子。

路上的行人并不多，但三三两两站在路边的警察却随处可见。在进入镇中心的第一个红绿灯，也是我们看到的唯一的红绿灯前，我们停在红灯下等候。路边站着的两个警察一看到车子里坐了一个老外，立刻就迎了上来，一个警察把头伸进车窗里来，不怀好意地东张西望了一下，然后问我是什么国家的人，从什么地方来。我说我是中国人，当然是从巴西那边过来的。那警察一看这个中国人竟然会讲西班牙语，顿时对我大感兴趣，两个脑袋凑在车窗旁边，问长问短，问个没完没了。眼睛一眨的工夫，立时围拢来一大帮看热闹的人，把我们的车子围个水泄不通。我估计这种场面哈伊梅先生见得多了，脸上露出对那些警察很不耐烦的神情。

不知道警察要干什么，也不知道他们对我们的兴趣在什么地方，不过对付这种场面，我有的是经验：慢吞吞地从口袋里摸出十个巴西雷亚尔，隔着窗递过去，"啊老兄，这么大热天的你们辛苦了，去买杯啤酒解解渴吧。"警察当着那么多人的面，接过钱往口袋里一放，转过身去对看热闹的人群大吼："看什么看，没见过外国人吗？让开让开，别挡着路！喂，小子！说你呢，没长耳朵吗？"我们就在忙不迭闪开的人群中傲慢地将车慢慢地开出来，神气得像两个罗马议员。

进了镇中心，看到那些乱哄哄、脏兮兮的房子，实在是倒胃口。但一进门却大吃一惊，哈伊梅先生说得一点不错，内中确实大有文章。从法国化妆品、日韩电器、意大利摩托车，到美国电脑、古巴雪茄、俄国鱼子酱，真是应有尽有，全是走私货，价格也便宜。虽然有看中的东西，但一来不知道是不是山寨货，二来即使是正品，但以后的维修会有问题，考虑再三，决定不买。跟店老板开个玩笑，说我想要买辆奔驰280，你有货吗？岂料那人一本正经地回答："没问题，你交两千块美金作定金，我们三十天之内交货，保证比市价便宜百分之三十……"吓得我落荒而逃。

转到卖日用品的店铺里，哈伊梅先生建议我买件阿根廷的皮衣回去，阿根廷的皮衣又漂亮又便宜呢。于是来到一家皮衣皮裤从地面堆到天花板、充满了皮革刺鼻气味的店里。店老板卖力地拿出好几个款式的皮上装让我挑选。看标牌上，写的倒是阿根廷制造的，可是我看来看去，怎么看怎么像是我们国内浙江海宁一带的产品，把每件都套上身照照镜子，随手往口袋里一伸，就掏出一张纸片来，上面用中文写着"瑞27"三个字，于是一笑了之。

转来转去，转到一家卖玻利维亚工艺品的店铺，我们也转累了，就在店里坐下来休息，一眼看到货架上有一套玻利维亚的明信片，其中一张是一个玻利维亚老乡在嚼古柯叶，立时来了兴趣。古柯是一种生长在秘鲁和玻利维亚高地的植物，古柯叶是提炼毒品可卡因的原料，在秘鲁和玻利维亚，古柯叶历来是一种人人都吃的兴奋剂，据说吃了可以抵抗疲劳和饥饿。吃的人在嘴里塞满了古柯叶，有滋有味地嚼着，直到脸颊上鼓起一个大包。我一直好奇这古柯叶嚼起来究竟是什么滋味，隔着柜台问那老板，说你有没有古柯叶卖哦？我想尝尝呢。老板说有有，打开冰箱门拿出一个瓶子，里面有大半瓶暗绿色的叶子，随手撮了一小撮给我，说买什么买呀，拿去就是了。我说不用那么多，你给我两片就够了，刚要伸手去拿，哈伊梅先生用手指在我腰里顶了一下。我知道这一定有文章，立刻改口说不要了，哎老板，麻烦你把那个写着玻利维亚民间歌舞的DVD光盘拿来给我看看。

三张一套的DVD，封套上的印刷比我们社办工厂做得还要糙，一望就知是盗版，而且是玻利维亚的盗版，叫人没有信心。我就随手拿了一张，问了个价钱就买下来了，老板人挺不错的，多少总得给他做点生意。后来带回家里一放，拍桌大叫走宝！质量不错不说，那里面的玻利维亚高地音乐、玻利维亚民间服装、玻利维亚美女，样样与众不同。尤其是其中一段，盛装的少男少女，在具有几百年历史的阴森总督府里翩翩起舞，令人在美的享受中顿生怀古之情。

边境上用西班牙语写的"欢迎来到玻利维亚"。

科隆巴,画在墙上的潘塔纳两大明星。

真的没有人看管的边防哨所。

乱哄哄的小镇苏亚雷斯，居然是走私货大本营，真是镇不可貌相。

哈伊梅先生在路边买走私汽油。

　　走出店铺，哈伊梅先生说："你倒是挺机灵的嘛，你知道吧，在玻利维亚，谁吃古柯都没问题，警察自己都吃的，但是你一个外国人，手里拿着古柯叶，要是被警察看见了，给你安个持有毒品的罪名，这个竹杠还不敲死你？"

　　我嬉皮笑脸地指着随处可见的玻利维亚总统莫拉莱斯的招贴画，说："没有那么严重吧，你知道他们这个总统去联合国开会，轮到他发言的时候，这老兄公然手持一枚古柯叶，一边讲话一边挥舞，要求将古柯叶买卖合法化呢！要是警察敢抓我，我就说是你们总统同意我买的。"

　　两人哈哈大笑，哈伊梅先生说我们找个地方去吃午饭吧，看了几家餐馆，都是脏兮兮的，食物看上去也古里古怪。我说算了吧，我们还是回科隆巴去吃吧，这里的东西吃了恐怕会坏肚子。哈伊梅先生说那么你等我一下，我去给车子加点油。也没有什么加油站，路边到处都是卖走私汽油的摊贩，汽油就那么一公升一公升地装在废瓶子里，看上去叫人很不放心。那种汽油看上去很混浊，里面有莫名其妙的悬浮物，哈伊梅先生说这种汽油其实还是不错的，只要勤换滤油器就行，价格只有巴西的一半，不买白不买。

　　哈伊梅先生突然把车拐进一条路停了下来，说你看看这是什么地方。我一看，那是盖得规模很大的一个室内市场，但大门紧锁，鬼都没有一个，不知道哈伊梅先生带我来看什么。哈伊梅先生说你抬头看,一抬头,只见大铁门上面有四个鎏金大字——中国市场。我吃了一惊,居然还有中国人在这种鬼地方做生意,还这么大的手笔!哈伊梅先生说这市场开好久了,在苏亚雷斯算是有点名气的,上两个月突然关闭了,不知是怎么回事。我估计一定是发生了什么重大变故,最常见的理由就是政府人员没有搞定。

从玻利维亚回巴西,边境上同样没有任何手续,也没有任何检查,就这么随心所欲地来来去去。如此不设防的边境,还真是第一次看到。哈伊梅先生把我带到科隆巴最好的一家自助餐餐馆,我们舒舒服服地吃了一顿午餐。奇怪的是这家餐馆说是自助餐,却并不是付了钱随你吃,而是装满了盘子放磅秤上称重,按重量付钱。两年前在亚马孙的玛瑙斯就吃过这种称重自助餐,这大概是巴西人的伟大发明吧。吃完饭我想抢先去付钱,却被哈伊梅先生一把拉住,说他已经付掉了。这算什么事嘛,人家带我出来玩,还要请我吃饭,把我闹了个大红脸。

晚饭后,又去了哈伊梅先生的旅馆,因为说好了明天要搬过去住,具体的事情今晚必须落实一下。一见到哈伊梅先生,我就把准备好的钱不由分说地塞到他的口袋里:"今天午饭是我请客,没有理由让你破费,另外今天的汽油费也应当是我出,至于你的导游费呢,那就算了。"哈伊梅先生哈哈大笑,一边伸手招呼一个人过来:"李,这就是你的导游阿尔西迪斯,他是我们这里最棒的比罗多。"阿尔西迪斯过来和我见面,那是个四十岁左右的汉子,精壮干练。我们刚要握手,电灯突然熄灭了,店里的伙计不慌不忙,拿出蜡烛点上,在这种边远地区,看来停电是家常便饭了。我招手让服务员送过来三瓶啤酒,招呼大家坐下来聊,在烛光中聊天,真是别有风味。

阿尔西迪斯一开口就使我非常兴奋,原来他的西班牙语说得我还能听得明白。他说今天下午鱼开始开口了,各条钓鱼船多多少少都钓到了鱼,据说别家旅馆有个钓友还钓到了一条三十公斤重的夏乌,根据他的经验,明天的情况一定会很理想。来了三天,基本上就没有钓到什么鱼,明天开始换了导游,天气状况也转好了,顿时感觉有了新的希望。

哈伊梅先生用葡萄牙语对我的新导游面授机宜，阿尔西迪斯一面听一面点头，间或很简单地回答"Si, senor！"（是，先生！）这是个沉默寡言的人，在饶舌的拉丁民族里，这样的人是不多见的。在往后的几天里，能不能钓到鱼，希望也就寄托在他的身上了。

那帮日本人都显得很开心，因为今天差不多都钓到鱼了。昨天对我很热心的那位，还特意把我拉到厨房的冷库去，手擎着蜡烛给我看他今天下午钓到的一条夏乌，大约有十二三公斤的样子，也算是我来到巴拉圭河看到的最大一条鱼了。但那日本人说这哪里算得上是大鱼，两年前他在这里钓过一条47.3公斤的夏乌，那才有点看头呢，听得我心怦怦直跳，恨不得现在就上河里开钓去！

牛人阿尔西迪斯

早上5点半，我就自己醒过来了，旅馆里很安静，因为从圣保罗来的大部队昨天已经开拔了，今天早上只有零星几个散客在吃早餐。我到办公室去见老板，告诉他今天我要走了。他眨巴着眼睛看了我半响，好像一下子还没有搞懂我的意思。我把三张结账单归拢在一起，三天的伙食和住宿费照算，鱼饵每次我都是当场结清的，所以也没有什么问题。我指给老板看第一天的燃油费，我说第一天我们就在旅馆前面的河面上钓鱼，怎么会用掉19公升柴油？老板说哎呀搞错了，拿过笔来，顺手把19前面的1划掉了，立马变成了9公升。昨天倒是跑了一点路，账单上是16公升，也懒得跟他多讲，拿出钱来结清了账。我们在结账的时候，黑小子达尼艾洛一直在边上看，他问老板这是怎么回事，老板阴沉着脸说人家客人要走了，叽叽呱呱说了一大通话，不知道是责怪达尼艾洛待客不周，断了他的财路，还是抱怨我这个中国客人难弄，反正说得达尼艾洛一脸的晦气。我已经跨出门外，想了想，还是返回办公室,给了黑小子二十雷亚尔的小费,不管是好是坏,相见也算有缘,再见了,我们相忘于江湖吧!

我背着竿包,提着手提箱,来到了哈伊梅先生的旅馆,里约热内卢来的客人已经登车,马上就要走了。和他们一一握手告别,一句句的祝你好运说得我很感动,虽然是客气话,倒也情真意切。哈伊梅先生过来招呼我吃早餐,他说他手下的人打扫房间需要些时间,我可以把行李放在他的办公室,先去钓鱼,等房间打扫干净,卧具换妥了以后,他会叫人把行李送到我的房间。

阿尔西迪斯早就来了,我问他今天我们上哪儿钓鱼,他反问我想要钓什么鱼,每种鱼钓的地方都是不一样的。想钓什么鱼?你瞧这话问的,什么鱼我都想钓啊!想了一下,以前在亚马孙的时候,做梦都想钓坦帕基,为了钓坦帕基,还搞断了一支手竿。我知道巴拉圭河没有坦帕基,但是有一种和坦帕基长得很像的巴古斯鱼。我说那么我们今天先钓巴古斯鱼吧。阿尔西迪斯说行啊,在早餐台上拿了一块西瓜,用刀把红瓤挖去,把下面半青半红还带皮的地方切了二十多块三角形,用塑料袋装好,说行了走吧。我问他我们还需要其他什么饵吗,他说我们上外面去买。一

我们的钓鱼小艇。

下子想不明白这个到外面去买是什么意思,不要多问,跟着走就是了。

一进入河中,阿尔西迪斯加大油门,小艇拖出一道雪白的尾浪,高速地向上游驰去。十几分钟后,河道突然变宽,坦坦荡荡气势壮阔,显现出南美大河的王者气派来。不是在做梦吧,巴拉圭河,我真的来了!

关于巴拉圭河,我知之甚少,依稀记得在什么书上看到过,1864年巴西和巴拉圭两个国家为领土问题,在潘塔纳南部大打出手,当时的巴拉圭总统洛佩斯是一个性格刚烈的人,他动用了全国的力量投入这场战争。这一仗打下来,自然是巴西赢了,巴拉圭为此付出了惨重的代价,割去了领土不说,全国的男丁几乎死绝,国家人口由战前的55万一下子跌到22万。我胡思乱想,当战争结束时,光着脚板的巴西士兵打扫战场,他们必定是两个人抬起个死人,叫声一二三往河里一抛,于是水面顿时激烈翻腾,血水四溅,比拉尼亚在水底大开全人宴,要不了几分钟,这个人就从世界上永远消失了。那一年,巴拉圭河的食人鱼比拉尼亚一定是长得非常肥大。

一路上望向两岸,渺无人烟,偶尔可以看见几间陋屋,我以为那是种地的农人或者打鱼人的家,阿尔西迪斯说都不是,他们都是以卖钓鱼活饵为生的,我们需要的任何活饵,都可以在他们那里买到,而且价格要比旅馆里便宜。阿尔西迪斯收小了油门,慢慢将小艇靠上其中一家。这时候又有另一艘钓鱼艇也停靠过来,船上的钓客望着岸上一起发笑,顺着他们的目光望去,原来岸上的吊脚楼上挂了一块大招牌,上面很夸张地用英文和葡萄牙语写道:"平托五兄弟巴西活饵贸易总公司"。哈哈,很幽默嘛。船上的钓客看上去不像是巴西人,一问之下,原来他们是美国人,从美国中部的堪萨斯州慕名而来。乖乖,厉害了,比我来得更远,他们住的那家旅馆我没听说过。相互问了一下钓绩,原来和我一样来了三天了,练的都是"空手道"。

我上岸去,很好奇地看看养在水泥池子里的都有些什么活饵,一看觉得十分有趣,原来品种还真不少。

图维拉,我昨天买过,养过热带鱼的人一定知道有一种叫作魔鬼刀的鱼,五六厘米长,全黑,腹鳍从胸口一直延伸到尾梢,是我看到过的鱼类里唯一可以在水中像直升飞机一样直上直下的鱼种,把这种魔鬼刀放大几倍就是图维拉。这是生长在沼泽地区浅水中的小型鱼类,是潘塔纳除了蚯蚓以外,最常用的饵鱼。信雄,长得有点像鲻鱼,差不多有半斤一条,鳞片长得颇为古怪,能用这种尺寸的饵鱼做钓饵,钓上来的必然都是大家伙,有机会一定得试试。美雅阿瓜,银白色长得像小鳊鱼,很少看到,因为不易养活,死亡率太高,老板都不大喜欢出售。淡水螃蟹,像煮熟了一样的红色,个小而坚实,很少有大过一元硬币的。嘎斯库达,最奇怪的鱼,与我在亚马孙提到的那个达慕大长得非常像,奇怪的是身为鲇鱼,竟然长有鱼鳞。那种鱼鳞只分上下两排,而且坚韧无比,要费好大的力气才可以穿到鱼钩上去。

在这条大河里,危机四伏,生存不易,所以河里的鱼各有各的活法。起码要像巨鲇夏乌一样长个超大型身板,爱吃谁就吃谁,别人看到就要逃;要不就像恶狗鱼和多拉多,高速游泳健将,没有人追得上它,只有它追咬别人的份;再不就像比拉尼亚,长着如刀利齿,见了谁都想咬下一块肉来;最不济也要像这个嘎斯库达,铠

堪萨斯州来的美国钓鱼爱好者。

全身都是鳞甲硬刺的嘎斯库达。

大型的魔鬼刀图维拉。

半斤一条的活饵信雄。

甲从头穿到尾,连食人鱼咬下去牙齿都要打滑。没有这四种本事,那就不要在巴拉圭河混了。

阿尔西迪斯买了两打螃蟹,原来巴古斯也可以用螃蟹来钓。我看到这里的蚯蚓也要卖到三十四个雷亚尔一打,就抱怨怎么那么贵,阿尔西迪斯说你不知道,本地是没有这个东西的,这里卖的都是从巴西中部的农业区运来的,本身采集不易,又加长途贩运,几易其手,怎么能不贵呢?我说那你们为什么不人工饲养,这东西很好伺弄的。阿尔西迪斯只是笑笑,说这里从来没有人想过要这么做的。

买完饵料,继续往前开,前后至少开了五十分钟,终于停在一条和大河相交的河口上,两边都是望不到头的水浮莲。按照阿尔西迪斯的建议,用2.2米的抛竿,20磅钓线,纺车2000型的手轮,15磅防咬线加大钩,挂上西瓜块,贴着水浮莲的边上下钩。钓组一入水,就直往下沉,哎哟,很深呐,我估计总有个七八米。阿尔西迪斯说巴古鱼有个外号叫猪猡,那意思是它什么都吃,蚯蚓、鱼肉块、玉米粒、水果、螃蟹和小活鱼,没有它不喜欢的。

平生第一次用西瓜皮做饵,总觉得有点不可思议。竿打出去有二十多分钟了,竿梢有过一次轻轻的抖动,不过我不认为那是有鱼咬钩,可能是有鱼在旁边游过,尾巴甩到钓线上或者是身体撞线了。

一直都没有动静,我就看着那两岸大片的水浮莲,这就看出名堂来了。这水浮莲从两岸一直往河中间长,我现在看到的河面,只有河实际宽度的四分之一,其他四分之三,都被水浮莲盖满了。这样一看,恍然大悟,原来我们是在河的中间下钩,怪不得水那么深。我又心中纳闷,照水浮莲这样的长势,那不总有一天会把河面给盖满了吗?再一看我就笑自己杞人忧天,在河的中间,水流都很急,凡是有胆量长到河中间的水浮莲,无一例外都会被水冲走。被水冲走的水浮莲,小的就那么一两朵,大的聚在一起有几十个平方米。这些离群的叛乱分子随着水流晃晃悠悠地一直流向大海,最后在咸水里死亡、分解,进入了大自然的物质循环。

我正在想着水浮莲的事,猛然间竿梢大力一抖,这回真的是鱼咬钩了!我急忙操竿在手,竿往前倾放松钓线,等待下一个鱼讯,可是再无下文。我担心西瓜被咬掉了,就把钓组收起来检查,一看西瓜好好地在钩上挂着呢,用手试了一下,觉得这种西瓜饵倒很恋钩,于是放心大胆地再把钩抛出去。有了这第一口,对用西瓜做饵就有了信心,干脆将鱼竿端在手里,聚精会神地钓了起来。也就是那么三五分钟的样子,竿梢上又传来轻轻的抖动,抖了几下,开始无所顾忌地大力往下拖,顺着这股拖力,猛然咬牙起竿,有东西!力量还真不小,从七八米的深水往上拽,一下子还拽不上来,钩上的鱼在水下左冲右突,手上的感觉真是爽死了!等钓线慢慢变直,意味着鱼就要出水了,我小心地将它引到船外侧的明水处,提防着不要让它钻到草堆里去。趁着鱼精疲力竭的时候,急速收线,终于一条像小脸盆那么大的鱼侧着身子浮出水面,果然是一条巴古斯。阿尔西迪斯拿着抄网,手法熟练地兜头一抄,完活!

把钩取下来,乐颠颠地仔细观察我的战利品,和它的强悍拉力相比,好像鱼小了一点,大概只有一斤半。赶紧拍照,拍完后刚动了要和我的鱼合影的念头,只听阿尔西迪斯说了一声:"哎呀,太小了。"我便立刻放弃了这个打算,急什么?相信后面还有大的。小心地将它放回水里去,只听吧唧一声,尾巴一甩,我的鱼顿时无影无踪了。

接下来再钓,只不过三五分钟的时间,又一条上钩了,比刚才那条稍大一点,可是在水底下的奔突也让我好好地过了一把瘾。刚拿了块西瓜往钩上装,想乘胜追击一下,谁知道阿尔西迪斯说:"收竿,我们换地方了,这地方鱼太小。"刚钓出点味道来,实在有点舍不得,不过阿尔西迪斯总有他的道理,没的说,收竿!

我们沿着这条支流上溯,阿尔西迪斯胸有成竹地将艇停在又一片水浮莲边上,

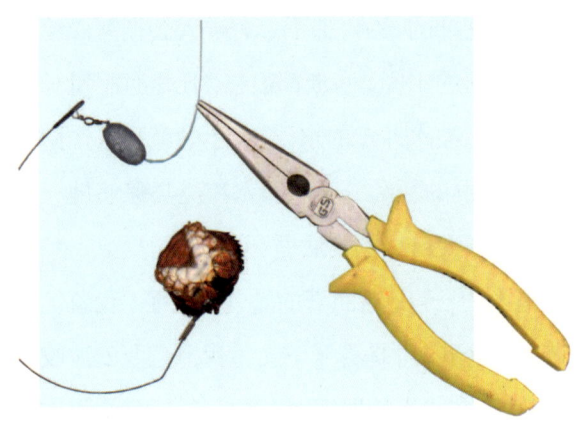

颜色像煮熟了一样的小螃蟹。

这里水更深,大概有10米多。阿尔西迪斯说换饵,用螃蟹!他拿了一个螃蟹,做示范给我看:用剪刀剪去螃蟹的八条腿两只螯,钩从剪断腿的地方穿进去,就这么打出去了。我心里有点犯嘀咕,以前在海钓时,譬如钓Rolo、Sargo,也会用螃蟹做饵,不过不是这么个穿钩法,现在既然阿尔西迪斯这么教了,就应当照办。

只不过片刻工夫,竿梢猛然抖动,一个突拖,大力地就拉了下去。我不失时机地抖腕起竿,哎呀这条有点意思了,一下子根本就抬不起来,刚听到泄力器吱了一声,手里就失去了重量,鱼跑了。收回钓组一看,螃蟹好好地挂在上面,连钩尖都没有露出来,原来是整个螃蟹被生生地从鱼嘴里拉了出来。

换一个装钩法,将鱼钩从螃蟹的一个眼窝里钩进去,从另一个眼窝里钩出来,这是我以前一直用的方法,整个螃蟹身上,眼窝是最脆弱的地方,这样做的好处是鱼钩容易被拉出来,钩住鱼嘴。

钓组又沉下去了,这次是许久没有动静,换了几个方位也不见效,干脆放下鱼竿,拿出烟来打算点上,就在打火机冒出火花的同时,竿梢缓慢而有力地朝下弯去。一把扔了打火机,抓过鱼竿,手腕用力朝上一抖,顿时一股大力从河底迸出,直向河心射去,紧接着泄力器吱哗大叫。这条鱼有点看头了!

鱼线绷紧,不断地向各个方向划过来划过去,不知道水下的鱼究竟有多大,还真不敢太用力收线。直到最初的十几次猛冲被成功化解,鱼明显疲劳了,不再有那种猛烈的冲撞,这才谨慎地慢慢收线,直收到水面下模模糊糊看到了发白的鱼体,这才一鼓作气快速收线,好大一条巴古斯!阿尔西迪斯干净利落地将它抄上船来,这才大吃一惊,看上去有不止4公斤吧。

巴古斯,和食人鱼同属脂鲤科,这两种鱼某些部位确实长得得有点像。有趣的是巴古斯的幼鱼长得跟食人鱼更像,这是它们狐假虎威以提高存活率的一种策略。

在国内,有时候称巴古斯为"黑银板"。

在南美洲,有多种鱼都被称作巴古斯。

　　给鱼拍完照,双手托着鱼放进水里,来回摇晃几次,让水从鱼鳃里流过,一直看到鱼鳃开合正常了,这才把手往回一收。那条鱼刚回过神来,想不到有这么好的运气,在水面摆动了几次鱼尾,一个加速向深水里扎进去就不见了。

　　阿尔西迪斯的换地方换钓饵,换得确实有道理,虽然咬口并不频繁,但从这个位置钓起来的鱼明显要大很多。阿尔西迪斯说巴拉圭河中游,都是出巴古斯的地方,像我刚才钓到的那条,充其量也只能算是个中下身材,他曾带客人在这里钓过12公斤重的巴古斯呢。这个阿尔西迪斯,果然是个牛人,简直是指哪打哪,看来这次钓鱼有指望了!

　　不过看来我是没有钓12公斤巴古斯的运气,倒是近11点钟来了一场大咬,放下去就拉,可就是钓不上来。阿尔西迪斯说这下面来了一群小巴古斯,你沉住气,一定会有大的。直到把所有的螃蟹饵都用完了,也只上来一条3公斤多点的和一条2公斤不到的,最气人的是还有两条鱼苗,只有400克不到,真想不明白它们是怎样把那么大的饵给吞进嘴里的。阿尔西迪斯看了看表,说时间差不多了,该回去了。

　　回到旅馆,哈伊梅先生迎上来问,有钓到什么没有?打开相机,给他看巴古斯的照片,他说:"哦,还不错,就是尺寸小了一点。今天下午我让阿尔西迪斯带你去钓大鱼,有消息说,今天上午夏乌和宾达多有咬口了,这两种鱼都在下午3点到太阳落山这一时段有大咬口。"

看得上眼的大巴古斯，很养眼哦。

吃完午餐，抓紧时间小憩半小时，火急火燎地催着阿尔西迪斯又出发了。临行前我在吧台上拿了两罐啤酒、四罐饮料，放进一个加了冰块的手提保温箱里，让阿尔西迪斯带上。上午没带喝的，渴得难受。

因为要钓大鱼，带了两根重磅船钓竿，两只达瓦的大型卷线器。阿尔西迪斯查看了我所有的鱼钩，挑出一包大型的鳕鱼钩，说这个可以，又带上一包60磅的防咬线。好多年没有用过这么强悍的钓组，想想就令人激动。

这次我们走的是反方向，顺流而下往下游走，穿过巴拉圭河大桥，一口气开了半个多小时。在中途一个卖活饵的地方买了一打图维拉、一打嘎斯库达、两打大蚯蚓，阿尔西迪斯说这些都是钓大鱼的饵，我们轮换着用，哪一种咬得好我们就用哪一种。

阿尔西迪斯把小艇开到河中间，关了引擎，说我们就从这里开始吧。

在河底拖钓,这辈子还是第一次。

这是一种我从未用过的新奇钓法，也算是拖钓，但不是在水面拖，而是在河底拖。具体的做法是将钓组朝上游抛出后，收紧钓线，而小船被水流带着慢慢往下游走，钓组就跟着小船在河底慢慢地前行。导游要做的只是拿桨在手，时不时地将船身调整到与河流垂直；而我要做的就是始终保持面对上游，神经兮兮地随时准备起竿。

　　按照导游的吩咐，在钩上装了一条图维拉，钩子从嘴巴穿进去，从下颌穿出来。一个盎司的铅垂带着钓组不断地朝河底坠下去，好深的水，都有25米到30米深，在暗无天日的泥泞河床上，我朝思暮想的大鱼就在那里！阿尔西迪斯说你小心钓竿，这里的大鱼拉力是非常惊人的，每年都有不少马大哈的钓竿被鱼拖到河里去。所以刚开始一个小时我都抓紧了钓竿不敢松手，到后来不耐烦了，拿了根绳子一头绑住竿把，一头系在船上，当失手绳用，看得阿尔西迪斯直发笑。

　　一直没有幻想中的凶猛咬口，每过十几二十分钟，我就收起钓组查看。这种图维拉的生命力真是旺盛，受了那么大的创伤，竟然还活着。我们不断地换用三种钓饵，两个多小时过去了，竟然音讯全无，只有一次收回钓组，愕然发现整条蚯蚓都被咬光了，防咬线也被咬得七弯八扭，而钓竿上居然什么反应都没有。我说是不是比拉尼亚？阿尔西迪斯一口咬定说绝对不是，这么深的水里是没有比拉尼亚的，应当是夏乌！能把这么粗的防咬线咬得像麻花一样，这厮的咬合力实在是太惊人了。

　　没鱼咬钩百无聊赖，脑子里正在胡思乱想，猛然间毫无预兆，竿梢一下子就栽了下去，这么粗的竿梢竟然弯成这个样子，哈哈我发财了！抢上一步抄起钓竿，猛然发力，就觉得不对劲，拉力确实惊人，但没有一点震动感，只是一个劲没头没脑地出线。阿尔西迪斯接过鱼竿一掂量，说不是鱼，挂底啦！立刻回身发动引擎，掉过头来直往上游开，我跟着船速

图维拉竟然还活着，真是生命力惊人。

不断快速收线,收着收着,突然手头一轻,钩退出来了。阿尔西迪斯说在河里拖钓,挂住河底是常有的事,没什么大不了,只不过会叫人白开心一场而已。

这种玩笑在下午5点左右又来了一次,这次倒有点收获,竟从河底挂上来一段满是泥泞的树干,恨恨地解下来丢回河里。眼看着夕阳渐渐往西落下,钓鱼的时间过得真快,一个下午就这么过去了,到了返航的时候了。阿尔西迪斯安慰我说这种钓况很正常,不要失望,我保证你会钓到大鱼的。

晚上,和哈伊梅先生以及新来的三位巴西钓客聊天,一高兴,喝了两罐啤酒。这下喝高了,晕晕乎乎地回到我的房间去,一倒下去就酣然入梦,这是我来到巴拉圭河以来睡得最熟的一天。

茫茫大河,我的鱼啊,你在哪里?

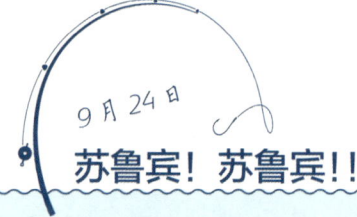

苏鲁宾！苏鲁宾！！

9月24日

昨天总算钓到鱼了，按我们的说法，开张了！更重要的是，阿尔西迪斯一出手，就向我展示了他那指哪打哪的神功，更使我信心满满。

吃早餐时我问哈伊梅先生，您的旅馆有没有用记账单的，我们是不是把昨天的账给登记一下？哈伊梅先生说不必了，我昨天已经关照过阿尔西迪斯，特意为你开一桶原装的柴油，等你走的时候我们测一下余油，就可以算得比较精确。活饵在旅馆里卖得比较贵，我叫阿尔西迪斯带你上外面去买，你只要在餐厅里登记一下你喝的饮料就行了。这个哈伊梅先生，真叫我感激不尽啊！

正吃着早餐，阿尔西迪斯就来了，他问我今天准备钓什么鱼，还是钓巴古斯吗？我想我在巴拉圭河的时间有限，要争取多钓一些鱼种，不必总在一种鱼上耗着，念头一转，说我们今天换个花样玩玩，去钓比阿乌苏怎么样？阿尔西迪斯说钓比阿乌苏虽然季节已经过了，但现在还可以钓到几条，不过不要寄过高希望。我说要求不高，哪怕钓到一条也行啊！

我们沿着昨天那条水路一直前行，在"平托五兄弟巴西活饵贸易总公司"买了三打小螃蟹。阿尔西迪斯说比阿乌苏这种鱼只吃螃蟹和水蜗牛，用其他的饵没用。我想起前天早上登船出发的时候，看见两个巴西钓友费劲地抬着一个塑料大桶上船，引起了我的好奇心，过去一看，是一桶用水泡胀的玉米粒，足有一两百斤。我问他们这用来钓什么鱼？他们说是钓比阿乌苏。我问阿尔西迪斯怎么看这事，他说，比阿乌苏小的时候什么都吃，长大了就只吃螃蟹。这两个人的钓法是，在水流湍急的地方，持续不断地撒下玉米粒，下游的比阿乌苏就会慢慢地被吸引过来，用两米多长的竹竿，两米多长的钓线，小钩挂玉米粒，看竿梢一抖就起竿，这样的钓法，一天钓个三五十公斤不是问题,但钓上来的比阿乌苏都很小,不会超过400克。不过,这么做是违法的,比阿乌苏的法定下限是28厘米长。我说:"那么怎么就没有人管这种事情?"阿尔西迪斯痛苦地摇摇头说:"旅馆老板只要能赚钱,才不来管这种闲事,渔政警察一两个月才来抽查一次。为了这事情,哈伊梅先生跟渔政部吵了好几回。我告诉你,巴拉圭河上钓鱼犯法的事情多了去了,谁管得过来?时间长了你就知道了。"

从"贸易总公司"再往前开五分钟,一个右转进入了另一条河道,离开大河越来越远,这才算是真正进入大沼泽了。这里地势平坦,可以极目望到很远的地方,天地豁然变得无比辽阔,当我凝视着水汽蒸腾的地平线,不由得产生了一种"寄蜉蝣于天地,渺沧海之一粟"的虚空感,在大自然的威严下,人实在是太渺小了。

阿尔西迪斯不动声色,稳稳地掌着舵,只是一个劲地跟着河道七弯八转,河道弯曲诡异,随处可见港汊支流,我想如果从天上往下看,下面一定是个水道密如蛛网的水乡泽国。我发现这里的河水明显要比巴拉圭河的水清澈,船从河面上驶过,两岸成片的水浮莲跟着水波起伏,举目四顾,好像每一个地方都是下钩钓鱼的好位置,只是不知道阿尔西迪斯要把我带到什么地方去。

正在目瞪口呆地看着河上美景,阿尔西迪斯突然一个回转,小艇加速向一片水浮莲冲过去,船头猛地向上升起,整条小艇差不多就搁在水浮莲上。阿尔西迪斯关掉引擎,说就是这里了,先试试看,不好我们再换地方。

钓组我事先已经在旅馆里装妥了,只不过做了一些小改动。因为知道今天使用螃蟹做饵,那就不会有比拉尼亚来搅局,因此我舍弃了防咬线,改用一种我从墨西哥带来的不知名的黑色化纤线,那是墨西哥渔民用来绑渔钩钓 Rubia 的。我觉得这种线非常坚韧,经得起鱼咬,防咬线是金属做的,就算做得再软,鱼咬在嘴里也必定有异物感,一警觉就会弃口而去,所以能不用则尽量不用。阿尔西迪斯看了看那线,神色有点狐疑。

他对我做现场指导,说钓这个比阿乌苏,和钓其他的鱼有些不一样,当鱼第一次将竿梢拉弯的时候,不能起竿,必须等到第二次咬钩,把竿梢深深地再度拉弯下去,才是作合的最佳时机。他说比阿乌苏在巴拉圭河里只能算是中小型鱼类,很少有长到5公斤以上的,常见的体形在1公斤到3公斤之间。他警告我不要小看了这种鱼,它的拉力按照身体的比例,在巴拉圭河里却是数一数二的,攥紧鱼竿,小心不要让它们拖到河底去了。

他拿起一只螃蟹剪去腿和螯,仍然按照他的穿钩法穿上去,轻轻地一甩手,钓组沿着水浮莲边上快速下沉,水深在五米左右。阿尔西迪斯将鱼竿递到我手里,说钓吧。

河水干净得令人惊讶,清澈得几乎是透明的,有一群小鱼在水底下嬉戏追逐,翻动的身体,在阳光照射下一闪一闪,令人看得出神。

第一口鱼讯来了!轻轻地,竿梢抖了几下,慢慢地很斯文地拉了下去。阿尔西迪斯说,注意了,是比阿乌苏!按照他的指点,努力克制着抖腕起竿的冲动。竿梢又弹回来了,继续抖动,突然没了动静,跑了?正疑惑间,竿梢忽地以一个有力而均匀的速度一下子栽到水里。刚才我看阿尔西迪斯装饵的时候,钩尖是埋在螃蟹身体里的,这么厚硬的蟹壳,大概不用点劲钩尖根本就穿不出来。我像菜鸟那样猛力起竿,水底下立刻爆发出凶猛的拉拽,一股无法控制的大力把鱼竿直向河底拖去,泄力器顿时就吱哗大叫起来。这声音听在耳朵里,简直就是天籁之声啊!

第一次冲击过去了,刚收了几圈线,第二次冲击紧跟而来,紧接着第三次、第四

比阿乌苏,又名食蟹鱼,是南美洲各水系里主要摄食甲壳类动物的独特鱼种,中钩时拉力巨大,令人气喘心跳。

次，一次次的冲击没完没了。我对这种鱼的估计不足，泄力器似乎调得太松，就这么一条鱼，七上八下在水里折腾了十几分钟，好不容易收到了中水，它却一个转身穿过船底，向水浮莲堆里猛扎进去。没料到它会有这么一招，如果让它继续泄力，很可能就此钻进草堆里断线了，急中生智，左手捏住钓线，强力停止出线，就这么半秒钟，半根鱼竿就被拉到水里去了。

弓着腰，右手持竿小心翼翼地将鱼从船底引了出来，左手飞快地关了泄力器。清澈的水下，只看见一条鱼侧着身体，还在拼命地东奔西撞，趁着它喘息之间，飞快地收出水面。阿尔西迪斯早已将抄网沉在水里，等我将鱼头领进抄网，轻轻往上一提，漂亮，手到擒来！

看着那条在船板上跳跃翻滚的鱼，实在有点惊讶，就这样一条1公斤半多点的鱼，怎么会有如此疯狂和持久的拉力？用退钩钳取钩的时候，看到了鱼嘴前面上下

今天最大的一条比阿乌苏。

两排像兔儿爷一样的门牙，顺着口腔看进去，发现这家伙的喉咙口还有上下两块坚硬的牙板，突然明白了为什么阿尔西迪斯要我在第二次拖竿时起竿。估计应当是这样的，比阿乌苏用门牙咬住螃蟹，在自然的情况下，是将螃蟹从水草里拉出来，这是第一个鱼讯。然后，用一个猛吞的动作将螃蟹送进口腔深处，上下板牙一合，啪地一声将螃蟹压碎，然后扭头便走，这就是第二个鱼讯。螃蟹被咬碎后，钩尖就很容易在起竿时突出来钩住鱼嘴，于是就完成了一次完美的作合。

刚想双手捧起鱼来往河里送，阿尔西迪斯说："先生，这条鱼可不可以送给我？我太太非常喜欢吃这种鱼。"当然可以，你尽管拿，我说阿尔西迪斯啊，你叫我李就行了，不要叫先生，我听得有点不舒服。阿尔西迪斯说，是，先生！说完他愣了一下，自己也笑了起来。

我想了一下，阿尔西迪斯教我的办法固然不错，但有点多此一举，为什么一定要等到鱼将鱼饵吞到喉咙口再起竿呢？如果在咬第一口往下拉竿时，顺着拉力将竿梢跟下去，减少钓线和鱼的对抗，让它放心大胆地将螃蟹往口腔深处吞，抓住这个时机起竿，岂不是成功率更高？但有个前提，鱼钩必须钩住螃蟹的眼窝，这样轻轻一拉，钩尖就可以轻易突出，不说十拿九稳，成功率也应当是八九不离十吧。钓鱼有时候也要动动脑筋，别人的模式尽管正确，但也得试试自己的构想，也许自己的构想倒是条捷径，如果成功了那又是一种乐趣。

第二条比阿乌苏，就是这样钓上来的。

真正领教了比阿乌苏的狂暴拉力，整个上午钓到的比阿乌苏虽然没有超过2公斤的，但是每一次交手，几乎都感到是在和一条大鱼拼搏，真是过足了手瘾。到11点左右，三打螃蟹饵都用完了，阿尔西迪斯看我一副意犹未尽的样子，就撸起袖子，伸长了手到水浮莲的根里面去摸索，说看看能不能找到几个水蜗牛，但摸了半天，一无所获。他就把刚才剪下来的蟹螯捡起来，四只一起挂到钩上，说用这个也能钓的。我将信将疑地投出去，果然又拔上来一条，还蛮大的。

该收工了。前后钓上了十几条比阿乌苏，再加两条1.5公斤的巴古斯。我们留下了六条相对大点的比阿乌苏，其余的统统放生。我自己留下一条，准备交给厨

上午钓比阿乌苏时钓到的小巴古斯。

房,叫他们晚餐时做出来给我,阿尔西迪斯说比阿乌苏是巴拉圭河里最好吃的鱼,究竟怎么个好法,我得尝尝。

我钓了那么多年的鱼,还从来没有服过谁,连我的师父苏厚民,我也敢跟他抬一杠。但是我真的服了这个阿尔西迪斯,指哪打哪,说钓什么鱼就钓什么鱼,这种本事谁有?谁有谁吱个声,以后我叫他师父,跟他钓鱼去。

午餐过后,没好意思再去催阿尔西迪斯,就在房间里等他。上午在钓比阿乌苏的时候,阿尔西迪斯就给我建议,说来巴拉圭河钓鱼的人,总是一心想要钓条庞然大物,这样吧,我们每天上午钓其他鱼,下午就一门心思玩拖钓,哈伊梅先生说了,一定要让你钓几条大家伙。现在,我对这个阿尔西迪斯是佩服得五体投地,他的建议我当然是言听计从。

没事干,坐着抽烟,很好奇门背后贴的那张纸上写的是什么,是不是住宿须知一类的玩艺?过去一看,却是一张给钓友的通告,连看带猜,大意如下:

南马托格罗索州渔政部门敬告钓友,钓获下列鱼类将作严厉规定如下:

一、夏乌,下限尺寸85厘米。

二、宾达多,下限尺寸72厘米。

三、巴尔巴多,下限尺寸75厘米。

四、比拉伊巴,下限尺寸110厘米。

五、多拉多,下限尺寸68厘米。

六、比阿乌苏,下限尺寸28厘米。

……

请各位钓友严格遵守,好自为之,不谓言之不预。

其他鱼类差不多都明白,但是这个巴尔巴多和比拉伊巴是什么东西,没听说过。正疑惑间,阿尔西迪斯来敲门了,我指给他看那两个鱼名,他说这两种都是大型鲇鱼。形容了半天,也说不明白,他无奈地一挥手,说等你钓到就知道了。

下午我们仍然回到昨天拖钓的地方,阿尔西迪斯好像有点不弄个明白不罢休的意思。昨天下午买的图维拉和嘎斯库达,剩了好多条,阿尔西迪斯替我好好地养着,仍然是活蹦活跳的。他说我们今天就专门用嘎斯库达,这一段的夏乌就是喜欢吃这个饵。我心想,那个嘎斯库达浑身硬鳞,还有两根险恶的胸刺,谁吞了它不是消化不良,就是肚子都要被它戳穿。但是这个疑问我没敢说出来,巴拉圭河上的事情,我是不明白的,经验告诉我,凡是阿尔西迪斯说的,照做就准没错。

一个下午,我们在这一段来回反复地拖了三次,天可怜见,又是一个咬口都没有,挂底倒是挂了好几次。阿尔西迪斯说了,你以为大鱼那么好钓啊?不要说一天钓几条,那种运气不是经常有的,就是几天钓一条,也算是值回票价了。其实呢,像鲇鱼这一类鱼,比较肯咬钩的都是在下午4点以后,当然夜间更好。唉,时间过了,时间过了,如果你是4月份来,我是敢打包票的,现在这个时段嘛,就得看你运气了。

晚餐的时候,厨房把我那条比阿乌苏片成鱼片,裹了鸡蛋和面包糠炸来给我

这个就是我的导游、牛人阿尔西迪斯。

吃。这鱼确实好吃,肌理细致,咬上去爽口而有弹性,还没有什么刺,和我两年前在玛瑙斯吃的海象鱼倒很像。怪不得阿尔西迪斯要把它留下来带给他老婆,是个识货的人呐。

面对美味,我却是味同嚼蜡,两个下午的拖钓,一事无成,说运气不好我承认,但实在是不甘心啊。边吃边和哈伊梅先生聊天,正聊着,阿尔西迪斯来了。哈伊梅先生用葡萄牙语和他交谈着,听明白说的是我的事情,阿尔西迪斯说我已经尽力了,实在是运气太差啊……

我猛地冒出一句话来,这句话在我心里是蓄谋已久,我说:"阿尔西迪斯啊,你不是说鲇鱼类晚上咬钩最好吗?那你为什么不带我晚上去钓一次?"阿尔西迪斯连连摇手说:"不行不行,夜间的巴拉圭河上太危险,要是被驳船撞到,你和我都没命了。"他说的那个驳船,这两天我在河上看到好几次,嗬!一条驳船就有七八十米长、七八米宽,而且是三排一起走,左右两排是三条驳船串联起来,中间是两条串联,这两条驳船一前一后各有一条或两条大马力的拖轮一推一拉。你想想,八条巨型驳船连在一起,有多长?有多宽?前进速度虽然极慢,但是气势骇人,劈头盖脸而来,简直有种挡我者死的凶狠。船头船尾挂着巴西、玻利维亚、巴拉圭,甚至阿根廷的国旗,一个航程要跑几个月。这样一支驳船队,我看装货能力不亚于一条万吨巨轮。

这个理由拒绝起来合情合理,我很想说出那句中国名言"生死由命"来抵抗,但人家是做导游的,不来跟你谈生论死。无奈之下,我就拿出我小时候做小无赖时死缠烂打的本事来,就是黏住他不放,逼得阿尔西迪斯只好转过脸去,求救似的去看哈伊梅先生。哈伊梅先生几乎要笑出来了,沉吟了一下,说好吧,不过只钓两个小时,多一分钟都不行。哈伊梅先生和阿尔西迪斯交谈了一会,转过来翻译给我听,他说离旅馆不远的河边有座小山(这个我知道),山脚下的部分延伸到河里,那地方有个深潭,是钓夏乌和宾达多的好地方,一般人都不知道的。他叫阿尔西迪斯不要跑远了,就带我上那个地方去,两个小时,不管有鱼没鱼都得回来。阿尔西迪斯也笑了,叫我快去准备,他就在河边的船上等我。

我屁颠屁颠地跑回房间,从箱子里翻出头灯,背上背包,一把抄起下午拖钓的钓竿,慌里慌张的,一想电池还没有拿,又返回去开门。阿尔西迪斯已经在船上等我了,他用一根木棍竖在船中间,上面还挂了一盏马灯,我知道这是为了安全,对面如果有船过来,看见灯光就会绕过去。

慢慢将船开到那个山脚下,关了引擎,阿尔西迪斯拿出一条蚯蚓穿到钩上,一声令下,我迫不及待地将钓组投进水里,小船就顺水漂动起来。夜里的巴拉圭河上,万籁俱寂,向四面望出去,到处是乌漆麻黑的一片,令人有说不出的恐惧。幸好我们是两个人,要是我一个人还真没有那个胆量。我们下钓的地方离岸并不远,依稀可以看见岸上的树冠,哈伊梅先生想得确实很周到。

我们从深潭的上游下钩,小艇慢慢地顺流漂移,漂了一段时间,再发动引擎回到上游出发的地方去。我在头灯下看了看表,这么一个过程差不多要20分钟,这样说来,我今晚有六次这样的漂移机会。

两次漂移结束，一点动静也没有，我们又回到出发点，在灯光下检查，蚯蚓还好好地在钩子上。又把钓组抛回水里，我原来一直担心用蚯蚓做饵会引来比拉尼亚，现在看来比拉尼亚夜间的活动并不猖狂。一直把钓竿拿在手里，有点累，就把钓竿靠在船帮上，低了头在背包里翻找。我在休斯顿买了一些中国糖果，想拿几个给阿尔西迪斯分享。

正在背包里掏摸，阿尔西迪斯突然一个大步跨上，抄起钓竿猛力一收，叫声"有了"，立马把钓竿递到我手上，我刚抓竿在手，还没来得及调整姿势，泄力器已经开始吱吱出线，在万籁无声的夜间，这声音听起来真是惊心动魄。

第一个冲刺持续了大约十秒钟，突然停了下来，弯下去的竿梢立刻回直了，我趁此机会赶紧收线。一连收了十几圈，竟然感觉不到鱼的拉力，再拼命猛摇十几圈，还是没有。我心头一冷，经验告诉我，鱼脱钩了。阿尔西迪斯叫声"哎呀"，两个人一起伸头去看收上来的钓组，惨淡的灯光下，鱼钩上空空的，只在防咬线上留了一小节蚯蚓。

阿尔西迪斯一言不发，手脚麻利地又装上一条蚯蚓，就这么一口，像触电一样，两个人的神经立刻都兴奋起来。

钓组又一个劲地往水下钻去，绕线器上的线唰唰地直往外出，感觉上应当已经到底了，可是线仍然出个不停。我觉得有点不对劲，难道刚才阿尔西迪斯没有把铅垂装上去？收上来看看，究竟是怎么回事。

我刚收了两把，只见原来软趴趴的线一下子绷紧了，手里立刻感觉到了分量，坠手的力量在半秒钟之间立刻变成巨大的拉力，伴随着沉闷的抽动，钓竿几乎要脱手而去，是鱼！我立刻双手攥竿，竿把往腹部上一顶，人往后坐，想把钓竿努力地竖起来，整条竿顷刻间形成一个骇人的弧度，就在同时，泄力器又一次吱吱地尖叫起来。

视觉已经完全失去作用，只凭着手里的感觉控制着局面，几个令人心都悬起来的冲刺，终于平安挨过。感觉上鱼已经离开河底，头开始往上了，谁知道它的后劲还在，一扭身又钻了下去。十几个来回后，泄力的间隙时间越来越大，鱼明显地疲劳了,挣扎的力气也一次比一次弱,终于我可以小心翼翼地领着它朝水面上走了。

头灯照着浑黄的水面,猛然间冒出几个大水花,见面的时候到了。随着最后一次收线,一条大鱼终于浮出了水面。一看到那花花斑斑的熟悉身形,我毫无风度地狂叫起来:苏鲁宾!苏鲁宾!!阿尔西迪斯稳稳地伸出抄网,迎头一抄,我们赢了!

两年前在亚马孙夜钓,几乎到手的苏鲁宾得而复失,令我郁闷了两年,想不到两年后的今天,在巴拉圭河上,我终于报了一箭之仇。阿尔西迪斯说苏鲁宾是亚马孙那边的叫法,在巴拉圭河,当地的名字叫做卡恰拉(Cachara),和恶狗鱼卡秋拉(Cachorra),只不过一字之差。阿尔西迪斯解释说,在巴拉圭河称作宾达多的,其实包括了两种鱼,长相都差不多,但通体长着碎点花纹的,叫宾达多;长着虫形纹的就叫卡恰拉,但是宾达多体形更大一些,这两种鱼都是巴拉圭河里有名的经济鱼种。在葡萄牙语和西班牙语中,宾达多就是画上去的花纹斑斓的意思。

看来幸运只降临一次,两个小时飞快地过去,再也没有收获,于是我们返航了。

兴冲冲拎着鱼来到厨房后面的走道里,把鱼丢在清洗台上,返身就回房间里去拿照相机。等我急吼吼地返回来,却看到厨房里的一个老女人低着头正在收拾

苏鲁宾,我的天呐,你终于来了。

我的鱼,鱼肚子已经切开了,老女人正在往外掏鱼内脏。一急之下我大叫:"喂喂,你在干什么?给我住手!"也许是我的口气太严厉,老女人吓得手足无措,脸涨得通红,跟我又讲不明白,连忙跑去酒吧把西尔维亚找来了。看我那紧张兮兮的样子,西尔维亚笑了起来,她说拾掇鱼是旅馆里的一个服务项目,钓客钓鱼回来,什么也别管,工作人员会将鱼除去内脏,擦干血污,挂上识别牌子送到冷库去保存起来。她指给我看清洗台上一块写着 04 号码的塑料牌子,04 是我住的房间号码。

误会了误会了,连忙向老女人说对不起!西尔维亚说没关系的,这个老女人叫米里雅玛,是我们这儿最老实最勤快的职工,你有什么脏衣服尽管拿来让她洗,给点小费就行了。

我说西尔维亚,麻烦你给我和我的鱼拍几张照片。拍完照后,西尔维亚回酒吧去了,我正在寻思着找个什么干净地方,给我的苏鲁宾好好拍几张标准像,突然眼前一黑,妈呀又停电了。米里雅玛点起蜡烛来,我叫她给我找个大塑料袋,把鱼包起来放冷藏箱里,明天早上再来拍照。

心情极好,脚步轻盈,一路吹着口哨回房间去了。

路亚狂欢节

早上去餐厅,哈伊梅先生看到我就说:"啊哈,听说你昨天晚上钓到苏鲁宾了?"我说:"是啊,运气真好,托您的福。"他说:"鱼呢?给我看看。"我们两个一起来到厨房,打开冷藏箱,咦,鱼呢?怎么没有了?米里雅玛还没有上班,连个问的人都没有。哈伊梅先生打开一个个冰箱来看,找到了,这个米里雅玛把我的鱼放进冷冻箱里去了。这一夜冻下来,鱼已经邦邦硬了,上面还盖了一层白霜,这还怎么拍照片?哈伊梅先生看了鱼说:"啊,还不错,不过尺寸还算不上大号的,中号而已。"

我说那么就把鱼拿出来吧,中午把它做给大家吃。哈伊梅先生很高兴,中午近二十个客人吃这么一条鱼也够了。这鱼在市场上价格还挺贵的,可以替他省不少钱啦。

当时我想,反正我还有几天时间,还有机会,在今后的几天里看看还有没有好运气,一个不小心钓它一条大号的,给这次的巴拉圭河之行留下一个永久闪亮的回忆。可惜事实却是,直到我离开,虽然钓到的鱼数量惊人,苏鲁宾却只有这么一条,也算是个不大不小的遗憾吧。

阿尔西迪斯陪着我吃早餐,他问我,今天有什么打算?我说还真没有,倒想听听你的建议。他问我:你在以前那家旅馆里住的时候,他们带你去钓过什么鱼了?我说:说出来丢人,只钓到一条恶狗鱼。他问我是在什么地方钓到的,我说不远,就在旅馆前面不远的河面上。他听了直摇头,又问我钓到的恶狗鱼有多大?我做了个手势比给他看,他说才这么大点的鱼啊,哎,你想不想钓大的恶狗鱼?我忙问有多大?他说最大的可以有两米多。我一听就激动起来,好哇,今天上午我们就去钓大恶狗鱼。

我们今天走的是之前从未走过的一条水路,在小河道里走了二十多分钟,突然拐进一条大河里去。阿尔西迪斯说这条大河是巴拉圭河的一条支流,叫米兰达河,

阿尔西迪斯的表妹在准备中午的菜。

活饵就是这样卖的。

四五月份的时候,是钓大鱼的极好钓场。原来这就是米兰达河,钓鱼人杂志里还曾经为它出过一个专辑。在河口上有一家卖活饵的人家,阿尔西迪斯说这家的老板娘是他的一个表妹(或者堂妹,这两个称呼在西班牙语里是分不大清楚的)。他问我有没有带拟饵,我说带了,好多个呢。阿尔西迪斯的表妹正在钓鱼,吩咐手下给我们拿了一打图维拉,阿尔西迪斯吩咐说要中等个头的,太大太小的都不要。

沿着米兰达河一直前行,水面突然变得非常开阔,原来已经到了米兰达河与巴拉圭河的交汇处。阿尔西迪斯将船一直开到巴拉圭河的河中央,河的对面已经可以看见玻利维亚秀丽的群山。

2.2米的拟饵竿,20磅拉力的钓线,9号大钩,不装铅垂。我用了一个很特殊的西玛诺绕线器,这个绕线器有一个特别设计的 bait runner 开关,把这个开关打开,活饵就可以毫不费力地将钓线从线轴里拖出来。一旦线的走速突然加快或者改变走向,那就是有鱼咬钩了。这时只要轻轻一转手柄,啪地一声 bait runner 就自动关死,进入搏鱼状态,这是一种非常适用于活饵的手轮。今天是准备钓大物,所以我把泄力调得很紧,估计5公斤以下的鱼咬钩不会轻易出线。

在鱼钩上穿了一条图维拉,轻轻地放入水中,水流的推力加上活饵本身的挣扎逃逸,bait runner 出线非常轻松,一直到钓组被水流带出二三十米,如无咬口,收回来重抛,如此周而复始。

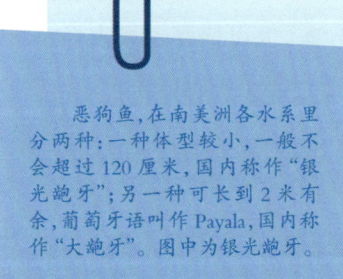

恶狗鱼,在南美洲各水系里分两种:一种体型较小,一般不会超过120厘米,国内称作"银光鲍牙";另一种可长到2米有余,葡萄牙语叫作 Payala,国内称作"大鲍牙"。图中为银光鲍牙。

我的手已经晒得要脱皮了。

接二连三地上鱼。

看看恶狗鱼的牙齿,就知道它为什么叫恶狗鱼。

第三竿就有鱼讯,钓线飞快地向左前方猛出,抬竿中鱼。把那条鱼从远处一直拉到船边,整个过程泄力器都没有响过一次,说明鱼不大,拉过来一看,1.5公斤的恶狗鱼,随手就放了。在接下来的一个多小时里,用活饵又上了三条恶狗鱼,都是差不多大小,从鱼上钩跃出水面,一直到用竿的弹力将鱼弹进船舱,要不了三四分钟的时间,都不是我想要的尺寸。

觉得用活饵也不见得有多好,我就当机立断换上拟饵,装了一个中型的米诺。一甩手打出去,让它顺水走出好远,这才开始收线,让拟饵潜下水去。

收着收着,时不时抖一下手腕,一直拉到面前,没戏。第二竿还是空竿,第三竿刚开始收线,突然间手就抬不起来了,整根线向右前方急冲过去,眼疾手快猛收一把,好重,钓大鱼的感觉来了!可是就这么沉闷地咚了一下,一下子就失去了重量。收回来一看,拟饵和整根防咬线都没了,断在钓线和八字环的连接上,断线处线口卷曲,判断是这个结没有打结实,太可惜了。换上一个新拟饵,仔细检查了一下,这才放心地再打出去,一直收到离船帮五六米的地方,猛地一下整根竿都拖下去了,力量比刚才那条更大。这时候竿的角度非常不利,一时发不出力,只好用竿梢的力量抵抗一下。那鱼往水底一个急冲,泄力器却毫无动作,半根竿顿时就被拉进水里,随着两次凶猛的冲突,竿梢一下子就弹了回来,收回来一看,拟饵又没了。我停下手来,再仔细检查了一下,这才发现,原来我把泄力器调得太紧,这种错误我是很少犯的。

换了个红头白身的米诺再投出去,心里倒有点可怜起刚才逃脱的那两条大鱼,它们拼命挣断了钓线,心里一定是一阵狂喜,老子今天是大难不死啊!可是没想到更悲惨的日子还在后面。十几厘米长的拟饵钩在嘴里,吞又吞不下去,吐又吐不出来,想必是惊恐万状地在水下拼命乱窜。等到体力耗尽,一个结局就是慢慢地饿死,另一个结局就是无力逃脱,被比拉尼亚一拥而上,顷刻分尸。这样一想,就觉得拟饵这个东西实在恶毒。以前在国内钓鱼,曾经钓到过嘴上钩着两个钩子的鱼,尽管不怎么舒服,但总不至于是个死;像这样钓上来是个死,钓不上来也是死的招数,对鱼实在是太不公平了。

大恶狗鱼,很像国内的大鲌丝吧。

连逃两条大鱼，一下子就冷场下来，半个多小时没有"交易"，而我仍然很有耐心地一竿连一竿慢条斯理地打着。情况说来就来了，刚往回收线，"噔"地一下，线绷得笔直，竿尖唰地一下弯了下去，刚猛提了一下鱼竿，泄力器就尖叫起来。几个收放一过，二十米外一条鱼没头没脑地蹦出水面，这条恶狗鱼有点大了！钓线在水里忽左忽右，劲道生猛，有了前面连跑两条大鱼的教训，这次我格外小心，一连让那条鱼跃出水面五次洗腮，终于把它搞得精疲力竭，很顺利地就被阿尔西迪斯抄上船来。这条不错，有个一米出头了，算是到现在为止钓到的最大一条恶狗鱼，但是比起阿尔西迪斯说的那个两米多长的大家伙，这条差得远了。

可怜的家伙，大概被鱼钩钩破了喉咙里的动脉，一直流血不止，我就改变了主意，决定留下它了。我问阿尔西迪斯，这个恶狗鱼好不好吃啊？他一脸的不屑，说这是巴拉圭河里最差的鱼，肉里面都是刺，没法吃。老外对鱼价值的评价，我们亚洲人听了会觉得好笑，他们认为好吃的鱼第一要紧是没有刺，所以如果你问美国人，他会告诉你最好吃的鱼是金枪鱼或者三文鱼，肉多刺少，一咬一口肉，吃起来痛快。你给他吃条鲫鱼，那简直是要了他的命。

这条鱼一上钩，就像好戏开了个头，接下来简直就是一场超级大咬，一条接一条的恶狗鱼争相上钩。最快的时候，一条鱼刚摘下来，一个回身，一眨眼工夫又一条咬上来了，一口气连钓了二十多条。可惜都是差不多的尺寸，少有超过两公斤的，钓一条放一条，真是过足了手瘾。我想真是太可惜了，可惜这条河是在巴西，如果是在国内，我们有那么多的路亚菜鸟，这不是一处最好的路亚培训场地吗？

转眼已是中午，钓得也有点累了，一看表，该回去了。我对阿尔西迪斯说，我打最后一竿，打完我们就走，你看我钓条两米长的大恶狗来。

最后一竿刚打出去，没收几下，立刻就咬上了。哎，这条鱼有点不一样，中钩后拉住钓线直往水底扎，力量奇大，难道又是一条大恶狗？等我努力将它拉到水面上，那条鱼一下子从水里猛然跃起，不对呀，远远看过去怎么不是亮闪闪的银色，倒是出人意料的金黄。阿尔西迪斯一看，说："不是恶狗鱼，是多拉多！"声音里透出几分惊诧。我觉得一阵晕眩，兴奋得有点不知所措，巴拉圭河里身价那么高的多拉

钓到我的第一条多拉多。

多,多少钓鱼人的梦中尤物,就这么被我糊里糊涂地钓上来了!超级小心地把那条宝贝收到船边,阿尔西迪斯替我抄上船来,看着这条漂亮的鱼,我笑的那个样子看上去一定很怕人。

我怕这条多拉多又像那条苏鲁宾一样,是此行的唯一一条,所以抱住它横拍竖拍,还摆出很嚣张的 pose 来。阿尔西迪斯说别慌,看来多拉多开口了,下午我们别玩拖钓了,直接去钓多拉多,我知道它们在哪里。

吃午饭的时候,厨房按照我的要求,切了一小块恶狗鱼,煎熟了给我吃。确实有许多细刺,但是肉却细嫩无比,口味和国内的大鲌丝在伯仲之间,而且以我多年的厨师经验来判断,一定可以做那种掉到地上还能弹三弹的爽口鱼丸。巴西人不吃这种鱼,那真是太可惜了。

下午我们沿着巴拉圭河往下游走,半路上还停下来买了一打图维拉,按照当地的习惯,都认为图维拉是钓多拉多最好的饵料。最后我们停在巴拉圭河很宽的一段,这地方我以前没有来过。阿尔西迪斯说其实在四五月钓多拉多并不是特别困难的事情,那时候所有的支流水位都很高,那种叫作梅亚阿瓜的小鱼结成大群在水的上层活动，后面跟着吃自助餐的多拉多，只要找到梅亚阿瓜鱼群，那钓多拉多是有把握的。但现在是枯水期，梅亚阿瓜群都散了，多拉多也就散开了，在茫茫大河上，要钓到多拉多还真需要点技术。他说四年前他曾带着两个巴西钓客，在这一段河道里钓到过22公斤的超级多拉多，这样尺寸的多拉多有十多年没有出现过了。

一开始我们用图维拉做活饵钓，一连打了好多竿没有任何收获。一个小时后，阿尔西迪斯也忍不住了，说换饵，用拟饵拖钓吧，今天好像多拉多不吃图维拉。这个建议很对我的胃口，因为在我所有的钓技中，拖钓还算是拿得出手的强项。当即换上一个青蓝色的米诺，阿尔西迪斯慢慢地保持着船速，我们就靠着巴拉圭河边上的水浮莲五六米左右的地方开始拖钓了。

相对而言，拖钓是比较轻松的一种玩法，把拟饵投进水里后，面对船尾而坐，调好泄力器，把鱼竿竖起来，导游的任务是保持航速，沿着航向慢慢地拖。一旦泄力器尖叫出线，那就是有鱼咬上了，那后面就全都是钓手的事情了。

我们沿着巴拉圭河逆流而上，手上感觉到竿梢在不停地抖动，那是拟饵正在水流的冲击下不断扭动带来的信号。十分钟后就遇到第一口追咬，"啪"地一声竿梢突然往前有力地一倾，马上就弹回来恢复原状，过了一刻钟又来了一次，然后就再也没了消息。我对导游说："阿尔西迪斯，请调转头去，我们把刚才拖过的地方再拖一次，并且请你把船速减低一些。"将原来的那枚拟饵取下，换上一只压水板比较

多拉多（Dorado），葡萄牙语中金黄色的意思，国内为它取了一个很好听的名字，叫作黄金河虎。一是形容它颜色漂亮，二是形容它摄食凶狠，这名字取得很传神。

多拉多是巴拉圭河里的特有鱼种，当地人的爱称为金色火车头。

长一些的深潜型路亚，捏着钓线，把那只米诺放进水里，观察了一下它在水中的泳姿，一切正常，可以再次作业了。

解释一下我这样做的理由：如果你有夏天在大河里游泳的经验，你一定会觉得河面上的水流有时候比较暖有时候又比较凉，这是因为日照和河水上下对流的作用。作为上层鱼类，比如说多拉多，它们一定会选择它们所喜欢的水流温度，然后跟着这片水流活动，轻易不会离开。刚才两次不成功的追咬，说明我们已经找到鱼待着的水团，但拖拽的速度显然偏高，鱼的泳速追不上拟饵前进的速度，所以只是这么虚咬两口，但是这两口已经传递给我们很重要的信息。现在的时间是下午2点多钟，从中午11点半到下午2点半，这个时段是阳光最为灼热和刺眼的时候，上层鱼类虽然并不畏惧阳光，但是它们的眼睛会觉得很难受，所以它们在这种时候宁愿潜得比较深一些，以避开阳光的刺激，这种时候就应当使用深潜拟饵来找到它们。

我不知道这样的推断是否正确，我也是第一次在巴拉圭河钓鱼。阿尔西迪斯静静地看着我的举动，微笑着说："李，你很内行。"这句话要是换了别人来说，我也许只是笑笑，但是阿尔西迪斯是巴拉圭河上的资深导游，他的夸奖使我把以前的经验用在巴拉圭河上更有信心了。

我们刚拖了四五百米，竿梢一个前冲，泄力器吱地大叫起来，我顺势向后一倒，双手猛力连收两次竿，哇哈，中鱼了！怎么这么快！才收了十几圈线，那边鱼已经跃出水面，还是恶狗鱼，3公斤左右，收到船边上，用尖嘴钳就在水面上取出拟饵，上午这种鱼钓得太多了，懒得跟它纠缠，放它走吧。

再打出拟饵，也就是这么两三分钟的事情，泄力器又尖叫起来，一下子搞得我有点手忙脚乱，钓竿失手掉下去了，一把抓起来，一掂量，鱼还在上面。一口气收了二十几圈，我心里就有了预感，恐怕是多拉多，因为它是带着拟饵，一下子直往深水里拱去。一边收线一边调整泄力器的张力，慢慢而谨慎地将鱼从深水里小心地带了出来，刚带了几米，一扭身又扎了下去。如是三番五次，正紧张兮兮的时候，突然一个金黄色的流线型身躯猛地从水里飞跃出来，一面跳跃一面甩头。我们两个同

这么帅的鱼，不摆个 pose 可惜了。

放生鱼，谢谢你了，我很快乐。

时叫了出来：多拉多！阿尔西迪斯一拍我的肩膀，意思是："怎么样，我找的地方没错吧！"关于阿尔西迪斯的能力，我没有必要多说了，这几天的出钓已经完全显示了他的经验和实力，只是我现在正被鱼整得一惊一乍的，实在抽不出时间来说几句拍马屁的话，现在那条多拉多已经飞速地向船底钻进去，钓竿已经一大半扎进水里，我手里绷住劲，小心翼翼地利用竿梢的弹性，到底慢慢将它拉了出来，鱼头一出水面，阿尔西迪斯闪电般地一抄，连鱼带网往船舱里一扔，我们终于赢了！如果说上午第一条多拉多是稀里糊涂钓上来的，那这一条就算得上有点技术含量了，瞧瞧，3公斤上下，金光闪闪的身体，鲜红艳丽的尾巴，既美丽又高贵，上帝怎么会造出这么漂亮的尤物来呢？

　　我们停了手，坐下来抽烟喝水，我突然想到如果换一种颜色的拟饵，不知效果如何。随手一翻，就翻出一枚褐色加金黄的米诺，结果这枚拟饵成了今天的功勋米诺，一连用它钓了四条多拉多。在钓到第五条的时候，这条巨大的多拉多——目测要比其他的多拉多长出 40 厘米——在水面上一连四次洗鳃狂跳，最后线断了，功勋拟饵和我的纪录多拉多刹那间消失在茫茫的巴拉圭河里。

　　虽然没有钓到巨型火车头，但今天我们破纪录地钓上八条多拉多。晚上回到旅馆，才知道今天我们这一档是唯一钓到多拉多的。大家都伸长脖子来看我的照片，一片啧啧称赞和羡慕惊叹。我说哎呀可惜小了一点，哈伊梅先生说好多人大老远赶来，一个星期钓不到一条，你一个下午就钓了八条，还要怎么样嘛！

厨房的大师傅真有本事,一条3公斤多的多拉多,他竟然整条地做了出来,上面放着橄榄、柠檬和香草,真是漂亮!等我回房间拿了照相机赶来,那帮"饿死鬼"已经把鱼瓜分得支离破碎,实在是可惜呀。多拉多的肉有点粗,但胜在有一种奇怪的油香直冲脑门,连我这种不爱吃鱼的人竟然也尝了两大块。

9月26日 阿尔西迪斯的失手

昨天钓多拉多钓得乐死,所以阿尔西迪斯以为我今天一定还是想去钓多拉多。但是今天的内容我昨天晚上就想好了,因为我在巴拉圭河的时间已经不多,不能老在一种鱼上泡着,我得尽量多钓一些鱼种。从资料上看,巴拉圭河除了那些大物外,还有很多种小型的鱼类,比如作为热带观赏鱼的地图鱼,葡萄牙语名叫阿卡拉·阿古,在巴拉圭河里可以长到4公斤重。

我今天打算去钓那些小型鱼类。我把这个想法告诉了阿尔西迪斯,他想了想说:"这些小型鱼类大多栖息在浅水区,像我们前几天钓的那些五六米、八九米深的水里,大多是钓不到的。但是问题是在巴拉圭河,浅水区都被水浮莲盖满了,这事情倒是有点难办呢。"我说这几天我一边钓鱼一边在看地方,有些长得像草地一样的水浮莲里,倒是有一些大小不一的明水区,可以上那里去试试。阿尔西迪斯说:"很难,有可能这样的明水区离大河面只有两三米,但就是这两三米,小艇根本就开不进去。你的意思我明白,我们就试试看一面找一面钓吧,不过我想我必须要告诉你,这种浅水区有的是比拉尼亚哦!"

我带了一根抛竿,一根拟饵竿,一根5米的矶钓竿。这根矶钓竿是我去年3月回国休假时,一个上海钓友徐汇山东兄送给我的,虽然是玻璃钢的旧式产品,但是像5.4米这么霸道的矶钓竿,现在已经很难找到了,就是找到了,也没有能发挥它作用的好地方。不过用矶钓竿钓淡水鱼是我长期琢磨出来的绝技,所以还是把这根竿带到巴拉圭河来了,这里才是它的英雄用武之地,也许会搞出什么奇迹来,谁知道呢!

我们在半路上买了一些蚯蚓和图维拉,再往前开,就到了米兰达河了。

我们沿着米兰达河慢慢寻找,地方倒是很多,但根本就开不进去,好不容易找到一个有四百多平方米大的空白水面,离大河有三米光景。阿尔西迪斯加大了油门,往水浮莲上直冲上去,等船头杀进光水面,船就搁住了,我说行了,就这样吧。

先用抛竿,装上蚯蚓试钓。阿尔西迪斯说得真没错,一下去就咬钩,都是比拉尼亚,中间夹着几条不知名的小鱼。有时候竿梢猛抖,以为又是比拉尼亚,懒得去提它,谁知等一下提起来一看,却是另一种鱼,但是已经被比拉尼亚咬掉一半了,真是恐怖。一个多小时过去了,钓了无数的比拉尼亚,蚯蚓倒去了一大半。我收了抛竿,拿出5.4米矶钓竿,等我一装好,把阿尔西迪斯吓了个半死。我敢担保他当钓鱼导游那么多年了,还是第一次看到这种5米长竿,一定以为我是在使什么妖术。

装了一个大型的海钓笔形浮标,浮标下钓绷定为1米,那基本上就是钓浮了,钩子上装了一条图维拉。阿尔西迪斯说比拉尼亚大多待在水底,越靠近水面越少。

大比拉尼亚。

被比拉尼亚咬掉一半的鱼。

河边的另一个活饵出售点。

米兰达河上的太阳。

两种不知名的鲇鱼。

好，那就让我们来看看，在水面上能不能钓到什么鱼。

浮标刚一站稳，就开始哆哆嗦嗦地动了起来，阿尔西迪斯说是不是有鱼咬钩了。我知道那不是，是鱼钩上的图维拉在痛苦地拼命挣扎。在这种明水面下，水也是流动的，浮标慢慢地随水漂过去，就在水浮莲边上搁住停了下来，收回来重抛，三五分钟后又搁住了。几次三番后，觉得有点烦，再说也没有鱼咬钩，就让它停那儿吧。十几分钟过后，收回来取下已经死翘翘的图维拉，换一条活蹦乱跳的再送出去，5米矶钓竿也太坠手了，干脆放下来搁船头上。

正在东张西望时，阿尔西迪斯说："哎呀先生，浮标拖下去了！"抬眼一看，停在水浮莲边的浮标不见了，急忙左手捏线，右手提竿往上一抬，手上马上就传来水底下的悸动。有鱼上钩了，拉力还不小，等收到明水面，鱼还没有看到，倒看见一条尾巴在水面上一闪。一看那红尾巴和中间的黑色箭头，我说是多拉多，阿尔西迪斯说不是。收到跟前一看，鱼不大，1.5斤多点的样子，干脆提了钓线，一把拎进船舱里来。阿尔西迪斯说："我说不是吧，这是比拉布坦嘎，也是多拉多的一种，但是长不大，最多3公斤。这鱼好吃极了，你别放了，给我吧。巴拉圭河里有三种多拉多，现在你钓到两种了，还有一种叫多拉多阿巴巴，很大很凶，拉力惊人，但是一般都是在巴拉圭河的主流里，支流里很少见到。"

宁静的河湾,令人遐想。

巴拉圭河上长得遮蔽了河面的水浮莲。

看来这一招管用,继续往下钓,可是好久都没有动静,鼻子里却闻到一股恶臭,回过头去一看,大河面上漂来一样东西,臭味就是从那儿传来的。阿尔西迪斯说:"你看到了吧,我跟你说过巴拉圭河上犯法的事情多了去了,这是一条死鳄鱼。两年前不知道从哪里传来消息,说鳄鱼尾巴上的肉吃了可以壮阳,大城市里就有人花钱到这里来雇人抓鳄鱼,抓到砍去尾巴后就丢在河里。鳄鱼皮厚,比拉尼亚咬不动,就这么满河漂,也没人管,真是造孽啊!"

好不容易死鳄鱼随水漂远了,臭味慢慢散去,回过头来一看,矶钓竿的梢头在猛烈摆动,一把抓起来,往上一抬,又有了!还是一条比拉布坦嘎,差不多大小,也归了阿尔西迪斯。接下来一直苦守到将近11点钟,再也没了鱼讯,阿尔西迪斯说我们换地方吧。

一路行来,再也找不到合适的地点。我看到岸上有个地方可以站人,前面有大片的水浮莲,水浮莲中有大大小小的空隙可以下钩,风水好像不错,就叫阿尔西迪斯把船靠上岸。到岸上去钓,也可以方便一下。

时近中午,我知道基本上已是大势去矣,阿尔西迪斯在大树荫下坐着休息,我一个人在烈日下受罪。没有鱼咬钩,却听到草堆里有声响,低头一看,从草堆里走出一只鸟来,就这么大摇大摆地从我眼皮底下走过,还停下来朝我看看。我拿相机拍它,它也不怕,嘿,挺有趣的。阿尔西迪斯过来一看,说这草堆里有它生的蛋,它

比拉布坦嘎,这也是一种多拉多。

草堆里钻出的聪明小鸟。

晒太阳的凯门鳄鱼。

是想把你引开去呢。然后他抬头往前一看,手一指,说你看那是什么!顺着他的手往前一看,前面草堆里有两条鳄鱼正躺着晒太阳,巴西的凯门鳄鱼都不是很大,少见有超过一米半的,所以并不吓人。我说,怎么样,要不我们也一人砍条尾巴带回去?阿尔西迪斯哈哈大笑,说算了吧,回去了,下午我们再去拖钓夏乌。

午餐后,稍作休息,我们又出发了。

沿着巴拉圭河一直往上游走,足足开了有个把小时,河面越来越宽,到前面却分成三岔。原来这一段巴拉圭河中间有一个大岛,这个岛将河面一分为三,左右各一条水道,另一条水道却将这个岛一切为二。我们现在走的是最左面的那一条,估计是主河道,因为比其他两条都要宽。等开过那个大岛,三条岔流又合而为一,河面顿时变得非常宽阔。

眼前出现一个很壮观的场面,河面上密密麻麻都是钓鱼船,大概有六七十条。

阿尔西迪斯说，昨天有消息，说是有几条钓鱼船在这里一个下午拖到四条夏乌和三条宾达多，消息一传开，今天各方面的钓鱼船都云集到这里来了。我心里暗暗好笑，这不是和我们国内的情况一样吗？假如你发现了一个野塘，一个下午在那里钓了三四十条大鲫鱼，等你第二天再回来的时候，你会发现塘边上钓手一个挨一个，几乎全上海的高手都赶来了，一个个咬牙切齿非把这个塘钓翻不可。

阿尔西迪斯说："从我们的旅馆算起，到此为止，一路上至少有一百五十家钓鱼旅馆。一听说这一段上鱼了，大家就蜂拥而来，好像你钓到了，我也就能钓到，这也是钓鱼人的共同心理吧。你5月份再来看，一条河上一百多条船一起拖钓都不算稀奇。"

我们将船开到船群中去，一路上不断有人跟阿尔西迪斯打招呼，好像每一个导游都认识他，挨着个儿问过去，却都没有收获。这时候听到有人在叫我，哎，中国人！原来是三天前在"平托五兄弟贸易总公司"前碰到的那帮美国人，阿尔西迪斯就把船靠了过去。我说，你们不是三个人吗？怎么少了一个？他们说，那人病了，拉肚子。这美国人也是忒金贵，一到人家国家就拉肚子。互相问了问钓况，原来他们昨天下午在这里拖到一条宾达多，有14公斤重，所以今天又来守株待兔。给他们看我相机里的照片，他们一起羡慕地叫起来：多拉多！我们还没有钓到过呢！

河底拖钓。

混在船堆里一起拖钓，顺流而下一个多小时，六七十条船居然一个咬口也没有。阿尔西迪斯发动了引擎，说我们走。我们就从船堆里落单出来，继续往上游走，等到了连一条船都看不见的地方，这才把钓组放下水去，我们就搞单干了。说实话，我也不想跟那么多人挤在一起。三天来，已经有三个下午泡在拖钓里，虽然那些大物非常诱人，但像这样天天练"空手道"实在是很丧气，我的时间有限，实在是耗不起啊。

蚯蚓和图维拉轮流使用，而且为了保持饵鱼鲜活，我每过二十分钟就换一次图维拉。即使如此，到太阳往西边落下去的时候，我们仍然一无所获，甚至连一个咬口都没有。随手看了看表，差不多已是下午5点了，再过半个小时，我们就该返航了。

但事情往往发生在你认为最没有希望的时候，正在自怨自艾，突然竿梢就在我眼前猛地往下一沉，再也没有弹回来。抢上去抄起钓竿死劲往上一抬，好像又是挂底了，再抬一下，突然间吱地一声出线了，速度奇快。调得那么紧的泄力器被拉得如此轻易，一下子狂泄七八秒钟，是鱼！是大鱼！

第一次冲刺停了下来，我赶紧抓紧时间狂摇收线，才收了五六圈。第二次冲刺又来了，一下子狂飙近十秒钟。惊慌之下，瞥了一眼绕线器，还有一半线在，心里就有点踏实了。我的线轴上有1000多米42公斤拉力的钓线，你拉吧小子，今天我就和你耗上啦！一次又一次，一次又一次，我数了，一共拉了七次，七次冲击以后，

拖钓途中，远远地可以看到玻利维亚秀丽的群山。

再也没有像样的反抗。每一次双手将竿抬起来，都能够收回来几圈线，只是分量奇重无比，就像在水下又钓到一根大树干。水下的鱼开始慢慢移动，钓线从左边渐渐地划到右边来了。阿尔西迪斯拿起船桨，不断地将船调整到与线垂直的位置，这种场面他太有经验了。

收线极其沉重而缓慢，但线在水下的角度渐渐变小。我的双手开始出汗，喉咙发干，小腿发抖，额头上的汗顺着脸颊往下掉。阿尔西迪斯问要不要帮忙，我拼命摇头，这种事情叫人帮忙，那不就是买了炮仗叫人家放吗？不过再这么下去，估计我也撑不了多少时间了，但是我毕竟把鱼收到水面上来了。

在浑浊的水下面，先看到两根舞动的胡须，再加一把力，就看到脑袋了。那是一个硕大无比的脑壳，至少有四十厘米宽，脑门上的皮肤有花斑，看上去滑腻腻的，口裂上方的眼睛小得出奇，鱼钩就钩在口裂的左边。这个怪异的脑袋给我以强烈的视觉冲击，一惊之下，我莫名其妙地手往下一沉，那怪异的鱼头又沉到水下去了。阿尔西迪斯叫了声"夏乌贝洛！"飞快地从自己的手提包里拿出一副手套戴上，那种手套内面涂了橡胶，看上去很有力度。他抓住钓线，小心地向上提起来，那个吓人的大鱼头又从水里探了出来。就在这一霎间，阿尔西迪斯人往前扑，双手闪电般地往下抓去，哗啦一个大浪涌起，我一个趔趄往后跌坐下去……

让我把这两秒钟里发生的事情，用电影的慢镜头重播出来：

阿尔西迪斯把钓线往上提起，是为了看清鱼胸口那两根粗硬的刺，一旦看准了，放了钓线，双手闪电般地往下抓去。但是线一松的同时，那条鱼突然一个翻动，阿尔西迪斯左手抓住了鱼的棘刺，右手却抓了个空。阿尔西迪斯左手死命地抓住不放，右手再一次向鱼的胸口抓去，那鱼突然意识到生死关头来了，尾巴在水里猛力一击，身体一个回旋，顿时水花四溅，力量之大，阿尔西迪斯再也抓捏不住，左手失空，人就向后倒去。这时我正双手抬着鱼竿，阿尔西迪斯往后一倒，船被他压得反侧过去，我在船一侧，也失了重心，只觉得手上突然一松，人就坐倒下去。两个大男人倒向同一个方向，这么小的船如何受得了，我脑子里一瞬间闪过一个恐怖的念头：船要翻了！

所幸船没翻,剧烈地摇晃了几下,船舱里进了半拉水,除了把裤子泡湿了半边,就什么事情也没了。阿尔西迪斯站起来,把我一把拉起,摇摇头说:Sefue!(跑了!)我望着钓竿上卷曲的钓线,几乎不敢相信自己刚才钓到了大鱼,也不敢相信大鱼就在我们的眼皮底下跑了。

气氛一时有点沉闷,阿尔西迪斯抓跑了鱼,非常内疚,我一下子从天上掉到地下,整个傻掉了。回过神来,抽了一支烟,一时不知道说什么好。我问阿尔西迪斯,你看那条鱼有多大?阿尔西迪斯说在 35 公斤左右。我在心里惨叫一声,这么多年来,我钓淡水鱼的纪录也不过是 23.3 公斤,那是在非洲赞比西河钓的丰度,那也是一种鲇鱼。这个一下子能把我的纪录提高 10 公斤的机会,就这么转瞬即逝,这辈子还会有这种机会吗?天知道!

我想缓和一下气氛,就问阿尔西迪斯,这个夏乌的肉,好不好吃?阿尔西迪斯说不是夏乌,是夏乌贝洛,这是另一种夏乌。这种夏乌贝洛不多见,二十条夏乌里也只有一条。不过所有夏乌的肉都不好吃。我说怎么个不好吃法?还是刺多吗?阿尔西迪斯想了想,说不是,而是肉太 suave。这个 suave 在西班牙语里是松弛、软趴趴的意思。我说那好哇,跑就跑了,不然我们吃了它的肉,不是也要 suave 了吗?阿尔西迪斯一怔,马上明白了我的意思,哈哈笑了起来。在西班牙语里,男人最怕的事情也叫 suave。我跟着一起笑,一时气氛也 suave 了。

我想起了我的师父苏厚民,这人有很多经典的钓鱼奇谈怪论。有一次谈到钓大鱼的话题,他说:"钓大鱼有什么稀奇的?一个人只要喜欢钓鱼,一辈子总会碰上大鱼,要把大鱼拿到手才算本事,钓到拿不到那叫钩到大鱼。你想想,一条鱼能长到这么大,总有它的道理,说什么跑掉的鱼都是大的,那是当然的啦,小鱼它也想跑,可它跑得掉吗?"

一辈子想钓大鱼,一辈子也可能只有那么一次机会。好,跑就跑了吧,我看到了,我钓到了,我激动过了。夏乌贝洛,你好好地活下去吧,我会一辈子想你的。

失败的夜钓

9月27日

一早,天就阴沉沉的,好像要下雨的样子,对我来说,除非天上下刀子,否则是一定要出动的。昨天跑了夏乌贝洛,心情非常不爽,晚上睡觉时,迷迷糊糊地两次做梦又梦到了痛失夏乌贝洛的场面,一夜都没有睡安稳。阿尔西迪斯因为抓失了大鱼,心里十分歉疚,加上又有点恼羞成怒,所以极力撺掇我还是去拖钓大鱼,这种事情还用得着商量吗?说走就走!

今天走的是另一条从未走过的水道,从一片沼泽地里穿过,半个小时后我们进入了一条大河里。看来阿尔西迪斯是准备开辟一个新的战场了。这几天和阿尔西迪斯相处下来,我对他的沉默寡言已经开始习惯了。他不爱多说话,对我来说有一个好处也有一个坏处,好处是可以专心钓鱼,不会贻误战机,坏处是少了一个穷吹猛侃的对象,事实上没有了穷吹猛侃,钓鱼就少了很多乐趣。所以我就只好想方设法地挑逗他讲话,从他不多的言谈中,可以学到不少东西。

我们沿着大河一直向前,在一个河口处,阿尔西迪斯突然收小油门,将船速减慢,面对河岸,在胸前虔诚地画了一个十字。我感到奇怪,赶忙问他是怎么回事,阿尔西迪斯指给我看,在河口茂密的草丛里,竖着两个小小的木质十字架,原来是两个坟墓。阿尔西迪斯说这里面葬着他一个最好的朋友,那个人生前也是在巴拉圭河上当导游的。两年前的一个黄昏,他的这个朋友带着两个钓客,急急忙忙地往回赶,就在这个河口上,突然另一条钓鱼船从支流里开出来。双方都是高速航行,等到相互看见,减速都已来不及,就这样猛然撞到了一起。两条船上五个人,死了三个,活下来两个,他的朋友和另外那条船的导游都死了。按照当地的习俗,他们就被葬在出事的地点。我说那到了最高水位的时候,这坟墓不是都要淹到水下面去

艾米做的西班牙海鲜饭。

哈伊梅先生和他的侄女艾米。

了吗？阿尔西迪斯的回答很有哲理，他说人都死了，水位的高低又有什么区别呢？我也摘下帽子，向那两个未曾见过面的巴西导游致哀，脑子里又在胡思乱想：当巴拉圭河的水位涨到最高的时候，躺在坟墓里，睁开眼睛，就可以看到大大小小的鱼儿在坟墓上面游来游去，那该是一幅多么凄美的图画！生命的短暂，生命的无常，世间万物莫不如此。

　　我们在河的中间放下钓组，不紧不慢地开始拖钓，刚拖了二十几分钟，阿尔西迪斯抬头一看天说，哎呀，恐怕要下雨了，快收线！急急忙忙把钓线收起来，阿尔西迪斯调转船头，开足油门往回赶，等开到三分之二距离的时候，细雨已经开始往下掉，把我的眼镜弄得一片模糊。刚摘下眼镜来揩擦，大雨就不由分说地下了起来，我急忙背过身，把照相机抱在怀里，阿尔西迪斯要开船，只好任由雨水蹂躏。等好不容易赶回旅馆，两个人都像是从水里捞起来的一样。十几条钓鱼船前前后后都逃了回来，一帮钓鱼神经病个个都淋得像落汤鸡。

　　回到房间，赶忙洗澡换衣服。来到大厅里，哈伊梅先生连声啧啧，说真不巧，看来这雨是一时半会儿停不下来了，连着钓了几天鱼，你也累了，不如趁这个机会好好休息休息，中午我叫艾米给你做海鲜饭吃。

　　中午时，我和哈伊梅先生、艾米姑娘就在另一个私人性质的小酒吧吃午饭。

艾米果然做了海鲜饭,当然和正宗的西班牙海鲜饭有距离,但是想到这种离海十万八千里的地方,海鲜会卖得多么贵,心里就非常感激他们的盛情。艾米是哈伊梅先生的侄女,但从小就是哈伊梅先生带大的,看上去比自己的女儿都要贴心,哈伊梅先生的生活起居,都由艾米一手操持。西尔维亚虽然是老人的媳妇,但我从来没有见过她对老人有什么贴心的举动。一提到西尔维亚,艾米就生气,说那个骚货就是个贼,我伯伯的钱都要被她偷光了!哈伊梅先生两手一摊,无可奈何地笑道:"看看,这就是女人的战争。"

为了避开不愉快的话题,我就把话题往钓鱼上引。我说哈伊梅先生,我以前一直以为亚马孙河是巴西最好的钓鱼地方,现在才知道还有个巴拉圭河,但是巴拉圭河上钓鱼最好的地方在哪里呢?不会就是在这里吧?哈伊梅先生喝了口啤酒,陷入了回忆。他说他在三十七岁那年,和一个朋友开了十七个小时的船,沿巴拉圭河而上,去了一个叫作杜坎丁的地方。在那里,两个人一天就钓了三十多条宾达多和苏鲁宾,人称阿拉圭亚鱼雷的碧库达,钓起来就像钓比拉尼亚一样容易。多拉多?太多了,那里的多拉多,钓到一米以下的全都放生,带回来的都是十公斤以上的大鱼……

杜坎丁,我记住这个名字了!指不定哪一天"神经病"一发作,疯劲一上来,我就会直奔那个地方而去了!

下午一直下雨,只好在房间里看电视睡觉,一觉醒来,时近黄昏,雨已经停了。去河边上走了一圈。

晚上怎么办,继续威逼利诱阿尔西迪斯带我去夜钓?那简直是不可能的,也开不了这个口,那我带来的那些夜钓装备就这么放在那里光看看?想了半天,决定自己一个人出去夜钓。在我们登船出发的地方往前走六七十米有一条小河道,再往里两百米,是条断头河,但是在河道口有一大片浮草,而且水还是静止的。前几天每次路过这里,都会打起夜钓的算盘,今天何不去试探一下?

早早去了餐厅,胡乱吃了点东西,趁天边还有些余光,就赶到了那个地方。在河边上找了个比较干净的地方,收拾了一下,把带来的东西集中堆放在一起。夜间

雨后的黄昏。

黄昏垂钓。

和我一样钓瘾难忍的巴西钓友。

黑乎乎的,矶钓竿恐怕不好使,容易缠线,所以带了根 6 米的手竿和一根 2.2 米的抛竿,用掐成段的蚯蚓作饵。上完饵,抛竿抛出去后在支架上竖起来,手竿就搁在成片的水草上,夜光浮标的绿色看起来很清晰,钓棚设定在离底 15 厘米。

天完全黑了下来,蚊子成堆地围着我嗡嗡乱飞,幸好我有先见之明,在脸上和手上都搽了驱蚊水,可就是这样,居然还是被隔着衣服咬了两口。抬头望向暗黑的天空,打量着笼罩在黑暗里的四周,突然感到莫名的恐惧,这是在一个完全陌生的环境里夜钓,不由得使人有一种提心吊胆的害怕。

壮着胆子待了半个多小时,突然看见浮标的光线渐渐地暗淡下去,然后突然不见了,急忙伸手抬竿,钓到东西啦,竿梢被拉得不停地抽动,力量还不小。小心翼翼地稳住,慢慢往事先看好的一块浮草稀疏的地方引,终于在头灯下看到一条浮出水面的鱼,急忙一网抄了上来。哈哈,开张了!也来不及细看,摘下来丢进鱼护里再说。这一口咬过,又是半天没有动静,打出去的抛竿像僵住了一样,动都不动,收回来看看,鱼饵还好好地在上面,看来今天的幸运就在手竿上了,不过手竿上的钓线拉力只有 12 磅,要是钓到大鱼怎么办?那也就只能听天由命了。

提心吊胆钓来的两条果林巴。

夜间万籁俱寂,只听见对岸的草丛里,有个什么东西在扑腾,头灯的光线扫过去,什么都看不清楚,但声音没了。我心里正在嘀咕着不知道是个什么玩意,那声音又来了,再用头灯扫过去,吓了一大跳,在头灯的光线下,对岸的草堆里竟然出现了两个光点,那个什么东西也在对岸恶狠狠地瞪过来。从两个光点的距离来看,那动物也就是一只狗那么大,但夜里看来,确实令人吃惊不小。我上下左右地晃动脑袋,让头灯的光线晃动来吓唬它,晃了一阵,再定神细看,那两个光点消失了。

回过头来一看,浮标没了,竿梢被拉得在草上唰唰地响,再一抬竿,冲撞感传来,又中鱼了。把鱼引到预设的上鱼地点,伸网抄上来一看,还是同样一种鱼,比刚才那条小了一点。摘下来再丢进鱼护,换了饵,再抛进原来的位置。正呆呆地看着绿莹莹的浮标,突然右手边的草丛里传来沙啦沙啦的声音,用头灯照过去一看,吓得我魂飞魄散,是一条1米多长、身上有着暗色花纹的蛇,正蜿蜒地在草丛里游动。一惊之下,我转身便逃,我不是个胆小鬼,但是蛇这个东西实在是可怕,万一是条毒蛇,万一惹恼了它,万一它不偏不倚地朝我脚上来那么一口,那我这辈子就别想再钓鱼了。

逃到土路上,想了一下,在路边拔了一根结实的草杆,一路往前扫,一路小心地往前挪,打草惊蛇这种常识,我还是有的。扫到老地方,蛇已经不见了,这下我不敢再钓下去了,用最快的速度收了钓具,往回就走。说落荒而逃有损我的形象,就算是从容撤退吧。

钓到的那两条鱼,是巴拉圭河里特有的鱼种,叫作果林巴。阿尔西迪斯说这种鱼有个奇怪的地方,它们一年中有四个月是不吃东西的,奇了怪了,难道鱼也像人一样,需要减肥吗?

9月28日 绿河里的阿尔芒

在巴拉圭河的日子还剩两天。

昨天下了大半天的雨,使我提心吊胆了一宿。记得刚来的时候,也是一场雨加一场寒流,结果搞得三天钓不到鱼。今天早上起来一看,气温并没有降低,暗自松了一口气。怎么安排这最后的两天,我考虑了很久,用拟饵,该钓的鱼都钓到过了,只有这个拖钓,费的时间最多,收获却最小,唯一能看得上眼的,也就是一条苏鲁宾。和阿尔西迪斯商量,他说在巴拉圭河,大型的鱼类差不多都是鲇鱼一族,除了夏乌、夏乌贝洛、苏鲁宾之外,还有巴尔巴多、比拉伊巴和阿尔芒。不如把剩下的两天都放在拖钓上,这也符合您钓大鱼和多钓鱼种的愿望。我觉得他的话很有说服力,就这么定了,不过我提了个要求,每天出门,把船锚带上,碰到好的钓点,我们可以停下来钓。我承认,这种拖钓是个送货上门的好钓法,但是有时候守株待兔也有它的优点,不妨试试。

上午还是去了昨天那个新开辟的战场。我一直很好奇那条河叫什么名字,阿尔西迪斯说没有正式的名字,当地人都叫它维尔黛河,维尔黛在葡萄牙语里是绿色的意思。被他一说倒也真有这种感觉,这条河两岸的植被确实要比我去过的其他河流更茂密苍翠。阿尔西迪斯说这地方鸟和动物特别多,所以来这里的人大多是冲着看鸟和动物来的,其实此地钓鱼并不输给米兰达河,只不过一般人都不知道而已,而且这条河里的阿尔芒和比拉伊巴特别多,看看我们的运气吧。

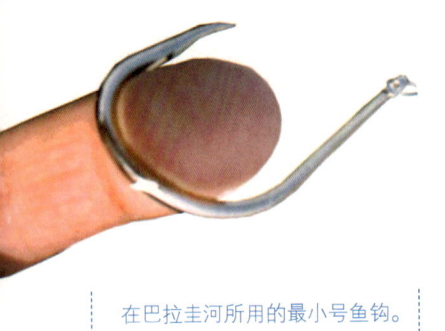

在巴拉圭河所用的最小号鱼钩。

正说着话,阿尔西迪斯突然收小了油门,一个大回转,往回开去:"翁萨(豹子)!李,你的运气来了!"小艇慢慢往岸边靠去,顺着阿尔西迪斯手指的方向看去,哟,真有豹子!二十米开外,有一棵树很特别地耸出雨林树冠,但那是一棵死树,没有叶子,所以爬在上面的豹子看得特别清楚。引擎的声音惊动了它,那豹子就摆出一副戒备的凶狠样子,然后又有一只小豹子爬了上来,就像一只大猫一样憨态可掬。以前在南非的克鲁格国家公园看过豹子,拍过豹子,不过这可是真正的纯野生南美豹子,太可贵了!我赶忙手忙脚乱地去取照相机,心里直后悔今天怎么没有把长焦镜头带出来。自动镜头正在嘶嘶地对焦,两只豹子却一前一后转身往树下窜去,一霎间没入绿色的树冠不见了,叫我空欢喜一场。

阿尔西迪斯说,这是一母一子,豹子生性孤僻,除了交配的几天外,从不合群。在巴西雨林里有三种豹子,有金钱花纹的,有龟背花纹的,还有纯黑的南美黑豹。我说那太危险了,有没有豹子伤人的事情发生?阿尔西迪斯说那倒很少,以前有过,因为现在豹子的数量越来越少了,但是咬死牛的事情屡有发生。按巴西的相关法律,牛被豹子咬死,牛主可得相当于100美金的补偿,但为了这100美金,牛主人要骑马或开船几个小时到区上去请兽医,兽医看过死牛,确认是豹子作的案,开

毒性很大的巴拉圭河昂刺鱼,每次钓到都有些提心吊胆。

出证明，政府才会支付这笔钱。太麻烦了不是？为了这100美金，不值得这么折腾，所以，当地人的做法是拿了枪，放出狗，找到了豹子就一枪把它干掉。管它什么保护动物不保护动物，只要大家守口如瓶，政府明明知道也无法可施，可怜的豹子，数量就这么一天一天地少了下去。

我们把小艇开到绿河的中间，按我的要求，阿尔西迪斯在前后都下了锚。我打了一副抛竿，叫阿尔西迪斯给我照应一下，自己拿了根路亚竿，向四面八方钓了起来。一连打了几十竿，才在9点半左右，钓到一条多拉多，很一般的大小，拍完照就放了。其间阿尔西迪斯倒是起竿频频，钓上来的都是花纹奇特的小型鲇鱼，我把它叫作巴拉圭河昂刺鱼。阿尔西迪斯说小心啊，这刺有毒的，虽然不会毒死人，但保证能让你叫上半天的娘。

休息了一会儿，又打出拟饵，打到第四竿，突然手里就重了起来，那条鱼一下子就钻到船底下

一条多拉多。

放虎归山。

阿尔芒的一种,这个倒霉蛋,强迫中奖。

去了,既不像恶狗鱼,也不像多拉多,忽左忽右跑得好快。小心地收到船边,一看是条不认得的怪鱼,而且拟饵是钩在它的头上,哈哈又是强迫中奖。阿尔西迪斯一看,说这是阿尔芒的一种,说了个很长的葡萄牙语名字,真记不住。

在近11点,竿梢突然栽了下去,收线的时候觉得这条鱼有点分量,泄力器还短促地叫过两次,拉力属于那种猛拉猛停的三板斧型,没费多少周折就拉到船边上。一看到那灰色的鱼体,阿尔西迪斯说小心了,这就是阿尔芒,它的刺边缘上有锋利的锯齿,就像蓝波用的军刀一样,被它刺到的话至少要流二十分钟的血。我仔细打量,何止是胸鳍和背鳍,沿着身体一溜还有一道棘刺,简直是武装到家了。阿尔西迪斯说这个阿尔芒也是巴拉圭河里的大型鲇鱼之一,可以长到2米长,只因为数量并不多,所以很少有以它为专门垂钓对象的。钓到新鱼种了,心情很愉快,少不了要问一下这鱼的肉好不好吃。阿尔西迪斯说肉其实不错,刺也不多,但是当地人却不吃,那是因为和一个民间传说有关,但是卖到像圣保罗和里约这些大城市却很受欢迎,价钱倒卖得比苏鲁宾还要贵,奇怪吧?

一个上午就这么一条阿尔芒,阿尔西迪斯说我们下午再来吧,我也带家伙和你一起钓,这地方运气好的时候可以钓到比拉伊巴,那可是巴拉圭河里长得最大的鲇鱼哦!

下午回到老地方,心里觉得有点别扭。在亚马孙时,我那个小导游法比奥是

24小时随叫随钓，可是在巴拉圭河，好像从来没有这种规矩，每天用在上午和下午一来一去的时间和燃料，真是天大的浪费，难道就不能早出晚归吗？不过入乡随俗，反正我也就剩最后两天了，就让这个想法烂在肚子里吧。

还是抛锚定点钓。阿尔西迪斯拿出他的家伙来，我还以为是什么秘密武器，原来也只是绕在线盘上的一大盘线，钩子奇大，铅垂奇重，防咬线是钢丝绕制的，看上去就是钓鲨鱼的钓组。想到在国内铅垂芝麻绿豆大，浮标是看二目，真是文雅得可以。而这里是一个铅垂差不多就要比国内钓上来的鲫鱼还要重，什么看二目，这里是人都要被拉下去了才起竿的。这样一想，心里觉得很滑稽，看看人家阿尔西迪斯，拿着钓组，在头上挥舞盘旋，嗖地一声丢出去，咕咚一声沉到水底，人家就是这样钓鱼的。

黑灰色的阿尔芒。

金黄色的阿尔芒。

金黄色的阿尔芒。

我还是用一把抛竿,听说有巨大的比拉伊巴可钓,一个下午我都老老实实地坐着,一门心思想要钓大鱼。可是一个下午除了一大堆巴拉圭河昂刺鱼,只钓到两条阿尔芒。奇怪的是同样是阿尔芒,颜色却不同,一条是金黄色的,一条是灰里带红色,阿尔西迪斯说他也说不出是什么道理。

阿尔西迪斯的手线好像没有什么建树,我看他猛收过两次,都没有收获。到了5点半,他说回去吧,就往上收他的手线,收着收着,叫声哎呀有鱼!一把又一把地猛收,就看见水面上有个六七十厘米的银灰色身体啪啪打着水挣扎,不知道是什么鱼。阿尔西迪斯说是比拉伊巴,您看好喽!正收着线,水面上浮过来一大堆水浮莲,不知怎么一来就和线给缠上了,阿尔西迪斯嘴里骂了一句,左抖右拉,就是脱不开来,眼看着水浮莲要漂远了,阿尔西迪斯手里一用力,啪地一声线断了。

我还是没能看到巴拉圭河里最大的比拉伊巴。

9月29日 最后的安慰

今天是在巴拉圭河的最后一天,不明白这钓鱼的日子为什么总是过得这么快。

阿尔西迪斯说今天我们还是去拖钓,没有理由总是钓不到鱼嘛,看得出来他已经非常恼羞成怒了。我们花了那么多的时间在拖钓上,结果还是一无所获,这样的结局总使人耿耿于怀。在我的内心里,从第一天开始就认定阿尔西迪斯是个非常优秀的导游,他已经非常令人信服地向我展示了他的职业技能。但是他自己并不是这么想的,客人钓不到鱼,那绝对是导游的耻辱,这是他所不能容忍的。

我们沿着巴拉圭河向上游驶去。这几天来,对我们住地附近的巴拉圭河,我已经相当熟悉了,只是不知道阿尔西迪斯在最后一天里究竟要把我带到什么地方去。明天就要离开这里了,再好好地看看巴拉圭河吧。

巴拉圭河是含蓄而内敛的,如果不是亲眼所见,没有人会相信在它那微黄的水面下,竟会隐藏着那么多的庞然大物。雨林还是那么绿,阳光下波光粼粼的河面仍然是那么安详和深不可测。河边的沙洲上,潘塔纳鹳在慢条斯理地踱着方步,这种鹳鸟比它的欧洲近亲长得要漂亮得多,黑色的脑袋和脖子,肩胛部分却是耀眼的朱红色,再加上纯白的身体,显得格外华丽而高贵。潘塔纳鹳的葡萄牙语名字叫Tuiuiu,发音和上海话里的"笃悠悠"几乎一样,而这种鸟也确实够悠悠然的,连飞行的姿势也是缓慢而超然。绝大多数时间里,它们只是在沙洲和河边上若有所思地踱步,如果抓住一只青蛙或者一条鱼,它们一定是将头扬起,把猎物抛向空中,落下来叼住再抛,务必要将猎物的头部和它的食道对准,才肯慢慢地吞下。和笃悠悠鸟一起相处的,是各种各样大大小小的水禽,它们有的在相互追逐嬉戏,有的在浅水里边走边寻找食物,更有的是缩着脖子,神情忧郁地凝视河面,一切都是那么安宁和平静。

但这只是巴拉圭河的表面,和世界上任何地方一样,生存总是笼罩在险恶的阴影下面。我曾看到过两次,站在河边草秆上正在忘情歌唱和梳理羽毛的鸟,被突然跃起的一道黑影拖进草丛;而不知疲倦地在天空盘旋的鹰隼,也会猛然飞扑下来,用利爪和尖喙顷刻间终结一条生命。平静的水面下,成群的比拉尼亚犹如罪恶的天使,随时会发起一场粉身碎骨的袭击,这才是真实的巴拉圭河。

我们仍然停在"贸易总公司"购买鱼饵。心里有些疑惑,为什么吊脚楼下面的木柱,会是两种不同的颜色?然后猛然省悟,那深色和浅色的交会处,就是巴拉圭河最高水位时的纪录。在最高水位时,坐在走廊的地板上,手就可以撩到水,试想一下,这种时候在吊脚楼上钓鱼,将会是多么舒服和令人羡慕啊。

沿着巴拉圭河一直向上,这里就是河流将河心岛分成两块的地方。阿尔西迪

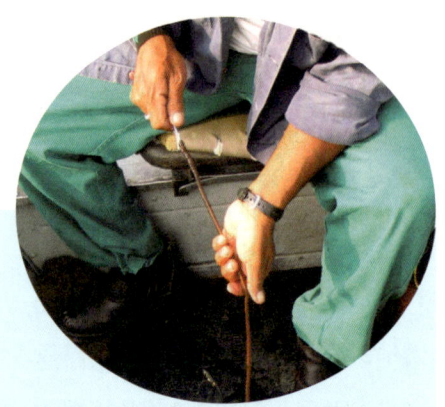

阿尔西迪斯表演的穿蚯蚓绝技,这是第一步。

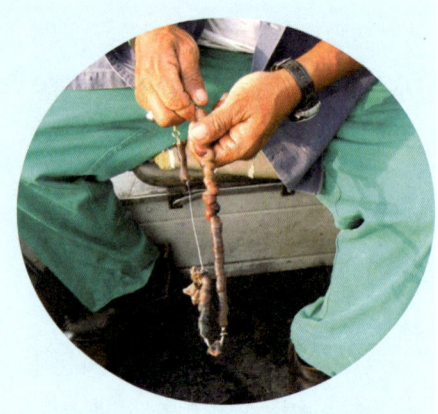

这是第二步,不过你也不用学了,除了巴拉圭河,没有地方用得上这么巨大的蚯蚓。

斯将船驶进中间的那条水道。比起左右两条水道,中间的那条显然更窄些,但水流却明显要比那两条湍急。一看河岸,我吃了一惊,这里的河岸几乎没有坡度,令人惊讶地陡峭,几乎是从岸边往前迈出一步,立刻就会跌进没顶的深渊。几万年的急流冲刷着,竟制造了如此奇特的景观。

阿尔西迪斯将船驶进中流,抛下前后两个锚,看不出来这么不起眼的河道,竟也有20多米深。一看这河的流速,我就知道今天必须用到大号铅垂了,大型的绕线器,90磅拉力的钓线,竿梢特硬的海钓船竿,所有钓大物的器材,今天全部用上了。哪怕钓不到巨物,也得给自己造造声势。阿尔西迪斯替我将蚯蚓穿到鱼钩上,用不着抛竿了,钓组轻轻往水里一放,流水即刻将它带出15米以上远,等钓组着底,收紧虚线,现在开始等待,不知道今天会不会有惊喜降临。

我坐在船头,阿尔西迪斯坐在船尾,各自想着各自的心事,太阳光热辣辣地照在身上,连帽子里都是汗。这几天暴晒下来,我的脸和脖子以及双手都成了枯焦的黑色,和黑人几乎没有两样,对太过热情的阳光,我已经到了死猪不怕开水烫的程度。钓组已经下水了,钓竿就搁在船帮边上一个伸手就够得到的地方,钓线的另一头通向幽暗的河底,不知道有没有鱼在窥视钩上的蚯蚓。

才过了一刻钟,竿梢突然上下一跳,我急忙抓竿在手,将竿梢前倾,等待着下一个鱼讯,但是钓线始终处于沉睡状态。竿子端在手中有 5 分钟了,却什么事也没有,刚把竿放回船帮上去,竿梢又跳了一下,好像在逗我玩一样,然后又无下文了。我觉得奇怪,心想蚯蚓是不是被咬掉了,收起来看了一下,还是好好的,就顺手又丢了回去。铅垂刚一到底,钓线还没有完全绷直的当口,竿梢再次抖动了一下。按照我钓抛竿的习惯,一种情况是竿梢大力下弯,另一种情况是绷紧的钓线突然松弛下去,那是一定要起竿的,但如果竿梢上传来的信息是不合常规的异动,或是古里古怪的颤抖,则不要管它,起竿再说!我左手将卷线器快摇两圈,右手往回一收,手上的感觉是,钓到东西了!左手跟上去再猛摇两把,竿梢嗖地一下,顿时就下去了。

我现在是逆水收竿,河水的冲击力很大,一时很难判断钓住的鱼到底有多大,所以我一直很小心地收线,直到水面上出现了鱼尾击出来的水花。但有一点可以肯定,绝对不是前几天钩住(不要说钓,不然我的师父苏厚民会不高兴)的巨物。刚开始时钩上的鱼毫无反抗,乖乖地就让我收到中水,突然间就开始反击了,一连两次将泄力器拉开,而且越收到后面,却越觉沉重。我的好奇心也来了,到底是什么东西?于是将竿把往腹部一顶,开始双手弓鱼了,连弓了十几次,就看见水面上有条土黄色的尾巴猛力一甩,顿时几个平方米之内,水就像开了锅一样。阿尔西迪斯早已拿好抄网,伸长脖子在看热闹,就在鱼体突然出现的那一刻,他脱口而出:"夏乌!"

钩上的鱼几次亡命下潜,都被我领了上来,最后它没了力气,我也过足了手瘾,它这才无可奈何地浮出水面。以前只有在照片上看到过夏乌,现在有条货真价实的夏乌躺在眼前,人生得意,莫过于此。阿尔西迪斯伸手一抄,把鱼倒在船舱,我刚想伸手去解钩,那条夏乌却没完没了地跳将起来,哟,脾气还蛮大的!等它跳累了,这才看了个仔细:暗土黄的粗壮身材,90 厘米以上的长度,下巴上六根灵活的胡须,身体上遍布暗色花纹。谈不上漂亮,但还算彪悍。阿尔西迪斯说像这种尺寸的

跳累了的夏乌,乖乖地躺在手里。

夏乌,大概有三年以上的年龄,正是最活跃也是最贪嘴的时段,像这样的尺寸,还算可以吃吃,再往上长,越大肉越稀松,当地人都不吃的。

照例放生,可是放在水里它却像死鱼一样一动不动,我有点担心它的性命,硬把它的鳃掰开来,拿着它在水里来回摇晃。正摇着,这条鬼夏乌猛地发力,从我手里挣脱出来,尾巴左右一甩,顿时逃回它熟悉的世界里去了。好!又钓到新鱼种了。心情愉快,抓紧再下钩!可是直到中午我们返回,除了两条巴拉圭河昂刺鱼,就再也没有像样的鱼上钩。

下午登船开了好久,又回到了老地方,阿尔西迪斯说不要再下锚了,拖钓吧,拖钓上来的鱼大。于是我们故伎重演,在河中间慢慢地漂荡起来。装好蚯蚓抛下钓组,拿出烟来还没点上,就见竿梢突突两跳,然后把头垂了下去,怎么这么快?抓住钓竿往上一搂,即刻传来鱼在水底奔突挣扎的力度,三把一收,就知道这鱼并不怎么大,反正是粗线大轮,不跟它啰唆,硬是把它绞出水面。阿尔西迪斯伸头一看,说:"啊呀,是巴尔巴多!"声音里透出几分兴奋,丢了抄网,抓住钓线往上一提,顿时就把那条鱼提进船舱里。这几天在巴拉圭河钓到的鲇鱼,除了苏鲁宾,其他几种都是长相丑陋,实在不敢恭维,只有这巴尔巴多,身材匀称,性感健美,皮肤的颜色也不错,浅浅的银灰带点朱红,看上去就觉得可爱。阿尔西迪斯说:"这种巴尔巴多,在巴拉圭河的鲇鱼科里不算是大个子,最大的也就是1米半,但是它的肉的美味,在巴拉圭河里可是首屈一指的。在科隆巴的鱼市场里,可以卖到苏鲁宾的两倍价钱。在我小的时候,巴拉圭河里的巴尔巴多还是有点量的,1米以上的时常可以钓到,但是经过这几年的狂抓滥捕,现在差不多要绝迹了。你知道他们那些从圣保罗和里约来的钓客,不要说是这种尺寸,哪怕只有20厘米长的都不肯丢下。法律?法律顶个屁用啊,有谁理它?我们这种做导游的,说了也没用。"被他这么一说,觉得这条鱼更可爱了。阿尔西迪斯说你的运气真的算好的,一下去就钓了这么一条,要知道一天下来,整个旅馆十几条船,才钓那么一两条,那是常有的事。这么说来我倒真应当庆贺一下才是,于是从保温桶里拿出两罐啤酒,两个人碰起杯来。

阿尔西迪斯提起鱼来打量了一下,说:"这个尺寸也算合法了,带回去吧,晚上我叫厨房里做来给你尝尝?"我说不要不要,我不吃鲇鱼的,还是你带回去给你太太吃吧,他就喜滋滋地放到他的座位底下去了。

一罐啤酒下肚,就有点晕晕乎乎起来,我这人就这点酒量。趁着兴致高涨,装了条蚯蚓再抛下河去,把钓竿靠在船帮上,往椅子上一靠,不知不觉中竟打起瞌睡

夏乌,巴拉圭河中的巨怪,在亚马孙流域的某些河道也有出产,除了给钓者提供强烈的钓获手感,其食用价值和经济价值并不大。

在巴拉圭河钓获的最高纪录是长1.84米,重119公斤。

来了。迷迷糊糊中不知过了多久，只听得阿尔西迪斯在叫我："李，李，咬钩了！"一下子醒来了，迷迷糊糊的还不知道发生了什么事情，看到阿尔西迪斯手指着钓竿直叫，才醒悟是有鱼咬钩了，一把抓过来往上一顺，嘿，又有了！掂了掂分量和刚才那条差不多，干脆一鼓作气摇出水面，直接弹进了船舱。阿尔西迪斯过来一看，傻了，又是一条巴尔巴多，比刚才那条小点，但千真万确是巴尔巴多。阿尔西迪斯说："李啊，你这人真有运气。"我在心里直朝他翻白眼，有运气？有运气还跑了夏乌贝洛？

被他一说有运气，反倒再也没有咬钩了，顺着水一直漂到太阳快要落山。照平常说，是到了回去的时候，可是阿尔西迪斯一点也没有走的意思，他知道我是最后一天的最后一刻，还想让我再多钓哪怕一会儿。大家心照不宣，彼此相对一笑，想到保温桶里还有两罐可乐，就拿出来说一人一罐，喝完就走。正打开拉盖，凑到嘴边，忽地一下，竿梢又拉下去了。我们顿时都来了兴致，四只眼睛盯住水面看，都在猜这最后一条鱼是何方神圣，待收到水面一看，阿尔西迪斯说我要昏过去了，还是一条巴尔巴多！别人钓不到，我一下子就来了三条。阿尔西迪斯和我击掌庆贺，为我那讲不明白的好运气。

一咬牙，我说咱们回吧，除非我移民巴西，否则总有和伟大的巴拉圭河说再见的一刻！

再见了，巴拉圭河！再见了，巴拉圭河里千奇百怪的鱼们，你们好好地活着吧，我们后会有期！

回到旅馆，西尔维亚说在网上替我订票的事情已经搞定，是夜间11点钟的车，还是在那个莫里尼奥门上车。

吃完晚餐回房间洗澡换衣服，然后把我的钓具一样样收拢起来，把行李准备好，另外装了三个红包，最厚的一个给阿尔西迪斯，里面是一笔可观的小费，这是他应当得到的报酬。如果老天没有让我碰到哈伊梅先生，没有碰到阿尔西迪斯，如果我这十天里面还是跟着那个黑小子达尼艾洛混，大概只有钓几条比拉尼亚回去的份了。回想起来，觉得真的很够本了，巴古斯、比阿乌苏、多拉多、苏鲁宾、比拉布坦嘎、果林巴、阿尔芒、夏乌、夏乌贝洛、巴尔巴多……想钓的差不多都钓到了，这一切都要拜哈伊梅先生和阿尔西迪斯所赐。小的一个红包给米利雅玛,她无缘无故被我暴喝,受了惊吓,后来还每天给我洗衣服,让我很过意不去。另一个红包交给哈伊梅先生,让他分给厨房里的几位厨师,虽然我不太喜欢吃西餐,但是近一个星期来,我每天都很享受旅馆的饮食,谢谢你们了。

留出两包鱼钩和两包防咬线,分成两份,一份给阿尔西迪斯,另外一份我打算送给那天夜间送我来旅馆的曼迪。那天半夜里,我连一句感谢的话都还来不及说,他就悄悄走了,如此热心的朋友,光说谢谢还是不够的。

夜间 10 点半,哈伊梅先生亲自驾车送我去车站,那个小朋友曼迪今天不当班,哈伊梅先生说没关系,交给我吧,我来转交。

车来了,和哈伊梅先生握手告别,车门关上的时候,我回过头去,看见哈伊梅先生颤巍巍地举着手,还在对着车门摇着。一霎间,我的眼睛湿润了,悲从中来,老先生已经 76 岁了,这辈子我还能再见到他吗?

车渐行渐远,巴拉圭河也离我越来越远。我向你许诺,不论我在世界上什么地方,我会永远凝视着你,巴拉圭河,你将是我心中永远的天堂!

最后一条巴尔巴多。

实用信息和旅游攻略

 去巴拉圭河的时间

巴拉圭河的潘塔纳大沼泽，地处巴西和玻利维亚交界处的巴西一方。虽然远离亚马孙河，但是也属于热带雨林气候，温差也比亚马孙河大。基本上也分为旱季和雨季两个大季节。雨季和旱季水面落差可以达到 7 米以上，雨季时河面的宽度会增加 3 倍，有些河段甚至可以增加 20 倍以上。和亚马孙河一样，雨季时并不适合钓鱼，但潘塔纳大沼泽的雨季比亚马孙河流域略短，4 月中旬雨季差不多已经结束。在巴拉圭河的各条支流里，雨季刚结束时是钓取有些鱼类比如黄金河虎和各种大型鲇鱼的很好时机。不过 4 月中旬到 5 月上旬，虽然雨季已大致结束，但还是不时会有间歇性的降雨，给钓鱼带来诸多不便，建议还是在 5 月底到 10 月初成行。

 怎么去

从国内飞赴巴西的圣保罗，到圣保罗后转换巴西国内航空公司的航线，两个多小时飞行时间到达巴西南马托格罗索州（Estado Mato Grosso Do Sul）的州府大坎普（Canpo Grande）。如果是在中午以前到达大坎普，还有可能在当天赶往钓鱼营地，否则建议在大坎普住一晚上，第二天再前往。大坎普到目的地的行车时间大致是五个半小时。

大坎普机场离市区不算太远，出租车 20 分钟就可以到大坎普长途汽车站（Rodoviario Canpo Grande），基本上都可以买到最近一次的始发开往科隆巴的班车。科隆巴是巴西和玻利维亚边境上巴西一侧的城市,是进入潘塔纳大沼泽的唯一门户,在离科隆巴还有半小时的地方下车,记住那个车站的名称叫作摩利尼奥港(Porto Morrinho),在车站边上就已经可以看到巴拉圭河,现在距离目的地只有5公里的路程了。

如何联络钓鱼营地

在巴拉圭河以及巴拉圭河的支流旁,有几十家钓鱼营地,在这里我隆重向钓友们推荐摩利尼奥港旅馆(Hotel Porto Morrinho)。它是巴拉圭河钓场最有年头的两个钓鱼营地之一,营地的主人是哈伊梅老先生(Sir.Jaime)。店主待人真诚、服务热忱,导钓资深内行,旅馆的硬件叫人放心,价格也很适中合理。旅馆里有Wi-Fi可供钓客使用。

下面是旅馆的联系方法:

摩利尼奥港旅馆(Hotel Porto Morrinho)

电话:67—3275—1125 或者 67—3275—1126(号码前面请加上巴西的国家编号)

E-mail: hotelportomorrinho@hotmail.com

能讲葡萄牙语或者西班牙语的钓友可以直接跟哈伊梅先生联系,只能讲英语的钓友可以跟旅馆的经理李卡尔多(Sir.Ricardo)联系,他的英文虽然不怎么好,但是一般的沟通是没有问题的。

要带些什么东西

衣物类:巴拉圭河地区的气温相比亚马孙河流域要略低,除了夏季衣物和薄绒运动衣外,准备一件薄的羽绒服并不多余。

药品类: 我继续强调有必要准备一些抗过敏的药,比如氯雷他定,治疗腹泻的药物也必须列在你的准备名单中。到南美的热带雨林去探险,驱蚊水和驱蚊喷剂是必需的选项。如果你不想被太阳晒得像黑炭一样,把防晒霜也写进你的备忘录里去。对野外活动的人来说,创可贴当然也是必备用品。

电器类: 跟去亚马孙地区一样,要把万能插座放进你的行李中去,当然你也可以在大坎普购买。

携带哪些钓具

1. 根据个人使用习惯,长度在5.1—6.6英尺之间,调性为MH或更高,钓力值10—20磅,适配路亚重量1盎司以下的路亚竿1—2支,根据个人使用习惯选择直柄或枪柄。2. 长度在5.1—6.6英尺之间,调性为YH,钓力值12—30磅,适配路亚重量2盎司以下的路亚竿,根据个人使用习惯选择直柄或枪柄。主钓鱼种:黄金河虎、巴古斯、食蟹鱼、恶狗鱼和食人鱼。

抛　竿: 长度在8英尺左右,调性适合个人使用习惯,钓力值25—40磅的钓竿,主钓鱼种:以夏乌、苏鲁宾为主的大型鲇鱼。

卷线器: 1. 配合上述路亚竿的水滴形或纺车形卷线器,以及配用上述钓力值的尼龙钓线或者SPIDER强力钓线。2. 配用上述抛竿钓力值的尼龙钓线或者Spider强力钓线。

路亚拟饵: 以各种尺寸的米诺为主,配合波扒、VIB和亮片,可以应对巴拉圭河里的几乎所有掠食性鱼类。

防咬线: 巴拉圭河里的掠食性鱼类都有尖利的牙齿,各种钓力值的防咬线是必需的配备,千万不要忘记这一点。

重返巴拉圭河

重返巴拉圭河

  自己都没有想到,这辈子竟然会重返巴拉圭河。

  2014 年,我终于退休了,那种感觉真像是坐了几十年牢,突然被释放出来重见天日一样。把墨西哥的餐馆转手后,跟我太太回到了上海,料理完装修房子的事情,就开始策划我酝酿已久的游钓,并把这个计划付诸实践。

  先从上海返回墨西哥,把在墨西哥还没有收尾的一些杂事处理掉,然后直奔墨西哥的下加利福尼亚半岛,在那里痛痛快快地玩了一个月海钓。这些年来,我一直乘坐墨西哥航空公司的班机,积累了许多公里的航程,所以我获得一张免费的往返机票,可以从墨西哥城出发,前往南美洲或者北美洲的任何一个城市。我毫不犹豫地选择了墨西哥城前往圣保罗的航班,打定主意来一趟不受时间限制的兴之所至的巴西钓行。

  在拟订计划的时候,首先决定再去一次潘塔纳的巴拉圭河。2008 年我第一次去巴拉圭河,钓况出奇的好,旅馆的主人哈伊梅先生和我的导游阿尔西迪斯给我留下了极好的印象,这次重返巴拉圭河,很大的原因是想再去会会这两个老朋友,再去会会巴拉圭河里那些令我一直想念的鱼。结束了巴拉圭河钓行后,计划沿着BR262 公路北上,去我向往和研究了很久的辛古河,这是亚马孙河最大的一条支流,科学家和钓鱼者都给予了极高的评价,好奇心和钓鱼的冲动使我急于去验证这些令人心动的评价。钓完了辛古河，如果体力和财力仍然允许，就转战亚马孙河出海口的马拉荷岛，那里是巴西唯一有把握钓到海象鱼比拉鲁库的地方，如果我能够如愿以偿地钓到比拉鲁库，那将是非常完美的巴西告别游。

世界上还有那么多我梦寐以求的钓鱼热点，时间也不允许我一直在巴西流连，我不知道这最后一次的巴西告别游能不能让我完美地和南美洲告别。8月21日，我再次登上了飞往圣保罗的航班。

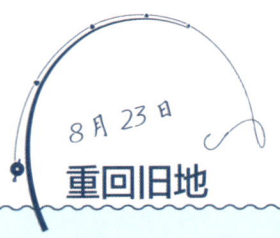

8月23日 重回旧地

我还是从大坎普坐长途车去潘塔纳，六年过去，这个城市变化很大，长途汽车站也改地方新建了。六年前我坐的是夜车，下半夜险些被丢在车站过夜；今天我买的是日间的车票，为的是能在下午从从容容地到达莫里尼奥门。但是当司机通知我莫里尼奥门到了，我又有点发懵，原先车站旁的那个坐标性建筑——高速公路收费站不见了，往前走却能看到一座大桥，原来这个车站挪到巴拉圭河大桥边上来了。这座大桥，我记忆犹新，第一次来巴拉圭河钓鱼时，我在细雨蒙蒙的一个早上遥望过它。

和我一同下车的，是一名很年轻的军官，长得非常帅，英文讲得很好，他告诉我桥下面那栋房子就是旅客休息站，我可以跟他去那里等着。到了休息站，年轻军官分别给哈伊梅先生和自己的部队打了电话，然后我们坐在休息站的走廊里闲谈。年轻军官看上去不像一般的战斗人员，他说他们部队在巴拉圭河上有一个科研基地，他是为这个科研基地工作的，怪不得这个年轻人看上去很有书卷气，至于他们的基地研究的是什么，那就不是我该问的问题了。我们聊了半个小时，部队里来接

和我同行的年轻军官,从他的胸牌上知道他的名字是邦非姆。

他的快艇就到了,年轻人站起来对我行礼告别。他说,先生你不要担心,你的那个朋友哈伊梅先生很快就会过来接你,祝你钓鱼幸运快乐!

  我站在走廊里抽了两支烟,就看到有一辆车风风火火地从公路上驶下来,停到了休息站的外面。车门开处,走出来的是哈伊梅先生,他张开双臂和我紧紧地拥抱在一起。六年了,老先生一点改变也没有,看上去很健康,换了新车,开起车来还是像年轻人那样有冲劲。一路上老先生跟我说起旅馆里这两年发生的事情:他的女儿希尔维亚,跟他闹翻脸了,现在也不来旅馆里帮他打理生意;他的侄女艾米,就是六年前给我做海鲜饭吃的姑娘,现在已经结婚做妈妈了,倒时常会过来帮忙;以前旅馆里的经理皮艾,三年前辞职了,现在的年轻经理叫佩德罗;我以前的那个导游阿尔西迪斯,两年前生了一场大病,不知道是肝还是胰脏出了问题,现在还在旅馆里当导游,但人总是打不起精神来。人世间的喜怒哀乐,六年来就在这小小的旅馆里上演着,最使我高兴的是,哈伊梅先生还健在,阿尔西迪斯还为他工作,我这次

三个老钓鱼迷的聚会,三个人的岁数加起来一共225岁了。

来钓鱼,还能见到这两位老朋友,还能在他们的帮助下再钓巴拉圭河。

提到钓况,哈伊梅先生忧心忡忡,他说这两年来巴拉圭河的鱼情一直不好,最热门的目标鱼黄金河虎多拉多和虎纹鲇鱼苏鲁宾越来越少,今年的钓季里,整个旅馆里的钓客,钓到多拉多的数量不超过一百条,像六年前我和阿尔西迪斯出去半天就钓到八条的事情,现在想都不敢想了。以前到处都可以钓到的食蟹鱼比阿乌苏,这两年来也日渐减少,奇怪的是,以前很难钓到的巴古斯,这两年倒是越来越多,现在渔民们几乎就靠捕捞巴古斯赚钱了,亏得这种鱼还能卖个好价钱。恶狗鱼卡秋拉?嗨,现在满河都是,在旅馆门口就可以钓得到……

安排好住房,洗澡换一下衣服,就差不多到了晚餐时间,看来旅馆的生意不怎么好,餐厅里没几个客人。哈伊梅先生说,李,先别吃饭,待会儿我给你介绍一个我的老朋友。正和哈伊梅先生说着话,那个老朋友就进餐厅来了,原来是个老哥们。

一看到那个老人,我心里就一声喝彩:真神人也!一头银白的头发配上银白的胡须，真称得上是飘飘欲仙，而架在鼻梁上的那副眼镜，却又毫不掩饰地表明了他的学者身份。他握住我的手，笑声朗朗，中气十足："你就是哈伊梅的中国朋友啊，他已经好几次提到过你了呢，咱们见面真是难得，今天得好好喝一杯。"老人叫人开了一瓶他带来的阿根廷红酒，倒在杯子里像琥珀一样润红透亮。我握着老人的手，那是一双苍老道劲的手，由于类风湿关节炎，手指都变形了。

哈伊梅先生说，这是罗梅洛先生，我二十多年的客人了，每年他都要来我这儿钓鱼，一年都不落下，每次来都是单身一人，你知道他今年几岁了？都八十二岁啦！

这是我所遇见的年龄最大的钓客，以前一直以为像我这个年龄还背着钓鱼包满世界转悠的，已经是屈指可数，没想到还遇见了这么一个钓鱼疯子老哥。惭愧得很，不知道我到了他这个年龄，还能不能钓鱼。

回到了我曾经到过的地方，见到了我熟悉的老朋友，还认识了这样一个使我惊讶和钦佩的新朋友，这使人心情很愉快，陪他们一直聊到十点钟才回屋休息。

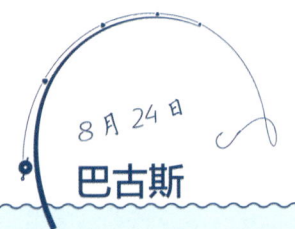

巴古斯

8月24日

和六年前一样，还是由阿尔西迪斯做我的导游。

六年不见，阿尔西迪斯明显老了，因长期的病痛折磨，他的面容显得很憔悴，总给人一种打不起精神的感觉，原本就不健谈的人，现在话更少了。昨天晚上和他谈起巴拉圭河最近的钓况，他说的和哈伊梅先生告诉我的一样，听了真叫人心直往下沉。他说现在多拉多在巴拉圭河简直要绝迹了，今年以来他带着客人钓到的还不到二十条，那还是在4月份高水位时的事情，自打5月份水位开始回落以来，基本就没有钓到过。我问他是什么原因造成的，是由于捕捞过度引起的吗？他认真地想了一下，说不见得。他有一个堂弟住在巴拉圭河的下游靠近阿根廷的拉普拉达河，那里对多拉多的捕捞要远远超过巴拉圭河，可是今年却是多拉多旺发，听说有人还钓到了超过20公斤的多拉多，这种尺寸放在往年是不敢想象的。总之，上帝要做的事情谁都不知道原因，不然还怎么叫作上帝呢？我又问到关于苏鲁宾的钓况，阿尔西迪斯说苏鲁宾这种鱼，在我们这里产量本来就不算高，而最近几年产量也一直在下降，看运气吧，也许你还能钓到几条。他的记性真好，还能想得起来六年前我逼他去夜钓苏鲁宾的事情，谈到这事，我们都笑了起来。

阿尔西迪斯建议我今天上午还是去试试钓多拉多，他还记得我对这种鱼情有独钟。六年前虽然钓了不少多拉多，可是大尺寸的基本没有，我是满怀希望今年要来打破我钓多拉多的纪录，却碰到这种想不到的坏消息，真叫人无语。不去管他了，来都来了，再怎么说也得试试，何况我这次还特意多带了钓多拉多用的拟饵。

我们沿着巴拉圭河一路上行，沿途看到六年前我钓过的许多位置，它们勾起了我很多的回忆。有几个位置我自己都忘记了，可阿尔西迪斯还记得，经他的提醒，才想起来确实有那么回事，这人的记忆力真是叫人惊叹。一路上碰到好几个运输船队，那是由几十条巨型驳船连接起来的驳船长龙，由一艘大型拖轮在前面拖，两条大型拖轮在后面顶，场面非常惊人。六年前，阿尔西迪斯就是担心黑灯瞎火的会被这种运输船队撞到，死也不肯带我去巴拉圭河上夜钓。今天再次看到，觉得阿尔西迪斯的担心确实并非多余，只是六年前我们在巴拉圭河上偶尔才碰得到这个船队，可是现在一个小时不到就碰到了三四回。我突然想到，是不是因为这种船队增加了，惊扰了黄金河虎多拉多，引起它们的不安全感，使它们迁徙到下游去了呢？我把这个想法告诉了阿尔西迪斯，他说很有可能，很多时候，他就是这么想的。

我们回到了六年前拖钓多拉多的河段，还是使用原先的战术。我在船尾的两侧各使用了一根钓竿，一长一短各拖了一个18厘米长压水板的红头白身深潜米诺，贴着河岸边的浮草，慢慢地一路拖行过去。半个小时很快过去，事实证明了哈伊梅先生和阿尔西迪斯说得没错，连一个咬口都没有。我叫阿尔西迪斯停了船，收回钓组，把两个红头白身的米诺撤下来，换了一个绿色和一个浅褐色的米诺，都是短压水板，我想试试将钓棚抬高效果会怎么样。果然有点效果，但是钓到的都是一尺多长的小恶狗鱼，一上钩就从水面上高高跃起，只要看到那银光闪闪的身躯，就使人觉得丧气。

我们在这段河面上来来回回地走了好几趟，把所有颜色、各种类型的路亚全部试过了，鱼倒是钓了不少，全都是一尺来长的恶狗鱼，盼望许久的金黄色一次也没有出现过。阿尔西迪斯停了船，无可奈何地叹了一口气说："李，我没有骗你吧，都是这个玩意儿，多拉多一口都没有。"我恨恨地说恶狗鱼倒也算了，来条大点的也算不白跑一趟。阿尔西迪斯说："大点的恶狗鱼那就简单了，旅馆前面就有，你还记得我们六年前夜钓苏鲁宾的那个地方吗？那个地方现在独多恶狗鱼，大的很多，你要钓大恶狗鱼我随时可以带你去。算了，时间差不多了，我们回去吧。下午我们去

由巨型驳船组成的运输船队，也许正是由于它们的增加，造成了黄金河虎多拉多的迁徙。

钓巴古斯吧,这几年巴古斯挺多的,大的也不少,钓起来挺过瘾的!"

回到旅馆里,刚坐下来喝口水,老钓迷罗梅洛先生也回来了,问他钓得怎么样,说是没有什么收获,才钓了一条巴古斯,还不怎么大。罗梅洛先生钓鱼有他的怪癖,二十多年来,他永远只用同一个导游,那个叫作洛贝多的老渔夫,是旅馆里资格最老的老导游,替哈伊梅先生工作近三十年了,据说他知道许多秘密钓点,曾带领钓客钓到过 177 公斤的魔鬼鲇鱼比拉伊巴。六年前我见过这个人,岁数已经很大了,想不到现在还没有退休,现在想来一定是老得不成样子了。两个老头都是不肯服输的往日英雄,但是钓巴古斯这种鱼一定得有很敏捷的反应,起竿机会转瞬即逝,所以罗梅洛先生一个上午只钓了一条巴古斯,那是意料之中的事情。我问罗梅洛先生:"那你最想钓什么鱼呢?"出乎我的意料,他说他最想钓的鱼是比拉布坦嘎。为什么呢?老头大笑,说因为比拉布坦嘎好吃,他一辈子最喜欢吃的鱼就是这个比拉布坦嘎。我说那行啊,我要是钓到比拉布坦嘎了,一定带回来给你解馋。

下午出发之前,跟阿尔西迪斯去买钓饵,旅店边上现在就有一家卖活饵的店铺,我们用不着跑到很远的地方去买了。阿尔西迪斯替我买了一打那种巨型的蚯蚓,这种蚯蚓是巴拉圭河的万能鱼饵,基本上什么鱼种都肯咬,缺点是太招食人鱼比拉尼亚,我们买蚯蚓是想试试看能不能钓到苏鲁宾,我实在是太想钓这种鱼了。专攻巴古斯的钓饵是各种水果和小螃蟹,小螃蟹顺便还可以用来钓取食蟹鱼比阿乌苏,可是阿尔西迪斯说现在已经不时兴用小螃蟹钓巴古斯了,现在时兴用田螺肉。果然,我在店铺里看到有大堆的田螺出售。阿尔西迪斯告诉我,这个田螺以前在巴拉圭河的沼泽地里就有出产,但数量并不多,并没有引起人们的注意,可是最近几年来这个东西突然大量繁殖,有人发现用这个东西钓巴古斯和食蟹鱼很有效,而且价格要比小螃蟹便宜得多,于是就一传十、十传百,大家群起而仿效之。阿尔西迪斯认为,最近几年巴拉圭河里的巴古斯鱼产量在其他鱼日渐减少的同时持续上升,和田螺大量繁殖是有关系的。我问阿尔西迪斯,那么你们当地人吃不吃这个田螺呀?阿尔西迪斯大为惊讶,说这个东西也能吃?你们中国人吃这个东西吗?我这就知道自己说漏嘴了,连忙打马虎眼掩饰过去——"没有啊,我只不过问问而

旅馆旁的村民现在也做起了卖鱼饵的生意,我们用不着跑老远去买了。

已"——我们中国人什么都吃的名声实在太差,我不想让巴西人找到新的话题来损我们。阿尔西迪斯神神秘秘地掏出一个小瓶子给我看,里面装了半瓶黑黑的野果子,个个都有莲子那么大,他说这是一种专门用来钓巴古斯的树果,是他今天中午特地跑去林子里采集来的。我拿在手里左右端详,还用手去捏了一下,发现这种野果的外皮很薄,里面有一颗硬硬的很大的果核,不知道怎样把它穿到钩子上去。

一看阿尔西迪斯的航行路线,我就知道我们的目的地是米兰达河,六年前在这里钓

巴拉圭河的田螺,个大肉多,要不是怕人笑话,真想炒一盘来解解馋。

阿尔西迪斯用来钓巴古斯的独门秘器,其实也不奇怪,巴古斯鱼是以素食为主的鱼类。

巴拉圭河边的树,繁花似锦。

了一个星期鱼,对这一段已经很熟悉了。虽然巴西只有雨季和旱季两个季节,但是按照时间算来,巴西的 8 月差不多等于我们国内的春天,正是百花竞放、万物欣欣向荣的时候。潘塔纳的空气里有一种独特的味道,你讲不出来这是一种什么味道,这种味道是不能光用嗅觉去捕捉的,更多的是要用你的心去感受。这种味道使人浑身的关节喀喀作响,四肢按捺不住只想动弹,心脏跳动得格外欢快。按阿尔西迪斯的说法:只想搂住个娘们儿来干点什么。

河面渐渐开阔,我们已经进入到米兰达河的沼泽地区。

阿尔西迪斯把小艇靠在一大片浮草边上,我们进入钓位了。我在出发前已经将钓组安装完毕,阿尔西迪斯替我在鱼钩上装了蚯蚓,主攻对象是虎纹鲇鱼苏鲁宾。等我将钓组投入水中,阿尔西迪斯拿出一板手线,装上他带来的无名野果,准备钓巴古斯鱼。我凑过去看,原来他是用了一根锥形铁针先在野果上刺一个对穿孔,然后将野果穿在钩子上,一穿就是两颗。

下午阳光暴烈,晒在裸露的手臂上隐隐刺痛,赶紧把从国内带来的面罩和护臂袖套穿戴起来,把墨镜也戴上。这下把阿尔西迪斯看呆了,觉得我看上去就像个恐

开竿第一条鱼就是比拉布坦嘎。

阿尔西迪斯比六年前明显地老了,他向我们展示用来做钓饵的巴西蚯蚓到底有多大。

怖分子。我赶紧从背包里拿出一个新的面罩送给他,并向他详细示范了各种不同的用法,阿尔西迪斯显然对这个东西非常满意,反复在头上试用不同的穿戴法,开心得像一个拿到礼物的小孩子。

按照惯例,首先出场的一定是食人鱼比拉尼亚,这种凶暴的鱼在南美洲的水域里无处不在,真叫人惹不起也躲不起。在连续钓上三条比拉尼亚后,竿梢终于安静下来,讨厌的比拉尼亚鱼群总算离开了。看看钩子上被比拉尼亚咬得支离破碎的蚯蚓,把它们全部撸到钩子上,觉得还可一用,就把钓组随随便便地往水里一丢,心想如果有比拉尼亚咬过后再换吧。竿尖稍稍安静了一会儿,突然缓缓地往下弯曲,那就肯定不是比拉尼亚了,如果是比拉尼亚,竿尖会大力抖动。等竿梢弯到差不多的弧度,果断起竿,钓到东西了,冲击力度还不错,慢慢往上拉,却看到水下面有个红色的尾巴一闪而过,中间有条黑色的箭头。心中一凛,黄金河虎多拉多?等到鱼体全部浮出水面,才知道高兴得太早了,是一条比拉布坦嘎,这是一种和多拉多长得非常相近的鱼,非但有加了黑色箭头的红尾巴,身上的鳞片也是金色的,只是体形比多拉多小得多,最大的不会超过3公斤。钓到这条鱼我很高兴,因为中午我答应过罗梅洛先生要钓比拉布坦嘎给他吃,想不到第一条开竿鱼就中了比拉布坦嘎,这下可以交差啦,这条鱼可能会有一斤三四两,老先生一个人吃足够了。

比拉布坦嘎,这鱼长得和多拉多有点像,尤其是尾巴部分。

接下来又是一轮比拉尼亚骚扰,很快一打大蚯蚓只剩下五条了,我决定试一下阿尔西迪斯替我买来的田螺。这五条蚯蚓必须保留下来,到天近傍晚的时候再用,那是一天中苏鲁宾之类的大型鲇鱼最肯开口的时段。我敲碎了一个大田螺,将螺肉挖出来,去掉后面软软的部分,把前面的硬肉一切为二,挂一块在鱼钩上,远远地抛出去,坐下来等待鱼讯。不知道阿尔西迪斯用野果钓得怎么样,偏过头去一看,他却耷拉着脑袋在打瞌睡,看来他的健康状况确实大不如前了,六年前他可是精力充沛,从来就看不到他有疲劳的时候,这该死的病啊!我不去惊动他,让他睡吧,不过在这大太阳下能睡得着,也算是个本事。

原以为比拉尼亚对田螺肉不会有大兴趣,可是竿梢猛地一抖,提起来看时,螺肉已经被干净利落地咬掉一块。比拉尼亚的牙齿锋利无比,简直就像一把剃刀,说咬掉一块还不如说切掉一块更确切。正心情复杂地看着鱼钩上剩下的残余部分,只见阿尔西迪斯一骨碌地坐起身来,抓住钓线往上一个猛抽,线立刻就直了,看来钓到东西了,分量还不小。阿尔西迪斯双手交替往上拔线,只听得"泼剌"一声水响,硬生生地就将一条巴古斯提进船舱里来,看来这种野果用来钓巴古斯果然有道理,而且还不用担心会有比拉尼亚来掠食。阿尔西迪斯得意地朝我笑笑,说,李啊,你也来试试这种野果子吧。六年前我第一次来巴拉圭河钓巴古斯时,就听阿尔西迪斯说过,巴古斯用水蜗牛也能钓到,既然水蜗牛可以当鱼饵,那么用田螺肉也是顺理成章的。我决心要再试一下田螺肉,如果实在不行,再换用野果子也不迟。

换了一块田螺肉挂在钩子上,把钓组打出去后搁在船帮上,点了一支烟,耐心地监视着竿尖。一支烟差不多要抽完了,突然看到竿尖轻轻抖了两下,急忙吐了烟蒂,把右手放在竿身上,两眼一眨不眨地盯着竿梢。只见竿梢慢慢地下弯,弯到一定的程度,嗖地一下就直拖下去,心里叫声"来得好"!右手擒住竿身有力地一抖,嘶地一声泄力就被拉开,这条鱼有看头了!这鱼拖着钓线在水里划过来划过去,一下子还不肯出水,我也不着急,绷直了竿子用竿梢耗它的体力。就这样相持了三五分钟,那鱼终于服了软,被我从水底下一直拉到水面上。我的天,小脸盆这么大一条巴古斯,背上看去足有7厘米厚。阿尔西迪斯说声"好大的巴古斯",便伸出抄网稳稳地一抄,绝对是完胜!

这条巴古斯钓上来后,我信心大增,看来用这个田螺肉来钓巴古斯确实不错,我决定不再理会阿尔西迪斯用的那个野果子,因为用田螺肉钓上来的巴古斯明显要比用野果子钓上来的大得多。

肥墩墩的巴古斯鱼,钓起来手感一流。

从第一条大巴古斯上钩,我就一直使用田螺肉做钓饵,虽然时有比拉尼亚骚扰,到下午四点半,我一连钓到五条大巴古斯。阿尔西迪斯仍然固执地使用野果做钓饵,仅钓获两条,尺寸都不如我,他也毫不在意。那么多年来,他在巴拉圭河上看到的钓到的大巴古斯多了去了。据他说他在巴拉圭河钓到的最大巴古斯,有19公斤重,我今天钓到的最大的,连个零头都抵不上,还沾沾自喜个什么劲嘛。

四点半过后,我把收起来的五条大蚯蚓拿出来让阿尔西迪斯装钩,临近傍晚,是钓取大型鲇鱼的最佳时机。巴拉圭河里有好几种大型鲇鱼,而最让人期盼的,是比拉伊巴、夏乌、夏乌贝洛和苏鲁宾。阿尔西迪斯摇摇头,说这些大鲇鱼现在很难钓到了,你不要抱太大的希望。事情果然如他所言,一直钓到太阳落山,什么鲇鱼都没有钓到,五条大蚯蚓倒换来十几条比拉尼亚,其中还钓到一条我不认识的鱼,阿尔西迪斯过来一看,说这也是食蟹鱼比阿乌苏的一种,数量很少,钓到算你运气。

晚餐的时候,厨房的大师傅按我的吩咐,把那条比拉布坦嘎给罗梅洛老爷子单做。巴西人做鱼没有我们中国人那么多讲究,除了油炸,就是加蒜蓉煎。我看老爷子吃得津津有味的样子,心里很好奇这鱼到底有多好吃,禁不住到老爷子盘子里去挖了一块过来尝尝。哎呀果然好味道,鱼肉鲜美细腻,富有弹性,一点腥味都没有,鱼刺还很少。于是就对老爷子大拍胸脯,说明天要是再钓到了,继续让你大快朵颐。

另一种食蟹鱼比阿乌苏,这鱼长得很漂亮。

晚上躺在床上难以入眠，难过中夹杂着失望。六年前同样是这个地方，钓得真是爽，巴拉圭河里的可钓鱼类，我几乎钓了个遍，尤其是漂亮得难以描述的多拉多，钓得可真是淋漓尽致，还有那条夜钓而来的我人生中第一条虎纹鲇鱼苏鲁宾，至今刻骨铭心。其实仔细想想，我这次来就是冲这两种鱼来的，但现在这两种鱼都没了音讯，光钓这些巴古斯有什么用？于是我做出了决定，明天继续搜索多拉多和虎皮鲇鱼苏鲁宾，如果能钓获其中之一，我就在巴拉圭河继续留下来；但是如果明天仍然和今天一样一无所获，当机立断，就离开这里往北，去辛古河，那里有许多我从未见过的鱼在等着我。好，就这么定了！

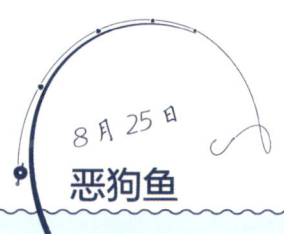

恶狗鱼

早上出发前整理今天用的钓具，我只带了十几枚路亚，那是专门用来对付多拉多的。待会儿出发前，我准备再去卖钓饵的地方，买一打半的巨型蚯蚓，这是用来钓取苏鲁宾或者夏乌的。其他钓具和钓饵一律不带，整个上午我就心无旁骛地专攻这两种鱼。

阿尔西迪斯赞成我的计划，他说早上趁着天刚亮，他会带我去一个地方，那个地方经常能钓到苏鲁宾或者夏乌。我们可以在那个地方钓到上午 10 点左右，大型鲇鱼在这个时段以外基本不会再有咬口。然后他会带我去另一个地方，在那个地方我们一门心思地玩拖钓，看看还有没有运气拖一两条多拉多上来。

我们还是沿着巴拉圭河上溯，到了巴拉圭河与米兰达河交汇的地方，阿尔西迪斯驾驶着小艇在河面上连绵数公里的水葫芦阵里左冲右突，杀进一条很小的水道里去。当我们从那条水道里开出来，呈现在我眼前的是另一番景象，那是一大片像沼泽地一样的水面，空旷而辽阔，远远地可以看到起伏的山峦。阿尔西迪斯说，那里就是另一个国家玻利维亚。奇怪的是这里的水面长着的都是红蓼草,别的地方长得遮天盖地的水葫芦,这里一棵都看不到。照经验来看,这里的水不会很深。阿尔西迪斯说确实是,因为这里其实是巴拉圭河涨水后淹没的地带,再过两三个月进入枯水期后,这里都会干涸成一个个的小洼地。不要看水浅,这里却密集着各种小型鱼类,天刚放亮的时候,大型的鲇鱼会到这种地方来觅食小鱼,等太阳升高后,它们会离开这里返回深水区,到 9 点过后,他会带我去另一个备用钓点。

还是由阿尔西迪斯装钓饵,他把整条的蚯蚓装进钓组上,半条蚯蚓一直套到防咬线上,半条耷拉在鱼钩前端。六年前我们钓苏鲁宾时,就是这样装钩的。我往船的两侧各打出一竿,水果然很浅,从钓组下落的速度推测,水深不会超过 2 米。阿尔西迪斯眯着眼睛,四处打量,突然他指着一丛浮在水面的红蓼草,说:"你注意看,那里有鱼!"我凝神细看,那丛红蓼草果然在左右摇晃,有什么东西在下面把它顶得一冒一冒的,然后突然有一个大水花猛然从水底翻上来,接着水面就平静下来。我急忙收回一根鱼竿,轻手轻脚地往那个方向打出去,紧张兮兮地双手握竿,随时准

> 长着红蓼草的水面,这里能有大鲇鱼吗?

这条比拉布坦嘎有点大,罗梅洛老爷子真有口福。

备竿尖突然下压。可是等了半天一点动静都没有,只好把竿放下搁在船帮上,很失望地抽起烟来。

太阳越升越高,人开始出汗了,无聊中抽了三支烟,可两根钓竿就像焊在船帮上,什么动静都没有,连比拉尼亚都不来咬一口。阿尔西迪斯拿出他的手线来,装上他的野生果子,试试运气,看有没有巴古斯来咬钩。就在这时候,有动静了,只见左手那根的竿梢晃动起来,往下一嘎一嘎的动作很小。我轻轻地提起那根钓竿,让竿尖下垂,减少钓线的紧张度,嘎着嘎着突然往下一个有力的猛拽,等的就是这一刹那,我肩膀一晃就是一个快抽,竿尖顿时就跟下去了,拉到水面上一看,奇了!又是一条比拉布坦嘎,昨天和今天竟然都是一样的开竿鱼。也不错,罗梅洛老爷子中午又有鱼可吃啦。

有鱼咬钩心情就好,赶紧再下钩,或许下面还有一条饥肠辘辘的大鱼在等着上当呢。钓组刚一下水,我还在收紧虚线呢,竿梢上就传来一个粗鲁的猛拖,条件

米兰达河边浮在水葫芦中的钓鱼船,真想问他们一声:老大,你们是哪个绺子的?

钓大型鲇鱼的备用钓位,水深六米。

反射地一抽竿,就钓到玩意儿了,还挺沉,对抗得有模有样,拉上来一看却是一条比拉尼亚。这条比拉尼亚好大,在巴拉圭河,我好像还没有钓到过这么大的食人鱼。

接连上了两条鱼,满以为鱼开口的时间到了,谁知接下来又是西线无战事,望穿秋水而佳人不至,眼看着手表上的指针就要到 9 点了。阿尔西迪斯说,李,收了吧,我们到下一个钓点去。

我们从原路退出来,少不了要跟纠缠着我们的水葫芦一阵拼杀。据说这种水葫芦的原产地就是南美洲,还有一个很好听的名字叫作凤眼莲,当初引进到中国是为了给猪当饲料,可

这条比拉尼亚可以算是食人鱼中的轰炸机了。

巴拉圭河的昂刺鱼,会咕咕叫,棘刺上也有毒。

想不到这个外来和尚会念经,现在已经把我们中国的大小水面遮满,变成绿色公害了。

我们沿着米兰达河疾驰,河两边不时可以看到停泊在树荫下和浮草中的钓鱼船。阿尔西迪斯告诉我,莫里尼奥港方圆三十几公里有几十家钓鱼旅馆,但是最负盛名的钓场,还是巴拉圭河的支流米兰达河,所以大家都跑来这里钓鱼。小艇慢慢地拐进米兰达河的一条支流,这里的水势平缓,两岸植被茂密。阿尔西迪斯将船首杀进水葫芦堆里搁住,我还是用两根竿,左右各打出一支,慢慢等吧。

这地方好像水下有小鱼,钓组下水不久,竿梢就不停地小幅抖动,但就是钓不上来,蚯蚓消耗得很快。阿尔西迪斯说恐怕是小巴古斯群,我不大相信,因为六年前我用同样大小的钓组,钓起来过好多条一个巴掌大的小巴古斯。最后竿梢微沉,

我的起竿时机掌握得恰到好处，终于把下面的鱼给钓了上来，谜底揭开，原来是这个小家伙，长得很像国内的昂刺鱼，但外衣穿得比昂刺鱼花哨。半根蚯蚓被吞进喉咙里，半根还露在外面，真是个贪婪的家伙。家伙虽小，我取钩时却万分小心，因为这家伙的棘刺上有毒，被它刺到就不好玩了。

　　一个多小时就钓了这么一条鱼，看得阿尔西迪斯直摇头，一到 10 点钟他就毫不犹豫地带着我离开了那个地方。他说钓鲇鱼的好时段已经过了，再等下去也是白等，我们还是赌一下运气，去钓多拉多吧。我们沿着河道七拐八拐，河面是越来越平静，两岸的树木也没有那么浓密，但是色彩纷呈，漂亮得像童话世界，美丽的树冠倒映在一平如镜的水面，就像在梦幻中一样。阿尔西迪斯放慢了船速，在水面上游目四顾，脸色却很阴沉。他说这一段河道是多拉多的聚集之地，前几年把船开到这里，河面上这里哗啦一下，那里哗啦一下，到处可以看到多拉多追咬小鱼打出来的大水花，可是现在，河面平静成这样，哪里像有鱼的样子？我说来都来了，不管怎么样也得试一下。

　　我把两根钓竿的钓组卸下来，换成两个金褐色的米诺，我们就沿着两岸的浮草

这么漂亮的地方不应该用来钓鱼，而是应当用来野营。

外围慢慢地一路拖过去。叫人失望的是,一个半小时里连一个咬口都没有,其中有一次,我看到水面下有一个东西快速地追上来,在水面上划出一道楔形的水波,眼看就要追到路亚的位置,却突然沉到水里不见了。眼看时近中午,我故伎重演,将两个米诺都换成长舌的深潜型,做中水层的搜索,好不容易钓上来一条一尺半长的恶狗鱼,就此再无消息。阿尔西迪斯说:"李,咱们歇手吧,是该回去午餐的时间了,我们下午再试吧。"

午餐时间的餐厅非常热闹,因为加入了一帮新来的钓客,那是从巴西中部戈亚斯州的戈亚尼亚城来的一群年轻人,他们第一次来潘塔纳钓鱼。他们听说我这个中国人已经两次来潘塔纳了,都感到不可思议,再加上哈伊梅先生对我的一番介绍,他们对我的态度简直就像对电影明星一样。罗梅洛老爷子怕吵,静静地一个人坐在边上的桌子上,享用我为他钓来的那条比拉布坦嘎,有滋有味地喝光了一瓶白葡萄酒。今天上午他的成绩不错,钓了三条巴古斯。老爷子钓鱼很超脱,上午钓了鱼,下午必定要睡个午觉,午觉后叫上老导游洛贝多,去河上优哉游哉地再钓个两小时就回来了,有鱼没鱼都没关系,要的就是那份悠闲和自在。相比之下,像我这

从戈亚尼亚来的年轻人,和他们在一起心情真是愉快。

奥利诺科水豚,世界上最大的啮齿动物,生性非常警觉。

潘塔纳鹳,是潘塔纳沼泽地的代言人,白身黑头,还戴了一条朱红色的围巾,简直酷毙了。

种钓鱼人就显得猴急了，鱼竿一拿到手里，就恨不得把整条河的鱼都给钓上来，跑了一条大鱼就久久地心有戚戚，每到太阳落山前心情就很坏，只觉得这一天过得太快，恨不得一天能钓个二十小时。我觉得老爷子在钓鱼这件事情上已经洒脱到超凡脱俗，层次远在我们之上，不知道哪一天我才能修炼到他那种境界。

潘塔纳的天气变幻莫测，吃午饭的时候还是好好的，下午却刮起了大风，为了避过那个风头，我们推迟出发了一个小时。已经用了两个半天来守候多拉多和苏鲁宾，不得不承认我和它们无缘了。既然如此，还是忘了它们，痛痛快快地钓一下巴古斯鱼吧。我把这个想法告诉了阿尔西迪斯，显然他松了口气，因为要带我去钓多拉多和苏鲁宾实在太难了。

我们仍然取道米兰达河，要钓巴古斯鱼，阿尔西迪斯说他有太多的好钓位，因为这两年来几乎就是在和它们打交道。今天下午我们一路上看到的野生动物特别多，有鳄鱼、潘塔纳鹳和平时难得一见的水豚，还见到两只来河边喝水的小型鹿科动物 diuker。在钓鱼的时候还飞来三只很漂亮的小鸟，一点都不怕我们，在船头上跳跳蹦蹦捡食我们丢下的残余鱼饵，我想给它们拍张照片，刚把手举起来，它们就毫不给面子地飞走了。

阿尔西迪斯把船停在米兰达河边的一大片浮草边上，我还是用田螺肉做饵，一左一右各打出一支鱼竿，阿尔西迪斯还是用他的手线，不过钓饵也换成了田螺肉。钓组打出去的位置水很深，我估计是在 8 米到 9 米之间，这就使得钓巴古斯的钓棚深度很耐人寻味。昨天我在 2 米深的水域里钓到了巴古斯，今天我们却垂钓八九米的深水，那是不是可以理解为巴古斯是一种全水层可以施钓的鱼种呢？阿尔西迪斯的观点是：作为一种以素食为主的鱼类，巴古斯肯定更愿意待在浅水里，因为它们可以在那里得到充足的食物——水草浮萍和随水漂流过来的树叶果实和植物的种子；但是在某些时段，比如在生殖季节和生殖季节前期，它们却需要动物性蛋白，所以它们时常进入深水河底，寻找潜伏在河床上的甲壳动物和节肢动物，这时候它们就成了杂食性鱼类。所以一般的规律是，不论深水浅水都能钓到巴古斯，但是深水的巴古斯体形会更大一些。到底是资深钓鱼导游，分析起来头头是道。

正和阿尔西迪斯闲聊着钓鱼之道,他眼睛一瞟,说右边那支竿子有动作了,赶紧先把手放到竿把上,抬了头去看竿梢,说话间那竿梢又抖了两次。我知道根据巴古斯的习性,抖几次竿梢后一定会有个快速的猛扯,于是憋足了劲,就在竿梢突坠的同时出手起竿,泄力器一下子就尖叫起来,钓到了!从深水里起鱼就是不一样,尤其是体形大的鱼,一中钩后会拉着钓线在河底疾走,没有个两三分钟根本不能把它们扯到水面上来。而这两三分钟可以使人注意力高度集中,肾上腺素急剧分泌,给人带来强烈的愉悦感。一旦得手,又会给人带来欢欣的成就感,这就可以解释为什么会有那么多的人喜欢钓鱼,更可以解释为什么会有人喜欢钓鱼喜欢得疯疯癫癫。钩子上的鱼拉着钓线,有力地在水面上划过来划过去,几经努力,终于把它从河底拔了上来,阿尔西迪斯替我把它抄了上来,先拍照后放鱼。

风停了,阳光照在身上又热辣起来,刚才这么一溜鱼,感到浑身燥热,赶紧把带风帽的运动衣脱了,摆出一副大干一场的气势来。接下来的一个半小时里,我钓了

今天的巴古斯,真是钓过瘾了。

六条，阿尔西迪斯用手线也钓到四条，都是拿在手里沉甸甸的大巴古斯，我们留下最大的三条准备带回旅馆去交给厨房，其他的全部放生了。阿尔西迪斯说得一点没错，看来这两年巴拉圭河里的巴古斯确实旺发了。六年前我来这里时，要钓巴古斯还真不是很容易的事。

太阳渐渐偏西了，钓位下的巴古斯还在前赴后继地上钩。我突然觉得很失落，那是因为六年前我来巴拉圭河，可以很爽地和许多种鱼过招；而六年后我再回巴拉圭河，却只能在巴古斯这一种鱼上过把瘾，而且我这两天来一直都在用真饵钓鱼，路亚钓法几乎毫无建树。明天究竟要不要离开巴拉圭河北上，这让我很纠结。忽然想到阿尔西迪斯说的话，在旅馆附近，现在都可以钓到恶狗鱼吧！而钓恶狗鱼的首上之选，就是路亚钓法。我停了手，对阿尔西迪斯说，老兄，这个巴古斯钓够了，能不能换一个口味，我们到旅馆附近去用路亚钓一下恶狗鱼？或许我们在路亚恶狗鱼的时候还能钓到多拉多呢。阿尔西迪斯说当然可以，我们这就走吧。

钓位是在离旅馆不远的地方，那边上就是一座石头山，山脚以很陡峭的角度延伸到河里，并在河底形成了一个深潭。六年前的一个夜晚，阿尔西迪斯带着我就是在这个地方钓起了我的第一条虎皮鲇鱼苏鲁宾。这一段的水流比其他地方都要略微湍急一些，但是这也为路亚钓法提供了很大的便利。

我装了一个暗绿色的米诺，顺着水流一抖手腕打出去，然后逆着水流往回收。这样一来米诺可以在水流里停留更长的时间，而且泳姿也做得非常漂亮。这里的水深几乎达到十米，所以我很放心地选用了长压水板的深潜型米诺。几乎毫无悬念，第二竿打出去，收到将近一半时，突然收不动了，刚感到鱼的挣扎，那鱼就突然向深水里凶猛地扎下去。随着一连串吱吱的泄力声，竿尖毫不犹豫地插到了水里，这个动作称为插水，无论是海钓还是淡水钓，都是叫人梦寐以求的惊喜。这表示上钩的鱼如果不是特别大，那就是特别的强壮凶悍。上钩的这条鱼一个发劲，竟然逆水上冲，一下子钻到船底下去了，我刚把鱼竿从船头绕过去，它突然又转过身来，飞快地顺流直下，要不是我反应迅速再把钓竿从船头绕回来，很有可能这一下子就把钓线给绷断了。人鱼互搏之间，忽然竿梢一松，搞得我心往下一沉，以为鱼

这条恶狗鱼受伤太重,可能挂伤了动脉,估计放回去也不会活了。

已经脱钩而去,却在一刹那间从水面上蹦起一条银光耀眼的鱼来,是一条体长1米以上的恶狗鱼。看到它我心头一喜,第一说明鱼还在钩上,第二说明这鱼已是强弩之末,一般规律是鱼不到体力耗尽的程度,是不会轻易跳出水面洗腮的。三次洗腮后,鱼已经毫无反抗之力,很顺利地被拉到船舷边上,用鱼夹小心地提进舱里。我提起鱼来,阿尔西迪斯替我和鱼合影,平时我们一个住在空气里一个住在水里,要碰到一起照个相还真不是一件容易的事情。和恶狗鱼拍照,动作要快,这种鱼性格暴烈,气性很大,离开水稍微耽误久了,就会死去。拍完照片我马上将它放回水里去,它侧着身子有气无力地随水漂去,隔了好几秒钟才甩动尾巴,缓缓地向深水里扎进去。

刚放鱼归池,转个身,又是一条风风火火地咬上钩来,还是一条"米"级的恶狗鱼,一中钩就发飙,直到被提进船舱,还是狂蹦乱跳不已,把自己身上的鳞片擦得到处都是,还把身上的黏液,沾到鱼钳和我的裤子上。这种鱼的讨厌之处,就和国内的鲢鱼一样,钓到后会分泌出大量的黏液,把所到之处都搞得脏兮兮的。

六年前我在巴拉圭河钓到的恶狗鱼都不大,难得钓到一条"米"级的,就嘚瑟了好半天。可今天钓到的恶狗鱼,条条都在"米"级上下,钓一条放一条,我看了很开心。可是这种鱼很不受当地人待见,因为鱼刺太多,巴西人不会吃,所以把它归在垃圾鱼一类,渔夫捕到后都会叫声晦气,一丢了之。

不知不觉中日已西沉,已经记不清到底钓了多少条鱼,清一色的恶狗鱼,期待中的多拉多,却是一条也没有。我又失望又累,心想就此收手吧,就有点心不在焉起来,谁知碰到了一条特大的恶狗鱼,势大力沉,竟将钓线拉断,带着我的拟饵消失在巴拉圭河中,我也趁此歇手了。

日落西山,河面上金光万道,到了回家的时候了。我的心情很复杂,我把巴拉圭河称作我的最后天堂,六年过去,想不到这个天堂却凋零得如此迅速。我不

巴拉圭河上壮丽的日落,将使人永远魂牵梦萦。

知道巴拉圭河鱼类大量消失的原因是什么，也不知道多拉多们为什么一去不再回来，这到底是自然变迁的原因，还是人为造成的恶果？我不是鱼类学家，我只是一个爱钓鱼的乡巴佬，这些原因也许我永远也搞不明白，即使我搞明白了，又能怎么样呢？

　　再见了巴拉圭河，明天我就要走了，请接受我对你深深的祝福，等到哪一天黄金河虎多拉多回来了，等到哪一天苏鲁宾又会在你的激流中翻动着身子，我还会回来的！

天边的辛古河

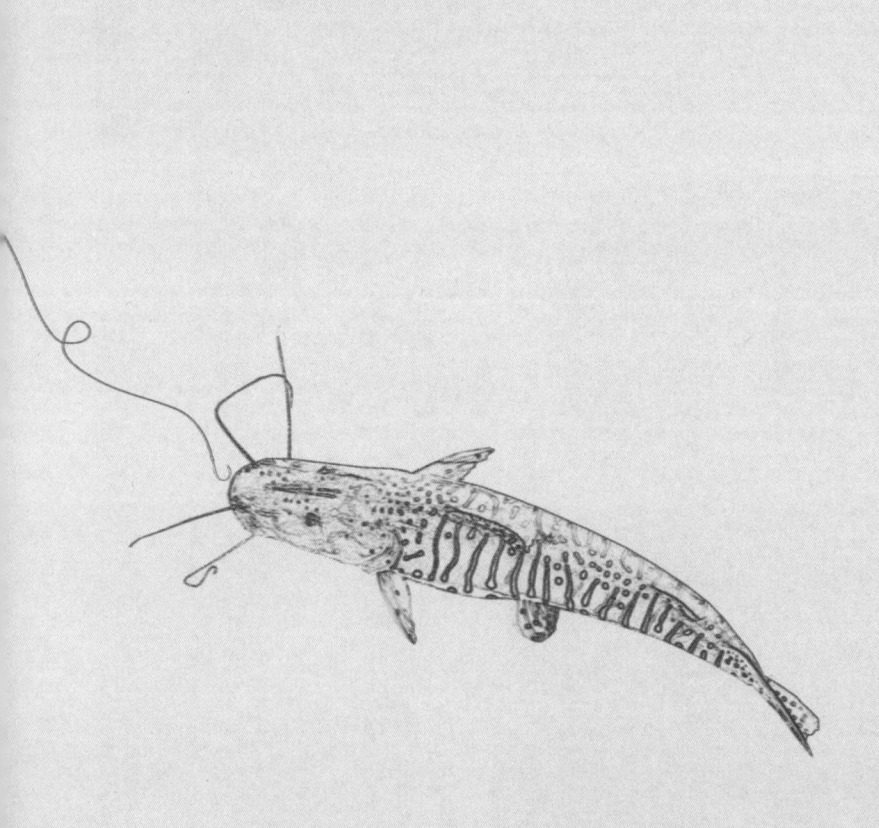

惜别哈伊梅先生

结束了巴拉圭河的钓鱼旅行,我准备向下一个既定目标辛古河进发了。在整个亚马孙流域里,它是我的第二个梦幻之地。

辛古河是亚马孙河最大的一条支流,说支流那是有点委屈它了,因为它本身就长达2400多公里。这条发源于马托格罗索高原的传奇河流一路上汇集了800多条说得上名字的支流,顺便也囊括了数不清的的无名小河与溪流,形成了面积达64万平方公里的流域。当它在帕拉州(Estado do para)的莫斯港和亚马孙河汇聚的时候,它的主河道几乎和亚马孙河一样宽阔。毫不过分地说,亚马孙河之所以伟大,辛古河至少做出了五分之一的贡献。

辛古河隶属于亚马孙河水系,它所拥有的鱼的种类和亚马孙河大致相同,但是它却有着许多自己特有的鱼种。比如说德拉伊龙,它是亚马孙河中德拉伊龙的近亲,却有着德拉伊龙望尘莫及的巨大身板。除了在辛古河,下一个能找到它们的地方却远在几千公里以外的南美国家苏里南,这就使这种迷人的鱼类蒙上了一层神秘的面纱。在我们钓鱼人的眼里,简直就是个遥不可及而无法抵挡的诱惑。

辛古河另一个使人深感神秘的地方,是这条河流的绝大部分流域都贯穿在印第安人保留区。这些热带雨林地区和外部没有道路可以通达,除了动用小型飞机,许多地方动辄就是机动船几天的

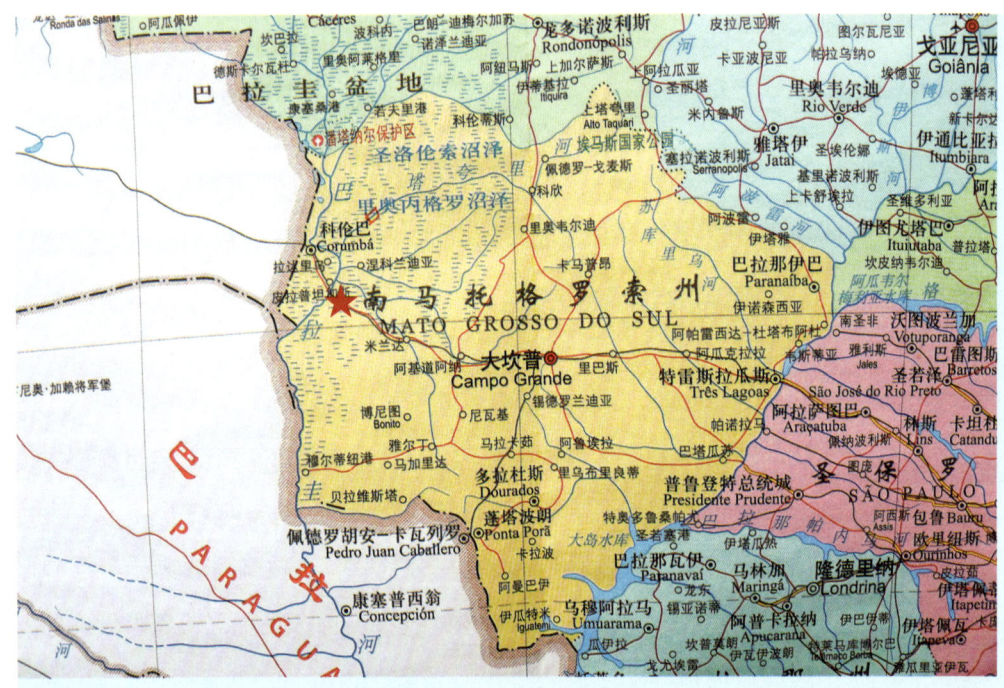

南马托格罗索州地图，★是我在巴拉圭河的钓鱼旅馆的位置。

马托格罗索州地图，★是我在辛谷河钓鱼住的农庄所在地。

航程。

我在各种网站上搜索,却很难找到在辛古河的钓鱼旅馆,只有在辛古河下游,正在建设中的伊泰普水电站上游有一个,是美国人开办的钓鱼旅馆。虽然从资料介绍上来看,是个很好的钓鱼所在地,价钱却令人生畏,但对于我来说,却是别无选择。

哈伊梅先生听说我要去伊泰普水电站,惊讶得张开嘴半天合不拢来,他说,你疯啦,你知道到那个地方有多远吗?我说我知道,在大坎普的长途汽车站我已经问过售票处,从大坎普到那里长途车要开四十一个小时。哈伊梅先生说辛古河地方大了去了,到哪里都可以钓鱼啊,你为什么非得去那么远的地方?我说没办法呀,我找来找去只找到这么一个地方啊!哈伊梅先生斩钉截铁地说不可能,你在我这里再多待一天,我让我手下的员工在巴西的网站替你查找,你就安下心来等我的消息吧。

下午,哈伊梅先生来找我,他说:"替你查找过了,辛古河下游除了伊泰普水电站附近那一家旅馆,倒是还有另外两家,实在太远啦,建议你不要去。辛古河中游全都贯穿在各个印第安保留区,基本上没有几家旅馆。有的话,也是印第安人开办的,条件很糟糕,吃印第安人的食物,晚上要睡吊床,估计你也受不了那种苦。再说了,要到那里去颇费周折,你的葡萄牙语又不好,你就死了这条心吧。幸运的是,辛古河上游倒有三家旅馆,都在我们上面的马托格罗索州。喏,网址都在这里,你自己去查看一下,选中哪一家你告诉我,我会直接替你跟他们联系。"

三家旅馆的资料看得我眼花缭乱,这三家都冠以辛古河的招牌,可见辛古河的魅力非同一般,真叫人难以取舍,最后选定了一家叫作 Pousada Xingu 的旅馆,因为他们的报价最实在。哈伊梅先生直接跟旅馆的老板米盖尔通了电话,听着他们用葡萄牙语叽里呱啦一通猛侃,看着哈伊梅先生一脸笑容,我就知道,有戏了,前途很美好。

我现在所在的潘塔纳,隶属于南马托格罗索州,马托格罗索州在它的上面,但要过去也得大费周章。我先要从哈伊梅先生的旅馆返回南马托格罗索州的州府大坎普,然后从大坎普坐九个小时的长途车去马托格罗索州的州府瓜亚巴,再从瓜亚巴坐十个小时的车去一个名字很绕口的叫作噶拿拉纳（Canarana）的小地方，那儿的旅馆老板米盖尔，约好了后天下午会在噶拿拉纳的车站等着接我。

回大坎普的还是半夜里的车，还是哈伊梅老先生亲自开车送我去的车站，时光回流，一切都跟六年前一样，唯一不同的是我们更老了。哈伊梅先生坚持要等到车来才肯回去，他和我一起站在路灯下，陷于重重的蚊群围攻之中。我拿着帽子不断地替他驱赶蚊子，心里感动得只想流泪，因为我自己知道，这也许是我这辈子最后一次巴西之旅。从今以后，我再也看不到这位令人尊敬的老人了，这位待人如此真心和热忱的绅士。把我们分开的，将是万水千山和几万公里的距离。

车终于来了，跟哈伊梅先生紧紧拥抱告别，我的眼泪再也克制不住地流了下来。老爷子，你自己保重吧，请不要忘记你在这世界上还有我这么一个中国朋友，只要上帝愿意，我们就还能有相见的一天。

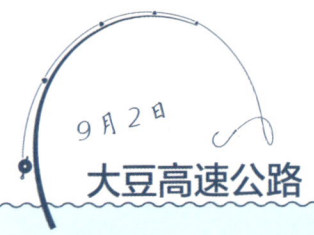

9月2日 大豆高速公路

在前面等着我的，将是26个小时车程的漫长旅途，这在任何人看来，都是一件辛苦和无奈的事情，但是我却觉得在异国旅行，其实是一种难得的经历和乐趣。我将置身于巴西的普通老百姓中间，在他们那辽阔的国土上穿行，饱览异国风光，品尝普通巴西人的饮食，和他们一样心情迫切地赶赴某地，那将是何等的快乐，何等的幸运。

我的旅途全程都将贯穿在巴西262国道上。262国道，被称作大豆高速公路（The soybean highway），它贯通了巴西的四个州。每天像流水一样的车辆满载着黄豆、木材、牛肉和矿石，运往帕拉州的亚马孙河深水港圣塔伦，在那里装上巨型海轮运往世界各地。值得一提的是，巴西出产的大豆，百分之四十出口到中国。你

天边的辛古河 221

大坎普新盖的长途汽车站,六年以前我第一次来时,车站很老旧。

从大坎普开往瓜亚巴的长途汽车,有没有注意到前面我那个红色的钓具包?

一路上看到最多的就是这种存放黄豆的储存罐。

大豆高速公路上专门用于运输黄豆的大卡车。

和我同乘一辆长途车的旅伴。

在途中一个休息站厕所里看到的招贴画,巴西人有巴西人的幽默。

每天喝的豆浆，原材料说不定就来自马托格罗索州的某一个阳光充沛的农场。262国道又是一个人间舞台，农夫、矿工、伐木工人和旅游客，警察、走私者、伐木盗贼和毒品贩子，每天都在这条公路上上演着一幕幕人间活剧，成就了这条公路繁荣和邪恶的传奇名声。

马托格罗索是巴西最大的农业产区，一路望去，公路两边都是望不到边的农田和庄园，这里主要出产两种蛋白质——植物蛋白，那就是大豆；动物蛋白，那就是牛肉。这两种蛋白质养活了巴西人，还养活了世界上的其他人口，马托格罗索州功不可没。

二十几个小时的车程难免单调，幸好有同车的巴西旅伴，才不至于闷得发慌。巴西人天生热情好客，他们血管里流的是拉丁人豪放而浪漫的血液，看到一个黄皮肤的异乡旅客，他们会主动过来跟我打招呼，慷慨地和我分享他们的旅途小吃。很快我就和左邻右座打成一片，葡萄牙语、西班牙语、英语，反正只要是拿得出来的单词，凑合起来用并不会妨碍我们愉快地谈天。我右座的乌里赛斯先生，是一个中学教师，他携带着自己的妻子前往帕拉州的马拉巴探望妹妹。他是一个马黛茶客，一路上不停地品着他的马黛茶。马黛茶是一种灌木的叶子，原产于阿根廷，是阿根廷人一天不可或缺的饮料。这种嗜好一个世纪前也传入了巴西，很多巴西人嗜之如

乌里赛斯先生专注地享受着他的马黛茶。

车站食堂里供应的自助餐。

命,这从乌里赛斯先生携带的茶具上就可以看出来。他的茶具是银制的,上面镂刻着精巧的图案,必不可少地还伴随着一个巨大的热水瓶,里面注满了开水。试问这世界上带着热水瓶旅行的,能有几人?把研成粗末子的马黛茶填满一茶壶,注入适量的开水,将下端打有细小过滤孔的银制吸管插入壶底,慢慢吮吸浸泡出来的浓绿色茶汁,脸上便露出无比陶醉的快乐神情。乌里赛斯看我好奇地给他拍照,就将茶壶递到我的手上,说你也来尝一下试试?我小心地吸了一口,好苦,味道和国内的苦丁茶有点相似,仔细品味又觉得不像,于是又深吸一口再品。结果车子一个颠簸,不小心却呛住了,顿时咳得我涕泪横流,乌里赛斯先生连忙替我拍背抚肩,大家都善意地笑成一团。

每到饭点,长途车都会开进一个比较大的城镇汽车站,这种车站里必定会有一个大型的食堂,用来给过往旅客填饱肚子。卖的一定是自助餐,内容大同小异,有几个沙拉,有几个热菜,无非是鸡肉、猪肉或是牛肉,然后就是米饭或者面包,考究点的还会有几个甜点。旅客按照自己的喜好装盘,最后去服务台上称重,按照重量付钱。这样一餐下来基本上花费二十到三十个巴西雷亚尔,相当于国内 60 到 90 元人民币,巴西的物价还是蛮高的。

终于,噶拿拉纳到了,正在等着拿行李时,突然有人搂住了我的肩膀,笑声朗朗:"是李先生吧,我一眼就认出你来了,我是米盖尔,欢迎你到噶拿拉纳来!"米盖尔是个胖胖的中年人,微微有点谢顶,看上去就是个脾气很好的人。他替我把行李搬上他那辆四轮驱动的越野车,说现在咱们先去吃个午餐,然后去超市买点东西,最要紧的我们还得去买钓鱼用的活饵。

这个噶拿拉纳是个很小的城镇,没想到却有个很像样子的钓具店,规模要超过当年我在亚马孙州的州府玛瑙斯见到的渔具店,可见这地方钓鱼爱好者还是挺多的。店主豪尔赫是个看上去很斯文的年轻人,长得很帅,他说他的渔具店开了好多年了,还是第一次有中国钓友光临。米盖尔接过话头说可不是,我的钓鱼旅馆也开办十多年了,还是第一次有中国的渔友跑来钓鱼。在店里买东西的本地钓友也上来跟我握手,搞得我真有点受宠若惊。

我和豪尔赫、米盖尔先生在豪尔赫的钓具店里。

豪尔赫挂在店里墙上的战利品。

竹子做的钓竿,看到它觉得很亲切。

　　豪尔赫的钓具店是个很有看头的地方,柜台后面的墙上,排列着一溜鱼头标本,能辨认得出来的,有夏乌、苏鲁宾(当地的称呼叫作嘎夏拉 Cachara),亚马孙流域最大的鲇鱼比拉伊巴、比拉拉达(红尾猫)、黑食人鱼和大型恶狗鱼嘎秋拉:"还有两个我一下子辨认不出来。豪尔赫说:"李先生你好眼力,你所辨认出来的,都是我们当地出产的鱼类,你辨认不出来的,正好是我在外省钓获的。你看,这个是海象鱼比拉鲁库,是我在帕拉州的印第安保留区钓获的。那一个是黄金河虎多拉多,是我在潘塔纳的巴拉圭河钓获的。这墙上所有的鱼都是我自己钓到的,标本也是我自己动手制作的,其中那条最大的比拉伊巴重 61 公斤,是 2010 年在辛古河钓到的。"他看我一脸的神往和羡慕,说:"李先生,可惜你来的时间不对,现在是枯水期，大型的比拉伊巴和红尾猫现在都跑到辛古河的中游去了，要到 12 月雨季涨水的时候才会回来。现在这个时段，如果你运气好，也会钓到它们，不过都不会很大，很少会有超过 5 公斤的。"米盖尔说："李先生，但是现在这个枯水期却是辛古河最好的钓鱼季节，除了大型的比拉伊巴和红尾猫，其他的什么鱼你都能钓到。"这话给了我很大的安慰和希望。

在豪尔赫的渔具店里，我看到了许多富有当地特色的钓具，出乎意料的是我居然看到了竹子制作的钓竿，这东西我太熟悉了，我年轻时刚学钓鱼，用的就是这个玩意儿。不过巴西人还没有精明到把竹子钓竿做成接插式的，他们使用的是整根竹子做成的鱼竿，携带起来非常不方便。但是这种整根竹子的钓竿钓力却是强悍无比，豪尔赫说只要钓线能挺得住，这样的钓竿钓 30 公斤的鱼不在话下。这话我信。

临走时我们在豪尔赫的渔具店里买了活饵，活饵的品种有五六种，但是米盖尔只买了十打图维拉，用一个水桶装起来，他说其他的钓饵我们自己可以解决，再配合上路亚，你玩一个星期毫无问题。我很疑惑，难道说当地竟然也有图维拉出产吗？豪尔赫说："哪里呀，这些都是从潘塔纳那边运过来的，所以价钱贵了一点，李先生你不要在意。"想要买点万能饵，那种巴西特有的巨大蚯蚓，可断货了。

从噶拿拉纳到米盖尔的旅馆还有一百多公里路程，一离开城镇，就进入了乡间

米盖尔先生的四轮驱动越野车，我们在途中停下来休息。

米盖尔先生的农庄入口处。

的土路。巴西的乡间都是红土，暗红色的土地配上绿得妖艳的雨林，巴西风味特浓。到车程的最后几十公里，已经是渺无人烟，也看不到任何村庄农舍，土路两边都是浓密得叫人提心吊胆的雨林，真想不明白米盖尔先生为什么会住在这种远离人世的地方。米盖尔先生说已经很不错啦，他现在的这个庄园，是他那已经去世的老爸五十年前买下来的，那时候连小路都没有一条，最后那通往农庄的十几公里路，得坐在牛车上慢慢在土路上往里蹭。这一路上好一阵颠簸，赶到米盖尔先生的庄园时已近傍晚，丢下行李先直奔船码头去看河。看到了河流说实话有点失望，才那么小一条河呀! 看惯了亚马孙河和巴拉圭河的壮阔，把眼睛都撑大了，回头再来看这条辛古河，显得相对迷你，心里就有点嘟嘟囔囔，这么袖珍的河里会有大鱼吗? 再想到米盖尔先生放在他网站上的那些渔获的照片，始终有点半信半疑。

晚上，在灯光下打开巴西地图仔细查找，才确定了米盖尔农庄的具体位置，原来旁边的这条河叫作古鲁艾尼河（Rio Curueni），当地人也把它叫作辛古河（Rio

米盖尔先生旅馆的船码头。

旅馆里的钓鱼船。

Xingu),其实它是辛古河的上游,叫它辛古河也未尝不可。沿着这条河往下游走,在一百多公里处和另一条河流汇合,从那里开始才叫作辛古河,巴西地图上就是这么标示的。

临睡前才想起来,今天是自己的生日,没有遗憾,这个生日我过得非常有意义,是我六十几个生日中最快乐的一个。

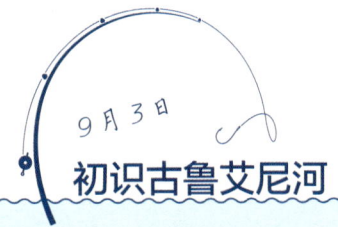

9月3日 初识古鲁艾尼河

一大清早我就醒来了,静静地躺在床上欣赏农庄里的晨间音乐:牛群在牛栏里骚动,发出低沉的哞哞声,提醒着主人是时候放它们去牧场上吃草了;母鸡发出急促的咯咯声,在土堆上用爪子扒地,想找点什么东西来做早餐,围在它们周围的,是像绒球一样滚动、活泼地唧唧叫着的小鸡仔;再往外面是一群食火鸡,迈着做作的庄严步伐,装腔作势地发出一连串咕噜咕噜的喉音;三匹骏马在马厩里不耐烦地用蹄子刨地,不时哝哝地嘶叫上一嗓子,好像在说:这么好的早上还把我们关在马厩里,好憋屈啊!

米盖尔的太太已经在厨房里忙开了,她是一个话不多的好女人,不大会说西班牙语,所以跟我说话时显得有些腼腆。她说:"先生,早餐马上就做好了,您先喝杯咖啡吧。"我端着一杯咖啡,踱出庄园的大厅,大厅的门外就是一大片坡地,坡地上绿草如茵,绿地中间耸立着十几棵高大的野棉花树。正值果实成熟期,从暴绽开来的果荚里飞舞出来的野棉花絮,在周围的地面堆成蓬松的白色,这种野棉花絮,印第安人是用来做吹箭后面的飞羽的。

远远看到坡地上有人骑着摩托车慢慢地往这边驶来,这么一大早的,就有客人来了?米盖尔先生也起床了,抬头一看就说:"哦,是项尼斯,他就是你的导游,这小子不住在庄园里,他家离这里有十几公里路,倒宁愿每天骑了摩托车来来回回。"他说着笑了起来:"他刚结婚半年,你懂的。"

项尼斯过来跟我们一起吃早餐,这是个瘦瘦小小的小伙子,看上去颇为精干,他一开口我就喜欢上他了。我在许多地方钓过鱼,也跟很多导游打过交道,他们要不恭敬地称我先生,要不就很正式地称我李先生,等混熟了,也会改口叫我李。只有这个项尼斯,他口口声声叫我蒂奥(tio),在葡萄牙语和西班牙语里,TIO 就是叔叔伯伯或者舅舅的意思,这种叫法使人觉得很亲切,好像我们就是一家子一样。米盖尔说你不要看这小子嘴巴甜,钓鱼还贼精,因为他多少还会说西班牙语,所以我特地把他派给你做导游。我看就我们几个加上米盖尔太太和他们一男一女两个小孩在吃早餐,就问米盖尔怎么就我一个钓客啊?米盖尔说明天和后天都只有你一个客人,但是大后天要从圣保罗过来一个钓鱼团,十七个人,哎,够我太太忙的了。

吃完早餐,项尼斯说蒂奥,把你的钓具都拿出来给我看看。我把我所有的钓竿钓具和配件全部搬出来,一样一样地摊在餐桌上。项尼斯把我的东西分成两堆,说这一堆能用,那一堆在这里都派不上用处。他说的不能用的东西,基本上就是我在国内钓淡水的钓具,尤其是那两根手竿,他好奇地把手竿抽出来,拿在手里翻来覆去地看了半天,搞不懂这么纤细而柔软的钓竿怎么个用法。然后又对我那些钓鲫鱼的鱼钩嗤之以鼻,说除了钓巴古斯,一个都派不上用场。我们一起拿了桶子去库房里拿活饵图维拉,他问我你买那么多图维拉干什么,我说这是你们老板米盖尔叫我买的。项尼斯挠着脖子,露出不以为然的样子,说在我们这里钓鱼,图维拉不大好使呢,老板应当多买些隆巴里才对啊。他说的那个隆巴里,是一种银色的小型鱼类,长得有点类似小鳊鱼或者鳑鲏,最大的才两寸来长,一般的大小都在一寸出头点,在

图维拉,巴西淡水钓的常用活饵,有点类似于泥鳅。

巴拉圭河称作美亚阿瓜，因为死亡率太高，卖活饵的老板都不喜欢做这个生意。在噶拿拉纳镇上豪尔赫的渔具店里倒是有的卖，可谁知道……项尼斯用抄网捞了十几条图维拉，说多带几个路亚假饵，我们慢慢看着办吧。

我们来到码头上，在钓鱼艇里坐定，项尼斯问我："蒂奥，你今天想钓什么鱼呢？"这个问题我早就想好了，早上在餐桌上，边吃早餐边和米盖尔谈起他网站上提到的那些鱼种，其中我在亚马孙河、巴拉圭河都从没有钓到过的，有外号阿拉圭亚鱼雷的碧库达（Bicuda），外号红尾猫的巨鲇比拉拉达（Pirarara），以及亚马孙水系最大的鲇鱼比拉伊巴（Piraiba），这几种鱼我将它们列为此行第一优先，处于第二优先的是我以前曾经钓到过但是钓得很不过瘾的鱼种，包括我追了好多年最后在巴拉圭河只钓到过一条的虎皮鲇苏鲁宾（此地称为嘎夏拉 Cachara）；大型的恶狗鱼嘎秋拉（Cachorra，也叫巴亚拉，外号大龅牙，2011 年我在哥伦比亚的奥里诺科河钓到过一条；还有我 2006 年在亚马孙河和 2011 年在哥伦比亚的奥里诺科河

比拉拉达，国内称作红尾猫，是亚马孙流域的一种大型鲇鱼，最高钓获纪录 72 公斤。它的幼鱼颜色鲜艳，可作观赏鱼饲养。

比拉伊巴，亚马孙水系最大型的梦幻巨鲇，也叫费洛丹，中文名叫撒旦鸭嘴鲇。最高钓获纪录为 2.7 米、171 公斤。去了南美洲三次，都未能钓获，只能在图片上过过眼瘾了。

钓到过的淡水黄花鱼贝斯嘎达,此地的名字叫作柯维纳(Corvina),在那两条大河里,我钓到的淡水黄花鱼只有半磅到一磅重,可是在辛古河,淡水黄花鱼可以长到12公斤,真令人神往啊!至于其他鱼种,大叔我不挑剔,有什么钓什么,多多益善,来者不拒。所以我脱口而出,说今天我们就去钓碧库达和大龅牙巴亚拉吧,有没有什么问题?项尼斯说没问题,咱们说走就走!

第一天我们顺着河道往下游走,这才看清楚了这古鲁艾尼河是怎么回事。

但凡河流的上游,都在地势比较高的高地上,河的宽度并不会很大,但是由于水往低处流,河水一定会有相当的流速,古鲁艾尼河也是这样,站在船头向下游看,可以很明显地看出地势在往下倾斜,现在是枯水期,水很清,但流速很快,在一些倾斜度更大的河段,水流更为湍急,大白天都可以听到哗哗的流水声。项尼斯告诉我,等到了雨季,河水会暴涨七米以上,河面宽度会有一公里,有些地方会宽达两公里,河水也会变得浑浊,夹杂着上游冲下来的枯枝断树,钓鱼会变得非常困难,但是雨季由于河水变深,大型鱼种逆流而上,在古鲁艾尼河可以钓到50公斤以上的大型鱼类,这个说法跟钓具店老板豪尔赫说的不谋而合。河的两岸,都是浓绿的热带雨林,就像两道绿色的围墙,很多时候,我都觉得我们是在一条绿色的高速公路上行车。

这地方看起来比我以前去过的地方都要偏远,因此野生动物极多。站在河边浅滩上的禽类种数繁多,也不怕人,我们的小艇从它们边上开过,它们只是傻傻地看着我们,只要不是太靠近,它们甚至都懒得飞起来。南美短吻鳄,当地人叫作夏嘎莱,看似懒洋洋地趴在沙洲上,其实鬼得很,看我们的船过来了,立刻潜入水底不见了。时常会看到各种动物来水边喝水和觅食,见得最多的是水豚,猛一看就像是只巨大的老鼠,这话说得没错,它们确实是世界上最大的啮齿类动物,可以长到40公斤以上,以食用水生植物和树梢的嫩芽为生,本身又是美洲豹最喜欢的猎食对象。美洲貘,南美洲特有的食草动物,长得滚滚壮,皮毛油光水滑,身材像猪,体重可达300公斤,可又长了一个灵活的长鼻子,几千年来都是印第安人狩猎的首要目标,猎到一头就够整个部族饱餐一顿了。在沙洲上行动最迟缓的是乌龟和食蚁兽,把船停在水边看他们蹒跚地逃离也是一种乐趣。

古鲁艾尼河岸边的热带雨林。

水豚,世界上最大的啮齿动物。

南美貘,体形庞大的食草动物,看上去浑身是肉。

半小时后，项尼斯把船停在一个水流稍缓的河段，抛下了锚，按照经验，水流稍缓的河段一般水都会深一点，试了一下水深，果然有 6 米左右，用一根接插抛竿，装了一条活蹦乱跳的图维拉，先试一下沉底钓。既然项尼斯叫我蒂奥，那么按照当地的习俗，顺理成章地叫他索布里诺（Sobrinho），葡萄牙语和西班牙语里侄子或者外甥的意思。我问他："大侄子啊，这段河里，我们能钓到什么鱼呢？"项尼斯说："这一段河里红尾猫特别多，我以前有带客人在这里钓到过 40 公斤的怪物，不过现在是枯水期，能钓到 3 公斤的就要偷笑了。还有啊，这一段河里碧库达也不少，如果天气晴好的早晨，你可以看到它们像鱼雷一样飞速地在水面上掠食小鱼呢。"

可是一个小时过去了，活饵换了两次，却连一个咬口也没有，水面上也很平静，没有鱼活动的样子。没有理由啊，天气这么好，难道是这河里真的没鱼吗？收回钓组查看，那条图维拉已经没有什么活性了，于是再换了一条。打出去刚几秒钟，竿尖突然一个大闪，这下有戏了，赶忙将竿尖下压，放松钓线的张力。只等了半秒钟，唰地一下竿梢就被重重地拉下去了。右手条件反射地起竿，很重，似乎是钩到东西了，左手赶忙跟上去收线，刚摇了五六圈，水面上就有一条鱼跳了起来，银亮银亮的，一边跃起一边甩头，很标准的洗鳃动作，尺寸还真不小，项尼斯大叫道：碧库达！伸手就去拿抄网。说话间那条鱼又在空中做了两次洗鳃，这使我产生了想把它洗鳃动作拍下来的冲动，于是右手持竿，左手伸过去拿相机，项尼斯见状赶紧丢了抄网，一把拿过钓竿说我帮你拿着，你快点拍照！我不知道这小家伙有没有控鱼的本事，这可是我在古鲁艾尼河的第一条开竿鱼，还是我生平钓到的第一条碧库达，要是被他搞丢了，那可不是个好兆头。可是竿子已经被他抢在手里，也就容不得我多想，赶紧打开相机，调到速度先决模式对准河面，可是那条碧库达不肯再跳，反而潜到深水里去了。等了两秒钟不见出来，我就说大侄子你拉它一下！项尼斯迟疑着不敢拉，看来也有怕拉掉了的顾虑，我说你尽管拉，拉掉了算我的！其实我已经感觉到那条鱼已经是力道大减，而我的卷线器上是拉力 30 磅的新 PE 线，钩大竿粗，我有恃无恐。项尼斯壮着胆子猛拉一下，哗地一下那家伙果然又蹦了起来，我眼疾手快一按快门，成了！项尼斯赶紧把竿子交到我手里，俯身再次操起抄网，就在我缓缓地将鱼拖过来时,迎头一抄,终于大功告成。

鱼一抄到船舱里,我这才有点后怕了,比在水里看时大得多,一米都出了头,刚才那一下子真的太莽撞了一点,不过再看看鱼钩在鱼嘴里扎扎实实的位置,庆幸实在是有惊无险。

把鱼捧在手里让项尼斯拍照,心里那个快乐真是无法形容——第一,开竿就来条大鱼,还是我从未钓到过的新鱼种,运气太好了,这说明古鲁艾尼河有鱼,而且有大鱼。第二,米盖尔说项尼斯这小子钓鱼贼精,看来此言不虚,他说了这一段河里出碧库达,我果然就钓到碧库达了,说明这个小导游有两把刷子。第三,我看项尼斯替我拍照时不像生手,取景和按快门的时机拿捏得都不错,接下来的几天里,我的钓鱼照都要拜托他来操持,这点对我来说尤为重要。

把鱼捧在手里,摆出各种 pose 来拍了个心

开竿就来条大碧库达,看来这古鲁艾尼河真是藏龙卧虎啊。

满意足,这才用退钩钳取掉鱼钩,把鱼放生。其实放生鱼并不是把鱼往水里一丢了事,尤其是大鱼,被你钓上来时已经是挣扎得精疲力竭,再捧到手里拍照啊骚包啊,更是弄得奄奄一息,把它玩完了,随手往水里一扔,它这口气可能就此回不过来,存活率不会超过百分之四十,这是我在巴拉圭河钓鱼时,我那个导游阿尔西迪斯告诉我的。正确的做法是,一只手抓住鱼尾巴,另一只手托在它的腹下,放在水里慢慢地来回拖动,让水流从鱼的鳃部不断流过,一直拖到看见鱼的鳃部能够自己开合,松掉抓住鱼尾的手,让它自己从你手里慢慢游走,这才算是功德圆满。一条大鱼被你从深水里钓出来,会带给你多少兴奋和刺激,你乐完了,多花个几分钟给它一条生路,我想每个真正的钓鱼人都愿意吧。

自从这条大鱼被钓获后,我又回到了无穷的等待之中,竿梢始终安静不动,连食人鱼比拉尼亚都懒得来咬一口。其间项尼斯多次转移钓点,但并不奏效。在世界的各条大河上,我已经和很多导游打过交道,一个导游好不好,是不是称职,肯不肯频繁地移动钓位,主动地寻找战机是其中一个衡量指标,因为移动钓位是一件很累人的事情。一个船锚往往重达三四十公斤,把锚从船舱里提出来抛入河中已经是个力气活,收锚则更累人,全靠两臂的膂力一把一把地往上提这个铁家伙,碰到不巧,铁锚被卡在河底的大石块缝隙中,用尽全身的力气也拔不起来,甚至要发动引擎,用人的力气加上螺旋桨的力量来拔河。这种事情往往钓客也帮不上忙,因为船舱窄小,你上去帮忙反而显得碍手碍脚,只能坐在一边袖手旁观。所以懒的导游和老油条导游往往一屁股坐下就不肯挪窝,至于钓客能不能钓到鱼关他屁事。肯频繁移动钓位的,都是很负责和肯为客人着想的导游。这点上,我觉得这个项尼斯就很称职,很多时候不等我开口,他就会说:"蒂奥,换个地方吧,这地方没鱼!"

一个上午就这么飞快地过去了,一转眼已经到了11点半,项尼斯说蒂奥我们回家吧,午餐时间是12点钟呢。

吃过午饭,和米盖尔聊了一会天,我回到房间去小睡一下,项尼斯说蒂奥你去睡吧,到2点钟我会来叫醒你的。

下午我们换了一个地方。古鲁艾尼河是一条直来直去的河流,很少有支流,说换地方其实就是把船开得更远一点。这个地方河面要宽一点，流速比上午我们钓的地方要大一些。一下钩就来了咬口，拖得很厉害，起竿却没鱼，看鱼钩上的图维拉，只剩了一个脑袋，我就明白，碰到食人鱼比拉尼亚了。一个上午没有什么咬口，也没有比拉尼亚闹钩，这有点不正常，按理不要说是亚马孙水系，整个南美洲的河流里，到处都有比拉尼亚的踪迹，严重的时候不论你怎么换地方，都躲不开它们的纠缠。所以上午我以为辛古河里的比拉尼亚很少，可见我是想错了。比拉尼亚鱼体虽小，一般来说都不会超过半斤，通常的体重都在二三两上下，可是咬钩生猛，而且像流寇一样集群作战。一根好端端的防咬线，只用二十分钟，它就有本事给你咬个七弯八扭，比它脑袋小不了多少的鱼钩，它都有本事给吞到嘴里去。在国内钓鱼，最怕碰上小猫鱼，而在南美洲，最烦人的就是这个比拉尼亚。

在南美的河流里钓鱼钓久了，就有了诀窍，其实比拉尼亚并不难钓，只要竿梢持续抖动，不要等它拉弯，一有动静马上起竿，就有一半机会将它们钓上来。

比拉尼亚不断地上钩，为它们解钩也实在是件辛苦的事情。它们的牙齿锋利得就像刀片一样，被拉上来时会疯狂地向四周乱咬一气，一不小心被它们咬上一口，轻则鲜血横流，重则瞬间被咬掉一块肉，所以必须先用脚踩住，然后用毛巾裹住拿起来，再用退钩钳退出鱼钩。辛古河的比拉尼亚和其他河流里的比拉尼亚长得有点不同，鳃部是明亮的黄色，身体银白，凶狠程度不下于它在其他河流的近亲。

辛古河的食人鱼比拉尼亚，颜色很特殊。

在南美洲的任何河流里，都有这种狂暴的鱼类，把它们比喻为冬天里的西伯利亚饿狼是一点都没有冤枉它们，因为它们好像永远处于饥饿状态，看到任何活的东西，都想冲上去咬一块肉下来。它们的牙齿锐利得就如一把把匕首，为此鱼类学家甚至把它们称作剃刀鱼。这种鱼对猎物的攻击可以用千刀万剐来形容。当一群食人鱼围住它们的猎物时，第一批冲上去狠咬一口，用剧烈的翻滚把肉切下来，马上退出，让位给第二梯队，第二批咬到肉后，立刻让位给下一批等候者。如此火速地轮番攻击，受害者几乎没有逃脱的机会。有记载说它们可以在二十分钟内，将一头落水的小牛咬成一具白骨，真令人毛骨悚然。

连续换了好几个钓位，始终躲不开比拉尼亚的截掠，真钓得有点不耐烦了，就跟它们玩起了恶作剧，钓到比拉尼亚不再丢回水里，就扔在船头的平台上，随它们去蹦蹦跳跳，如果一下子跳回水里去，算它们运气好，跳了半天还跳不回水里去的笨蛋，就让它们晒晒太阳，什么时候想到要发慈悲了，再把奄奄一息的笨家伙们一一扔进水里去。

竿梢又被拖弯了，心里骂了一句：又是他妈的食人鱼！随手起了一下竿，但马上觉得不对，竟然抬不起竿来，拉力却奇大，一下子把泄力器给拉开了。哎，这个就有意思了！你来我往间，就看到水面上打出一个大水花，鱼还没有露面，但是隐约看见水面下有个白亮的身形一闪。"好像是柯维纳！"项尼斯说着，也拿了抄网站起来。我心中一凛，想了那么久的猎物，这么快就来了？决不能让它跑了！分外小心地收着线，直到项尼斯一网把它抄上船来，悬着的心才终于放下，接着而来的，是无法形容的狂喜，真的是柯维纳，好大一条，足有 3 公斤出头，它全身弯成一个圈，把钓竿扯得像个箍一样。第一天就钓到柯维纳，运气真不是一点点好。2006 年我第一次去亚马孙河钓到过，2011 年在哥伦比亚的奥里诺科河也钓到过，那两个地方都把它叫作 Pescada，不过那都是一磅多点的小家伙。早就知道辛古河的柯维纳身板了得，没想到第一条就钓得那么大。

有人看到柯维纳的照片，疑惑地说哎呀这不是海里的大黄花鱼吗？恭喜你，你答对了！这故事可能会有两个版本。第一个版本是，几千万年前，整个南美大陆还沉在海底下，可是有一天地壳运动，海底上升变成了陆地，南美洲出现了。随着降雨和地下水的加入，原先的海底被大大小小的湖泊和河流所取代。被困在陆地河湖里的海鱼面临两个选择，要不就是不适应海水的渐渐淡化，慢慢就灭绝了，而有些鱼类深谙与时俱进之道，强迫自己渐渐适应淡水环境，到后来觉得在淡水世界也很好混，混着混着就混成了淡水里的强势鱼种，比如说淡水鲨鱼和淡水鳐鱼，也包括我们的淡水大黄花鱼。第二个版本是：地球形成的中期，接连下了几百年的雨，那时候的地球完全就是个水世界，无论是海是河都是淡水，鱼的祖先随遇而安，游到哪里算哪里，想不到地球后来稳定了下来，海洋的水分不断蒸发，变成了咸水，这下就轮到海洋里的鱼类来痛苦地适应咸水了。这两个版本我倾向前一个，因为无论如何，咸水里的鱼的种类都要多过淡水，更何况当地球变成水世界的时候，恐怕连鱼类都还没有诞生呢。

项尼斯看到我那副欣喜若狂的样子，说："蒂奥，这条柯维纳不算大啦，这河里

我的第一条柯维纳，真叫人欣喜若狂。

米盖尔太太做的油炸大黄鱼,配啤酒一级棒,赞!

有大到十几公斤的柯维纳呢。其实用图维拉来钓柯维纳并不是太好,它们并不太喜欢吃图维拉,只是偶尔吃一下换换胃口,所以今天只能算是运气好。钓柯维纳最好的钓饵是隆巴里,活的最好,死的也能用。虽然什么鱼都肯吃图维拉,可是太招比拉尼亚。"

想想还真是那样,我们出门时带了二十几条图维拉,已经被食人鱼咬得只剩没几条了。我说:"要不晚上回家的时候给你老板说一下,叫他什么时候再去嘎拿拉纳的时候替我买个一百条隆巴里,顺便再看看那个大蚯蚓有没有到货,到的话也替我捎上一点。"项尼斯说:"这不行,隆巴里这东西远不及图维拉皮实,这么一百公里的土路晃荡下来都会死。蒂奥,没关系,我们明天自己去抓隆巴里,我知道有个地方隆巴里特别多。"

我心想再试试运气,搞不好剩下的几条图维拉还能整条柯维纳上来,可是时间很快就到了五点半,剩下的图维拉都被比拉尼亚啃光了。我就说大侄子咱们回家吧,明天啥也不干了,先去抓隆巴里,就钓一天的柯维纳,钓他一条十几公斤的上来!

柯维纳的肉极其美味,所以我一旦钓到柯维纳是从来不放生的。晚上米盖尔太太就用我钓到的那条柯维纳做了油炸大黄鱼块,跟我想象的不一样,这么大的鱼,可它的肉并不老,吃在嘴里很滑嫩,我们几个就着油炸大黄鱼喝了一顿啤酒。

9月4日
河不可貌相

钓鱼心切,5点刚过就醒过来了,几十年的钓鱼生涯造就了体内的生物钟,几乎用不着闹钟来提醒。

吃了早餐,眼巴巴地等项尼斯那小子来上班,可是一直等到 7 点都过了,那小子才开着他那辆拉风的摩托车来农庄。我就有点不高兴了,心想这拉丁人一点时间观念都没有。可是项尼斯说蒂奥,早去没用,现在出发正好啊。他到仓库里去七翻八翻,翻出一具旋网来,一检查,上面有两个破洞,于是又找出梭子和尼龙线慢条斯理地补起网来,看得我心急如焚,真恨不得上去在他屁股上踢一脚。

好不容易把那个破网给补好,赶紧把所有的钓具都搬上船,我们终于出发了。今天我们并没有顺着河流往下走,而是逆河而上,穿过一座很破旧的大铁桥,一直往上游开了二十几分钟。项尼斯突然把小艇靠上河边,用绳子把小艇在树干上系牢,拿了旋网,提上一个塑料桶,说蒂奥你跟我来!我说那钓具和照相机咋办?项尼斯说放心啦,就放船里,我们这里从来不会丢失东西的。河岸很陡峭,而且是很松软的沙土地,踏上一步滑下来半步,还没有走多远,汗就下来了。

爬上河岸就进入了雨林,而且地势还在逐渐升高。头顶上的树冠遮天盖地,外面太阳虽然已经升了一竿子高,雨林里却是光线暗淡,怪不得这小子来得这么迟,要是来早了,那肯定连脚下的路都看不清楚。地下是很厚的落叶,踩上去松松软软,越走越害怕,不知道这些枯叶下有没有藏着蛇或者什么毒虫。项尼斯好像知道我心里在想些什么,说蒂奥,你跟着我的脚印走。我问他:"大侄子,这林子里有没有什么野兽?"他说有啊,说了一连串动物的名字,我都不甚了了。最后听到他说到翁萨,吓了我一大跳,那不是豹子吗?你小子怎么早点不说,你要早说我就不跟你进林子来了!硬着头皮跟在后面走,地面慢慢地泥泞起来,到后来干脆脱了鞋袜,提在手里前行。项尼斯双手分开密密层层的树枝藤条,眼前突然出现了一个宁静的小湖,有两个足球场那么大,四周环绕着浓绿的雨林,真不知道这高地上怎么会有这么一个大水洼子。项尼斯从旁边的树丛里拽出一条小船来推进水里,说蒂奥,你来划船我来撒网。

我的天,我这辈子还没有见过这么破烂的东西!船帮子被虫子蛀得到处都是洞,看上去用手轻轻一掰就可以掰一块下来,怕它散了架,还用根铁丝箍起来。最可怕的是眼睛可以看到船底有水慢慢地渗进来，每划十几次桨，必须停下来斛一下水。船又小，长才三米不到，项尼斯在船头每撒一下网，动作一大，我的心都要跟着一颤，不知道什么时候这破船就沉了。

撒了四次网，啥都没有，往上拉第五网时，项尼斯就兴高采烈地叫起来：蒂奥，有三条隆巴里！我伸头一看，有一条一寸半长的是美亚阿瓜，其他两条小鱼都是别的品种，原来隆巴里并不专指美亚阿瓜，这里的人把什么小鱼都统称为隆巴里。沿着小湖提心吊胆地绕了一圈又一圈，撒了一网又一网，终于凑齐了七八十条小鱼，品种很杂，有美亚阿瓜，有小罗非鱼，有弗拉明戈，还有叫不上名字来的小鱼。项尼斯很满意，说这些都能用。奇怪的是这湖里就是没大鱼，最大的还没有半个手掌大，都是做活饵最好的个头。一看表，差不多快10点半了，整个上午用来钓鱼的时间只剩一个多小时了。

项尼斯驾船来到一个河流拐弯的地方，在上游抛了锚，这地方地势明显地往下倾，加上又是拐弯处，水流很急，河中间的水流已经泛白花了。他说这种地方是柯维纳最爱的聚集地，今天我们有隆巴里在手，肯定能钓到大柯维纳。

我在准备钓组的时候，项尼斯问我说："蒂奥，我可不可以跟你一起钓鱼？"我说那还用问，当然可以啦。他就很开心地拿出一板手线，装上一条隆巴里，甩着甩着先我下钩了。我问项尼斯，我说这个柯维纳，它是在水体的下层咬钩呢，还是在水的中层咬钩？他说是在贴近河底的地方最多，中层也有，但很少到水面上来，这样一说我心里就有底了。用了一根接插型抛竿，大拇指压扁这样大小的鱼钩，接上40厘米的防咬线，防咬线上部结一个八字环，八字环上连接拉力20磅的PE线，母线上穿一个中型通心铅垂，上活饵时我犹豫了半天，这个隆巴里活饵实在太小了一点，如果按照传统的穿法钩饵鱼的鼻子，那么粗的钩条一下子就把饵鱼的鼻子钩豁了，往里钩一点吧，又容易钩到鱼的脑子，这样饵鱼会死得很快，想下来只有钩它的背部了。

钓组一下水，就被湍急的水流带着往前疾走，在二十米开外沉入水底，收掉余线，把鱼竿搁在船舷边上，按老规矩，一切停当后先点上一支烟，才吸了没几口，就

项尼斯用手线钓到的柯维纳,小子有两下子。

看见项尼斯右臂猛地往身后一拽,接着就没戏了。我问他怎么回事,是不是咬钩了?他说绝对是,可惜没拉到。我说你形容一下,这个柯维纳是怎么咬钩的?他说咬钩很轻,是连续的点动状,点着点着会有点力度地往下一沉,这时候起竿是最有把握的,一旦错失了这个良机,它就一去不回头了。他换了一条饵鱼,甩了几圈又将手线抛了出去,钩子一沉底,鱼线还没有收直,我眼看着他右手又是一个猛挥,线一下子就直了,看样子是有鱼上钩了!这小子两手收得飞快,根本没有遛鱼这一说,仗着钩大线粗,一下子就把那条鱼收到船舱里来了。是条柯维纳,两公斤开外,在舱底拼了命地扑腾。真叫人着急,瞧瞧人家用手线都钓上鱼来了,你的正规武器怎么就颗粒无收呢?

可是急也没用,不咬就是不咬,本来就是钩条大饵鱼小,穿在钩上对饵鱼的伤害很大,加上水的流速高,对饵鱼的冲击力大,好端端的一条饵鱼,一下水要不了多久就挂了,为了保持饵鱼的鲜活,只能不断地更换鱼饵。

终于,在换了 n 条隆巴里之后,好不容易有了一个接口,钓组刚一入水,我还在收余线的时候,就感觉到竿尖有了一个微小的颤抖。这使我立刻警觉起来,等到钓线差不多收直的时候,又是一个很直接的信号,竿尖瞬间就拉弯下去,来得正好!我猛力地往后一抖竿,手里的感觉告诉我,有鱼上钩了!第一感觉是这条鱼并不很大,拖拽的力度也不大,但是飞速地摇了七八圈绕线器后,突然感到很坠手,泄力器

柯维纳跳跃洗鳃。

它已经没有了后劲,乖乖地被拖过来了。

很后悔吞吃了那条隆巴里,没有想到这是个阴谋。

也被一下子拉开,我大叫:"大侄子,快准备拍照!"就在项尼斯打开照相机的同时,已经有条鱼从水面上奋力跃起,看得很明白,是条柯维纳。这条柯维纳不断地从水中跃起洗鳃,劲头十足。等我把它拉到船边,项尼斯已经拍了十几张照片,可惜他不懂得怎样使用变焦和抢瞬间,拍得都不怎么成功。

终于用鱼钳把那条鱼提进船舱,悬着的心也终于放下,项尼斯用相机替我记录下来当时的场景。一看表,已经11点半了,我说大侄子我们回去吧,你记住这个地方,我们下午再回来。两条柯维纳我都要了,你替我都带回去。

吃午饭的时候,我脑子里一直在想一些钓柯维纳的问题。从选点上来说,绝对没有问题,使用隆巴里做钓饵,看来也是正确的,这个项尼斯果然有两把刷子。可是这样频繁地换钓饵,我们抓到的那七八十条隆巴里消耗得太快了,虽然不断地给它们换水,可是已经死去了一半。想到抓隆巴里的艰难,

很漂亮的柯维纳,情不自禁就想嘚瑟一下。

实在不想每天都去那个小湖里冒着沉船的危险抓活饵。回想一下当时项尼斯和我钓上柯维纳的情景,有一个共同点,那就是两次咬饵都是在钓组刚一入水的时候发生,而当钓组完全沉底以后,就毫无咬口,这不能用偶然来解释。如此一想,豁然开朗——第一,柯维纳是喜欢吃活饵的,当铅坠带着钓组往水下沉去的时候,饵鱼有一个动的态势,加上饵鱼刚入水时很鲜活,本身又在不停地挣扎,这很能引起鱼的注意并激起它们追咬的欲望,一旦钓饵完全沉了底,而且饵鱼完全失去活性的情况下,很难叫鱼开口。第二,两次追咬都发生在钓组刚一入水之时,说明柯维纳的钓棚位置并不在河底,而是应当在离河底不太远的位置。按着这个思路想下去,我早上犯了一个错误,那就是一看到水流那么湍急,马上选用很大的铅垂,这样一来钓组一入水,立刻快速地沉入河底,把活饵带离了柯维纳的视觉区域,并且饵鱼一旦死去,在河底一动不动,更不会引鱼来咬钩。如果我是用普通的尼龙线来做子线,理论上来说死去的饵鱼在水流的冲击下仍然可以左右摆动,引诱鱼来追咬,但是现在我使用的是金属做的防咬线,它本身就有一定的刚性,很难让它在水底跟着水流动作起来。一想到这里,解决之道油然而生:换用轻量级的铅垂!

想到这里,整个人都兴奋起来,恨不得马上就回到古鲁艾尼河上去开钓,可是下午导游们都有个休息时间,不能坏了人家的规矩。人一兴奋,就不想午睡了,点了支烟到处溜达溜达,走到宿舍后面去看马。抬头就看到了一棵很奇特的树,树冠上结着许多冬瓜那么大的果实不算,连树干上也是果实累累,咦,这是什么东西,好像很眼熟呢!再一想,这不是菠萝蜜吗?中国南方有出产,好像卖得还挺贵的。米盖尔看我来了兴趣,就拿了砍刀砍了一个下来给我,他说这东西巴西人也吃,但是一般情况下是用来喂鸡的。

快下午两点了,项尼斯还在吊床上呼呼大睡,我不客气地把他摇醒:"小子啊,起来起来,开工了开工了!"

两天接触下来,我对这个项尼斯是越来越满意。这小家伙对古鲁艾尼河的渔情了然于胸,在性格上,他是一个大孩子,爱玩爱热闹,对什么事情都是兴致勃勃的,充满了童趣。去钓点的半路上他就叫了起来:"蒂奥,快看,前面有只卡蒂兔

被项尼斯逼得惊惶失措的小野猪。

它急得快要哭出来了。

（Catitu）!"顺着他手指的方向看去，果然河中间有个什么动物脑袋露在水面上，一耸一耸地在往对岸游，项尼斯一轰油门，加速抢到它前面，拦住了它的去路。我以为是只兔子，到前面才看到是只小野猪。那小野猪一看有人拦路，慌忙掉转头来往回游，项尼斯一搬舵，又拦到它前面。逼得它又转头回游，项尼斯再一加油门抢到它前面。几次三番，逼得那头小野猪无所适从，急得要哭出来了，他却在船上放声大笑。我惦记着河里的柯维纳，说别闹啦快走吧，咱们钓鱼要紧。他说，蒂奥，这个卡蒂兔肉好吃得很呐，回头我叫米盖尔去打一头来给你尝尝。

我们又回到上午钓到柯维纳的地方，那是一个 C 形的河流弯道处，下游的左侧是沙滩，C 形的内侧是茂密的树丛。这地方受到水流的冲击比较厉害，水会比较深一点，我叫项尼斯把船锚在比较深的那一侧，因为我觉得上午的钓点水有点浅。

按照自己的思路，我把铅垂换成指甲盖那么大小的通心铅。本来还想把鱼钩也换小一号，想想还是保持原状，这柯维纳的体形太大，鱼钩用小了可能罩不住。这么小的铅垂在水流的冲击下可能沉到底要费一点时间，但那正是我所需要的，我就是要它在我想要的钓棚里，飘飘忽忽保持尽可能长的时间。

钓组下水了，一下子被水流带着疾走，我随着水流不断地放线，一直走出四十多米，这才好像到底了。我想确认一下是不是真的到底了，于是就轻轻地提了一下竿，就在这时候感到手里重重地一顿，分明是有鱼咬钩了。人却还没有进入情况，反应慢了半拍，等到我起竿，已觉得轻飘飘的，鱼跑了。跑了鱼我反倒很高兴，有门了，看来我的思路是正确的。赶紧换上新饵，小心翼翼地在同样位置打出一竿。等钓组走到差不多距离的时候，我像猫一样地弓起背来，做出了起竿的最好姿势，说时迟那时快，啪地一下又来了一口。这下我就不客气了，挥手就起竿了，只见竿梢往下一沉，再也没有回过来，中鱼啦！中钩的鱼顺着水流往前飞窜，力气之大异乎寻常，但我却毫不惊慌，因为我已经放出四十多米的线，回旋的余地很大。小样，看我不遛死你！

我回过头来下命令：大侄子，准备相机！我的相机是个带中焦的单反机，拍摄起来有点小难度，上午项尼斯因为没有掌握要领，拍得不咋地，所以吃过午饭我就对他做了一番指点。这会他的孩子气就上来了，拿着我的相机到处乱拍一气。我也不阻止他，让他去练练手吧，熟悉一下我的相机也好，今后我的钓鱼照都要拜托他来拍摄了。

现在才想到要跳起来洗鳃，为时晚矣。

你就给我乖乖地过来吧。

在水里看着好像并不太大。

鱼线越长，遛鱼的难度越小，只用了三四分钟时间，就把鱼收到离船不到十米之遥，却已经把鱼的力气遛得差不多了。等到它想到要跳起来洗鳃，已经是强弩之末，只敷衍了事地跳了两三下，就被大侄儿抄了上来。看到鱼我倒吸一口冷气，想不到尺寸竟有那么大，我还真有点掉以轻心了。

一招得手，心花怒放，有耐心肯死守，最后终于修成正果。那固然会令人有"有志者事竟成"的得意，但是钓鱼的真正乐趣在于，你肯动脑筋敢折腾，用最短的时间找到最有效的钓法，尤其是用来对付你从来没有交过手的陌生对象。都说是钓无定法，但是你就是要无中生有，那才是有智慧的钓客。

既然这一招好使，赶紧装上新饵故伎重演。可是好运气也到了头，再无一个咬口，自己就有点疑神疑鬼起来，钓到这条大鱼，到底是我琢磨出来的招数好使，还是

拉出水面把我自己都吓了一大跳，这个大小够意思！

天边的辛古河

又钓到一条柯维纳,我真是小看古鲁艾尼河了。

钓到它纯属偶然?又等了半小时,连项尼斯都有点不耐烦了,他说蒂奥走吧,我们换地方了。接连换了两个地方,除了钓到两条比拉尼亚,正儿八经的好鱼一条也没有。

换到第四个钓点,这地方的地形也是河流倾斜的急流段,看上去水好像比较深一些。我看了一下表,已经是下午4点多了,这时候又发现了一个严重的问题,不知道是由于水温过高还是严重缺氧,饵料桶里的隆巴里差不多都翻了白肚皮,活着的几条也是奄奄一息,没有了活性。没有办法了,只能矮子里面挑高个,选了一条还能够挣扎几下的隆巴里穿到鱼钩上,一扬手打出了钓组。钓组在四十米开外沉了底。十几分钟过去了,没有任何动静,我闷闷不乐地想到,我的饵鱼一定是在河底里死翘翘了。突然间福至心灵,我脑子里跳出来一个想法,饵鱼死了它不动,我可以让它动起来嘛,于是我将钓竿慢慢地往后举,举到不能再举了,再慢慢地往前送出去,水流又将它带回原先的位置,这样一来,钓组可以在河底两米半这样的距离间来回走动,那么死饵鱼看上去不就像活饵鱼一样了吗?我为这个突如其来的灵感激动不已,于是耐着性子不断地重复着这个动作。

来回拉了大概有二十几次吧,猛然间竿尖一个猛坠,完全就是鱼咬死口的架势。我顺势一抖手腕,钓线那边传来沉闷的对拉,有鱼着了我的道了!这条鱼拉着钓线,横着走了半个河面,拉力颇大而且沉稳,一直被收到船边上还直往水里钻而决不跳跃洗鳃,跟我之前钓到的鱼大相径庭,我深信它是另一种鱼,但到底是什么鱼呢?我急于把它拉出水面一探究竟,但又不敢下手太狠而功亏一篑。正在纠结中,水面上泛起一个大水花,一个花纹斑斓的鱼体浮出了水面。

"苏鲁宾,苏鲁宾!"我不由得失声喊叫起来。"是卡夏拉!"项尼斯一边手脚麻利地将它抄入网中,一边纠正我。小子哎,这你就不懂了,这是虎皮鲇鱼,亚马孙河那边叫它苏鲁宾,巴拉圭河和这里管它叫卡夏拉(Cachara),其实就是同一种鱼,你爱叫它卡夏拉就请便,我还是觉得叫它苏鲁宾好听。

2006年我第一次去亚马孙河,夜钓时钓到一条大的,可惜断线逃走了。2008年第二次去巴西,在巴拉圭河夜钓时终于钓到一条。所以我一直有种错觉,以为苏鲁宾只能在夜间钓获,可是这大白天的明目张胆就钓上来了,而且居然吃的是隆巴里,虽然尺寸算不上很大,但已经足够让人喜出望外、欢呼雀跃了!我问项尼斯,我说大侄子,这苏鲁宾到底是白天好钓呢还是夜间好钓?他说都差不多,但是夜间钓

这种鲇鱼在南美洲各地有许多不同的称呼,叫法有不下十五种。

在亚马孙流域,虎皮鲇的最高钓获纪录是22公斤。它是南美洲最具经济价值的鱼类之一。

天边的辛古河　249

一个下午钓两条柯维纳，项尼斯的钓点选得好，功不可没。

上来的肯定要比白天的大。

　　这时候太阳已经落到树梢上了，巴西的旱季白天短，6点一过天就要黑下来了，得趁天还亮着的时候抓紧钓了。

　　十分钟过后又有一次咬口，没有掌握好起竿的时机，让它给跑了。又装了一条已经死去的隆巴里，照着我自己创造的钓法继续逗引，逗了十几次没有反应。项尼斯看着眼馋，说："蒂奥，能不能让我钓一会儿？"我说好吧，你来钓一下，我抽支烟。才抽了几口，只见他猛地往上一抽竿，就叫起来："蒂奥，我钓到了！"说着就要把竿子递到我手里来，我说没事你接着钓。我看那竿尖就像根草茎一样弯得很厉害，心里猜测这到底是哪路神仙，是柯维纳，是苏鲁宾，还是谁都想不到的另一种鱼？项尼斯这小子能不能对付得了？正在心里胡思乱想，那鱼就奋力跃起洗鳃了，还是一条柯维纳，目测跟我前面钓的那条不相上下。项尼斯一见到鱼，赶紧又把鱼竿塞到我手里，说蒂奥还是你来吧，这么大条鱼要是被我搞砸了，会被你骂死。短兵相接间不容发，也就没什么好客气了，再说我是千年等一回来趟辛古河，钓条大鱼不容易,项尼斯他天天住在河边上,钓都钓腻歪了,犯不着跟他客气。我奋力跟鱼对打,连自己正在发作的肩周炎都忘了,直到项尼斯一把将鱼抄进网里,悬着的心这才放了下来。

三条鱼都在船舱里扇动着腮帮子,面对的都是很糟糕的命运。柯维纳是我在南美最喜欢吃的鱼,自然是不肯放掉的,更何况我是第一次钓到那么大的黄花鱼,新鲜劲还没过去;那条苏鲁宾在南美各地都属于优质的经济鱼类,我问项尼斯这鱼要不要留下,他说米盖尔要的,回去放冰箱里慢慢吃。

晚上,米盖尔太太又给我做了炸黄花鱼,一条鱼就做了满满两大盘。米盖尔说李先生你多吃点,这鱼在我们这里不稀罕的,要吃我们天天都能吃得到。全农庄的人都坐在一起吃晚餐,在这里,全没有老板、伙计和客人的身份之分,所以我一直说,米盖尔先生是个厚道人。我钓到大鱼了,大家都为我高兴,其实我自己也知道,他们只是想让我感到快乐,在座的哪一个不是钓鱼高手,就连米盖尔十一岁的儿子,都钓到过 10 公斤重的柯维纳呢!

米盖尔说他今天去过噶拿拉纳了,听项尼斯说图维拉做饵鱼不大肯咬,所以替我带了三打大蚯蚓回来,他说那个大蚯蚓苏鲁宾很肯咬,明天你不妨试试。项尼斯说大蚯蚓好是好,就是跟图维拉一样,太招比拉尼亚,蒂奥,如果你明天想要钓苏鲁宾,我想办法替你去搞几条比阿乌来。他说的那个比阿乌,原来就是 2008 年我在巴拉圭河钓到过的食蟹鱼比阿乌苏,这里的人管它叫比阿乌。当年我在巴拉圭河的导游阿尔西迪斯,也没有说过这个比阿乌苏是钓苏鲁宾的特效钓饵,看来这巴西各地都有各地钓鱼的秘方。我说那就方便啦,你只要去替我找些螃蟹来,我们自己可以动手钓比阿乌嘛。项尼斯说没办法,我们这里不出螃蟹。他认识一个地方,那里出产比阿乌,当地的渔民用网捕到后都养在网箱里,专门出售给钓鱼人,用作钓苏鲁宾和比拉伊巴的专用钓饵。不过那地方比较远,我明天一早开摩托车过去,可能会回来晚一点,蒂奥你明天早上不要着急,耐心等我一下。

9月5日 雨天的钓趣

早上起来,却看到在下雨,一会儿小一会儿大,很烦人。米盖尔说这雨从后半夜就开始下了,看来今年的雨季会提前。我想糟了,大侄子说过今天一早要替我去买比阿乌做钓饵的,这巴西基本上都是红土,这种泥土被水浸泡过会泥泞无比,项尼斯在这种泥路上开摩托车去给我买鱼饵,要遭罪了。不过心里还在想,下雨天可能他不会去吧,可是等到8点半了他还没有回农庄,看样子还是去了。

8点半以后,雨越下越大,将近9点钟,果然看到项尼斯穿着雨衣开车回来了,人和车上都是泥巴。他从车上卸下鱼箱,说运气不好,渔民抓不到什么鱼,只有五条比阿乌,都被他买回来了,这小家伙倒是忠心耿耿啊。打开鱼箱一看,这辛古河的食蟹鱼长得跟巴拉圭河的同类有点不一样,个头也小,项尼斯说这个比阿乌长到两公斤就到顶了。

下雨天没有办法出去钓鱼了,只能坐在饭厅里跟米盖尔聊天喝咖啡。米盖尔的农庄虽然离城市那么远,可是有电,有电话,而且居然还有 Wi-Fi。米盖尔说你不要看我这里什么都有,那可是要花大代价的,你知道我光是拉一根电线进来,就花了差不多八千多美金,更不要说一路排进来的那些电线杆,都是我带了人一根根自己去砍自己去埋的。

米盖尔问我:"你知道辛古河为什么叫辛古河吗?"我说我猜那是印第安人的语言。他说你答对了一半,辛古河地区地广人稀,以前的印第安人如果彼此分开得比较远,相互之间打个招呼或者有事联络,都要靠拉开嗓门呼喊。但如果离得太远,喊些什么不一定能听得清楚。所以他们就发明了一种方法,呼喊的时候只发出一个单音,一边喊一边用手掌在嘴巴上拍击,这样声音可以传得更远一些。运用拍击的速度和频率，使喊声发生变化，用来传达一些简单的但是双方可以心领神会的意思，这个边叫喊边拍击嘴巴的动作在印第安语里就叫作辛古。哦，原来是这样啊。

米盖尔告诉我，亚马孙河有无数的支流，但最有名的有五条，它们分别是辛古河、帕罗斯河、玛黛拉河、普鲁斯河和黑河，这五条都是长度达近两千公里的大河，这其中最负盛名的就要数辛古河了。第一，因为辛古河流域的生态环境比较特殊，生物种类也比其他河流要复杂而多样，所以历来是科学家和生物学家关注的重点对象。第二，辛古河的三分之二在几个著名的印第安保留区里流过，这些地方高度落后，交通不是一般性的困难，几乎可以用人迹罕至来形容，住在那里的印第安人很少跟文明世界有来往，有些种族甚至到现在还不为世人所知。如果想要进入那些地方，是一件相当麻烦的事情，除了要向当地政府申请准入证外，还要做严格的体检，打各种闻所未闻的预防针，用来提防外面的人把各种传染病带进印第安保留区，因为一个最普通的感冒，都会让毫无抵御能力的印第安人丧命。根据巴西历届政府与土著印第安人的协议，印第安保留区享有高度的自治权，因此他们享有对他们辖区所有自然资源的管辖权力。由于地广人稀，根本管不过来，因此又是偷猎、偷采、偷伐事件的高发地区，每年都会闹出许多人命案来，使巴西政府深感头痛。第三，十几年前，巴西政府决定在辛古河的下游，靠近阿尔达米拉的地方建造伊泰普水电站。根据勘探和预测，伊泰普水电站一旦建成，巴西现有的发电量将猛提三分之一，这对巴西的国民经济发展，是一件惊天动地的大事。但是这个计划自从付诸实施以来，就给巴西政府带来了无穷无尽的麻烦。先是各印第安保留区的民众起来抗争，因为伊泰普大坝造成后，辛古河的水面将提升十米以上，这或许会对辛古河的热带雨林地区的生态造成难以挽回的损害，也将使无数印第安人从此失去种植和狩猎的便利。接下来巴西和世界性的环保组织也加入了抗争的队伍，更卷进了持不同政见的党派、科学家和人权组织。十几年来，抗争活动此起彼伏，在电视新闻上，经常可以看到在伊泰普大坝举行的大型抗议活动，而在上空用于维持治安和新闻采访的直升机，时常会受到地面印第安人无数弓矢的袭击。

还是辛古河上游好啊，这里一片宁静，人和自然和谐相处。米盖尔说沿着古鲁艾尼河往下一百五六十公里，就是印第安保留区，但是当地人和印第安土著历来相安无事，井水不犯河水，很少有冲突发生。

　　这场雨一直下到下午两点多才小了下来，看来今天是没法出钓了。在饭厅里上了半天网，觉得很无聊，没法钓鱼总叫人心神不宁、坐卧不安。突然想到船码头边上，好像有一溜石块河岸，只要雨下得不是太大，那边好像可以用来钓鱼。一想到钓鱼，就再也坐不住了，拿了一根抛竿，带了几根大蚯蚓，水桶里装了几条图维拉，决定上那儿去碰碰运气。

　　靠近河边的地方水流倒并不是很急，可是除了比拉尼亚频频咬钩，并没有什么像样的渔获，钓了将近三刻钟，灰溜溜地收竿回去了。米盖尔看我一副很扫兴的样子，问我是在什么地方吃败仗的，我说就是码头边上那个石滩上啊。他说那个地方其他鱼很少，可是有很多巴古·巴洛梅塔（Pacu Palometa），这是吃素的鱼，你用蚯蚓和图维拉是钓不到的。他说的那个巴洛梅塔我知道，在亚马孙河人家管它叫作巴古斯，那是一种类似鲳鱼的淡水鱼类，身材夸张地扁平，而头部显得很小，看上去很滑稽，是亚马孙河很常见的食用鱼类，可我在亚马孙河却一条都没有钓到过，这令我非常疑惑。2011年我去了哥伦比亚的奥里诺科河，在那里的导游指导下，用玉米粒钓过不少，这才知道这种鱼是吃素的，怪不得我以前一条都钓不到。这种鱼体形不大，很少有超过25厘米的，煎熟了放盘子里正好一盘，是名副其实的panfish。米盖尔听了大笑，说才25厘米呀，我们这里的巴洛梅塔，最大可以长到4公斤重呢！这下把我吓到了，4公斤重的巴洛梅塔，我在亚马孙河和奥里诺科河都没有见过，被米盖尔这么一说我非得去见识一下。米盖尔说你等等，过了一会儿给我捧来一个大罐子，他说你就用这个钓巴洛梅塔。我一看原来是一罐用水泡胀的黄豆，是他们平时用来喂奶牛的。米盖尔提醒我说你不要看巴洛梅塔鱼长得大，嘴巴却很小，你要用小号的鱼钩，钩子上最多挂两粒黄豆，多了它吞不下去。

　　我脑子里飞快地转动起来，吃素的鱼，用黄豆做饵，那不就等于用玉米面饵钓鲫鱼吗？我刚才的那几个钓位水流都不急，估计用立标甚至七星浮子都可以，干脆今天我就用手竿来钓了，鲫鱼钩我渔具箱里面就有，你个小子项尼斯说我的手竿和鲫鱼钩在这里都不能用，今天我就免费表演一下给你看看！用了一支6米手竿开钓，一试之下大喜过望，水深两米半不到，七星浮子在水里的表现很正常，并没有受到走水的影响，既然是手竿传统钓，那总得施放一点诱饵，但是我现在手头什么都没有，只能抓了一把黄豆抛向钓点，禁不住有点得意和自豪，在古鲁艾尼河用手竿钓鱼，我想开天辟地以来我是第一人。

把钓竿搁在地上，点了根烟，静候了二十分钟却没有咬口。细看河面也没有鱼星，雨却又淅淅沥沥地下了起来，心里刚想到如果雨再大点就撤退了，眼睛的余光却看到七星浮子一粒跟一粒很稳地向水底钻去。眼疾手快一把捞住竿把，用力往上一抬，嗖地一下整条竿子像根弱不禁风的草茎一样弯成一把巨弓，竿尖痉挛似的抖动。不知道是什么东西上钩了，拉力可是真沉。好不容易将鱼拉出水面，却看不明白这是条什么鱼，这时候才想起来忘了带抄网，钓线的拉力也才10磅，不知道能不能hold住这家伙。不过这种场面也难不倒我，我也不是第一次忘记带抄网，问题是这种鱼是我第一次钓到的新鱼种，跑了肯定可惜。我往左右一看，右边七八米远有个河滩看上去水浅，于是小心翼翼地牵着那条鱼往那边挪。直到把鱼头搁在两块石头的缝隙间，这才一手拉住钓线，一手慢慢伸到它的尾部，看准了时机猛力一抓往上面一甩，搞定！

把鱼养在一个雨水积存起来的水洼里，装上黄豆饵再来。钓组到底没多久，就上下动了起来，可是既不上浮也不下拖，就这么原地抖抖索索。我耐心地等了好几秒钟，标象却毫无新意，我终于失去耐心，一抖腕起竿了。这一起竿很懊丧，挂底了，在想怎么将钓组解救出来，"呼啦"一下，钓竿上传来一个很明显的悸动，有东西！双手端竿慢慢地往上提，感觉很沉重，但已经离开河底缓缓跟过来了，感觉就像钓到螃蟹一样。我心里就在想，哎呀，不要是那个东西……只见水面水花翻动，一只大乌龟随之浮出水面，果然是那个东西！

我故伎重演，那乌龟也很服帖地让我拉到浅水里，想不到它只要四脚一碰到河底，就立刻掉头往河里爬去，拉都拉不住它，就像是希腊神话里的大力士泰坦，只要脚一沾地，就会力大无穷。无奈只好再手中加力，将它在水中拉得四脚悬空，但每次再将它拉到浅水里,它又是拼了命往深水里逃。于是出现了很好笑的局面,我钓住了它,却拿不到手,它顽强地抵抗,却又脱不了身——双方就这么僵持住了。这样僵持了五六分钟,救星赶到了,原来项尼斯看我拿了那么古怪的一根钓竿独自去了河边,耐不住好奇心,实在想看看那个古怪的老家伙究竟是怎么用这个古怪的竿子钓鱼的。等他冒着雨来到河边,正赶上我跟那个龟先生相持不下,于是他赶紧去钓鱼船上拿了个抄网,将那个倒霉的龟先生请上岸来。

他一看到躺在水洼里的鱼,就欢喜地叫了起来:"哎呀蒂奥,你钓到玛德里香(Matrinxa)了!这鱼好吃呀,我们这里卖得很贵的。"原来这就是玛德里香,怎么跟亚马孙河里的玛德里香长得那么不一样呢?既然这个玛德里香很值钱,那就想办法再钓一条上来,也给这小家伙开开眼,看一下我们中国人是怎么钓鱼的,可是等了半天没鱼咬钩,雨却越下越大,衣裤都湿透了不说,连帽檐上都在不停地往下滴水,实在是受不了了,我就说咱们回去吧。

回到旅馆里,米盖尔看了觉得好笑,说你把这乌龟拿回来干什么,你想喝乌龟汤吗?我说我不吃乌龟的,带它回来就是觉得好玩,米盖尔说那就把它给放了吧。我把那乌龟放在地上,它一落地,就毫不犹豫地往河的方向飞快爬去,这下就热闹了,米盖尔家里那两只温顺的小狗一下子变得疯狂起来,它们大概打生下来就没有见过这个怪东西,一面狂叫着,一面冲上去撕咬。乌龟刚往前爬几步,它们就冲上

马德里香(Matrinxa),我始终怀疑这和亚马孙河的马德里香不是同一种鱼,在亚马孙河出产的马德里香重量不会超过800克,但据米盖尔说辛古河的马德里香最大可以长到5公斤。

龟狗大战,看得人哈哈大笑。

去把它拖回来,弄得那乌龟也发火了,伸出头来想要还击,把那两只小狗激动得乱蹦乱跳,把大家逗得哈哈大笑。

后来那只倒霉的乌龟究竟怎样了,我不得而知,因为我赶紧洗澡换衣服去了。

说也奇怪,等我洗完澡换了衣服,雨却一下子停了下来,光线也比刚才亮了不少,这下我又坐不住了。我到这里来就是为了钓鱼的,咱得争分夺秒不是?估计到天黑还有个把钟头,也不必大动干戈了,于是提了一把抛竿,拿了一条大蚯蚓,估计把它掐成四五段可以撑到天黑了。这次我就不去那个石滩了,反正河边码头停了好几条钓鱼船,挑一条干净点的,站上去就开钓了。由于下雨,河中间的水流显得很湍急,钓组一入水,就被水流带到好远,我把钓竿搁在船舷上,耐心等待鱼来咬钩。

竿梢上传来轻微的抖动,我好几次已抄竿在手,可是接下来却没有下文了,如是者再三。我干脆放下钓竿,不去理它,除非有大动作,否则我懒得起竿。东看看西望望,不经意间回头一看,要死了,不知道什么时候来了个大塌线。塌线,是我们钓鱼人的切口术语,指原先绷紧的钓线突然间松弛软悬下来,多数情况下,是有鱼咬了死口。鱼嘴里咬着钓组,并不向外急冲或者顺流而下,而是掉过头来朝钓者的方向逆行,这对鱼来说只不过是个无意识的动作,但在钓鱼人看来,却有着鱼向人叫板挑衅的意味,而且能塌线的鱼个体一般都会比较大,所以这是比较难得的钓大鱼的机会。我赶紧抄起鱼竿,左手飞快地收掉余线,然后一个猛抽,想不到抽了一个空,看来是起竿太迟了。

塌线这种事,发生的概率并不大,所以并没有把它放在心上。没想到我再次将钓组远远地打出去后,也就是三四分钟的时间,线一下子又塌了下去,这次的动作都在我的眼皮底下发生,我毫不犹豫地抄竿,又是一个猛抽,这下抽到了!把鱼

阔嘴,也是一种南美鲇鱼,但身材比其他鲇鱼更苗条轻盈。

很小心地收到船边,这才看到又钓到新鱼种了,但看上去怎么有点眼熟的感觉呢?啊,想起来了,这鱼我在哥伦比亚的奥里诺科河钓到过,也是一种鲇鱼,在那里它的名字很直白,叫作阔嘴(Bocaancho),这是因为这种鱼的嘴巴很宽大,有上海人所说的"横吃油条"的范儿。这种鱼在奥里诺科河算是上品的鱼,不知道在这里吃不吃得开,不管它,带回去再说。眼看着天暗了下来,于是收竿回家。

吃完晚餐,是饭厅里最温馨的时段,米盖尔的雇员哄在一起打桌球,我在整理和揩擦渔具,米盖尔太太端了杯咖啡,聚精会神地在看那个连播了一年多的又臭又长的肥皂剧,米盖尔坐在餐桌前,在用电脑和他的客户联系,后天有个十七人的钓鱼团体要过来,许多事情还要在网上落实。米盖尔的十三岁的儿子,坐在老爸的膝盖上,十五岁的女儿艾米丽,趴在老爸宽厚的背上,陪着老爸一起在电脑上工作,好一幅天伦之乐的动人图画。拉丁人虽然天性浪漫,却很注重家庭生活,家庭成员之间亲昵无间,米盖尔也真是一个好老爸、一个好老公,对孩子和妻子说话一直都是和颜悦色,即使是对自己的雇员,我也没有见过他口气严厉。反过来看我们中国人,也许受孔孟之道影响过深,骨子里就是个很古板很没趣的民族,即使是夫妻之间的亲昵举动,也要背着人才能做,对上辈人,毕恭毕敬,对下一辈的子女,做出一副一本正经的威严状,以为这才是做严父的标准姿势,殊不知我们因此会失去多少天伦之乐。等我意识到和开始检讨自己的时候,我的女儿都已经二十九岁了,已经到了她希望自己有个小宝贝坐在怀里撒娇的年龄,我醒悟得太迟了。

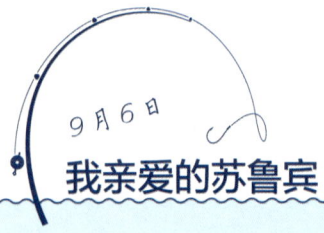

我亲爱的苏鲁宾

昨天下了一天雨,今天天气晴好,毕竟现在还是旱季,这场雨来得有点不合时宜。

跟项尼斯商量好了,今天的主攻对象是苏鲁宾,人就是一种见异思迁的动物,昨天钓淡水黄花鱼钓得好好的,就因为一条并不怎么大的苏鲁宾,顿时让我转移了兴奋点。其实我对苏鲁宾一向具有好奇心和偏爱,作为鲇鱼,它一反鲇鱼给人的那种灰不溜秋、黏黏糊糊的印象,长得那么干净那么漂亮,你看它身上的花纹,就会相信它就是个抽象派艺术的爱好者,还有人将它形容成一个穿着华丽外套的花花公子。近十年间,我先后到南美洲钓了四次鱼,在亚马孙河跑了一条,在巴拉圭河总算找回了一点面子,钓到了一条,现在在辛古河又钓到一条小的,难道我的运气就只是一辈子钓到这两条苏鲁宾吗?在我的潜意识里,一种鱼除非你能钓个酣畅淋漓,那才可以算是钓到了,如果仅仅是钓到一两条,那只能算是你钓过了而已。要钓到想吐,那才算是钓过瘾了。

既然是准备向苏鲁宾宣战,那战前准备就要非常充分。在巴拉圭河,钓苏鲁宾用的是大蚯蚓,现在米盖尔已经替我买来了大蚯蚓;项尼斯说,在这里比阿乌是钓苏鲁宾的特效饵,昨天小家伙也替我冒着雨去买来了。昨天我们钓到的那条小苏鲁宾,用的是隆巴里,说明苏鲁宾对隆巴里也有兴趣。昨天钓完鱼,桶子里还剩下二十多条隆巴里,虽然都已经死翘翘了,但我还是把它们冰在冰箱里,所以今天我们三种饵料都有了,唯一未知的就是今天我们运气如何。说到底这钓鱼运气要占一大部分,钓具再好钓技再精,鱼不咬你钩你也没招,这么多年来,菜鸟把大师气得吐血的场面还真没少见。

钓苏鲁宾的钓点,奇迹就是在这个地方发生的。

项尼斯说今天打算带我去一个地方,那里的河道比其他地方都要深,苏鲁宾是肯定能钓到,运气来了或许还能钓到比拉伊巴和红尾猫。现在是旱季,水浅,这两种大型鱼类都跑到辛古河去了。不过这地方水有够深,一不小心还可以钓到,只不过那地方比较远,开船过去要一个多小时,不知道我愿不愿意去。瞧这话说的,只要有鱼钓,不要说刀山火海,哪怕你把船开到地狱里我都敢去,大叔我就一个字: 走!

果然船行了一个多小时,到项尼斯停船抛锚时,才看到这里的河道确实比较深,锚绳往下走了好长一段才停住。细看两岸,一边是沙滩,另一边是雨林,接近河水的地方河岸陡峭而裸露,也看不出来跟其他的河段有什么大区别,为什么这一段就特别深呢? 想不明白。项尼斯从桶里抓出一条比阿乌,当着我的面活活把它切作三段,那场面非常残酷而血腥,我用的鱼钩是在噶拿拉纳豪尔赫店里买的,巨大而粗壮,钩门几乎有三厘米,后面

钓苏鲁宾的钓组和鱼饵,令人咋舌。

连着编织得很精细的金属防咬线和一节手指那么大的八字转接环。我带回国内来给我的朋友看，没有人相信这是用来钓鱼的，竟然还有人说这是不是肉摊上用来挂肉的？豪尔赫说：钓苏鲁宾就得用这种钩子，嫌大？笑话！跟你说，如果是用来钓比拉伊巴或者红尾猫，钩子起码得比这个大三倍！

项尼斯说钓苏鲁宾或者比拉伊巴这种大型的鲇鱼，找准了地方不要轻易挪窝，要有耐心，我说明白，不就是死守嘛。我用切下来的比阿乌鱼段和大蚯蚓，按照巴拉圭河的导游阿尔西迪斯教我的穿蚯蚓的办法，各做了一个钓组，装了两根竿朝不同的方向打出去，准备试试看哪一种有效就专用哪一种。把钓竿搁在船舷上，按照国际惯例，拿出根烟来先点上，这才笃笃定定地坐下来，等鱼咬钩。项尼斯从船头的杂物舱里摸出一板粗大的手线，在我面前翻来覆去地把弄，还朝我看看，这是搞什么名堂？哦，我马上就明白了，这小家伙也想钓鱼，可是没有钓苏鲁宾的大钩子，又不好意思开口。我就说大侄子，钩子在我的包包里头，要用，你自己拿来动手装！他立刻欢天喜地去翻我的包，我猜他心里一定在想，这中国老叔真是拎得清，是模子！

准备工作做得很充分，可是事与愿违，老半天都不动，好不容易装蚯蚓的那根竿子被猛咬一口，拉上来的却是不大不小一条比拉尼亚。这么大的鱼钩，也亏了它吞得下去。项尼斯把鱼从鱼钩上摘下来，正准备扬手把它扔回河里去，我说慢，拿过来，我要作法！我把鱼拿在手里，右手捡了一根细枝条，一边往鱼身上抽，一边装神弄鬼地念起来：

送来爹爹送来妈，送完姑姑送姨妈，
叔叔伯伯加舅舅，再加婶娘和舅妈。

念完了，把那条比拉尼亚丢回河里去："现在等着瞧吧，鱼马上就要咬钩啦！"这是我看前苏联作家阿斯塔菲耶夫所写的《鱼王》中，描写西伯利亚渔夫钓鱼时的迷信做法，用来跟小家伙逗个乐子。项尼斯马上就问我，蒂奥，你刚才在念叨什么呀? 我说这是我们中国人钓鱼念的咒语,只要一念,鱼马上就咬钩了。小家伙说蒂奥,什么意思你翻译给我听,我说不行不行,这咒语只能用中文念,用别的语言一念就不灵了,你要学我可以教你,于是他就跟着我结结巴巴地念起来:从来踢踢从来麻,从旺苦苦从伊麻……我再也忍不住了,放声狂笑,项尼斯这才知道我是在跟他开玩笑,也跟着笑了起来。

正乐着,只看见挂了比阿乌的那根鱼竿猛地一抖,我说你看灵不灵,咒语才念完,这不就咬钩了? 顺手把鱼竿端在手里,等待下一个鱼讯。我想这不过是另一条冒冒失失的比拉尼亚罢了,想不到呼啦一下,竿梢就毫不讲理地弯了下去,力量生猛无比。我心中一凛,条件反射地猛一抽竿,却是纹丝不动,紧接着水底下传来轰隆一下突拖,哎呀是鱼,看样子还不小!

鱼线深深地扎在水底,缓慢而有力地在水里划过来划过去。我怕缠上别的鱼线,就说大侄子快把鱼竿给我收起来! 项尼斯急急忙忙地将我的另一根鱼竿绕回来,又三把两把地将自己的手线收进船舱,这才拿了抄网,站我边上准备抄鱼。感觉鱼都到了水的上层了,可是既不向外猛窜,也不跳跃洗鳃,力度却不见削减,那会是什么鱼呢? 都看见水面翻花了,鱼还是不肯露面,按捺不住好奇心,用力抬了一下竿,但见一个花纹斑斓的身体往上一翻,我的个娘咧,还真是一条苏鲁宾! 项尼斯看准了时机,伸手一个猛抄,鱼终于落网了,好大一条苏鲁宾!

2008年,我在巴拉圭河第一次钓到苏鲁宾,是在夜间,还没有仔细观看、仔细拍照,就被人丢进了冰箱。昨天是我这辈子第二次钓到苏鲁宾,一来鱼不怎么大,二来当时钓柯维纳正钓在兴头上,也只马马虎虎瞅了一眼。今天这条挺不错,我得好好看它一下。我把鱼放在船的坐板上,轻轻地抚摸着它的身体,感觉就像在抚摸一张零号的砂纸,有点粗糙有点涩手,全没有鲇科鱼那种黏黏滑滑叫人讨厌的黏液,黑色的抽象条纹在浅棕色的躯体上显得那么清晰,就算是人手画上去的也未必能画得那么自然那么生动。它的尾鳍有淡淡的红色和黑色的斑点,跟其他鱼类半透明的尾鳍完全不同,是一种很厚韧类似皮革的组织,怪不得我后来钓到的苏鲁宾,尾巴几乎都没有被比拉尼亚咬过的痕迹。上下唇之间相对的位置各有两块

好漂亮的苏鲁宾,没有人会想到鲇鱼居然可以长成这个样子吧。

掰开苏鲁宾的巨嘴,可以看到它们上下唇间密密麻麻的细齿,堪称猎物的鬼门关。

柔软的骨片组织,上面密密麻麻地长满了向内倾斜的细齿,这种嘴巴一旦咬住了猎物,那就很少有逃脱的可能。后来我在很多种鱼的嘴巴里都发现有相同的细齿组织,看来这是大多数南美洲鱼类的标准配置。

该怎么处理这条鱼呢?我犹豫了好半天,这么多年来,一直想要钓苏鲁宾,在南美洲追了它四条大河,今天又钓到了,照说应当狂喜才对,可是为什么我还没有进入狂喜的意境中呢?仔细一想,明白了,因为昨天和今天钓到的苏鲁宾都不算大,我脑子里始终萦绕不去的,还是在巴拉圭河钓到的那一条,那样的尺寸,才是我心目中真正的苏鲁宾。既然昨天和今天我都钓到了它,可以推断后面还会钓到,跟这种小家伙没什么好纠缠的,放它走,也算是图个吉利,就让它"送来爹爹送来妈"吧!

鲇鱼的生命力大多比较顽强,虽然这条苏鲁宾出水时间已经不短了,可还是扭动着身躯,不断地在舱底挣扎。但是项尼斯还是按照我的吩咐,握住它的尾巴在水里来回拖动,让它的腮部多获取一些氧气。待我拍了照片,项尼斯手一松,这家伙滑出了项尼斯的掌心,在水面上略作犹豫,突然间尾巴有力地一打,把水花泼溅到项尼斯身上,刹那间就不见了。

我拍了一下项尼斯的肩膀,以示奖励。这是一个称职的导游,像他这种年轻人,一生下来就跟古鲁艾尼河打交道,这里的一草一木,鱼类和动物,对于他们来说就像我们对高楼大厦和超级市场一样熟悉,他们本来就是大自然的孩子。我突发奇

我的一念之仁,让它死里逃生,它竟连个谢字都懒得说,就此扬长而去。

想,如果我们两个人的位置和生活环境对调一下,那又会怎么样? 想想应当是靠谱而且各得其所吧。到了我这个年纪,人生的喧哗和跌宕都已经经历过,从一定程度上,已经感受到人生如梦、富贵如浮云的虚无。如果让我回归自然,在亚马孙的某个乡村里养鸡种菜,在亚马孙的某条河流上泛舟垂钓,在静谧的生活中等待上帝的召唤,这将是何等的幸福。而对项尼斯来说,他肯定不甘于每天生活在这么无聊和没有新意的地方,一有机会他就会拔腿飞奔,花花绿绿的大城市才对他有无限的吸引力。但是我们今天坐在同一条船上,他是导游我是钓客,我们几乎没有可能改变这个现状。这就是生活的残酷之处,正如一个富有的老太太面对一个青春貌美的女孩,彼此都羡慕对方拥有的东西,但是永远都无法得到一样……

很快时间就到了 10 点半,除了比拉尼亚不时来袭,再也没有什么像样的咬口。这些水下的小流氓干起抢劫这种事情得心应手,一大块比阿乌鱼肉,它们只要几口就可以啃得鱼钩上空空如也。它们似乎更喜欢蚯蚓,竿梢一动,你要是稍迟一点去起竿,蚯蚓被咬光不算,连防咬线都会被咬得七歪八扭。即便你不在水下,都可以想象到它们抢食时是何等疯狂。

我和项尼斯同时收回钓组,看着被咬得精光的鱼钩,相对苦笑。早上带出来的

项尼斯用手线钓上来的苏鲁宾，比我那条更大，大叔我要坐不住了。

比阿乌活饵，已经消耗掉四条，想到买这些活饵费时费力，决定接下来都使用大蚯蚓。我们手头还有六条大蚯蚓，支撑到中午返回旅馆没有大问题。钓组下水快一刻钟了，音讯全无。正从口袋里往外掏烟，只见项尼斯突然站起，右手往后狠狠一挥，紧接着就弓下腰去，一看就知道，上鱼了，而且还不小。他用的是粗线大钩，没有遛鱼这一说，大马金刀风卷残云，一把接一把地一个劲死拽，几个来回就把鱼拽到跟前来了。我刚把抄网拿到手里，他却一个较劲，直接把鱼拎进船舱里来，这条苏鲁宾好大，羡慕得我直咽口水。

眼看就快11点半了，这时间过得就像飞一样，马上就到了我们返回农庄吃午饭的时候了。钓鱼这事情就是这么奇怪，我相信全世界的渔疯子都有过这样的体会，你要是全神贯注地坐着死等，鱼就是不咬一口，一旦你想要干点什么事，譬如点烟啦，撒尿啦，吃东西啦，脑子里正在胡思乱想啊，这时候它们就来了。我坐着无聊，拿出照相机正在翻看以前拍的照片，就见竿尖一个忽闪，慌得我连忙放下相机，连镜头盖都没来得及盖上。竿梢已经缓慢但是却非常坚定地朝着水面弯倒下去，一把抄过竿把，恶狠狠地向上一抬，只觉得沉重无比，再往上一抬，消停了一个上午的卷线器开始吱吱尖叫起来。我心里就有数,这条鱼有点看头了。我不断地调整着泄力器,调整着姿势和竿子的角度,快乐得只想大声叫唤。项尼斯则不同,对他而言,钓鱼只是一种工作,尽快把鱼拿到手才是王道,他要的只是效率。对我而言,钓鱼真正享受的就是心脏饱受折磨的那种惶急,我梦寐以求的就是那个心跳加速的过程,钓到大鱼后的唯一遗憾就是:你龟儿子咋地就不再多挣扎个一百秒钟呢?

绝了,又是一条苏鲁宾,比早上钓到的那条足足长出 25 厘米,比项尼斯钓到的那条要大出一个拳头。兴高采烈地给它拍照,提起来跟我合影,嘚瑟得一塌糊涂。我说大侄子,把你钓到的那条放了吧,我们今天只带最大的一条回去。

返航的时候早过了,回去路上还有一个多小时的航程,可是现在咬口这么好,回去实在有点舍不得。我就问项尼斯,大侄子你饿不饿呀?这小鬼马上就明白了我的意思,他说蒂奥我一点都不饿,鱼口现在正咬得勤,我们接着钓!可是接下来这一个小时再无咬口,我就说大侄子算啦,我们走吧。项尼斯说蒂奥慢点,我这边正在咬钩呢,这条鱼一咬一吐、一吐一咬的,好像不是苏鲁宾,有点像红尾猫的咬法呢。我一听就顾不上自己的鱼竿了,赶紧凑到他身边去看他钓。只见他须臾后抬手一个猛抽,却没有钓到,钩子上的蚯蚓却被咬得干干净净。项尼斯说蒂奥,赶紧把你那根鱼竿投到我这里来,这鱼还在下面,手脚一慢它就跑了。我赶紧收回自己的钓组,定了下神,很准确地打到刚才他钓的那个位置,这下不敢怠慢,把鱼竿提在手里,全神贯注地从竿梢上捕捉信号,就这么十几秒钟的样子,竿尖上传来突突的轻微的抖动。我赶紧竿尖前倾,放松钓线的紧张度,猛然间一个大力下坠,时机恰到好处,我高喊一声:"来吧!"双手跟上去一个猛抽,对方立刻回敬我一个狠拖,竿子几乎脱手而去,钓到了!这一拖把我从前舱一直拉到后舱,泄力声响成一片,足足持续了十秒之久,我只觉得心脏痉挛,脑子里一片空白。这种灵魂出窍的感觉一直持续到鱼被拉到水面,满心以为可以看到红尾猫那杏黄的肚皮和艳红的尾巴,想不到看见的仍然是苏鲁宾花里胡哨的身躯。不过现在手里的这条看上去比刚才那条还要大,抄网尽了最大的努力才把它抄上来。

喘着气,坐下来点了一根烟欣赏一下自己的战利品,怎么看都觉得看不够。我

今天第二条苏鲁宾,放在同样的位置上,明显要比上一条大得多。

闭上眼睛摇摇头,觉得自己产生了幻觉,鱼身上的一个黑点竟然移动了起来。定神再看,果然是在移动,而且移动的速度还相当快,一下子就要移到鱼肚子上去了。我用手指一下子按住它,觉得那个黑点在我手指下挪动,放开来再看,原来是一只黑色的虫子。把它翻过来看,肚子底下竟然没有脚,可它怎么就爬得那么快呢?仔细巡视鱼的身躯,发现还有三只,看来这是寄生在苏鲁宾身上的一种寄生虫,我赶紧用照相机上的微距功能把它拍下来,仔细一看,还真有点恐怖。

不能再钓下去了,项尼斯嘴上不说,可我知道他已经饿得要骂娘了。俗话说得好:不管你是哪号人,反正肚子不饶人。赶紧收了钓具,急急忙忙往回赶,踏上码头一看表,都已经两点半了,我一个劲地向他道歉。小家伙还跟我客气,他说蒂奥没有关系啦,只要你想钓,尽管跟我说。我突然产生一个念头,2008年在巴拉圭河,一连好几天都没有钓到苏鲁宾,发急了,连哄带骗直到耍了无赖,最后动用了哈伊梅先生,才逼着我的导游阿尔西迪斯带我上巴拉圭河去夜钓了两个小时,最终虽然钓到了这辈子的第一条苏鲁宾,可是实在是不过瘾。我说:"大侄子啊,要不这样你看行不,干脆下午我们就不要出门了,大家都休息一下,早点吃个晚饭,你带我去

想到一句不大恰当的话:有了快感你就喊!

苏鲁宾头部的特写,那眼神看上去特无辜。

苏鲁宾身上恐怖的寄生虫,仔细看就像个外星怪物。

夜钓苏鲁宾怎么样?"项尼斯先是一口答应,接下来又面露难色:"如果还要去那个老地方,白天都要开一个多小时船,晚上就得花更多的时间,那也太不安全了。如果就近钓钓,那倒没问题,这个苏鲁宾晚上会到浅水里来觅食。我知道一个地方,晚上钓到苏鲁宾的可能性很大,要不我们上那边去试试?"我搂着他的肩膀,口气讨好得几乎有点低声下气了,我说:"只要你肯陪我去夜钓,随你带我去哪里钓都行,钓不到也跟你没关系,我们就这么说定了啊!"

太阳渐渐地落到西边的地平线上去了,天际还残留着暗红色的余光,四周都安静下来,辛古河流水的声音却比白天响了起来。带着孩子的水豚妈妈显得慌慌不安,它必须在天完全黑下来之前找到一块沼泽地,安置它的孩子们,以躲避美洲豹的袭击,可是小水豚们还没有吃饱,还在四处寻找可食用的植物。一头美洲貘慢慢地踱到水边来,靠在一棵枯树上擦着痒,它那三百公斤的体重擦得那棵枯树摇摇欲坠。这头庞然大物一边打着响亮的鼻息,一边很警觉地注视着四周,看到我们的船开过来,急忙隐匿到热带雨林中去了。

天终于完全黑透了,船头的夜航灯照在河面上,显得雾气沉沉,但那并不是雾气,而是成千上万的小飞虫,夜晚的河面成了它们的天下。船一路行去,那些小虫子沙沙地打在脸上,就像风沙天那些细小的沙粒打在脸上一样。它们在月光下飞舞,成群成团,那是它们告别尘世前的婚礼之舞和狂欢之舞,在狂舞中完成了用于传宗接代的交尾。之后,它们筋疲力尽地掉落在水中,在临终前,雌虫在水里产下细小的卵块。成千上万的飞虫遗体浮在水面上随波逐流,看上去就像漂浮在水面上的土黄色泡沫。

各种小鱼在黑夜的掩饰下,从它们的藏身之地游出来,浮上水面,尽情地享受着这唾手可得的美餐。夜色使它们觉得安全,吃不完的美食使它们丧失警惕,完全没有想到危险近在咫尺。其实辛古河里的大型肉食鱼类很清楚这个秘密,每到这样的夜晚,它们就会悄悄地浮出水面,在四周逡巡猎物。只要听到河面上哗啦一声响,就是有一条不幸的小鱼落入狩猎者的鱼腹。致命的危险不仅来自水下,就连白天这么和善的天空,一到夜间也变得那么狰狞。成群的食鱼蝙蝠无声无息地在黑夜里穿梭飞舞，它们用人类听不见的超声波扫描河面。一旦有小鱼进入它们的搜索范围，那黑色的魔鬼就悄无声息地一个俯冲，伸出利爪在水面上一瞬间抓住小鱼，几乎是爪无虚发。它们紧紧地抓住自己的战利品，迅疾地飞回巢穴享用，在那里，还有它们嗷嗷待哺的孩子。

第二天早晨，太阳再次升起，晨曦将重新照亮金色的河面和苍翠的雨林，一切还是那么宁静和安详。没有人会想到有那么多的生命已经在夜色中悄悄地诞生，也没有人会想到有那么多的生命在黑夜里已经悄悄地消失。这就是辛古河，几百万年来每天在上演着生和死的故事，不动声色地周而复始……

我们在夜色中停船抛锚，月色很好，两岸的雨林都依稀可见。在头灯下装好钓组，一左一右打出两根钓竿，按照以前在南美各大河流夜钓的经验，夜间比拉尼亚很少索饵，所以很放心地都挂上大蚯蚓，竿尖上都装了夜钓铃，把竿子分别搁在船舷上。夜里的鱼咬钩会比白天大胆，而且大多数会咬死口，钓起来会比较轻松一些。

很快我就发现犯了一个大错误，心急火燎地想要出来夜钓，什么钓鱼装备都带齐了，却忘了最重要的东西——驱蚊喷剂，而且我还穿了一件短袖衫，两条胳膊都暴露在外。才坐下来五分钟，耳边只听见嗡翁声，好像整条辛古河的蚊子都赶来赴宴了。那些蚊子肆无忌惮地往我脸上、脖子上和手臂上猛扑过来，逼得我在那几个部位不停地拍打，拍得两只手掌上都是斑斑血迹。项尼斯很笃定地坐在船尾，却什么事都没有。我在查询亚马孙河相关资料的时候，看到里面有提到，住在热带雨林一带的人，特别是土著印第安人，由于长时间和这些嗜血的小昆虫打交道，基因里面慢慢滋生出一种抗体，他们虽然也会被蚊虫叮咬，却不会产生挠痒起块这种过敏反应。难道项尼斯也是这种天生异禀的人？

铃声一直没有响起，我才得以全神贯注地和蚊子作战。半小时以后我才想起来，我的钓鱼包里有两只护袖，那是白天用来套在手臂上防晒的，赶紧拿出来套在手臂上。但这薄薄的一层尼龙布还是挡不住蚊子大军的进攻，只不过在心理上好受点而已。

好几次我几乎熬不住了，想叫项尼斯发动引擎回去吧，可话到嘴边都被我给生生憋了回去。好不容易让项尼斯陪我出来夜钓,就这么灰溜溜地回去了,这还算是钓鱼人吗?更何况竿梢上的铃声一次都没有响过,那意思是到现在为止,还没有一条鱼来咬过钩,就这么走了,岂不是太没面子了?我下定决心死守下去,哪怕是只要有条鱼来咬一次钩,让铃声响一次再走,也算是对得起自己。

不停地抽着烟,想用烟雾来驱赶围着我发疯的蚊子,其实这根本就没用,只好像跳大神一般,不停地拍打我的脖子和脚背,觉得再过一分钟,自己马上就要疯了。就在这时候,我听到了轻轻的一下铃响。我凝神细听,好像是右边那根竿子发出的铃声,那也许是一只在夜色中飞舞的蝙蝠无意间撞了一下线,甚至是我自己想象出来的铃声吧。但是,那铃声又响了一次,这下可以确定,是右手那根竿。

我小心翼翼地将那根竿子提起来,稍稍收紧了钓线。这下清楚地感觉到,钓线的那一头有个东西在小心地扯着钓线,一嘬一嘬就像小毛鱼咬钩一样。我慢慢地向下倾倒钓竿,减少钓线的紧张度,就在这时候,竿尖像抽筋一样向下猛栽,铃铛"哗啷啷"地一阵乱响,我下意识地大力抽竿,盼望已久的拖拽力从那头传来。天可怜见,终于钓到东西了!

竿梢大力抖动,在这万籁无声的夜间,铃声响得真叫人心烦意乱。项尼斯急忙抢到我身边,快手快脚地将铃铛卸掉,于是一场看不见也听不见的生死搏斗就在黑夜里展开了。我们的钓鱼船停在河心里,光水面,既无水草也没有障碍物,这对起鱼非常有利。我嫌泄力声也太令人心烦,干脆把它关

终于守到一条苏鲁宾,它使我回忆起在亚马孙河和巴拉圭河的夜钓。

了,打开逆停止开关,来吧,老子被蚊子咬了大半天了,等的就是你!

鱼拖着钓线,在黑暗的水底划过来划过去。那家伙搞不懂发生了什么事情,本能告诉它大事不妙,于是它用尽了力气想挣脱那股神秘的牵引力,终于把自己搞得筋疲力尽。五分钟后它到底是浮出了水面,但还是不停地扭动着背脊,在水面上做出许多湿漉漉的反光。项尼斯一网就很准确地将它抄上船来,同时发出一声欢呼。

还是一条苏鲁宾,个头不小,和白天钓到的那条有得一比。拍完照后我咣地一声把它扔到舱底:"大侄子,快快快,快起锚开船,我们回去啦,我都快被该死的蚊子咬疯啦!"

不带驱蚊剂去夜钓,后果很严重。蚊子倒是小事,它不过让你抓出一批疙瘩,痒一阵子就过去了。在亚马孙雨林地区,最可怕的是一种小得像芝麻的吸血鬼,当地人称为mosquiti。这种小虫子不像蚊子会发出嗡嗡的叫嚣,引起人们的警觉,它们像幽灵一样一来就来一群,悄无声息地停在人的皮肤上,你被它咬了还不知道,过了半个小时才开始发痒,一抓就是一片小疙瘩。这种疙瘩并不突起在皮肤上,而是突起在皮肤下面,表面看上去没什么,用手轻抚,感觉就像用手在摸一个灌浆的玉米,痒到钻心,不把皮肤抓破,无法止痒,接下来抓破的地方会溃烂发炎,使人发起高烧。第一次我是在哥伦比亚的雨林里领教了它们的厉害,当地人告诉我一旦被mosquiti咬了,千万不可用指甲去挠,如果痒得难受,只能用手去拍打,最可恶的是,被咬的地方要痒上一个星期。今天我又被mosquiti咬了,被咬的位置从手指背一直延伸到腋窝,痒得我大半夜都无法入睡。

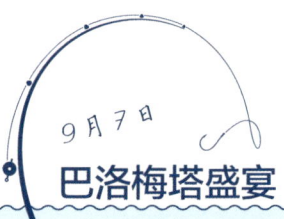

巴洛梅塔盛宴

9月7日

接连几天的钓绩使我震惊,我真是小看古鲁艾尼河了。几天前我刚到米盖尔的农庄，一下车就跑去看古鲁艾尼河，心里还在犯嘀咕，就这么一条貌不惊人的河里，会有那么多种鱼吗？我甚至怀疑米盖尔的网站上的那些照片，会有夸大的成分。作为农庄的老板，在网站上挂出一些吸人眼球的照片也无可厚非，生意人嘛，不在广告上夸大其词，怎么能招徕生意呢？但几天来的钓绩让我心服口服，人家米盖尔的广告一点水分也没有，反倒是我自己，有点以小人之心度君子之腹了。

昨天因为去夜钓，搞到很晚才回农庄，心里很过意不去，就对项尼斯说明天咱们就晚点出钓吧。项尼斯说正好有事跟我商量，明天他的教母过生日，要他过去帮忙操持准备晚上开派对的事情，他说他已经跟米盖尔先生打过招呼了，米盖尔让他自己跟我商量。我问他什么时候可以回到农庄里来呢，他说下午吧，大概一点钟，我说我们平时都是下午两点过后才出钓的，你也不必急急忙忙的，干脆就两点钟赶回来吧。小家伙大喜过望，说蒂奥晚上你要不要去参加我教母的生日派对？他们那种拉丁人的派对我以前领教过，就是喝酒跳舞，那也就算了，关键是他们跳舞的时候一定要把音响开得惊天动地，不把音响震破了就觉得不过瘾，面对面说话都要拉直了嗓门吼，实在是受不了。我说谢谢你的好意邀请，我就不去了，这接连几天钓鱼已经钓得很累，更何况我们今天还夜钓了，明天我也想补补觉，睡得迟一些起床，不过明天下午你有什么打算，告诉我一下，我好做个准备。

他说最近一段时间，是钓巴古斯的季节，前几天问了他几个朋友，都说钓得不怎么样，今年是巴古斯的小年，产量不高。项尼斯说明天反正只有半天时间，我就带你去钓巴古斯吧，再怎么小年，总会钓得到的。他说的那个巴古斯，和我在巴拉圭河钓的巴古斯完全是两回事，其实在南美洲，包括委内瑞拉、哥伦比亚和亚马孙的西部，都称作巴洛梅塔。巴洛梅塔在上述地区是很普遍的一种经济鱼类，产量很大，我在哥伦比亚的奥里诺科河就钓过吃过，鱼肉很细嫩，味道还不错。只不过米盖尔声称，在古鲁艾尼河里巴洛梅塔可以长到4公斤，这使我十分震惊，因为我在哥伦比亚和亚马孙的市场里看到的巴洛梅塔没有超过300克的，而我在哥伦比亚的奥里诺科河，钓到的巴洛梅塔也没有超过250克。这激发了我强烈的好奇心，早就想要去会会那个辛古河的巴洛梅塔奇迹，项尼斯的计划和我一拍即合。

夜间简直无法入睡,被 mosquiti 咬过的地方钻心的痒,拼命地抓拼命地挠,直抓得皮肤破碎还停不住手,人在床上翻来覆去不得安宁,也不知道闹腾到几点钟才昏昏睡去。早上醒过来看表,已经过了9点半,吃了早餐已经10点钟。米盖尔太太看我那个痛苦的样子,找了一片不知道什么药片叫我服下,也不懂是什么药,有什么疗效,反正觉得也没有什么大用处。

闲着也是闲着,就向米盖尔要了一些泡胀的黄豆,去河边自己先钓一下找找感觉。前天因为下雨无法出钓,我就拿了一些黄豆去码头边上钓鱼,虽然米盖尔说那个地方有很多巴洛梅塔,可是我除了钓到一条玛德里香和一只乌龟,连一条巴洛梅塔都没有钓到过,心里怀疑是我的钓法有问题。今天再次请教米盖尔先生,他说哎呀你的方法用错了,巴洛梅塔这种鱼它们是不会到河底去找东西吃的,它们进食的钓棚是在水面下五十厘米到一米左右,这下我听明白了,原来巴洛梅塔这种鱼是要钓浮的。那就简单了,我拿了一根7米的手竿,装了一根齐竿线,线上再装了一个球形浮标,用了一枚小型的鲫鱼钩,刚好可以穿上两粒黄豆,钓棚设定在80厘米,满怀信心地上河边开钓去了。

我站在一条船的船尾,向河心抛出钓组,但马上就知道这办法行不通。河中间水流很急,钓组一抛出去,要不了几秒钟就被流水推到边上来,边上的水流也不平静,钓线被水流绷直不说,乒乓球那么大的浮球,竟然也被水流压入水下,隐隐约约看得很不清楚。好多次看见浮球的红色顶端消失在流水中,以为是巴洛梅塔咬钩了,结果一起竿,两粒黄豆好端端地挂在钩子上,弄得我百思不得其解。莫名其妙地玩了一个多小时,终于在一次抛出钓组后,浮球正跟着流水快走,线还没有绷直,浮球却突然消失了。下意识地一抬竿,竿梢一弯随即抖动起来,再一用力,就像在国内的塘里钓鲫鱼,只见一条银白色的鱼扭动着身子,直接飞进船舱里来了,果然是一条巴洛梅塔。可哪有4公斤重,连250克都不到,看着叫人伤心。接下来又玩了半个小时,一无所获,午餐时间到了,收拾东西黯然回家。

下午两点半,项尼斯才匆匆赶回来,我看他眼睛里布着血丝,哈欠连天的样子,可想而知昨天夜里那是一夜狂欢,筋疲力尽。我说小子你这样能行吗?他拍着胸

这又是一种被称作巴古斯的鱼,后来才知道,巴西人对身体扁平宽大的鱼类,都喜欢称作巴古斯,幸好这种鱼还有个很漂亮的名字,叫作巴洛梅塔(Palomeita)。这是一种纯吃素的鱼类,据米尔盖说最大可以长到近5公斤。

脯说蒂奥你别担心,我精神好得很呢,耽误不了您钓鱼的。他边说边从车上卸下两根钓竿,说是向朋友借来的,钓巴洛梅塔非得用这种专用竿不可。我看了一下,那是一种类似于冰钓用的短竿,不到1.5米长,竿梢非常柔软,装上2000型的绕线器掂在手里也没有什么大分量。项尼斯又从后备箱里掏出几个浮标来给我看,那是一种用发泡材料制成的球形浮标,大半米长,直径三厘米半,上半部分涂成红色,下半部分涂成黄色,看上去做得很粗糙。项尼斯说这是钓巴洛梅塔的专用浮标,隔着两百米都能看得到。

他又去库房里倒腾了半天,提出一个大塑料桶,里面有半桶泡胀的黄豆,连水带豆子就是满满一桶,我说你小子傻呀,这样提着重不重?你把水给倒掉不就提起来轻一点吗?项尼斯说蒂奥你不懂,这个水是浸泡黄豆的水,是要派大用处的,今天能不能钓到巴洛梅塔,一大半就指望这水了呢。说得神神叨叨的,叫人摸不着头脑,不去管他,且看他如何行动吧。

项尼斯把船开到离农庄不远的河面上,抛了一锚,这里的河面比较宽一点,水的流速也不快。先将钓组装起来,简单得很,主线从浮标中间的孔里穿过去,用半根牙签顶进去定位,浮标下留出一米左右的线,绑上小型鱼钩,鱼钩小到只能穿上一颗黄豆,鱼钩上方装一个小铅垂。

项尼斯提起桶子来,将泡黄豆的水往河里倾倒了一些,跟我讲起钓巴洛梅塔的秘诀：原来这个巴洛梅塔是一种活动于上层水面的鱼类，完全素食，以随水漂流过来的树叶、花瓣和果实为食。在长期的钓鱼实践中，巴西的钓友发现它们对于人类的谷物也有强烈的爱好，玉米粒、黄豆甚至米粒都可以用来钓这种鱼。而巴西盛产黄豆，尤其在黄豆产区，价格要明显低于玉米，因此黄豆就成了钓取巴洛梅塔最普及和最经济的鱼饵。巴洛梅塔的嗅觉很灵敏，浸泡过黄豆的水有一种特殊的酸味，这种气味可以很快地将它们从下游的水域吸引过来，就相当于我们钓鱼时打下窝子一样。

项尼斯将钓组放进水里，打开手轮上的出线环，浮标在水流的推动下跟着流向往下游慢慢移动，钓线就从线轴里拉了出来，接下来的事情我就猜到了大半——只要浮标没进水中，就是有鱼咬钩了，猛力起竿就是。

我们俩一人一支竿，坐在船头船尾开钓。这种大型浮标果然好使，即使漂到很远的地方，像我这种眼力不济的人，也能依稀看到头上那个红点。我唯一担心的倒是，钓组漂得那么远，钓线在水面上肯定会很松弛。这种时候如果有鱼咬钩，把浮标拖进水中，你再大力扬竿，1.5米长的竿子的扬程也不过两三米，抽竿的力度传导到远方的钓组上，已是强弩之末，可能钩子还没有刺进鱼嘴，反倒把鱼给惊走了。

项尼斯一面慢慢地放出钓组，一面时不时地抓一小把黄豆丢进河里。这个做法跟当年我在哥伦比亚奥里诺科河上钓巴洛梅塔时我那个导游做的一样，目的就是尽快地将鱼聚拢过来。我们坐在船上认认真真地钓了近一个小时，往河里丢了不少黄豆，可是一个咬口也没有。我回想起五年前在奥里诺科河上的场面，我跟导游一人一根手线，站在船边上诱钓，几把玉米抛进水里，透过清澈的河水，可以看到一个巴掌长的鱼满河乱窜。这种场面一辈子也碰不到几次，看来这个辛古河里巴洛梅塔的密度算不上高。

终于连项尼斯也不耐烦了，他说蒂奥我们换个地方吧，奇怪了，这里以前一直能钓到巴洛梅塔的，今天不知道是咋回事，怎么就一口也没有？接下来我们换了两个地方，还是一无所获，这下把项尼斯搞得有点发急了，嘴里嘟嘟囔囔的不知道在说些什么，最后站起来把钓竿扔了，说我们再换地方！

项尼斯钓到了大巴洛梅塔,笑逐颜开。

我钓到的第一条大巴洛梅塔。

这次开得比较远,抛定了船锚,四面一望,觉得这地方好像有点眼熟,是两天前我们钓过大黄鱼的地方,尤其右手岸边那片沙滩,看上去似曾相识。可是项尼斯一口咬定说这地方我们只是经过并没有钓过,古鲁艾尼河两边都差不多,项尼斯当然比我有经验,他说不是,那大概就不是了。

两个钓组又投入水中,项尼斯按照惯例提起桶来向河里倾倒黄豆水,我懒懒散散地看着那两个浮标往下游走去。才走了五六米,连浮标上插着的牙签都还能看到,毫无预兆地,嗖地一下,我的那个浮标从水面上突然消失了。也亏了我用的是一个西马诺2500的手轮,抓住摇竿轻轻一动,啪地一声出线环就灵敏地复位。手腕重重一抖,竿尖顿时弯到了水面,有一股大力穿过船底,跑到船的那一边去了,把我惊出了一身冷汗。小小的巴洛梅塔。竟然会有这么大的拉力?竿子太软,一时拿捏不住,赶紧将泄力一松,嘶地一声手轮开始出线,危情顿时缓解。这时候才体会出巴西钓友为什么选用软竿来钓巴洛梅塔,我这样说你大概就明白了:你用了根5米的软竿,小钩细线,你只是打算用它来钓钓半斤以下的鲫鱼,想不到你人品大爆发,突然间钓到了一条3斤级的鲤鱼,钓竿插水不说,还随时有断线跑鱼的危机。可是你到底还是把鱼给整上来了,事后你一想到这个场面,你翻来覆去说的就是这句:"哎呀这个手感,哎呀这个手感呀,真是太爽了!……"

用了软竿的软硬劲,加上泄力器的协作,慢慢地把鱼从船的那边收了回来。直到临出水前,那鱼还是像发了疯一样在水下拼命地四下乱窜,透过水面可以看到水下一团模糊的银白色疯狂地翻腾旋转。一下子还估不准这鱼到底有多大,直到鱼头出水,这才大吃一惊,这不就是一个脸盆的直径嘛!我用的夹鱼钳是米盖尔先生借给我用的,比较老旧的款式,上面没有称重的功能,凭手感估计应当在1.5公斤到1.8公斤了。真叫人惊叹,为什么这辛古河的鱼类都要比其他河流的同类长得大,巴洛梅塔大,玛德里香大,柯维纳也大!到最后我钓到了巨型的德拉依拉,觉得把辛古河改名叫作巨鱼河也不算过分。

不一会,项尼斯那条竿子也上鱼了,他上的那条比我的还要大,估计快超过2公斤了。米盖尔说过辛古河的巴洛梅塔可以长到4公斤,项尼斯说:"老板搞错了,辛古河的巴洛梅塔钓上来的绝对纪录是 11 公斤,米盖尔的儿子九岁那年就钓到过 4.7 公斤的巴洛梅塔,怎么老板他都忘了?"哎呀吓死我了,在南美洲其他河流里才几百克重的小型鱼类,在辛古河里竟然长成了如此庞然巨物,11 公斤的巴洛梅塔,想想就叫人头晕,怪不得这辛古河对钓鱼人的诱惑是这样致命。

在野河钓鱼,鱼的密度不会很大,所以不要指望会有频繁的咬口。钓组再次下水,眼看着浮标随着水流慢慢往下游走,一直走到视线已经看不到浮标上的红顶,收回来重新来过。两条大大的巴洛梅塔已经到手,这就使人对这种钓法充满了信心。钓着钓着,我的预感得到了证实,有好几次浮标漂远了,突然标上的红顶没入水中,很明显是有鱼咬钩了,猛力地起竿,只觉得手头一重,快速地收线回来,却什么也没有,只有黄豆还好好地留在钩子上。原来是放长线太松弛,起竿的力度传递到钓组已无后劲,有力的回抽变成了轻轻的一顿,钩尖没有刺穿鱼嘴,却把鱼吓了一跳,赶紧把嘴里的黄豆吐出来,一甩尾巴逃之夭夭。我这下很后悔,前几次巴西之行都把矶钓竿带在身边,后来觉得矶钓竿用在淡水钓是英雄无用武之地,所以这次的南美钓行就没有带来。今天如果我是用 5 米矶钓竿来钓巴洛梅塔,起竿的行程至少可以达到五至七米,再松弛的线都可以把它扯直了,刚才咬钩的那几条鱼是绝不会让它们溜走的。可是现在再后悔也没用,说什么都迟了。

难道就这么束手无策了吗?不,钓鱼人的智慧是无穷的,有的是怪招。我停下手来,安静地想了一下:当水流推动浮标往前走的时候,这个推力也将钓线从手轮的线轴中缓缓抽出,而出线的速度总是会大于浮标往前走的速度,这样就形成了浮标在水里走直线,而钓线弯弯曲曲在水面蛇行的状况,就是这个线走蛇行妨碍了起竿的力度。解决之道其实很简单——每隔一段时间,用手捏住来控制出线,直到钓线在水面上被拉直,等线拉直了,松开手指继续放线,将自己需要投送钓组的距离分成几段来做。这样做可以将浮标流放到眼力难以观察的距离,又可以保证每一段的钓线都是拉直的。

这么一改进,立竿见影,只要浮标往下一沉,挥手之间的中钩率明显提高,半小时之内又连中两条肥大的巴洛梅塔,而项尼斯却一无所获。我把项尼斯叫过来言传身教一番,却因语言障碍,他听得一头雾水,于是我连比带画解释,说得一头是汗,猛然间他听明白了,朝着我连连点头,嗬嗬,开窍了!我心想大侄子啊,不要看你是当钓鱼导游的,但是个不肯动脑筋的钓鱼人。

到了4点之后,原来稀稀拉拉的咬口突然变得频繁起来。在国内钓鱼时,一般每天早晚都会有两个鱼比较肯开口的时段,看来古鲁艾尼河也是如此,如果能长期居住在这里,把每一种鱼的特性都钻研一番那该多好。临出门时,米盖尔先生知道今天下午我们要去钓巴洛梅塔,关照说如果钓到大的,带几条回来,他们巴西人是很喜欢吃这种鱼的。我在哥伦比亚的奥里诺科河钓鱼时吃过巴洛梅塔,确实很好吃,刺少,肉还很细嫩,可以跟海里的鲳鱼媲美。他们那种用黄油加蒜蓉慢慢煎到酥脆的做法,极对我的胃口,而且虽然是淡水鱼,却一点泥土气都没有。事实上我在南美钓鱼时,尝过很多种鱼,无论是肉粗肉细还是味美味差,它们的共同特点就是全然没有我们国内淡水鱼的那种泥腥味。无法解释,只能说一方水土养一方鱼吧。

于是就以我钓到的第一条巴洛梅塔做标准,钓到比它大的就留下,比它小的就放回河里。到天黑之前我和项尼斯两个人钓到的巴洛梅塔不下三十条,够标准的

巴洛梅塔的尾巴张幅很大,可以想象这样巨大的尾巴会给它提供多么巨大的推力。

这样的场景,今天可真是没有少出现。

只留下七条,没有太大的,基本上都在 2 公斤上下。米盖尔先生说这是辛古河里能钓到的巴洛梅塔的最标准的大尺寸,要钓到更大的,就很难了。我说项尼斯告诉我最大的巴洛梅塔可以长到 11 公斤呢。米盖尔说你听他瞎说,都说是有长到 10 公斤的巴洛梅塔,可是有谁见过来着?我问他说那你儿子九岁时钓到的那条 4.7 公斤的巴洛梅塔是怎么回事?米盖尔说项尼斯又胡扯了,那条巴洛梅塔也就 4 公斤出头一点,不要说我儿子,我自己打小儿就是在古鲁艾尼河边长大的,看到过的巴洛梅塔成千上万,这算是最大的一条了,也不知道我儿子怎么回事,就钓到了最大纪录的巴洛梅塔。看来米盖尔先生还是个实在人,说话靠谱。项尼斯很可爱地犯了我们钓鱼人的共同毛病,总喜欢把鱼往大里头吹。

我一直耿耿于怀我们钓巴洛梅塔时往河里扔的那些黄豆,是否真的能把鱼给引过来,所以当项尼斯提了那七条大巴洛梅塔去库房里的水龙头边剖洗时,我也跟了过去。等项尼斯挖出鱼内脏时,我探头一看,吓了一大跳,差不多每条巴洛梅塔的胃里,都塞满了黄豆,它们吃得这么饱,怎么还肯追咬我们鱼钩上的黄豆饵?这真叫人感到奇怪。回想起项尼斯每次往河里扔黄豆时,一抓就是一大把,唰唰唰像下雨一样往河里扔。我想这诱饵可能打得太重了,可想而知一定会有很多鱼一下子吃了个饱,都去找地方安安静静待着消化去了。下次如果再去钓巴洛梅塔,一定要关照项尼斯打诱饵时手头紧一点,这样或许我们还能够钓到更多的鱼。

晚餐的时候,米盖尔太太知道我喜欢吃大黄鱼,又给我做了满满一大盘。但是这条柯维纳是我们前几天钓到的,放在冰箱里冰了几天,味道比起新鲜的鱼已大为

今天钓到的最大的三条巴洛梅塔。

逊色，鲜美的程度也大打折扣。但我不能辜负了米盖尔太太的好意，尽量做出一副吃得津津有味的样子来。米盖尔夫妇和他们的员工的主菜就是我们今天钓回来的巴洛梅塔，被米盖尔太太用黄油煎得酥酥脆脆，卖相很诱人，忍不住从项尼斯的盆子里挖了一块过来尝尝。这一尝才知道，辛古河的巴洛梅塔长得大，奥里诺科河的巴洛梅塔才一个巴掌大一点，可后者的味道要明显地好得多，而辛古河的巴洛梅塔的肉却显得略粗略老。

在晚餐桌上，项尼斯问起我明天有什么打算。唔，这真是个很难回答的问题。按说这几天钓得出乎意料的爽，想要钓的鱼种都钓到了，就连那个在我脑子里惦记了多年的苏鲁宾，这次也钓了个心满意足，可是隐隐约约地总觉得还是有点不满足，不满足在哪里呢？仔细一想，原来是接连几天都没有钓到巨物，红尾猫（比拉拉达）和比拉伊巴都还没有露过面。哦，还有一种被叫作狼鱼的德拉伊龙，那是一种巨型的德拉依拉，我查资料的时候得知在辛古河里也有，这家伙也还没有钓到过。米盖尔先生接过这个话头，说李先生在我们这个地方，只有雨季的时候才可以钓得到红尾猫和比拉伊巴，现在是旱季，上游水浅，这些巨物都跑到下游的深水里去了，几乎没有机会钓到它们的。你如果实在想钓，我倒有个建议，你也知道，我们这条古鲁艾尼河往下游160多公里，就进入真正的辛古河了，那边河道宽阔而且水比我们这里深，或许现在这个时候还有可能钓到这些鱼。至于你刚才说到的那个狼鱼德拉伊龙，我们这里不出，辛古河那边倒有。在古鲁艾尼河与辛古河的交汇处，那边有另一个钓鱼农庄，老板跟我很熟悉，你要是想去呢，我倒是可以帮你联系一下。

我听米盖尔这么一说，顿时眼前一亮，原来在辛古河那边也有钓鱼农庄，真是踏破铁鞋无觅处，得来全不费工夫。我就说，米盖尔，那就麻烦你明天替我联系一下，如果可能，我会到那边去钓个几天。项尼斯也在边上出主意，他说他知道有一个地方，那里的河道比较深，现在这个时段也会有个十几二十米深，那里可能还会有些巨物停留，他有个舅舅就住在那附近，问明天要不要带我去试试。不过那地方比较远，开船过去差不多要一个半小时以上。米盖尔迟疑地摇了摇头说："那地方我也知道，不过现在这个时候不见得会有巨物，也好，明天就让项尼斯带你过去试试，钓不钓得到，那就看你的运气吧。"

9月8日
钓获寥寥

早餐过后我就急着想要出发，项尼斯却在仓库里东翻西找，磨磨蹭蹭的不知道在忙些什么，等他从库房里出来，用手推车推了满满一车东西。我上去一看，有锅有炉灶，有油盐酱醋，还带了一个压缩煤气罐。他说今天我们要去的地方太远，赶回来吃午饭又耗时间又耗燃油，干脆我们就在外面自己做饭，搞个野餐你觉得怎么样？这小家伙鬼点子还真多，这主意也真是妙极，我们钓来鱼自己在野外做来吃，

花红树绿，辛古河嫣然的春天。

这种野餐真是妙趣横生呀!

这钓场果然很远,项尼斯抛锚的时候我看了一下表,都快9点半了。放眼望去,这地方和古鲁艾尼河上的其他地点大同小异,不同的是这里的河岸植被特别茂盛,河岸上有些树正是繁花满枝,一阵轻风拂来,落英缤纷,或红或黄的花瓣飘飘洒洒地落在河面。按季节算来,现在应当是巴西的春天了。

快手快脚地装好钓组,一扬手投进水中,照铅垂沉入河底的时间估算,水深也不过在十米左右。我往船的两边各投了一支抛竿,点了一支烟,静候鱼来咬钩。很快一个小时过去,除了钓到两条很大的食人鱼,就什么像样的收获都没有了。项尼斯把那两条食人鱼都留了下来,他说我们今天中午就用这两条食人鱼做午餐了。辛古河里的食人鱼和我以前在南美其他河流钓到的食人鱼都不一样,体形很大,腮部和下腹部是很明亮的黄色,这种食人鱼我倒从来没有吃过,今天不妨试试它的滋味。

有一支钓竿的梢头有了反应,慢慢地抖动着,而且抖动的幅度很小,一面抖动着,一面很有力度地将竿尖缓缓地拖下去。正是起竿的大好时机,我抢上去提竿

没有鱼只能跟乌龟一起拍照了。　　　　　　　　　　　　　　乌龟正口,没见过吧。

项尼斯剖洗比拉尼亚。

项尼斯向我展示他的厨艺。

项尼斯在炉子上煎鱼,地方不大,这姿势有些别扭。

猛力一抖,手里感到很有分量,阻力颇大。慢慢收到水面,却是一只很大的乌龟,鱼钩钩在鼻尖上,还是标准的正口。我想哎呀完了,今天看样子要拱龟了,这可不是什么好兆头。果然,接下来一个小时连着钓了四只大乌龟,什么像样的鱼都没有。乌龟竟然是从那么深的水里钓到,这是我怎么都想不通的事情。项尼斯说:"蒂奥,算了,不要再钓了,休息一下吧。我这边午饭马上就要做好了,等吃了午饭,我们去找我舅舅去。这地方他熟悉得很,让他来给我们指点一个钓鱼的好去处。"项尼斯做了巴西式的黄焖米饭,这种焖饭在做的时候加入了用黄油煸炒过的蒜头和番茄丁,味道很诱人。食人鱼用些许盐和青辣椒腌过,再用黄油煎得酥脆,挤上新鲜的柠檬汁,就着米盖尔太太腌泡的辣椒,这顿野餐吃得真是好过瘾,我从来没有觉得食人鱼的味道竟然还真的不错。

饭后我们起锚往前开,大约一刻钟后项尼斯把船靠在岸边。我们登陆后沿着一条干涸的小河道往上走,不久就看到一个很小的村落,才三四间房子,房子的质量挺不错,还是砖砌

日出而作日落而息,帝力于我何有哉?项尼斯舅舅的幸福生活。

的,居然有车,而且还有电!这里住的都是古鲁艾尼河上的专业渔民。项尼斯的舅舅很热情地接待了我们,请我们喝新鲜的青椰子汁。他舅舅有一条小船,每天划着那条小船去古鲁艾尼河上放延绳钓,一早上去放,下午去收,日子过得很悠闲。他说他们这种小村落,用电不用花钱,是政府买单,小孩子每天步行两公里,那儿有校车等着接送他们去另一个很大的村寨,村寨里有学校,什么钱都不用付,还管一顿午餐。他们对自己的生活很满意,外面的世界对他们并没有什么吸引力。

　　问起鱼情,舅舅说哎呀不行不行,今年水退得太多,不要说你们钓不到大鱼,我放延绳钓都搞不到什么大玩意儿。这不,上星期才挂到一条比拉拉达红尾猫,只有4公斤重。比拉伊巴?从8月份到现在还没有钓到过,苏鲁宾也很少,真见鬼了。但是今年这两个月河里的柯维纳倒是特多,这几个星期来我钓了不少,都腌起来做咸鱼了。我们说着话的时候,舅舅的两个孩子一直站在老爸身后好奇地打量着我这个老外。在这种小得不能再小的村落里,能看到外国人是件了不得的大事。我问他们钓不钓鱼,小兄弟俩一起点头,赶紧去屋里把他们的绕线板拿给我看,粗旧的尼龙线,粗制滥造的歪头钩,就是他们老爸用的鱼钩鱼线,也好不到哪里去。我很喜欢这两个小鬼，就去船上取出两包伽玛鱼钩送给他们，小兄弟俩开心得马上蹲到地上去"坐地分赃"了。哥哥恃强凌弱想要多吃多占，小弟弟不干，委屈地哭了起来，惹得老爸火起，转过身去高声喝止，夺过鱼钩来放手上仔细端详一番，顺手往衣袋里一放，吵什么吵，都给老子充公了！于是小哥哥也哭了起来。

我们把舅舅的小船拖到我们后面，由舅舅带路，驶到某一处河面。舅舅说这里是最有可能钓到红尾猫的地方，指指点点一番，就划着小船回家去了。既然舅舅都说了这里是风水宝地，项尼斯立马提起铁锚往河里一扔，我就飞快地装妥钓组，专心致志地钓了起来。

很快就上来一条柯维纳，很大的尺寸，这几天这种大黄鱼钓太多了，也就不把它当回事，舅舅说了，这两个月来河里的柯维纳特多，看来靠谱。接着又上了一条黑得鼻子眼睛都看不清楚的清道夫，奇怪的是并不是钩上来的，因为鱼钩和鱼饵加起来比它的嘴巴还大，那家伙一口咬住鱼饵死也不放，就这么连鱼带钩饵一起拉上来了，真是舍命不舍财啊。在亚马孙水系里，有不下五百种的清道夫，体形都不大。在玛瑙斯的鱼市场，我看到的最大型的清道夫，也不过 1 公斤不到。清道夫是一种底栖性鱼类，专吃那些其他鱼类都不屑一顾的有机质碎片为生，日子过得苦哈哈的，所以一看到有肉吃，那是连命都不要了。因为是弱小鱼类，在这种流氓横行的大河里，保命是第一要务，所以它们的鳞片演化成一种骨质板，说得夸张点就是骨头长在皮肉外。因此这一类鱼拿在手里感觉硬邦邦的，就像拿了一块木头，这种看上去瘦骨伶仃、骨多肉少的鱼大概连比拉尼亚都懒得去咬它们一口。怪不得这一类鱼能在危机四伏的大河里，活得有滋有味。有报道说，最近几年西方世界流行在水族箱里养一种异类清道夫，这种小型清道夫是靠啃食木头为生的，它们的肠胃里寄生了一种能将木头纤维分解的细菌。这倒好，只要往鱼缸里丢块烂木头，连买鱼食的钱都省了。

舅舅指点的地方并不好，原先指望有高人指点，怎么着也会有红尾猫咬几口，可是自打那条清道夫咬过以后，两根钓竿就像被焊死在河底一样。项尼斯坚信舅舅的仙人指路绝对没有问题，死守着不肯挪地方。我也不好多讲，干脆也打定主意死守下去。其实钓鱼这个事情就是这样,别人钓得到鱼的地方未必对你有效,别人钓不到的地方你跑去可能就是连竿,这就是钓鱼的不确定性。有时候想想钓鱼之所以迷人,这不确定性也是其中一个原因吧。

转眼间,时间已经到了下午三点三刻,再过半小时,我们就必须返航,回家的航程是逆水,估计回到农庄天都要黑了。就在大家都觉得很气馁的时候,我眼前的那根钓竿突然无声无息地弯了下去,那么长的时间都没有咬口,早就憋了一肚子的气,心里叫了一声:你总算来了!抄起钓竿就是恶狠狠地一抽,右手的感觉告诉我,确实钓到东西了,左手赶紧去收绕线器。刚绕了两圈,另外那根靠在船帮上的钓竿猛然间被拉倒了,竿梢还在对着河面不断乱抖,又有鱼咬钩了!连忙把钓竿交到左手上去,右手抓住那根钓竿再往上一抽,竟然也钓到鱼了,这下大为尴尬,两只手各执了一根鱼竿,两根竿上都有鱼,一时不知道怎么办才好。声音惊动了正在船尾打盹的项尼斯,睁眼一看大事不妙,立刻抢过来夺了一支钓竿,两个人就兴高采烈地一个劲地往上收线。这真是,旱的时候旱死,涝的时候又涝死啊,钓鱼就是这么折磨人。

收着收着,手里却觉得沉重起来,看线的走向,原来是两条鱼在水底下乱窜,把两个钓组绞到一块去了。我感觉中钩的鱼不是很大,再说我的钓组钩大线粗,本来就是钓大物的气场,就对项尼斯说不去管它,一起绞上来!于是我们俩手里加劲,

黑鬼清道夫,赛过张飞气死李逵。

这张照片可以很清楚地看到鸭嘴鲇背部的样子。

长相怪异的鸭嘴鲇。

一下子就把两条鱼给拔到船舱里来了。咦？这是什么鱼，没见过。大侄子看到鱼很开心："哟，是两条 Bico de pato，河里很少，很难钓得到的。这鱼好吃，卖得很贵的，带回去吧？" Bico de pato 葡萄牙语或者西班牙语意思都一样，翻译过来就是鸭嘴的意思。看看也真是哦，这鱼的上唇长得又长又扁又薄，薄得半透明，就像个鸭嘴巴一样突出老长。我就纳闷了，这么长的鼻子怎么吃东西啊？嘴巴还没有咬到东西，鼻子倒早就碰上去了，上帝造物真是什么怪样子都有啊。看它嘴巴上的胡子，可以确定它是鲇鱼的一种。硬是好得很，大叔我又钓到新的鱼种啦！项尼斯给鱼解了钩，我耐着性子慢慢地去解那纠缠在一起的钓线，看着那两条在船舱里翻滚的怪鱼，我心想这两个也真是难兄难弟，一起咬钩，一起被捕，一起去死，真是不愿同年同日生，但愿同年同日死嘛。

　　这两口咬过，又是音讯全无，我一看表，都 4 点半了，不走不行了。项尼斯收了船锚，我们加足了马力往回赶，等我们回到农庄的码头，天已经完全黑了。项尼斯忙着把东西一样一样往岸上搬，我看到我们带出去的大蚯蚓还剩下三条，心想趁这个时间就在码头边上打它一竿，看看有没有咬口。竿子打出去才一分钟，唰地一下

同时上钩的鸭嘴鲇,真是难兄难弟。

很爽快地就被拉下去了,收上来一看,又是一条不认得的鲇鱼。项尼斯过来一看,说这种鲇鱼叫作 Juru poca,也是古鲁艾尼河中数量不多的鱼,蒂奥你今天运气好,钓到的都是很少钓得到的鱼。被他这么一说,想想倒也是真的,今天虽然收获寥寥,但钓到的三种鱼都是新鱼种,这不正是我想要的吗?

回到农庄一看,嗬,好热闹,客厅里都是人,喝啤酒的,打桌球的,整理钓具的,平时安安静静的客厅里人声鼎沸,原来是前几天米盖尔说的那个钓鱼团体今天终于到来了。米盖尔把我向大家作了介绍,说这是来自中国的李先生,钓鱼高手,这几天钓得很不错。李先生,来来来,把你那些钓鱼照片拿出来给大家看看啊。于是大家伙都挤过来看我的钓鱼照片。我想我这几天确实钓得不错,碧库达、苏鲁宾、柯维纳、玛德里香、巴洛梅塔,差不多能钓的鱼我都钓到了,嘚瑟一下又怎么样。再说了,我得趁这个机会给咱们中国钓鱼人长长脸不是?那帮人看了照片,一个个热血沸腾、跃跃欲试,恨不得现在就开钓。米盖尔好聪明,他不失时机地做了一次生动的战前动员,也为他的农庄打了一个不花钱的广告。

等吃过晚饭,事情消停一点了,米盖尔把我叫到一边,说要跟我说两件事。他

又是一个新的鱼种,这是古鲁艾尼河中数量不多的一种鲇鱼。

说他今天已经跟辛古河那边的农庄打了电话,那边说没有问题,随时恭候我大驾光临。米盖尔说两个农庄虽然隔得不远,才156公里,但是没有直达的道路,得兜老大一个圈子,先回到噶拿拉纳,而且从噶拿拉纳去那个农庄没有长途汽车可坐,得坐出租车过去,车费大概是250美金。我直喊这么贵啊!我坐飞机从圣保罗到大坎普也不过200美金啊。米盖尔说不算贵啊,近160公里呢,而且人家回来还得放空车不是?如果你是一个钓鱼团体,他们农庄绝对肯放一辆车来接,但是你只有一个人,人家就有点不愿意,觉得划不来,你说是吧?不过说来巧了,他们那个农庄明天正好有一辆车要去噶拿拉纳装给养,你如果愿意明天就去呢,他们正好可以顺道捎你过去,你什么钱都不用花。我说让我想想,脑子里就盘算开了:我在古鲁艾尼河已经待了五天,除了巨物,该钓的鱼我都钓了,米盖尔也说了,现在水位低,钓巨物是没有指望了,辛古河那边河宽水深,还有可能钓到红尾猫或者比拉伊巴那种大鱼。再说了,现在来了那么一大帮子钓鱼人,明天就得跟他们拼船出钓了,那多不爽啊,不如趁这个机会转场吧。虽然结束得有点突然,但也是一个新的开始,说不定到了那边我人品大爆发,钓几条巨物也不是没有可能。

主意打定,我说:"行啊,明天我就到那边去,不过他们没有见过我,我也不认识他们,明天到了噶拿拉纳,怎么跟他们接头呢?"米盖尔笑了,说:"我今天晚上就跟他们联系,明天你回到噶拿拉纳,就去那边唯一的一家超市门口等着,他们就在

亚马孙水系的鲇鱼品种真多啊，钓到新鱼种很开心。

那家超市买东西，然后会到超市门口来找你，你这张中国人的脸就是招牌，怎么会搞错呢？"米盖尔接着说："第二件事情嘛，就要求你帮忙了，原先这个钓鱼团体说是来十七个人，现在一下子来了十九个，缺了一个床位。你的房间里呢，正好多一张床，能不能跟你商量一下往你房间里多住一个人，我会退还一部分费用给你的，你看如何？"我说那当然没有问题，只是希望那位先生晚上睡觉不会打很响的呼噜，他打呼噜我还真睡不着觉呢。

晚上临睡前，我把所有的东西收拾好，准备明天一早就转场。

9月9日 Recanto Xingu 钓鱼农庄

一早就跟大家伙儿一起起来，抽个空把项尼斯拉到一边，把昨天晚上就准备好的红包塞给他。这些年来,我在世界上很多国家钓过鱼,雇佣过的导游加起来也有近二十个了,但是最令我满意的还是两个小朋友。一个是第一次去亚马孙河的小导游法比奥,我管他叫伊霍(儿子);第二个就是这个项尼斯,我叫他索布里诺(大侄子)。这两个小家伙最令人满意的就是他们的真诚,为了让你钓到鱼,那种在所不惜的卖力劲儿。当然我也得说说这家农场的主人米盖尔,除了我在潘塔纳遇到的哈伊梅先生,他是我碰到过的最厚道的老板,价钱公道,说话办事实在,我心甘情愿地为他们做个托。如果谁想要去巴西钓鱼,尽管找他们去,听我的话准没错。

第二天中午,在噶拿拉纳很顺利地和第二家农庄的人接上头,傍晚时分到达了那家叫作 Recanto Xingu 的钓鱼农庄。

农庄的老板是个黑人,我记不大清楚他的名字叫布赛洛还是巴赛洛,不过他的一口英文说得可真溜。这家钓鱼农庄的价格比米盖尔的农庄高出一大截,按照他们的付款标准我算了一下,我余下来的钱只能在这里待三天,不过那已经很足够了,三天中只要有一天我能钓到大鱼,就已经值回了票价。价钱贵那是有道理的,这家农庄的规模大,接待能力强,住房设施和伙食的质量明显要比米盖尔的农庄高得多,而且他们的员工好多都能说英语,因为他们时常要接待从美国和加拿大来的钓客。

Recanto Xingu 的旅馆标志。

我住的房间,在等待管理员来开门之前。

两个在农庄里打杂的印第安小伙子。在他们的部落里,他们都是"高干子弟",玩得起手机。

吃过晚饭和布赛洛先生闲聊,大致对农庄的位置和情况作一下了解。这家农庄也位于古鲁艾尼河边,从这里出发,经过近一小时的航程就可以到达古鲁艾尼河与另一条名叫 9 月 26 日的河流汇合点。从交汇点往下,就是辛古河的中游了。从行政区划上来说,一进入辛古河的中游,就是巴西最大的一个印第安保留区,这个印第安保留区连绵将近 800 公里。在这片辽阔的雨林保留区内居住着 26 个印第安部族,操 24 种印第安方言,有 3000 多个说得上名字的印第安村落,其中还不包括没有名字甚至还不为世人所知的印第安部落和村落。这块广袤的印第安保留区不通铁路,不通公路,唯一能使用的交通工具就是船。连绵不绝的热带雨林就像一座天然的屏障,把现代文明和原始的印第安文化隔绝开来,留给世人四个字:原始神秘。

布赛洛先生说这里是和印第安人最接近的地方,因此农庄里有不少的工作人员就是来自保留区的印第安人。当然,一般的人是不可能来农庄工作的,能到外面世界来做事的,大多是部落酋长的子女。每过一两个月,保留区的印第安人会组织船队带着他们的货物来和我们做买卖,卖他们在雨林中生产和采集的动植物,再从外面的世界带些生活必需品回他们的部落。

我问起我最关心的事情,这个季节在这个地方有没有可能钓到巨物,要知道我这么大老远的就是奔着大鱼来的。一看布赛洛脸上的表情,我心里就有点七上八下。他说:"我不知道您说的大鱼是什么标准,告诉我吧,在您看来几公斤的鱼才算是大鱼?"我说10公斤以上总差不多了吧。布赛洛先生说在我们这里,能够钓到大鱼的季节是11月、12月、1月和2月,那时候不要说10公斤,50公斤级的大鱼都能钓到。那时候河面的水位至少要升高6米,大鱼都会从下游逆水而上。现在是旱季,是钓鱼最好的季节,却是钓大鱼最困难的季节,看你的运气吧李先生,现在这个时候,10公斤以下的鱼或许还能钓得到。至于您说的德拉伊龙,现在是钓它们最好的时候,您就把钓10公斤级大鱼的希望放在德拉伊龙上吧。"

布赛洛先生说:"我们这儿有好几个导游都能说英语,那就给你派一个英语导游吧。早点睡,我们这里的钓客早上五点不到就要起床,五点半导游就会带你们出发,祝你好运,先生!"

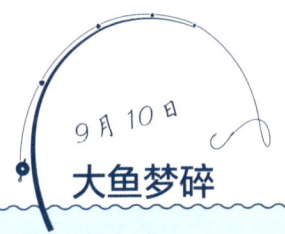

大鱼梦碎

9月10日

一大早5点半,天还是乌漆抹黑的,一帮钓鱼人都已经聚到码头上。这家农庄确实生意很好,十几条钓鱼船都在准备出发,导游加上钓客,码头上显得非常热闹。昨天我还感到纳闷,起那么早干吗,今天我就明白了,不早不行。因为所有的钓鱼船都将开到辛古河去,这一路上紧赶慢赶也得一个多小时,等赶到钓点天都亮了,这全世界淡水钓都一样,大清早,鱼肯咬。

布赛洛先生向我介绍了安排给我的导游,也是个年轻人,30岁不到的样子,也是瘦瘦小小的,干导游倒有近十年的历史。他的名字很好记,叫迪昂。我问他,今天带了什么钓饵来,他说农庄里只免费提供一种饵鱼,就是图维拉,如果客人对钓饵有什么特殊要求,那是得花钱的。他说这个季节所有的鲇科鱼都喜欢吃一种饵

农庄的码头,这家的规模比较大,显得更专业一些。

美丽的辛古河日出。

料,就是比阿乌,如果想要比阿乌,可以花钱向附近的村民买,活的五美金一条。我这才知道,站在码头边上那三个人既不是导游也不是钓客,原来是卖活饵的。生意还不错,我们十几条钓鱼船一下子就买了近四十条,这生意划得来,十几二十分钟的营业额就是两百美金啊。我因为在米盖尔的农场里,这五天来基本上都是用活饵钓鱼,路亚都没有好好玩过,因此打算今天好好玩玩路亚。我对迪昂说:"那你也去替我买两条,我们原则上玩路亚,这两条比阿乌养着,以备不时之需。"

十几条钓鱼船发动引擎,鱼贯地一条接一条向河的下游驶去。虽说巴西还算是个热带国家,可现在这个季节算是春季,清晨的气温并不高。河面上可以看到白花花的水蒸气,小艇的速度又快,一开起来那迎面风可是嗖嗖的,我穿了件连帽运动衣,还是冻得发抖,这一个小时实在难熬。

在引擎的轰鸣声中,渐渐地可以看见两岸黝黑的树冠,两岸的小树丛也隐约可见。不经意间东方既白,第一缕阳光从地平线上弥散开来,转眼间温暖的太阳跃出薄薄的云层,辛古河突然出现在眼前,那么宽阔,那么宁静,河面上泛着金色的微波。深深地呼吸着河面上纯净的甜丝丝的空气,只觉得身心舒展,这种和大自然紧紧拥抱的快乐,只有我们钓鱼人才享受得到。

转眼间所有的钓鱼船都消失不见了。每个导游都有他们自己钟意的地盘,他们带着自己的钓客直奔自己的自留地而去。我们则停留在古鲁艾尼河与辛古河交汇的河口,迪昂的想法和我不谋而合,这种两条河流交汇的地点,必定是打路亚最合适的地方。

我装了一个短舌的米诺,准备进行上层水面的搜索。按照一般规律来说,清晨的时候,掠食性鱼类都在水的表层活动,因为它们要追咬的小型鱼类,早晨也在水面活动。照迪昂的说法,即使是苏鲁宾或者比拉伊巴这样的底层鱼类,一大早也能在水面上钓到,这倒是很新鲜的讲法。好,那就让我来试试运气吧。

钓鱼船随意地漂浮在河中间,四面三百六十度都是光水面,于是我就从十二点的位置开始搜索,每五分钟的刻度打两竿,这是我一贯的做法。打了七八竿都没有动静,可是人已经进入了状态,因晨寒僵硬了的四肢开始活泛起来,早晨的太阳照

碧库达,又叫水老虎,因为在巴西的阿拉圭亚河出产最多,故又被称作阿拉圭亚鱼雷。从它那极其流线形的体型上看,就知道它是一种高速游泳的鱼类,用鱼雷来形容,当之无愧。

在身上,有一种叫人血脉疏通的快意。慢慢地将路亚往回收,间或在竿尖上做出一个弹跳的动作,忽然间感觉竿子微微一顿,好像在水下面被什么东西绊了一下。等的就是这一顿,刹那间我腰部往右一扭,双手往后用力一挑,钓到了!竿梢被猛力向前拉了两下,紧接着河面上就有一条银光闪闪的鱼飞跃起来,看得很真切,是条碧库达,外号阿拉圭亚鱼雷。这种鱼身体呈彪悍的流线型,游速极高,在追咬拟饵的时候就像一个鱼雷直线射出,其势猛如飞镖。它性情自负而暴烈,中钩后暴跳如雷,高高跃起的同时可以做出三四个激烈的甩头动作,宁愿将嘴撕裂,也要把拟饵甩出去,因此脱钩的几

跟"鱼雷"合影。

率很大。我一看到中钩的是条碧库达，第一反应就是快速向前送竿，让线松弛。这个动作如果做得稍慢，紧张的钓线就会帮它甩脱拟饵，脱钩跑鱼往往就是在这转瞬之间。第一次的洗鳃被如此化解，接着就是第二次、第三次……等到鱼不再跃起洗鳃，而是深深地扎进水中，钓手十有八九已经得手。这时候鱼的力气已经耗去大半，唯一要提防的，就是提鱼进舱时它的最后一跳。

很顺利地将鱼拿到手，放在坐板上，仔细地欣赏我的猎物。突然觉得它长得和国内的水老虎鳡鱼很神似，尤其是它那看上去很有力度的身躯和紧密细小的鱼鳞。但是它的尾巴却充满了亚马孙的神韵，红艳张扬，特别是中间那一大块像凶神眼睛似的黑斑，那是除了孔雀鲈，无人敢用的纹身。碧库达，你的长相和你的名字一样漂亮，能钓到你真是我的荣幸! 赶紧给它拍照，托起来跟它合影，不能欣赏太久了，碧库达是一种性子很暴躁的鱼，耽误久了会死。

随着太阳越升越高，水表层的温度开始回升，鱼的活性也越来越大，水面上不时可以看到大鱼哗啦一声打出的巨大水花，可奇怪的是并没有太多的鱼来追咬拟饵。我耐着性子不紧不慢地向四周打出路亚，终于在9点半左右开始了一场很热闹的追咬，但那都是体长50厘米左右的小碧库达，一条接一条地上钩，很显然我们碰到小碧库达群了。很多鱼类都有这种习性，那就是体形差不多大小的鱼集群活动，间或夹杂了几条贪食的比拉尼亚，钓得人有点烦，只有耐着性子等这群小鱼离开。终于等来了一次还像点样子的追咬，这条鱼一上钩就把泄力器拉开了，等它从水面上蹦起来，银光闪闪的好漂亮，这是一条恶狗鱼卡秋拉。卡秋拉中钩后也会狂暴地跃出水面洗鳃，但它比较笨，除了跳出水面，好像不大会做甩头的动作，因此钓获率很高。唯一要注意的是，和国内的翘嘴鲌一样，这种鱼的嘴唇比较薄，剧烈的拉扯会撕裂它的嘴巴，导致跑鱼。在亚马孙水系，有两种恶狗鱼，卡秋拉是一种，这种恶狗鱼体形不会太大，长到一米以上就算是大鱼了。在潘塔纳的巴拉圭河，这种卡秋拉的数量极多。另一种大型恶狗鱼叫作巴亚拉（payala），最大的体形可以达到两米以上，身强力壮而游速极高，下颚的犬齿长达15厘米，就像两把尖锐的渔叉，被它咬到的猎物几无脱身的希望。这种巴亚拉分布在南美洲

辛古河的第一条大恶狗鱼。

的亚马孙河水系、奥里诺科河水系,性格孤僻而数量稀少,是钓鱼人梦寐以求的最具挑战性的目标之一。

很快就到了 11 点,迪昂告诉我,由于离开农庄太远,午餐就不回营地去吃了。农庄在辛古河边上安排了两个野餐营地,我们可以去离我们近的那一个。

我们到达野餐营地时,已经有两条钓鱼船先我们一步到达,四个巴西钓友都脱了个大光膀子,正坐在树荫下喝啤酒。一个导游已经在野炊灶前忙开了。一看就知道,这两条钓鱼船都没有钓到什么鱼,否则是不会这么早就到野餐营地来光着膀子喝啤酒的,天底下的钓鱼迷都是一个德行,只要有鱼钓,哪怕不吃不喝都撑得住。到他们的船上去看看,果然收成不好,一条船钓到一条 60 厘米的苏鲁宾,另一条船钓到一条 50 厘米的苏鲁宾。那几个钓友很不过瘾,就有点破罐子破摔,吩咐他们的导游说把这两条该死的鱼烤了吧,咱们把它们当午饭吃。

我们来到野餐营地,已经有人早我们一步到达。

我的导游迪昂在野餐营地。

野餐营地,锅碗瓢盆一样不缺。

在篝火上烤得吱吱作响的鱼。

我的巴西钓友们。

睡吊床,并不舒服但野趣十足。

他们船上那位比较年长的导游当主厨，迪昂和我就清闲了，站在一边傻子看热闹。主厨在火上用黄油炒了切碎的洋葱和番茄，再拌入鸡精，加入水和米，煮了一锅巴西人日常食用的黄焖米饭，切了一盘简易沙拉，将农庄里带来的牛肉放到烤架上，开始动手做烤鱼了。剖洗干净的鱼从脊骨一切为二，抹上盐和黑胡椒碎粒，摞起来腌二十分钟，打开来放在烤架上，铺上番茄片和辣椒圈，在火上烤得吱吱作响。想不到的是这些辛古河的淡水鱼肉里面竟然还有那么多的脂肪，被火逼出来的鱼油一滴滴掉进火里，发出滋啦滋啦的声音，就好像鱼在哀叹它们不幸的命运。

烤鱼的香味弥散在空旷的辛古河上，闻着这种香味，突然就觉得肚子饿了起来，再看到那烤得焦黄的鱼肉，顿时食欲大开。也用不着大厨过来邀请，大家都拿了盘子刀叉围拢来，拣自己喜欢的食物往盘子里装，只听到噼噼啪啪拉开啤酒罐的声音，哥们，咱开吃了！

酒足饭饱，躺在营地树荫下的吊床上眯着眼睛，团团睡意从四面包围过来，眼睛半睁半闭地看着树林外的辛古河。现在是正午时分，太阳光强烈而炙热，辛古河水慢慢地在阳光下流淌，几万年来都是这样。和风轻轻地掠过河面，携带着淡淡的鱼腥味和热带雨林特有的芬芳，一切都安静下来，听不到雨林里热闹而嘈杂的鸟语，成群飞舞令人讨厌的昆虫也不见了踪影。只有一只大头蚂蚁，迟迟疑疑地在绑着吊床的绳索上转悠，拿不定主意究竟是往上爬到树上，还是回到地面上它的巢穴中去。在宁静的气氛中我进入了沉睡。

一觉醒来，一看表已经快3点钟了，再看那迪昂还在树荫下睡得呼哧呼哧的，赶紧把他给摇醒了。下午最多还有两个小时的钓鱼时间，不抓紧不行。

上午打了半天的路亚，效果并不怎么好，也没有什么大型的鱼类到水面上来追咬路亚，于是我就对迪昂说："下午我们就用鱼饵来打沉底钓鱼吧，我们不是还有两条活的比阿乌养在桶里吗？"迪昂将小艇开到辛古河与一条小河道的交汇处，将锚抛下了，他说这个河段时常有大型鱼类出没，去年他就带一个加拿大钓客在这里钓到一条40公斤的比拉伊巴。我问他那是几月份的事情，听了他的回答我有些泄气，他说那是去年11月底的事情。我又问他最近一两个月营地里有没有钓到过什么大鱼，他的回答更使我失望，从上个月到现在，营地里钓到的最大的红尾猫才五六公斤，一般的尺寸也不过两三公斤，比拉伊巴还没有人钓到过。枯水期呀先生，要钓大鱼你为什么不在年底年头来呢？大家的回答都是这样一致，那也没有什么话可讲，这使人深感失望。本来满怀希望到辛古河来想要撞一把大鱼运，想不到连辛古河也不是钓大鱼的时段，真是时也运也！不过就是钓到五六公斤的红尾猫也不错啊，不知道今天有没有这样的运气。

迪昂从桶子里捞出活蹦乱跳的比阿乌，活生生地将它切作三段。我装了一根抛竿远远地打出去，本来还想同时用两根竿子。转念一想，我只有两条比阿乌，切成六块也只有六次机会，这辛古河里比拉尼亚那么多，搞不好半个小时就给我咬光了，还是钓一根竿吧，保险系数大一点。

等了半个多小时，始终没有鱼讯，连比拉尼亚也不咬一口，真是万幸。要知道这种血淋淋的鱼肉钓饵是最对比拉尼亚胃口的，通常是只要五六分钟，比拉尼亚就闻风而至，几口就把钓饵咬个精光。但这也是个不好的预兆，说明河里鱼的活性不佳，胃口不好，就饵的意愿并不高。正在担心着，随手把鱼竿拿起来，收回一点钓线，让鱼饵在水底下动起来，引鱼来咬。谁知刚收了几圈钓线，呼啦一下竿梢就被大力拖了下去，力量很生猛，心里叫了一声"来了！"猛抽一下鱼竿，就看到河面上有一条鱼惊慌地蹦了起来，是什么鱼看不真切，可迪昂一看就说，是巴亚拉！鱼倒并不大，可是脾气大得很，又是洗鳃又是甩头，直到被收进船舱，还是跳个不停。巴亚拉是一种上层鱼类，通常都在水皮子下面追寻猎物，可这条巴亚拉却是在河底钩，咬的又是死饵，这事情就有点奇怪了。巴亚拉也是我想要追寻的目标鱼，不过这条的尺寸未免太小了一点，让我兴奋不起来，拍了照片就把它放了。

装上新的钓饵再来，又是半小时纹丝不动。好不容易看到竿梢轻轻动了一下，急忙抄竿在手，等待它的下一个动作。可是等了半天，又没有下文了，等得我有点不耐烦，将钓竿轻轻往上提一下，却感到有一个很小的力量在水下和我对拖。于是肩部用力一个猛抽，钓到东西了！拉到水面上一看，花花斑斑的原来是条苏鲁宾，不是很大的尺寸，倒也让我过了把手瘾。看来这个钓点是选对了，虽然咬口不多，

果然是一条苏鲁宾,现在很有经验了。　　苏鲁宾鱼头出水。

但还是有两条像样的鱼。

装饵再来,这下可好,刚把钓组打出去,才收紧钓线,就看到竿梢抖抖索索起来。于是就把钓竿端在手里等它下一个动作,紧接着,竿梢从容不迫地向水面慢慢地栽下去,这是一个很典型的苏鲁宾咬钩动作。这几天在古鲁艾尼河钓了不下十条苏鲁宾,已经积累了相当的经验,判断已十分准确了。抓住时机一个大力抽竿,钓住了,而且居然拉开了泄力器,感觉比上一条会大一些。

果然是一条苏鲁宾,我对自己的判断很得意,心想这个钓点还不错,就在这里泡下去吧,总会有大鱼来咬钩的。可是我想错了,接下来比拉尼亚进场了,这些水下饿狼蜂拥而至,没用多少时间就把我那宝贵的比阿乌咬得一个不剩。

接下来只能再用路亚作战了。迪昂拔上船锚,让小艇随水漂流,我漫无目标地四处搜寻,咬口倒还不错,钓上来的都是小卡秋拉和小碧库达,这种情况一直持续到五点多钟。迪昂提醒我该回去了,回去还要开一小时的船呢。宝贵的一天就这么过去了。

回到营地,布赛洛先生问我有没有钓到什么大鱼。看我那失望的样子,他说这是意料之中的事,这个季节是没有什么大物可钓的,你明年1月再来吧,我保证你会有满意的收获。我心想你说得倒是轻巧,我那么几万里路赶过来,我容易吗我!

布赛洛先生说："李，你来，我给你介绍一个很有趣的人物，相信你一定会对他感兴趣。"

那是一个肥硕的印第安男子。布赛洛说他是一个印第安部落的酋长，他的儿子也在我们农庄里打工，今天他来这里是为他们部落采购船用发动机的配件，明天一早他要返回他们的部落。我跟他说了我这儿有一个中国来的客人，对你们印第安人很感兴趣，你能不能带他去你们部落看看，拍些照片？我问他那个部落离这儿远不远，布赛洛说不太远，开船去三个多小时就到了，你如果想去，我就叫迪昂带你去，当天晚上你就能返回营地的。看我有些迟疑的样子，布赛洛先生的话打动了我，他说机会难得啊，别人要去印第安部落还不是件容易的事，得先向政府申请准入证，光一个准入证就得等候好几天呢。现在酋长就在这里，能不能进去他说了算。我心动了，明天不钓鱼了，咱就去瞧瞧印第安人的住地，机会难得，咱得去开开眼！

9月11日 印第安保留区

早上5点半，我们就跟着钓鱼的大部队出发了，走的还是昨天去辛古河的路线。到了辛古河天色大亮，其他的钓鱼船都四散奔赴钓点，我们则紧跟着酋长的船只，一路向北行驶，进入了印第安保留地。我一直以为，世俗世界和印第安保留地之间会有个什么标志，譬如在河边上插一块标牌，上面写着"××印第安保留地，未经许可不得入内"之类的警示语，而事实是啥也没有。后来才知道，关于边界的划分始终有点模糊，在印第安保留地未曾建立之前，任何人进入那里去打猎、捕鱼、伐木都很随意，可是印第安人认为这侵犯了他们的权益，于是就用他们的方法进行抗争。后来政府立法禁止打猎和伐木，这种冲突才缓和了许多。现在当地人和印第安人达成了默契，以某一个有着特定地貌的地点作为分界，这个分界点可能宽达一公里,再说保留地地广人稀,人家印第安人也不会安排一个老头坐在河边上看着,船只一经越界立刻发出警告。所以近年来分界线两边还算是和睦相处,越境个十几二十公里也不会引起边界纠纷,大家就这么相约成俗,眼开眼闭了。

一路被风吹得头晕脑胀,突然看到酋长的船减速往河边上靠,知道目的地到了,一看表,全速行驶都开了三个半小时。跟着酋长的船拢岸,河岸上已经有几个光着屁股的儿童来迎接我们了。好奇是全世界儿童的天性,更别说是这种少有外人进入的禁地,于是我们就在一批光腚孩子的前呼后拥下进了村。以前看到联合国拍的印第安保留区的纪录片,村寨都是整洁干净的,人物都是光光鲜鲜的,这次亲临现场,才知道并不是那么回事,看来以好的一面示人乃是全世界的通病。我看到村寨里人很少,照它的规模不会只有这么些人的,问酋长,他说哦,村子里的人都去了另外一个村寨,最近几天是他们族里面的一个什么节日,大家都去那里开派对,要到后天才回来。哎呀这么好的机会,咱得过去凑凑热闹,印第安人的节日集会肯定非常有趣。可酋长说从这里去另外那个村寨,单程就要开船六个多小时。我可没有那么多时间耗在上面,就别去打这个主意了。

印第安酋长和他在农庄里工作的儿子。

我们在印第安村寨登陆的地点。

这个小把戏对我很有兴趣,老是盯着我看。

酋长把我带到他自己的家里去参观。这个部落是采用大家族制,盖一间大草屋,全家老老少少都住在一起。酋长很自豪地告诉我,他有四个太太,十二个子女,连他十七口人,都住在一起。

屋里面光线昏暗,气味复杂,因为这大屋子竟然没有窗,五六个孩子挤在一起看一个21英寸的电视机里的动画片。竟然还有电?酋长告诉我说,他们的村寨有发动机,是政府无偿配发给各个印第安村寨的,发电机用的柴油,也由政府买单,政府还出钱为各个村寨安装了卫星天线。

屋子中间,有一个石头围起来的火塘,边上四散地放着诸如铝锅、塑料盆一类的炊事用品,里面还残留着他们吃剩下来的食物。仔细分辨一下,有不知道什么做的糊糊和吃剩下来的什么肉类残骨,脏脏的塑料盘子随意乱扔,都没有洗过,想来这四个太太都不是会料理家务的好婆娘。酋长说早餐基本上就在屋子里做,午餐和晚餐大部分时间都是拿到外面的厨房去做,当然,到了下雨的日子那肯定就是在屋里做饭啦。怪不得他们不用蚊帐,想想看他们在屋里做饭,柴火一烧起来满屋子都是烟,哪个蚊子还敢在屋里逗留?

看得出来在这里是没有私人空间的,也没有什么家具,屋子的四个角上各安装了几个吊床,也不用蚊帐,其中还有婴儿睡在一个吊床上,不用问了,那肯定是酋长最小的一个孩子。我四处寻找,都没有发现他们印第安人打猎用的吹箭筒,让迪昂翻译给酋长听,酋长说现在响应政府号召,基本上都不打猎了,而且吹箭筒猎杀的很多猎物,比如猴子和大型的鸟类,现在都是保护动物,打不得了。我看见屋子的一根柱子上挂了一把枪,我说那你还有枪用来干吗?酋长说有时候也打几头貘啦野猪啦来打打牙祭,这是允许的,枪也是政府特许印第安人持有的,这是咱们印第安人享有的特权。

屋子里很暗很闷,走到外面来换换空气,并仔细打量这个村寨。基本上和录像里看到的模式差不多,十几二十栋大型的草屋形成一个圆环,中间留出很大一个圆形广场,用作集会和公众劳作所用。广场的一隅,有一个木头搭起来的高脚屋,两层楼,看上去就像一个简易凉亭,这是村寨的公共财产,是高级干部议事的地方,就

酋长的公馆,好像也没有什么特殊的地方。

村寨中的"人民大会堂"。

"人民大会堂"后面的另一户人家。

很典型的印第安村寨,屋子在中心广场外围成一圈。

相当于我们的人民大会堂,能大大方方地坐在里面的,都是长官和人民代表,论级别都是庙堂之上的人物吧。

酋长的两个太太在屋子外面忙着什么,过去一看,原来是在做木薯饼。除了野生动物,木薯和鱼类是印第安人的主要食物。雨林里有出没的野生动物,有四季常有的野果,辛古河里有取之不尽的鱼,村寨四周,都是印第安人栽种的木薯,这是印第安人唯一懂得种植的东西。如果没有什么天灾人祸,印第安人生活得有滋有味,诚所谓:日出而作日落而息,帝力于我何有哉。在这里没有雾霾,没有车祸,没有股票,也没有乱人心智的城市生活。虽然这是一个并不完美的世外桃源,但是现在电视机已经很生硬地插进他们的生活,年轻人都已经从电视里了解了外面的世界,我很怀疑这种世外桃源的日子还能持续多久。

我一直以为印第安人吃木薯,就是把木薯在锅里煮熟了,抄在手里张嘴就啃,原来并不是这样,这种吃法早就 out 了。自从印第安人有了现代的简易厨具,他们的吃法也与时俱进了。木薯挖掘来以后,先用木棒将它砸碎,

酋长太太在制作木薯薄饼。

酋长的另一个太太在制作木薯饼子。

揉妥的木薯淀粉,准备制作木薯饼子。

然后放进水里泡,让它里面丰富的淀粉溶析出来,溶析出来的淀粉自己会沉淀到水底,把上面的水倒掉,就可以获得白色的木薯淀粉。这是一种多链的碳水化合物,可以转化为糖,很容易为人体所吸收。将这种淀粉略掺上水揉成面团,擀平了就可以烤饼子,或方或圆大小随意。另一种做法是在淀粉中加多量的水用木棍打成淀粉浆,平铺在厚铁板上,下面加热,做成一张和山东煎饼那样大小厚薄都一样的极薄的饼。这种木薯煎饼含水量小,做一次可以摞起来放很久,印第安人很喜欢。现在胖酋长的两个太太正好在各做一个款式,我就饶有兴趣地坐在一旁看。酋长的太太们示意我可以尝一下,我就掰了一小片木薯煎饼放在嘴里,倒是有点脆脆的,嚼了半天又不甜又不咸,实在吃不出什么名堂来。有人给酋长大人送来一条很大的巴亚拉鱼和几条食人鱼,一个太太把鱼洗净了砍成块,放进锅里,随手撮一撮盐,又往里面挤了一种不知名野果的果汁,就放在火塘上炖了起来。胖酋长很好客,说你们今天就在我们家里吃午饭吧,我跟迪昂听了面面相觑,也不知道迪昂是怎么谢绝酋长的,反正酋长的脸色看上去很扫兴。

我找了一个阴凉的地方坐下,点了一根烟,两只黄狗很信任地在我旁边卧下,用同样友善的眼光打量着我。我凝望着空旷的中心广场,脑子里只能用想象来还原印第安人的日常生活:一个健壮的印第安汉子扛了一根好长的竹子,竹梢上系了一根绳子,绳子的另一头绑着一片什么树叶,那汉子在空中急速地挥舞着那根竹子,树叶在空气的冲击下发出响亮而悦耳的呲呲声,汉子掌握着竹子挥舞的节奏,呲呲声就变得抑扬顿挫,它宣示着一个节日开始了。男女老少都涌出了家门,有人抬来了一只被猎杀的巨大貘,也有人抬来刚捕获的鲜鱼,娘儿们就聚在一起开始干活,小孩子则在一旁兴奋地尖叫。有人自告奋勇地上前肢解了貘,按着祖上传下来的顺序放进大锅里炖上,娘儿们就在另一口锅里炖鱼。全村的狗都围拢来,流着哈喇子,满眼都是期待,于是人们就赏给它们一些残肉碎骨。今天是节日,大家都有理由开心,狗也不例外。饭菜做好了,先别吃,这犯忌讳,先得由村寨里的萨满巫师——通常就是酋长,来祈祷作法,因为只有他才有跟神灵和大自然交流的能力。巫师浑身插满了鹦鹉和杜坎鸟的羽毛,脸上用各种树汁画得花花绿绿的,看上去神力无限。他手舞足蹈，蹦蹦跳跳，时而嘶吼，时而吟哦，做出许多不可思议的动作，把全村人震撼得五体投地。巫师高声向大家宣布，他已经和天上的神灵、雨林的神灵、河里的神灵对了话，神灵答应整个雨季和旱季都会风调雨顺，族泰民安。在欢呼声中宴会开始，在吃下大量的鱼肉和木薯饼，狂饮了发酵的野果汁后，人人容光焕发，神情亢奋，于是余兴节目自然而然地开始了。赛跑，那是小孩儿玩的游戏，大人玩的是摔跤。男人对男人，女人对女人，轮番地捉对儿厮杀，尽兴地玩到暮色四合，得胜的男女将会受到人们的尊重，因为他们才是族人中的强者。一天的庆典结束，男人们觉得还有用不完的精力，于是自然而然地想到该找个娘儿们干点什么，就一对对地牵着手往村外走去。他们不会在野外耽误太久，因为老人们已经在村中广场燃起了篝火，准备了乐器，通宵达旦的舞会即将开始……

我没有在印第安人中间生活过，以上的遐想，都来自于联合国文教机构拍摄的纪录片《亚马孙的眼泪》。为了拍摄这个纪录片，由十七个韩国人组成的摄影组在拍到一半时，半数以上的人被送进医院，他们在丛林昆虫的追咬下皮肤溃烂发炎，高热发得近乎精神失常。我不知道我现在面对的部落叫什么名字，由来是什么，但我希望这就是纪录片中拍摄的部落和族群，我幻想着现在我所面对着的村中广场也曾经有过这样的盛会。胡思乱想对我而言，本身就是一种乐趣，而坐在印第安人村寨中幻想，却虚无得近乎真实。

村寨外面有一栋独一无二的水泥平房，左面是医疗室，右面是宿舍，里面住了两个外国女人，一个来自美国，另一个眼睛很蓝的是比利时人。她们来自一个慈善组织，不拿任何工资到这里来为印第安人服务。这个慈善组织每年会更换工作人员，轮番地来此地工作。她们主要的工作，是培训各部落选来的年轻人，然后将这些年轻人送回他们的部落里去担任教师，教孩子和年轻人英语和各门初级的学科；第二个任务是担任监督公共卫生和在政府的协助下治疗在印第安保留区流行的疾病，重点是性病和肝炎，这都是那些伐木人和淘金者给印第安人带来的礼物。在她们的所在国，她们本身就是专职的医生。我觉得她们的工作很崇高，理所当然地觉得我应当去拜访她们。

她们对我的来访表现得很冷淡，在礼貌性地回答了我的几个问题后，直截了当地对我说，抱歉先生，其实我们并不欢迎到这里来的访客，这并不是针对你，而是针对所有的人。任何未经政府许可并注射过疫苗的人，他们都不应该到这里来。印第安人的基因单纯而脆弱，他们没有抵御外来疾病的能力，哪怕是一个普通的感冒，在这里都可能引起流行和致人死亡。先生，假如你已经满足了你的好奇心，拍到了你想要拍的照片，我们的建议是，请你尽早离开这里，拜托了。

这番话使我大为惭愧，我就是那个未经允许的入侵者，我还在沾沾自喜自己逃过了烦琐的准入证申请和耗费时日的等候时间，无意中我可能就成了杀人罪犯。她们说得对，我应该尽早地离开这里，并且有义务向所有想要进入亚马孙雨林的旅行者和钓客宣传，不要轻易地去拜访印第安部落，因为你自己也不知道，你可能会

印第安人准备出行了。

成为一个满怀善意的杀手。

和迪昂商量,该看的都看了,想拍的也拍了,咱们走吧。幸亏我聪明,把鱼竿和拟饵都随身带着,在回去的路上,我们还有两个小时可以用来钓鱼。

我们离开了印第安人的营地,在迪昂选中的地点用路亚钓了许多小碧库达和食人鱼,我又把这些鱼切成鱼饵,想用打沉底的钓法钓上意想不到的大鱼,可是都失败了,这使我万分焦急。价格昂贵的两天就这么白白地浪费了,我对钓取红尾猫和比拉伊巴已经彻底绝望。明天是最后一天,我孤注一掷地决定,明天用来挑战最后一个目标 —— 巨型狼鱼德拉伊龙。

最后的辉煌 —— 德拉伊龙和巴亚拉

德拉伊龙,它的名字来源于它在亚马孙流域的近亲德拉依拉。德拉依拉是一种小型的凶猛鱼类,在亚马孙流域的任何一条河流里都能钓到,最大的不会超过3公斤,是当地居民普遍享用的一种鱼类。但是德拉伊龙就不一样,虽然长得和德拉依拉有点相似,但它的体形硕大,最大可以达到25公斤,长度可以达到1.5米。我第一次去亚马孙河钓鱼的时候,就已经听到过它的名声,可是在我所去的亚马孙河段,没有它们的踪迹。德拉伊龙的主要产地,在南美洲的小国苏里南和法属圭亚那。在巴西,只有亚马孙流域几个特定的地点有出产,而辛古河的中游就是其中之一,这也是我选定辛古河作为出钓目标的其中一个理由。我最激赏的钓鱼狂人,英国老头杰洛米·韦德,在他的视频《河中巨怪》里,讲到他去苏里南钓德拉伊龙的经历。他在苏里南搜寻一星期无果,几乎绝望了,却在雨季来临的前一天夜间,如愿以偿地钓到一条。在这个视频里,他把德拉伊龙称作狼鱼。

我和迪昂谈到我的打算,他说德拉伊龙这个东西,辛古河里就有,但是很稀少,特意去钓它呢，很难钓到，但有人在不经意间，却钓到了。我听懂了他的意思，那就是钓德拉伊龙这个怪物要靠运气，实在是可遇而不可求。我说明天是我在辛古河的最后一天了，再难我也想试一下运气，否则我就和它再无缘相见了。我请他仔细回忆一下以前钓到过德拉伊龙的钓点，我们就按照过去的路线重走一次。我暗示他，无论大小，只要能帮我完成这个夙愿，我会有奖励。我决定不惜一切代价，把我在辛古河的最后一天都投注在德拉伊龙这个怪物上。

迪昂低头想了一下，说有一个地方倒是可以钓德拉伊龙，不过要去那个地方很辛苦，也有点危险，你知道，要去那个地方钓德拉伊龙这种鱼，我……呃……我不知道你能不能吃得了那个苦。我说："没有问题啊，你别看我六十几岁的人了，不会输给你小伙子的！你只要告诉我，明天去钓德拉伊龙要准备些什么钓具就行。"迪昂说德拉伊龙基本的活饵都吃，不过那地方很不方便带活饵，您就准备钓路亚的东西吧。

早上临出发前，我还是关照迪昂带了一点活饵图维拉。我的想法是，在辛古河钓鱼变数太大，说不定什么时候就派上用处了。

我们仍然沿着两天来的路线，跟着大队人马出发了，到了辛古河我们继续往北走，好像就是昨天去印第安村寨的路。印象中好像我们已经越过了保留区的边界线，可是迪昂的手还是放在油门上，小艇还是全速地往北行驶。可是突然间，迪昂减速了，小艇慢慢地靠到岸边，他用缆绳牢牢地将小船系在一棵大树上，说到了，我们走吧。我将钓鱼包和背包交叉背在双肩，腾出双手以便于行走，转过头来又看见迪昂用个小塑料袋装了十来条图维拉，还从小艇的储物柜里抽出一把大砍刀。我就知道，在前面等着我们的，将是一次艰难的行军。

踏上河岸，偶一回头，看见对岸的雨林后面冒出阵阵浓烟，哎呀不好，雨林着火了！赶忙叫迪昂看，他回头一看，说那不是雨林着火，是印第安人在放火烧荒。印第安人的耕作非常原始，他们若看中一块土地想要种木薯，就放火将这片雨林烧做白地，然后种上木薯，被烧尽的树林杂草变成草木灰，那是很好的肥料。等到这片土地种植了一两年，肥力耗尽收成减产，他们就放弃它，另选一块土地放火烧荒。

印第安人在放火烧荒,那是他们破坏雨林的"特权"。

这样虽然能够保证木薯得到收成,却对雨林的破坏极其严重。当年巴西政府和印第安保留地签订条约时,其中有一条是印第安人有权保持他们的生活方式,包括他们的农耕方式,因此尽管环境保护组织对此痛心疾首,却拿他们一点办法都没有。

  我们爬上河岸,面对着的是很大一片坡地,走过这个坡地,我们开始往上走,还好坡度并不大。我们已经进入了丛林,脚下依稀有些小路的痕迹,但看得出来已经很久无人涉足。因为无处不在的藤科植物在我们前面纠缠蔓生,迪昂必须时时地挥刀开路,把那些挡路的藤条砍去。丛林里阴暗闷热,脚下是可以盖满脚面的落叶,经常可以听见哗啦一声,前面不知道是什么东西迅速地逃开去,叫人猛吃一惊。这种情况一个星期前已经经历过一次,那是项尼斯带我去林中的那个小湖抓隆巴里做活饵。但是今天这条路更难走,也更长,走了差不多半个小时还没有到尽头。我走得浑身是汗,喉咙冒烟,几次想要叫住迪昂,问一下前面还有多少路,但话到嘴边还是把它憋了回去,尽管疲劳我也不能示弱。

  终于我们爬到了高地的顶端,现在我们要向下走了。这边林子比高地的那边要稀疏一些,头顶上可以看到蓝天,可是坡度却更大。那些干燥的落叶实在叫人头痛,踩上去就打滑,好几次我都一个屁股蹲坐倒在地,要拉着两旁的树枝才能站起来。但是我们终于走到河边上了,原来我们要钓德拉伊龙的地方,是在高地上的一条林中小河,这是我万万没有想到的。走到河边上,不禁哑然失笑,什么小河,不就是一条小水沟嘛!眼前看得见的水面,宽不过十来米,往右边看,都是树丛,挡住了视线,看不真切,往左面看,似乎河道略宽一点。河水很清澈,被落叶浸泡成棕绿色,也没有水草,平静的水面根本了无生机。我估计这条小水沟该有什么泉水注入,不然这么小的水面,在热带的阳光下,要不了多久就会干涸。我疑惑地问迪昂,是这里吗?就是在这里钓鱼吗?他肯定地点点头。见鬼了,这种地方也能钓鱼?!

来都来了,总得试一下。我拿出自己最短的一根路亚竿,装上一个 2500 型的小手轮,手轮上是 20 磅拉力的 PE 线。迪昂也从他自己的背包里拿出一板手钓线,绕着的尼龙丝我估计拉力得有 40 磅。他说如果钓到最大的德拉伊龙,这个规格的尼龙线还不够用。面对着这样一条小水沟,你说他的话我信还是不信?迪昂说我上前面去钓鱼,你就在这里下钩吧,有什么情况你叫我,我不会离你太远的。

迪昂走了,把我一个人留在水边,也没有任何的指导和建议,现在看来只有靠自己来拿主意了。我有点生气,你迪昂是做导游的,现在却把客人撇在一边自己去钓鱼了,这不是渎职吗?再说这种地方看上去实在有点怕人,大叔我万一有个三长两短,我叫谁去?点了一根烟,一来喘口气,二来也想想对策。在这种两边长满树的小河沟里甩路亚,实在是施展不开,用力稍微大一点,路亚就会直飞到对面树丛里,那除了拽断,别无他法。更要命的是,岸边的坡度很大,我看至少有 35 度,而且铺满了干燥的落叶,人就是好好站着,也可能一不小心脚就滑下去。在这种地方钓鱼,实在是太难了,我钓了那么多年的鱼,还是第一次面对如此局促的局面。打开路亚盒,我又踌躇了,这么小的水面,如果用铅笔或者米诺,水阻小,丢出去后往回收,十几圈就能收到头,而且看样子水不会太深;如果使用稍长压水板的拟饵,很可能一不小心就扎到水底去挂住了。思前想后,决定使用一个粗短的压水板而水阻大的波扒,手边正好有一个红头白身的波扒,就是它了!

一根烟抽完,我小心翼翼地站好,又小心翼翼地向对岸投出第一竿。一竿试下来,别看这水沟小,好像还蛮深的,觉得勉强还可以对付。于是再小心地投出第二

这么小的河沟,谁都不敢想象里面会有大鱼。

在这里开钓实在是艰难。

竿,没想到刚收了六七下,拟饵才走到沟中间,呼地一下就被拉下去了。我一抖竿梢,确定是钓到了东西,收到水面上,看到是一条一尺多长的身体狭长的鱼,通身艳红色,长得好漂亮!我一个激动,脚下一滑,线松垮下来,眼睁睁地看着那条鱼一个翻身,就在水面脱钩了。嘀!这小水沟里果然有鱼。我想这样可不行,于是就用脚尖在我站立的地方用力往落叶下探索,找到了一个突出来的点,也不知道是个树墩还是一块小石头,不去管它,反正现在可以站得稍微踏实一点了。我在同一个位置连续打了五六次,再也没有咬口,于是略转一下角度,往左边打出去,这下有效距离可以扩展到十五米。

在同一个地点搜索了五六次，没有一点动静，可能是没鱼吧，也可能是我的手法太单调。我决定耍点小花招，每收回三圈线，略作一个停顿，然后手腕一抖，做出一个跳跃的动作。就在收第八竿的时候，突然感到了水下的阻力，机会难得，不可迟疑，肩膀一转立刻起竿。钓到东西了，力量还很大，看来这条鱼不小！我马上就觉察出这条鱼和我以前钓到过的鱼都不一样，它中钩后立刻发力外冲，冲击力度很大，但是冲击的距离很短，我每收一两圈线，它就在水底下猛力忽隆一下，并不作长距离的冲刺。这就使我悬着的心踏实了，觉得这条鱼应该能拿到手。等到拉出水面，只看到黑漆漆的一段，就像是一段长达60厘米的木头，它浮在水面上一动不动，是一条德拉伊龙，绝对没错，我在巴西的钓鱼杂志上看到过它的照片！这时候才想到我的抄网还没有装。事实上当我看到这么小的水沟时，根本就怀疑里面不会有什么大鱼，压根也没有想到要装抄网，这下要了命了！这鱼突然发力，猛地一下钻进水里，在1.5米的范围内忽隆过去忽隆过来，没用几下子，我前面三四米范围的水面，就变得一片浑黄。忽隆了一会儿，也许被泥水呛住了，却变得老实起来。我甚至可以把它的半个身子垂直地提出水面，这下我也横下心来，直接用手提住线，慢慢地往上拉，终于将它提到岸上来了。一上岸它倒像如梦初醒，又翻滚跳跃起来，这个时候我也就顾不了一切，丢了钓竿，管它脏不脏的、有没有什么危险的硬刺，整个人扑倒在地，将它死死地压在身下。这是我这辈子钓到的第一条德拉伊龙，也许就是唯一的一条，无论如何不能让它给跑了！我扯直了喉咙就叫："迪昂，迪昂，你狗日的快过来啊，我钓到德拉伊龙啦！"

只听到林子里沙沙地响，迪昂不知道从什么地方跑了过来，一看到我趴在地上这个阵势，有点不知所措，以为我受伤了。我说迪昂，鱼在我身子底下呐！他先找到了钓线，把鱼从我身子底下拽了出来，再一把将我拉起来，看我那个狼狈的样子，禁不住哈哈大笑。我拿出取钩钳，先把拟饵从鱼嘴里退出来，咦？怎么还有个线头耷拉在鱼嘴边上呢？顺着线头往里瞧，原来还有个大钩子深深地扎在鱼的喉咙深处，把那钩子取出来一看，都已经生锈了——这鱼以前被人钓过，可是却逃脱了。可怜的鱼啊，这么大个鱼钩扎在喉咙里，这些日子你是怎么熬过来的？今天被我钓

最憋屈的钓鱼照。

咬中拟饵的第一条德拉伊龙。

上来,也算是我超度你脱离苦海,你就认命了吧。接下来的事情当然是要跟鱼一起合影,迪昂很乐意做这个事情。可是周围都是枝杈和树叶挡住镜头,再说我一站直了,脚又在往下滑,干脆就蹲着拍吧,这辈子还没有拍过这么憋屈的钓鱼照。

  迪昂又回到他钓鱼的位置去了,我站在原地犯了踌躇。刚才这么大开大合,这周围就是有鱼,也都被惊跑了呀!再说这前面的水,都被那鱼搅得如此浑浊,还能接着钓吗?换地方吧,我又是背包,又是竿包的,手里还有一根路亚竿,地上还有一条鱼,在这种脚都站不住的地方,拿着那么多东西怎么个行走法。更何况一眼望过去都是密密麻麻的小树林,看着就头皮发麻。算啦,管它有鱼没鱼,接着钓吧。我又甩了十几竿,一无所获,却听到左面传来隐约可闻的鱼尾击水的声音,好像是迪昂钓到鱼了,听声音鱼还不小,我高声叫道:"迪昂,你钓到鱼了吗?"隔着树丛听到迪昂一声欢呼:"钓到啦,是德拉伊龙,哎呦……"我赶紧把鱼竿搁在树上,脚高脚低跌跌爬爬地赶过去,想去看个热闹,或许还可以给他帮把手。

  赶到迪昂钓鱼的地方,却看见迪昂站在河里,水淹到他的腰部。我问他:"怎么回事?鱼呢?"他把断掉的线举起来给我看,一脸的失落:"这该死的,拉断了我的线,跑了!"他拉着树枝爬上岸来,犹有余恨。原来刚才那条德拉伊龙出乎意料的大,足有一米多长,在对拉中一不小心就出溜到水里去了。他站在水里继续遛鱼,那鱼却往一棵长在水里的树丛里游过去,他想要拉住它不让它钻进树丛,这一拉却把鱼线给拉断了。我说你再钓呀,这鱼恐怕还在下面,他说今天大意了,只带了这么一副手线,现在钩子丢了,没法再钓。我说没关系呀,我有鱼钩,你可以用我的钩子接着钓。我拿来了鱼钩,他一看连连摇头,说这个鱼钩太小了,对付德拉伊龙这种鱼实在不给力,算啦我不钓了,你把你的路亚竿拿过来试试运气吧。

我站在他的位置上,甩了二十多次路亚,连一个咬口都没有。我问他刚才是用什么鱼饵来钓的,他说是用图维拉。把他装饵鱼的塑料袋拿过来检视,里面还有四条图维拉,这种鱼有点类似于泥鳅,活性很长,只要有一点水就不会死。我把波扒摘掉,装了一个鱼钩,迪昂说这个尺寸的鱼钩还太小,我就不信了,一米多长的苏鲁宾就是用这种鱼钩钓上来的,瞧我的!我刚想往鱼线上装咬铅,突然改变了主意,我想试试无铅钓法。在巴拉圭河钓鱼的时候,我曾用这个钓法钓到过好几条黄金河虎多拉多。我抓了一条图维拉,钩子从它的嘴里深深穿进去,从下颌穿出来,那图维拉吃痛,在我手里拼命地扭动,好,要的就是它这个活性!

我把钓组小心地往斜刺里投出,也不收紧余线,由于没有了铅垂的坠力,那条饵鱼在水里可以四处乱窜,等它窜到没了力气,就会缓缓地沉到河底。这样一来,等于是水的中层和下层都搜索到了,有鱼没鱼,就靠运气了。

15分钟后,饵鱼沉到水底去了,它已经失去了活性,进入垂死状态。收回来换了一条再打出去,看着钓线被饵鱼拖着在水面上慢慢移动,突然间很想抽个烟,左手正在衣袋里掏摸,就看到水面上的钓线慢慢拉直了,甚至还在竿梢上做出一个轻微的抖动。我心里暗叫一声:"来了!"左手刚放到手轮的摇把上,猛然间竿梢一个大闪,狠狠地被拉了出去。我双手一起抬竿,人往后倾,只听得"嘶"地一声,泄力器被拉开了,乖乖!这条鱼有点看头了!趁着泄力声一停,赶紧弓下身子,猛摇手轮,动作一猛,顿时就失去了重心,只听得耳边迪昂大叫一声:"小心!"顿时脚已经身不由己地往下溜,一下子我也滑到水里去了。

刹那间水就淹到了我的腰部,第一个反应就是高举钓竿,左手飞快地收了五六圈线,心中一喜:鱼还在线上。一扭腰带了一把线,水下传来忽隆一下,撼动得竿子猛地向前一倾,泄力器又尖叫起来。迪昂一手拉住一棵小树,伸着手对我喊叫:快!把竿子递给我!我一把将竿子递到他的手里,他一接过竿子,马上全神贯注地控起鱼来。我抓住一棵低垂在水面的小树,想要爬上岸来,试了几次都又滑进水里,这使我感到非常悲哀,心想自己真的老了,什么时候手脚变得如此不利索了,干脆两只手一起抓住树枝,狠了心地往上拽。我真担心那棵小树受不了我的体重,如果它这时候被连根拔出,我必定是仰面朝天,四仰八叉地重重摔回到水里去。终于爬上岸了,一上岸,也顾不得身上直往下淌水,接过竿子就心无旁骛地斗起鱼来。令人心都悬起来的几个冲刺被我瓦解后,那条鱼终于没了斗志,慢慢地被我收到水面上来了。我的天!又是一条德拉伊龙,这条更大,看上去比刚才那条至少长出十厘米,圆滚滚的身材格外粗壮,连腮边上的花纹都看得清清楚楚。我非常柔和地往回收线,一直把它拉到眼前一米远的地方,似乎一伸手就能抓到它。可是现在问题来了,这么大一条鱼,我是再也不敢拉着钓线把它拖上来。迪昂说得对,相对于这么粗壮一条鱼,我的鱼钩显得太小了,20磅拉力的钓线看上去也是岌岌可危。如果硬要拉着线死拽,鱼只要轻轻一跳,其结果不是脱钩就是断线。我说迪昂,你来拿住竿子,我去把抄网装起来!好一个迪昂,说声:"用不着,你把线给我绷紧喽!"蹲

肥硕的德拉伊龙,像一头史前猛兽。

下身子一梭,又滑到水里去了,一到水里也不啰唆,双手齐下,一只手扣住鱼鳃,一只手托到鱼尾巴上,叫声"接住!"双手运劲,一下子把那条鱼抛上岸来,我双腿跪下,两手死死按住鱼身,开心得只想仰天狂叫。迪昂拿住鱼,我掰开鱼嘴想要把鱼钩退出来,可怎么也找不到鱼钩在哪里。这家伙一口咬得好深,连退钩钳都够不着,搞得我两手都是血。迪昂一看,说李先生你受伤了,这是你的血。我摊开两手一看,两个掌心都有深深的割痕,血在不断地往外冒,原来刚才急于从河里爬出来,双手猛拽树条,被割破了手掌都不知道,这时候才觉得钻心的疼痛,钓这条鱼代价也太大了!

我把钓线一刀剪断,把鱼钩和防咬线都留在鱼嘴里,又翻出创可贴来把伤口包住止血,看着一片狼藉的现场,就不想再钓下去了。我们站立的地方现在一片泥泞,已经无法立足,我的手又受了伤,血还没有完全止住,但是天可怜见,我钓到德拉伊龙了,还一下子钓到两条,咱们见好就收吧。收拾了东西,还是双肩斜背,两条德拉伊龙由迪昂拿着。发现那条粗大的防咬线拎着很合适,干脆打开渔具盒,拿出另一条带防咬线的钩子,给那条小一点的德拉伊龙嘴上也扎上一个,迪昂提起来走路就

钓到德拉伊龙,手上的伤口都不痛了。　　　　　　哎呀不得了,我发财了!

省力许多。好聪明,坚决给自己点个赞!

往回走大多是下坡路,但走下坡路也不省力,不是身上背着的钓鱼包被树枝挂住,就是一个屁股蹲滑坐在地。两手提着鱼的迪昂也不能幸免,一路走得骂骂咧咧,他腰间还挂着那把大砍刀,也没个刀鞘套着,我真担心一个不小心会把他自个给割伤了。好不容易走到大河边,看到了我们的钓鱼船,长长地出了一口气,就好像是从地狱里走出来一样。到了船上我们才给那两条德拉伊龙仔细地拍了照片,迪昂说这个德拉伊龙非常美味,加之数量又少,所以在当地卖得很贵。我说我只要钓,并不想吃它,这两条德拉伊龙你就拿去吧,要吃要卖悉听尊便。

我们坐在船上休息了很长时间,吃了从营地带出来的简单午餐。我受伤的两手血已经止住,感觉也不那么痛了,主要是想要钓的鱼钓到了,心情很好。现在我们手边能供选择的鱼饵,只有图维拉和路亚了,下午就准备交替使用这两种鱼饵,能不能钓到大鱼,那就听天由命吧。

我们沿着原路退回,回到了辛古河与古鲁艾尼河的交汇处。我用图维拉做饵,打了一支沉底竿,叫迪昂给我看着点,又装了一根路亚竿,用一个勺形亮片四面搜索。原以为下午一两点钟不会有什么好的咬口,可谁知道鱼咬得还是很频繁,打沉底钓上来的都是恶狗鱼卡秋拉,一尺多长的大小,十分钟一刻钟就上一条,路亚却不停地连竿,可惜都是很小的碧库达。一直耗到两点左右,心里很纠结,到底要不要换地方,征求迪昂的意见。他想了一下说,我知道你一直想要钓红尾猫和比拉伊巴,可是我们都钓了两天了,说实话很难钓到它们,你也知道,现在是枯水期,要钓大鱼真的太难了。不过我知道一个地方,那里或许还可以钓到大型的巴亚拉,现在我们手里只有图维拉和路亚拟饵了,幸运的是这两种饵钓巴亚拉都是很合适的。我问他这个地方在哪里,他说很远,我们必须往回到营地,然后再往营地的上游走,从营地过去大概四十分钟。我算了一下时间,假如我们现在就动身,四点钟之前可以赶到钓点,还有两个多小时可以用来碰碰运气。再说我们两个都滑下过河,搞得脏兮兮的,正好趁路过营地时去换一下衣服,我也好让营地的医生把我的双手好好地包扎一下。主意已定,迅速地收拾了东西,迪昂发动了小艇,在河面上掉了个头,

除了开心,还是开心。

一推油门,我们全速地朝营地返回。

紧赶慢赶,我们终于赶到了迪昂所说的那个钓点。那是一条并不大的支流,比起其他的支流来,水色显得有点浑浊,却相当湍急。还是照老办法,用一根抛竿挂上图维拉打沉底,另一根路亚竿换上一个大型米诺,顺着水流打出去,让米诺逆着水流往回收。在逆水里,路亚的泳姿会更剧烈一些,对掠食性鱼类来说,引诱力也会更大一些。

没过多久,打沉底的鱼竿就钓上鱼来了,那是一种鲇鱼,长得却有点像清道夫,黑灰色的身上有一条很显眼的黄色横纹,从头部一直贯通到尾巴上。最奇特的是它的胸鳍,比一般的鱼类长得都要长,而且是扁平而坚硬的骨刺,胸鳍的两侧锋利得就像剃刀一样,迪昂特意提醒我要注意这一点。可是他在给鱼解钩的时候,那鱼一个扭动,毫不客气地就在他的手指上割了一道口子。在亚马孙流域里,什么千奇百怪的鱼都有,像这样奇特的鲇鱼,我还是第一次看到。可想而知,这样的鱼类即使是再凶猛的鱼也不敢去碰它,如果把它给吞进肚子里,它可以毫不费力地在肚子做个胃切除手术,所以我就给它起了个名字叫军刀鲇。

一连打了几十次路亚,连一次追咬都没有,而打沉底的钓竿,却已经钓上来三条军刀鲇。我有点失望,想到上午我钓德拉伊龙的时候,所采用的无铅钓法效果不错,现在这条支流有流速,无铅钓法的效果应当更好。于是果断地换下米诺,改换成连着防咬线的单钩,挂了一条活蹦乱跳的图维拉,顺着水流放出去。每当水流将钓线带直了的时候,立即打开出线环放出一些钓线。对于钓饵,我是毫不节俭,只要鱼钩上的饵鱼活性稍弱,立刻更换新的鱼饵,我们的饵料桶里有足够的图维拉,何况现在又是我最后一天的最后一个下午,没有比钓到鱼更重要的事情了。

我不断地抛竿、放线、换饵鱼,那根打沉底的竿子根本就不再去理会它,鱼钩上的饵鱼是不是已经被咬掉了,也不知道,既然钓上来的都是那叫人手足无措的军刀鲇,那有没有鱼咬钩也无所谓了。现在我的注意力都放在路亚竿上,虽然这种难得一用的无铅钓法有点另类,可是上午它实实在在地钓到了鱼。几十年的钓鱼生涯使我养成一种操守,就算是看上去再没有指望的钓点,或者是看上去再不靠谱的钓法,只要你选定了,就耐着性子钓下去,很可能会有意想不到的收获。

这样耐着性子过了差不多一个小时,情况说来就来了。我正打开出线环,看着

佩着两把军刀的军刀鲇,估计河里没鱼敢吃它。

钓线缓缓地被水流从线轴里拉出来,猛然间唰地一下,一股大力一下子从线轴里抽出。眼看着钓线没头没脑地往水里钻去,手忙脚乱地跳起来推上出线环,双手一起暴力起竿,但还是晚了一步。收上来一看,整条图维拉身体被咬得无影无踪,只剩了一个光溜溜的鱼脑壳挂在钩子上。虽然什么都没有钓到,心中却感到信心大增。第一说明迪昂的选点有道理,这地方确实有鱼;第二说明使用无铅钓法没错,鱼照样咬钩了。鱼跑了没关系,只要你肯咬,我就有希望。装上新的饵鱼接着来,谨慎起见,每次打开出线环出线的时候,我只用单手持竿,左手轻轻地放在出线环上,一旦再出现同样的情况,左手轻轻一推出线环,右手反射性地起竿,这两个动作连在一起做,要不了半秒钟。

全神贯注地看着浮在水面上的钓线,不经意间悄悄地变直了,紧接着一个加速往水底下钻去,心里叫声来了,左手已经条件反射地推上了出线环,只等竿梢一个下压,喝声"来吧!"肩膀一侧,双手瞬间上扬,竿身顿时大弯,钓到啦!

中钩的鱼大力拖拽着钓线,在水底下走了一个很优美的"之"字,泄力器迅即被拉开了,随着一连串激动人心的吱吱出线声,远处水面上有一条银光闪闪的鱼暴怒地高高跃起。"巴亚拉!"我和迪昂同时叫出声来。中钩的鱼在水面上一连表演了四次洗鳃,每次跃起都剧烈地甩头,想要将钩在嘴上的鱼钩甩掉。现在鱼深深地扎入深水,最危险的时候已经过去,一连串的洗鳃动作耗去了它一半的锐气,只要不出什么意外,基本上我已经稳操胜券。随着泄力器的最后一次声响,它已经被我拉到船舷边上,迪昂早已把鱼钳拿在手里,趁着鱼大张着嘴巴喘息之机,一下子钳住它的下巴,趁势一提,稳稳地将鱼提进船舱。

好大一条巴亚拉,一米多长,真叫人赞叹不已,细密的鳞片泛着银光,臀鳍以下是娇嫩的粉红,下颌中伸出的犬齿足有 10 厘米长,令人望而生畏。恶狗鱼的外号绝非浪得虚名,这样尖利的牙齿,任何被它咬住的猎物绝无脱身的希望。如果不慎被它咬到手,那可是后果堪虞。我第一次钓到巴亚拉是 2011 年,在哥伦比亚的奥里诺科河。在此之前,总觉得鱼类是乖巧而和善的动物,至少我们认识的鱼类无论是鲫鲤鳙青鲢,都是温温柔柔的,就连黑鱼这种只长了一口细碎尖牙的,都觉得长

巴亚拉啊巴亚拉,我等你好久了!

相狰狞,更不会把鱼和咬人这两个字连在一起。可是到了南美,才知道鱼非但会咬人,把它们搞不高兴了,还会从你身上咬几块肉下来当零食。听听名字就叫人害怕——食人鱼。第一次看到巴亚拉时,只能用"震惊"两个字来形容,满口的利齿不算,它那下颌部伸出来的两颗犬齿,尖锐有力而充满杀气,那是只有陆生食肉动物才有的装备。原先以为巴亚拉和野猪一样,那两根獠牙是翘在嘴巴外面的,钓到后才知道,它们居然可以将它们的武器收藏起来。在它们上颚和牙齿的相对位置,长有两个小孔,当它们闭上嘴巴的时候,这两根利齿可以插进这两个小孔中,一直插到眼球的后方,就像把两把利剑插进剑鞘中一样。上帝造物造到如此匪夷所思,实在叫人叹为观止!在南美洲的河里钓起来的鱼类,绝大部分都是尾鳍残缺破碎,这意味着很多鱼类都会被食人鱼比拉尼亚追咬吞食,连亚马孙河流域的巨无霸比拉伊巴都不能幸免。但有两种鱼却是例外,那就是苏鲁宾和巴亚拉,苏鲁宾是因为尾巴演化成皮革状的组织,咬不下来,而巴亚拉则是太过凶狠,没有鱼敢去咬它,可见它们在水下世界里有多霸道。

巴亚拉是一种很高傲而且气性很大的鱼,出水后逗留稍久就会死去。迪昂已经有了两条德拉伊龙,心满意足,也不想把这条巴亚拉留下来。我知道他们巴西人对两种恶狗鱼都没有什么好感,因为它们体内的鱼刺太多了,他们不懂得吃。其实我在巴拉圭河钓鱼时尝过,肉很细嫩,不亚于我们国内的翘嘴鲌丝。

我小心地将这条死里逃生的鱼放回水里。这种鱼在辛古河和亚马孙河里数量并不多,也算是一种比较珍贵的鱼吧,而且它的垂钓价值是如此地高,我都不忍心让它死。

钓到这条巴亚拉后,再也没有鱼来咬钩,直到天色慢慢暗淡下来。这是我此次巴西之行的最后一刻,心情非常复杂。按说此次巴西钓行应当算是很圆满,想钓的鱼种几乎都钓到了,但是红尾猫和比拉伊巴这两种巨物,却始终在我的名单上缺席,究竟是我的钓技不行,还是真的因为季节不对,这将成为我钓鱼生涯里的一个谜。有谜是好事,它会使我为了解开谜底,始终保持着好奇心和不肯服输的斗志,为下一次的亚马孙之行留下铺垫。

我脑海中出现了一个画面：雨季终于来临，水位暴涨的辛古河泛滥成一条巨大的河流，它静静地在黑夜里流淌，在它的上面，是暗蓝色的星汉灿烂的夜空。一条比拉伊巴在夜色中悄无声息地浮出水面，这条亚马孙河水系里最大的鱼在水面上尽情伸展着它那长达 3.5 米的身躯，上唇上两根 2 米长的胡须，和尾巴尖梢上那根超过体长的流苏随着水流优美地飘逸，使它修长的身躯有一种飘飘欲仙的意味。星光反射在它那湿漉漉的背脊上，发出冷艳的反光，头部分开的水流跟着泛出闪闪的银点。这条巨物竖起了它前后两块背鳍，就像两面迎风招展的旗帜，迎着水流缓慢而庄重地前行。它在展示，也在炫耀，因为无论从体重还是身长，它都是当之无愧的亚马孙河之王，从它出生直到死去，从来没有人类的手和钓竿可以征服它！

这画面使我热血沸腾，使我激动得难以自己。每一次离开巴西的时候，我总以为这是我最后一次举起鱼竿向巴西致敬，但我还是不断地回来了，为的就是那些也许我永远也钓不到的鱼，那些只能在我的梦境中翔游的大鱼。这就是巴西的魅力，这就是亚马孙的魅力，只要你是个真正的钓鱼人，这种魅力是穷其一生都无法抵抗的。

那就让我把钓具和希望都放进我的行囊，虔诚地等待着再一次向亚马孙出发吧！

实用信息和旅游攻略

 ## 去辛古河的时间

辛古河是亚马孙河的一条主要支流，长达 2000 多公里，它本身就囊括了一千多条有名字和没有名字的支流，形成了自己独有的流域。虽然它也属于亚马孙河水系，但是在这条河里有许多它自己独有的鱼类，这使你在辛古河挥竿垂钓时，时时享受着与众不同的乐趣。

辛古河也处于亚马孙热带雨林气候区，旱季和雨季的交替很明显，再加之辛古河上游地处高地，河流相对狭窄，坡度也很大，到了雨季水量大增，河流就会变得非常湍急，钓鱼非常困难。但好消息是，只要雨季一结束，辛古河钓场是大型鱼类第一个开始洄游的地方。当地导钓告诉我，从 4 月中旬到 5 月下旬，是辛古河钓取大型鲇鱼的最佳时段，整个亚马孙流域最大型的鲇鱼比拉伊巴，这一段时间是钓获最多的。

所以，辛古河钓场从 4 月中旬就可以开钓，一直钓到雨季的第一场雨来临为止。

 ## 怎么去？

去辛古河相对其他钓场要更辛苦一些，花在路上的时间也会更多一些，不过当你去过辛古河钓场，你一定会觉得，这些付出都是值得的。

我们还是通过各种不同的途径殊途同归地到达巴西圣保罗，在圣保罗我们转机前往马托格罗索州的州府瓜亚巴（Cuiaba）。请注意我们前往巴拉圭河钓场是到南马托格罗索州，而现在我们要去的是马托格罗索州，少了一个"南"字，却是到了另一个州。

拜托千万不要搞错啊！另一件要紧事情是不能到里约热内卢去转机，里约热内卢是没有飞瓜亚巴的航班的。

从瓜亚巴机场打的去瓜亚巴长途汽车站（Rodoviario Cuiaba）大约有25分钟车程，在那里购买北上去一个叫作噶拿拉纳（Canarana）小地方的车票。这一段车程需要六个多小时，相当的辛苦。不过你要知道巴西这个国家几乎和中国一样大，这六小时的车程简直是微不足道的。

在上车之前给你联系好的钓鱼营地打个电话，到了噶拿拉纳，他们会派车在噶拿拉纳车站等候。

如何联系辛古河的钓鱼营地

在辛古河钓场有四家钓鱼营地，其中三家比较小。营主和工作人员只会讲葡萄牙语，这会给国内过去的钓友带来很大的困扰。另外一家规模比较大，硬件设施很完备，条件和伙食也更好，营主和大部分导钓都讲英语，因为他们平时会接待很多从美国和加拿大专程前来的北美钓客，当然这家的收费会比其他几家高一些。但他们的收费里涵盖了三餐伙食、导钓费用、燃料费用和大部分的饵料。

下面是这家钓鱼营地的联系方法：

Pousada Recanto Xingu

66-3478-2296 66-9633-9491

E—mail: ogaitff@hotmail.com

要带些什么东西？

衣物类：在我去过的几个巴西钓场中，辛古河是同样时间中气温最低的，这也许跟它所处的地势高有关系。所以要带的衣物除了夏秋服装之外，准备一件比较厚实的羽绒服绝对有必要。

药物类：老生常谈了，但还是再说一遍，抗过敏药，治疗腹泻药，驱蚊油和驱蚊喷剂，各种规格的创可贴。关于药物你可以做个备忘录，以免到时候丢三落四。

电器类：在辛古河哪怕是再偏远的钓鱼营地，都会有电，所以关键是你一定要携带可以跟巴西的电源插座适配的万能插头转换器。

要携带哪些钓具？

路亚竿：1. 根据个人使用习惯长度在 5.1—6.6 英尺之间，调性为 MH 或更高，钓力值 10—20 磅，适配路亚重量 1 盎司以下的路亚竿 1—2 支，直柄或枪柄根据个人使用习惯。2. 长度在 5.1—6.6 英尺之间，调性为 YH，钓力值 12—30 磅，适配路亚重量 2 盎司以下的路亚竿，直柄或枪柄根据个人使用习惯。主钓鱼种：碧库达、巴洛梅塔、德拉伊龙、恶狗鱼和食人鱼。

抛　竿：长度在 8 英尺左右，调性适合个人使用习惯，钓力值 25—40 磅的钓竿，主钓鱼种：亚马孙淡水大黄花鱼，以及红尾猫、比拉伊巴、苏鲁宾等大型鲇鱼。

卷线器：1. 配合上述路亚竿的水滴形或纺车形卷线器，以及配用上述钓力值的尼龙钓线或者 spider 强力钓线。2. 配用上述抛竿钓力值的尼龙钓线或者 spider 强力钓线。

路亚拟饵：以各种尺寸的米诺为主，配合波扒、VIB 和亮片，可以应对辛古河里的几乎所有掠食性鱼类。

防咬线：辛古河里的掠食性鱼类都有尖利的牙齿，各种钓力值的防咬线是必需的配备。